Irving Wallace zählt zu den fünf meistgelesenen Autoren der Welt. Die Gesamtauflage seiner 28 Bücher beträgt über 170 Millionen Exemplare. Er hat viele schriftstellerische Ehrungen und Auszeichnungen erhalten. Jeder seiner Romane basiert auf sorgfältigen und gründlichen Recherchen; das verleiht seinen Büchern die spannende Authentizität. Der in Chicago geborene und in Kenosha, Wisconsin, aufgewachsene Autor lebt heute mit seiner Frau Sylvia, die sich ebenfalls als Bestsellerautorin einen Namen gemacht hat, in Los Angeles.

Von Irving Wallace sind außerdem als Knaur-Taschenbücher erhältlich:

»Die sieben Minuten« (Band 316)
»Die sieben sündigen Tage« (Band 1205)
»Ich, der Mächtigste von allen« (Band 1238)
»Der schwarze Präsident« (Band 1357)
»Countdown eines Wunders« (Band 1490)
»Eva – Das siebte Geheimnis« (Band 1491)

Deutsche Erstausgabe 1989

Titel der Originalausgabe »The Guest Of Honor«

Umschlaggestaltung Manfred Waller
Umschlagfoto Photodesign Mall
Gesamtherstellung Ebner Ulm
Printed in Germany 5 4 3 2 1
ISBN 3-426-02969-3

IRVING WALLACE:

Eine Staatsaffäre

Roman

Aus dem Amerikanischen von Klaus Berr

Knaur

Liebe beginnt mit Liebe; Freundschaft, auch die herzlichste, wird nie zu Liebe, nicht einmal zur sanftesten.

Jean de La Bruyère.

1

In leichte Regenmäntel zum Schutz gegen das abendliche Nieseln gehüllt, stiegen die beiden, der Colonel und der Major, aus ihrem Auto, das samt Fahrer zwischen dem Tempel des Smaragdgrünen Buddha und der Kirche zur Unbefleckten Empfängnis wartete, und gingen zu Fuß über den betonierten Weg auf den Chamadin-Palast zu. Sobald sie das schmiedeeiserne Tor in der drei Meter hohen, mit Eisenspitzen bewehrten Mauer um den Präsidentensitz, einen Palast im spanischen Kolonialstil, erreicht hatten, drückte der größere der beiden, der Colonel, ohne zu zögern auf die Klingel.

Sie hatten die Operation so oft geprobt, daß ihnen auch nicht die geringste Kleinigkeit entging. Da sie genau wußten, was sie erwartete, waren sie sicher, daß nichts schiefgehen konnte.

Auf ihr Klingeln verließen ein Captain der Sicherheitstruppe des Präsidenten und drei Soldaten, alle in voller Bewaffnung, das Wachhaus und kamen auf sie zu.

Der Colonel reichte ihre Identifikationspapiere durch das Tor.

Der Captain der Sicherheitstruppe warf einen flüchtigen Blick auf die Papiere und sah dann zu den beiden Männern hoch.

Der Colonel auf der anderen Seite des Tores setzte zu einer Erklärung an.

»Der Major und ich sind Boten von General Nakorn, und wir haben Befehl, ein vertrauliches Dokument Präsident Prem Sang persönlich zu übergeben. Sie brauchen uns nicht zu melden. Wie Sie aus unseren Papieren ersehen können, erwartet uns der Präsident.«

Der Captain der Wache schüttelte den Kopf. »Tut mir leid, Sir. Ich muß Ihre Ankunft melden.« Er schloß das Tor auf und öffnete es. »Bitte treten Sie ein, ich werde die Sekretärin des Präsidenten informieren.«

Der Colonel war unbesorgt, er hatte dies erwartet. Er betrat den Hof, dicht gefolgt vom Major, und die beiden warteten neben den schläfrigen Soldaten, während der Captain im Wachhaus verschwand, um zu telefonieren.

Die beiden konnten hören, was er sagte.

»Miss Kraisri, ein Colonel und ein Major sind mit einer vertraulichen Nachricht von General Nakorn für den Präsidenten eingetroffen. Erwarten Sie sie?«
Es entstand ein kurzes Schweigen, während die Sekretärin antwortete.
»Dann hat das Büro des Generals also angerufen?«
Er hörte wieder zu und nickte dann zustimmend.
»Sehr wohl, Miss Kraisri, ich werde es ihnen sagen und sie einlassen.«
Er legte auf und trat wieder in den Nieselregen hinaus.
»Ja, Colonel, die Sekretärin des Präsidenten ist über Ihre Ankunft informiert. Sie bedauert, Ihnen mitteilen zu müssen, daß der Präsident keine Zeit hat, Sie zu empfangen, und bittet Sie, ihr die Dokumente zu übergeben.«
»Vielen Dank«, erwiderte der Colonel.
»Gehen Sie über den Hof zum Palasteingang. Zeigen Sie einem der Wachposten im Inneren des Palasts Ihre Papiere. Er wird Ihnen den Weg zu Miss Kraisris Büro beschreiben.«
Der Colonel und der Major nickten, nahmen ihre Papiere wieder in Empfang und gingen auf den Palasteingang zu.
Ein Türflügel wurde geöffnet, und sie betraten den Palast. Ein Wachposten studierte ihre Papiere, nickte befriedigt und wies dann auf die über zwei Stockwerke reichende Marmortreppe.
»Dort hinauf, Sir. Im zweiten Stock werden Sie rechter Hand einen Wachposten vor der Tür zum Büro des Präsidenten bemerken. Seine Sekretärin erwartet Sie bereits.«
»Vielen Dank, Sergeant.«
Der Colonel ging dem Major voraus durch die Marmorhalle zu der glänzenden Treppe, wartete dort auf seinen Begleiter, und die beiden stiegen im Gleichschritt die Treppe hoch.
Die länglichen Gegenstände, die sie verborgen unter ihren Regenmänteln trugen, machten den Aufstieg etwas schwierig.
An dem vergoldeten Geländerpfeiler im ersten Stock drehten sie sich kurz um und gingen dann schneller die zweite Treppe hoch.
Am Treppenabsatz im zweiten Stock sahen sie einen Lieutenant in voller Uniform und mit einem Gewehr über der Schulter, der sie vor dem Empfangszimmer erwartete.
Sie gingen direkt auf ihn zu.

»Wir haben Auftrag, Madame Kraisri ein persönliches Dokument von General Nakorn für Präsident Sang zu übergeben«, sagte der Colonel.
»Ja«, erwiderte der Lieutenant. »Bitte folgen Sie mir.«
Er öffnete die Tür und ließ den Colonel und den Major Miss Kraisris Empfangszimmer betreten. Ein grüner Metallschreibtisch und ein Textverarbeitungssystem beherrschten das Zimmer, aber der Platz hinter dem Schreibtisch war leer.
»Miss Kraisri ist wahrscheinlich beim Präsidenten«, sagte der Lieutenant. »Wenn Sie mir das Dokument geben wollen, werde ich dafür sorgen, daß der Präsident oder seine Sekretärin es erhalten.«
»Ich werde es Ihnen geben«, entgegnete der Colonel und begann, seinen Mantel aufzuknöpfen. Er stellte sich links neben den Wachposten und suchte im Mantel nach dem Dokument.
Der Lieutenant drehte sich nach links, um das Dokument vom Colonel entgegenzunehmen. Während er die Hand danach ausstreckte, stellte sich der Major hinter ihn.
Der Major griff nun ebenfalls in seinen Mantel, zog einen langen Dolch aus der Scheide, hob ihn und zielte auf den Rücken des Wachposten.
Blitzschnell und mit aller Kraft stieß er zu und hielt dabei dem Wachposten mit der freien Hand den Mund zu, um ihn am Schreien zu hindern.

Drinnen im riesigen Präsidentenbüro hatte Prem Sang, der Präsident der Nation von Lampang, eben seine Sekretärin nach oben geschickt, damit sie seiner Frau den letzten Entwurf seiner Gesetzesvorlage zur Agrarreform vorlas, und beugte sich nun wieder über den Stapel Papiere auf seinem ausladenden Schreibtisch.
Er war ein kleiner, gut vierzigjähriger Mann mit braunen Haaren, tiefliegenden braunen Augen und einem vor der Zeit gealterten Gesicht, dem man die Anstrengung seiner drei schwierigen Jahre als Staatsoberhaupt deutlich ansah.
Da ihn der Rücken schmerzte, stand er auf und streckte sich. Dabei sah er sich in seinem eleganten Büro um, mit dem Parkettboden und den iranischen Teppichen, der Wandverkleidung aus Mahagoni mit den goldgerahmten Spiegeln und der ländlichen Szene mit Bauern bei der Feldarbeit, den goldenen Wandleuchtern und den Kristallü-

stern. Durch das Fenster auf der einen Seite, neben dem Präsidentschaftswappen an der Wand, sah er hinaus auf den kugelsicher verglasten Balkon, der um das ganze Gebäude lief. Es gab drei Türen im Zimmer, die eine führte in den Empfangsraum, eine zweite in den Speisesaal im ersten Stock und die dritte über eine Treppe in die Privatwohnung im Obergeschoß, die er mit seiner Frau teilte. Für einen Fremden nicht zu sehen war eine vierte Tür, deren massive Stahlfüllung hinter der Mahagonitäfelung verborgen war. Diese Tür führte über einen Gang in den Garten zum Quartier der Sicherheitstruppe.
Als Prem Sang sich nun wieder in seinen lederbezogenen Drehstuhl setzte, fiel sein Blick auf den, neben dem Dokumentenstapel, einzigen Gegenstand auf seinem Schreibtisch. Es war eine silbergerahmte Fotografie seiner Frau Noy und seines Sohnes Den. Doch dann wandte er sich wieder den Papieren zu und vertiefte sich in seine Arbeit.
Seit Monaten steckte Präsident Prem Sang nun schon tief in einem Dilemma. Seine Nation bestand aus drei Inseln im Südchinesischen Meer, vor den Küsten von Kambodscha, Thailand und der Südspitze von Vietnam. Die Hauptinsel, bei weitem die größte der drei, war das eigentliche Lampang, mit der Hauptstadt Visaka, in der Sang residierte. Die beiden angrenzenden Inseln, Lampang Lop und Lampang Thon, waren viel kleiner, mit fast undurchdringlichen Urwäldern und Hügelketten, und dort hatte sich eine besorgniserregende Zahl von kommunistischen Aufständischen festgesetzt.
Des Präsidenten drängendstes Problem war die Frage, wie er beide Teile seiner Bevölkerung zufriedenstellen konnte. Auf der Hauptinsel, wo die einfachen Leute, der demokratisch gesinnte, katholische, Englisch sprechende Teil der Bevölkerung, ihn und sein Parteiprogramm der gerechten Verteilung von Land und Wohlstand gewählt hatten, konnte er eine knappe Mehrheit behaupten. Aber auf Lampang Lop und Lampang Thon herrschten die kommunistischen Guerillas unter der Führung von Opas Lunakul, einem Werkzeug der vietnamesischen Kommunisten, die in täglich größer werdender Zahl die Inseln unterwanderten.
Die Kommunisten verbreiteten mit großem Erfolg, Präsident Sang und Lampang seien nur Marionetten der Vereinigten Staaten, von denen das Land Wirtschaftshilfe in beträchtlicher Höhe erhielt.

Lampangs Unabhängigkeit werde durch diese Abhängigkeit vom Ausland unterhöhlt, behaupteten die Aufständischen. Nur unter dem Kommunismus würde Lampang wirkliche Freiheit und eine wirtschaftliche Gesundung erreichen.
Aber die Kommunisten waren nicht das einzige Problem Präsident Sangs. Es gab auch innenpolitische. Der Oberbefehlshaber der Armee, sein enger Freund General Samak Nakorn, stimmte mit ihm in bezug auf die Kommunisten ganz und gar nicht überein.
Der General wollte, daß sämtliche Hilfsgelder der Amerikaner zur Ausrottung der Kommunisten verwendet würden. Präsident Sang dagegen wollte mit diesem Geld die heimische Wirtschaft ankurbeln, weil er glaubte, so der kommunistischen Bedrohung am wirkungsvollsten begegnen zu können.
Präsident Sang beugte sich wieder über seine Papiere. Die Arbeitslosigkeit in Lampang betrug achtzehn Prozent. Aber auch für diejenigen, die Arbeit hatten, war das Leben kaum besser, die fünfköpfige Durchschnittsfamilie mußte mit 110 Dollar pro Monat auskommen. Ein erbärmliches Leben. Konnte er die Lebensbedingungen verbessern und das Land gerecht verteilen, wäre ein friedlicher Sieg über die Komunisten möglich.
Es klopfte an der Eingangstür.
Nun fiel es ihm wieder ein: General Nakorn hatte eine Nachricht herübergeschickt, die seiner Sekretärin oder der Wache übergeben werden sollte.
Da seine Sekretärin bei seiner Frau war, rief Präsident Sang: »Kommen Sie herein, Lieutenant.«
Die Tür ging auf. Der Präsident hatte seinen Lieutenant erwartet. Aber er sah ihn nicht. Und dann sah er ihn doch. Der Lieutenant lag ausgestreckt auf dem Boden, mit einem Messer im Rücken.
Im gleichen Augenblick stiegen zwei Uniformierte, die Sang nicht kannte, mit Gewehren in den Händen über die Leiche.
Während sie die Waffen hoben, erkannte Sang das Fabrikat.
Es waren automatische Kalaschnikow-Gewehre, sowjetische Standard-Angriffswaffen, und sie waren auf ihn gerichtet.
Erschrocken sprang Präsident Sang auf und rief: »Was soll das? Wer zum Teufel . . .?«
Als Antwort ratterten beide Waffen entsetzlich.
Die Feuergeschwindigkeit der Waffen, die Wucht der Kugeln, zer-

fetzten Sangs Gesicht, zerrissen sein Herz und drangen durch seinen Magen.
Die Kraft des Feuerstoßes hob ihn kurz von den Füßen und warf ihn dann in den Stuhl zurück, von dem er schließlich langsam herunterglitt, bevor er tot auf dem Boden zusammenbrach. Während die Blutlache unter ihm sich immer weiter ausbreitete, schlossen die beiden Attentäter leise die Tür und verschwanden.
Oben in ihrem Ankleidezimmer cremte sich die Präsidentengattin eben das Gesicht ein und hörte Prems Sekretärin zu, als der Lärm von unten sie hochschrecken ließ.
Sie hielt inne und horchte.
Feuerwerksraketen, sagte sie sich. Vielleicht aber auch Schlimmeres. Sie nahm den seidenen Morgenrock vom Haken, zog ihn an und ging zur Treppe. Verwirrt und besorgt lief sie hinunter und stürzte ins Büro ihres Gatten.
Zuerst sah sie niemanden, doch als sie näher zum Schreibtisch ging und dahinterspähte, erblickte sie den zusammengekrümmten Körper ihres Mannes. Und schließlich erkannte sie den Zustand, in dem er war, von Kugeln zerfetzt, und die dunkle Lache, die nur Blut sein konnte.
Der Schreck nahm ihr den Atem, und dann schrie sie. Sie schrie und schrie.
Was folgte, war ein wildes Gewimmel von Leuten.
Miss Kraisri und die Bediensteten kamen hereingestürzt. Dann die Palastwache, angeführt von ihrem Captain. Bald darauf die Polizei, die Ärzte und Sanitäter.
Irgendwer hatte Noy Sang zu einem Stuhl geführt, und dort saß sie nun, wie gelähmt vom Schock.
Sie saß schon lange auf diesem Stuhl, als General Nakorn und seine Offiziere eintrafen.
Sogar in dieser Situation war Nakorn in Uniform, übersät mit Bändern und Orden.
Nakorn befragte die Ärzte, während Prems Leiche auf einer Bahre aus dem Zimmer getragen wurde. Danach wandte sich Nakorn an den Captain der Wache. »Zwei, sagen Sie? Die Sekretärin des Präsidenten sagte Ihnen, ich hätte sie informiert und sie gebeten, die beiden einzulassen und die Nachricht entgegenzunehmen? Das ist eine Lüge! Ich hatte keine Unterredung mit dem Präsidenten. Und ich

hatte auch keine Nachricht für ihn. Das ist eine kommunistische Verschwörung. Sobald der Leichenbeschauer die Kugeln entfernt hat, werden Sie sehen, daß es russische sind. Das ist entsetzlich, unglaublich, abscheulich.«

Erst nach einer Weile erkannte Noy Sang, daß General Nakorn über ihr stand und mit ihr sprach.

War er für gewöhnlich ein mürrischer, grober Mann, so klang seine Stimme nun eigentümlich gedämpft.

Er versuchte, ihr sein Beileid auszudrücken.

»Das tut mir sehr leid, wirklich sehr leid, Madame Präsident«, sagte er.

Und erst jetzt erkannte Noy Sang, daß sie nicht nur Witwe, sondern als Vizepräsidentin ihres Gatten nun auch Präsidentin von Lampang war.

Im verglasten Kontrollraum der Redaktion von TNTN – dem nationalen Fernsehsender – an der M Street ließ Hy Hasken seine schlaksige Gestalt in einen Sessel sinken. In dem daneben saß bereits sein Chefredakteur, Sam Whitlaw.

Whitlaws Abstecher von New York nach Washington, D.C., sollte nur von kurzer Dauer sein. Einer der Hauptgründe dieses Besuchs war ein Gespräch mit Hy Hasken, dem Korrespondenten des Senders im Weißen Haus.

Nach Haskens Sendung hatte Whitlaw ihn im Presseraum des Weißen Hauses angerufen. »Hy, ich will, daß du rüberkommst und mit mir die Sieben-Uhr-Nachrichten ansiehst.«

Hasken war eben noch rechtzeitig zum Sendebeginn eingetroffen und bereitete sich nun darauf vor, sich selbst im Fernsehen zu sehen. Während er auf seinen Bericht wartete, versuchte Hasken mit seinem Vorgesetzten eine Unterhaltung anzufangen. Aber Whitlaw war voll auf die Nachrichten, seinen Lebensinhalt, konzentriert. So wartete Hasken schweigend ab.

Schließlich sah er sich selbst auf dem Fernsehschirm, mit dem Mikrofon in der Hand im Lafayette Park vor der Fassade des Weißen Hauses.

Hasken versuchte sich so zu sehen, wie die Millionen Zuschauer ihn bei seinen Berichterstattungen sahen. Genaugenommen sah er sich so, wie seine Zuschauer – alles alte Bekannte – ihn in ihren Wohn-

zimmern sehen mochten. Er war schlank, mit sandblonden, seitlich gescheitelten Haaren, einer hohen, vom Make-up etwas stumpf wirkenden Stirn, wachen blauen Augen, einer langen Nase und einem kleinen Mund, und er sprach mit schneller, aber wohlklingender und leicht anklagend wirkender Stimme.
Hy Hasken hörte sich sprechen.
»Die wichtigste Nachricht aus dem Weißen Haus ist heute wohl die Tatsache, daß Präsident Matt Underwood sich auf ein Zusammentreffen mit Noy Sang, der Präsidentin von Lampang, vorbereitet, einer Nation, die für die Interessen der Vereinigten Staaten von entscheidender Bedeutung ist.
Vor genau einem Jahr fiel Präsident Prem Sang von Lampang einem von Unbekannten verübten Attentat zum Opfer, wobei man allerdings annimmt, daß die Mörder aus den Reihen der kommunistischen Aufständischen stammten, die auf den beiden zu Lampang gehörenden Nachbarinseln zu immer größerer Macht gelangten. Nach dem Mord an Prem Sang wurde sein Vizepräsident zum Präsidenten. Und dieser Vizepräsident war zufällig seine junge Frau Noy Sang. Auf uns Amerikaner mag das eigenartig wirken, doch man muß berücksichtigen, daß im politischen Leben von Lampang die soziale Struktur der sogenannten Großfamilie eine wesentliche Rolle spielt. Ein Präsident hat immer einen Mitbewerber und Erben, seine Frau oder einen Sohn oder einen anderen nahen Verwandten. In gewisser Weise ist das durchaus sinnvoll, denn so wird nie ein Fremder Präsident, sondern immer jemand, der dem augenblicklichen Staatsoberhaupt nahesteht, jemand, der sehr wahrscheinlich ähnlich denkt wie er.
In Lampang hat das sehr gut funktioniert. Nach Prem Sangs Tod vor einem Jahr konnte seine Witwe Noy Sang, da sie mit allen Idealen und Zielen ihres Mannes vertraut war, problemlos sein Amt übernehmen. Seit einem Jahr dient Noy Sang ihrem Land nun als Präsidentin, und in dieser Trauerzeit reiste sie überhaupt nicht, sondern blieb in Lampang, um sich mit den inneren Angelegenheiten des Landes vertraut zu machen.
In diesem Jahr wurde Madame Noy Sang Lampangs Abhängigkeit von den Vereinigen Staaten sehr deutlich bewußt. Und nun, nach ihrem Trauerjahr, reist Madame Sang zum erstenmal ins Ausland – in die Vereinigten Staaten. Sie trifft heute abend ein. Nach einer

Übernachtung im Blair House wird sie morgen im Weißen Haus zu einem Arbeitsessen mit Präsident Underwood erwartet.
Diese morgige Begegnung ist für beide Seiten sehr wichtig. Auf seiten Lampangs wird Madame Noy Sang sich zweifellos um einen Kredit in Millionenhöhe bemühen, einen Kredit, der ihrer Wirtschaft Aufschwung geben und der den Bürgern ihres Landes sehr willkommen sein wird, da sie bei dem eben angelaufenen Landreformprogramm soziale Hilfe und Unterstützung benötigen. Die Vereinigten Staaten dagegen brauchen etwas viel Wichtigeres und Teureres. Die Vereinigten Staaten brauchen einen großen und modernen Luftwaffenstützpunkt auf der Hauptinsel von Lampang.
Um die Bedeutung dieses Luftwaffenstützpunkts begreifen zu können, muß man sich die geografische Lage Lampangs vor Augen führen. Die meisten Zuschauer werden schon hin und wieder von Lampang gehört haben. Aber die meisten vergessen die strategische Bedeutung der Insel für Amerika, die in dieser Region nur noch von den Philippinen übertroffen wird.
Lampang liegt westlich der Philippinen, am Rand des Südchinesischen Meeres, nahe dem Golf von Thailand. Die Hauptinsel, die etwa zwei Drittel der Größe des philippinischen Luzon hat, liegt südlich von Kambodscha und Vietnam, aber noch in unmittelbarer Nachbarschaft der Volksrepublik China. Lampang ist also umgeben von drei kommunistischen Ländern, von denen zwei ganz offiziell Waffen und Unterstützung von der Sowjetunion erhalten. Um also unseren Ring antikommunistischer Inseln im Pazifischen Ozean zu vervollständigen, benötigen wir einen großen Luftwaffenstützpunkt auf Lampang.
Es wird Präsident Underwoods Hauptanliegen sein, diesen Stützpunkt zu erhalten, wenn er morgen mit Madame Noy Sang konferiert. Wird er es schaffen? Es gibt gewisse Hindernisse. Wie schon ihr Gatte vor ihr, steht Madame Sang unter dem immer größer werdenden Druck, ihr Land nicht in die Abhängigkeit von Amerika und dessen Forderungen und Einflüssen zu bringen. Ein Großteil dieses Drucks kommt von den kommunistischen Aufständischen im Land, die in Lampang die Macht an sich reißen wollen.
Gleichzeitig ist Madame Noy eine politisch Gemäßigte mit einer bekannten Zuneigung für Amerika und die amerikanische Lebensart, die noch aus der Zeit ihres Studiums am Wellesley College herrührt.

Aber das Wesentliche ist wohl die Tatsache, daß Madame Noy Sang etwas immens Wertvolles von den Vereinigten Staaten braucht – einen großen Barkredit, um ihre Wirtschaft anzukurbeln – und daß sie sehr wohl weiß, daß sie, um ihn zu erhalten, auch etwas geben muß.
So scheint dieses Mittagessen von Präsident Underwood und Madame Noy Sang bedeutend mehr als nur eine gesellschaftliche Begegnung zu sein. Es wird eine Konfrontation sein, die einen Kompromiß zur Folge haben sollte. Wird dieser Kompromiß zustande kommen? Hier spricht Hy Haskens von TNTN aus dem Weißen Haus.«
Sam Whitlaw sprang auf und schaltete den Fernseher aus. Dann setzte er sich wieder und sah Hasken an.
»Hy, ich habe Ihren Bericht heute schon zweimal gesehen. Zuvor live und jetzt wieder als Aufzeichnung. Ich will mit Ihnen darüber sprechen. Und ich habe eine Frage – warum?«
»Warum was?« fragte Hasken verwirrt.
»Warum einen so ausführlichen Bericht zur besten Sendezeit über Lampang? Wen kümmert denn Lampang?«
»Aber Sie haben doch gehört, was ich sagte«, protestierte Hasken. »Es ist strategisch wichtig. Es stopft ein großes Loch in unserem Verteidigungsgürtel. Die Philippinen halten Sie doch für wichtig, oder? Nun, die sind auf unserer Seite. Und Lampang ist genauso wichtig. Nur daß es nicht auf unserer Seite ist.«
Whitlaw schüttelte den Kopf. »Ich wette zehn zu eins, daß die Hälfte unserer Zuschauer nicht die geringste Ahnung hat, wo Lampang überhaupt liegt.«
»Vielleicht nicht«, mußte Hasken zugeben. »Aber es ist eine Story.«
»Eine schwache. Und diese Präsidentin Noy Sang kommt zu uns, um mit Underwood darüber zu reden. Unter den Staatsoberhäuptern dieser Erde ist Noy Sang wahrscheinlich die unbekannteste.«
»Sie ist ja erst seit einem Jahr im Amt«, erwiderte Hasken. »Geben Sie ihr eine Chance. Nach dem morgigen Tag wird sie besser bekannt sein.«
»Das wage ich zu bezweifeln, Hy.«
»Aber sie ist schon für sich alleine genommen eine dramatische Erscheinung. Ich meine, vor einem Jahr wurde ihr Gatte ermordet. Sie war seine Vizepräsidentin – das ist schon ungewöhnlich – und

wurde sofort nach dem Attentat als Präsidentin vereidigt. Außerdem –« Hasken zögerte. »– sieht sie umwerfend aus. Die kommt bestimmt gut an.«

»Vielleicht, aber nicht sehr wahrscheinlich«, erwiderte Whitlaw. »Noch eine gutaussehende Frau im Weißen Haus hat wenig zu sagen, wenn die First Lady eine ehemalige Miss America ist.« Whitlaw seufzte. »Sie hätten doch bestimmt einen besseren Aufreißer finden können.«

Hasken warf die Arme in die Höhe und seufzte. »Es gibt keinen besseren Aufreißer, zumindest konnte ich keinen entdecken. Mein Problem ist und bleibt Präsident Underwood. Wie ich schon oft genug in der Sendung gesagt habe, er ist ein fauler Präsident. Er produziert einfach keine Nachrichten.«

Hasken dachte darüber nach. Er kannte Underwood schon lange, noch aus der Zeit, als er, Hasken selbst, bei TNTN ein Anfänger gewesen war und Underwood bereits den Höhepunkt seiner Fernsehkarriere als bekannter und beliebter Moderator erreicht hatte.

Underwoods graumelierter Haarschopf, das feingeschnittene, leicht faltige und sehr freundliche Gesicht und seine warme Stimme hatten aus ihm eine amerikanische Institution gemacht. Was seine Attraktivität schließlich noch erhöhte, war seine Heirat mit einer echten Miss America, Alice Reynolds, einer Redakteurin für Frauenprogramme beim Sender. Als Haskens nach seinem Abschluß an der Columbia University eine untergeordnete Stelle beim Sender antrat, war Matt Underwood bereits an der Spitze.

Zunächst hatte Hasken großen Respekt vor dem berühmten Moderator. Doch da Hasken allmählich immer mehr über das Fernsehen erfuhr, nahm seine Bewunderung für Underwood immer mehr ab. Hasken war ein neugieriger und aggressiver Reporter. Seine Geringschätzung Underwoods erwuchs aus der Tatsache, daß der Moderator selbst überhaupt nicht neugierig war. Underwood war ein »Leser«, wie Hasken ihn heimlich nannte: Während Hasken eine Story, ob nun im Inland oder im Ausland, aufs genaueste recherchierte, las Underwood sie seinem Publikum vor, als hätte er sie selbst erfunden. Seine Stärke war nicht seine Originalität, sondern seine absolute Ernsthaftigkeit.

Hasken hielt seinen Vorgesetzten für einen Hochstapler. Einen Schauspieler. Ganz und gar nicht dumm. Sondern sogar sehr schlau und mit einem breitgefächerten Wissen auf vielen Gebieten. Seine wirkliche Stärke lag in seiner Fähigkeit, Millionen von Leuten davon zu überzeugen, daß das, was er sagte, seine eigene Idee und die Wahrheit war. Die Leute glaubten ihm, wie Kinder ihren Vätern glauben.

Doch dann verließ Underwood sehr plötzlich TNTN und ging in die Politik. Als ein New Yorker Senator im Amt starb, mußte der Posten für die verbliebene Amtszeit neu besetzt werden. Der Gouverneur, der ein Fan Underwoods war und dessen unglaubliche Popularität sehr gut kannte, traf die gewagte Entscheidung, den Fernsehmoderator als Interimssenator einzusetzen.

Hasken wußte aus seiner Erfahrung als Reporter, daß der Eintritt in den Kongreß einen Mann oder eine Frau zerstören konnte. Aber bei Matt Underwood war das ganz anders. Underwood verlagerte einfach seine Popularität vom Fernsehschirm in den Senat der Vereinigten Staaten. Und er wurde mehr denn je zum Liebling der Medien. Als es an der Zeit war, Präsidentschaftskandidaten zu suchen, wurde Underwood von seiner Partei dazu praktisch abkommandiert. In den Vorwahlen triumphierte er in Iowa und New Hampshire, und bei der Präsidentschaftswahl selbst fegte er seinen Gegner mit einem erdrutschartigen Sieg hinweg.

Und so zogen ein früherer Fernsehmoderator und eine ehemalige Miss America ins Weiße Haus ein.

Hy Haskens hatte sich in der Zwischenzeit mit viel Initiative schnell in der Hierarchie des Senders hochgearbeitet und war vor zwei Jahren zum Korrespondenten des TNTN im Weißen Haus befördert worden.

Von Anfang an mochte Hasken Präsident Underwood nicht. Er war ein fauler Präsident, so faul wie Calvin Coolidge, und Hasken scheute sich nicht, dies gleich von Anfang an auch öffentlich zu sagen. Dies empörte natürlich den Präsidenten und dessen Stabschef Paul Blake, aber Hasken ließ nicht nach in seiner Kritik an einem Präsidenten, der praktisch keine Pressekonferenzen abhielt und nur sehr selten ausländische Staatsoberhäupter empfing.

Wie sein Stab ihn dazu gebracht hatte, für ein Mittagessen mit der Präsidentin von Lampang stillzusitzen, war Hasken unbegreiflich. Aber trotzdem glaubte Hasken, eine Story zu haben, und er hatte sie deshalb auch in den Nachrichten gebracht.

Aber jetzt hatte sein Chefredakteur Sam Whitlaw Einwände. Die Story sei zu langweilig.
Hasken versuchte nun, den Faden des Gesprächs mit Whitlaw wieder aufzunehmen, was ihm nach einigen Schwierigkeiten auch gelang.
»Lassen Sie mich wiederholen«, sagte Hasken, »dieser Präsident erzeugt einfach keine Nachrichten. Irgend etwas mußte ich ja bringen, also brachte ich das, was ich hatte.«
»Und es gab wirklich keinen anderen Aufreißer?« Whitlaw blieb beharrlich.
»Nichts, Sam, glauben Sie mir. Die einzige wirkliche Nachricht, die ich mir vorstellen könnte, wäre die Ankündigung, daß Matt Underwood sich der Wiederwahl stellen und eine zweite Amtszeit anstreben wolle. Ich weiß zufällig, daß die First Lady will, daß er sich ein zweites Mal stellt. Und Stabschef Blake ebenso. Es würde sie beide an der Macht halten. Aber ich habe den Verdacht, daß Underwood es nicht will und auch gar nicht die Absicht hat, es zu tun. Wie ich schon sagte, er ist zu faul für den Job, und er langweilt ihn.«
»Aber Alice Underwood will, daß er sich ein zweites Mal stellt?«
»Aber natürlich, die liebt doch das Rampenlicht und die ganzen Fototermine.«
»Na, und warum berichten Sie nicht darüber in Ihrer Sendung?«
Hasken machte ein hilfloses Gesicht. »Das würde ich gern, Sam. Aber ich kann es nicht beweisen. Ich bin ein guter Enthüllungsreporter, vielleicht der beste, aber was ich enthülle, muß auch beweisbar sein. Ich glaube, die First Lady will, daß er sich ein zweites Mal stellt. Aber ich habe nicht die Spur eines Beweises.«
Nun schien Whitlaw doch die Begeisterung zu packen. »Na, dann klopfen Sie mal ein bißchen auf den Busch und besorgen Sie sich den Beweis. Die First Lady will eine zweite Kandidatur. Der Präsident will sie nicht. Ein Konflikt ist doch das Wesen einer jeden guten Story. Mir ist es gleichgültig, ob Underwood ein zweites Mal kandidiert oder nicht. Wichtig ist nur, wofür er sich entscheiden wird. Das wäre dann eine gute Story, nicht wie dieser Blödsinn über Lampang.«
»Ich werde alles tun, um die Beweise zu bekommen«, erwiderte Hasken ernsthaft.
»Und um ganz sicherzugehen, daß Sie sie bekommen«, sagte Whit-

law, »gebe ich Ihnen einen neuen Job. Nicht mehr Hy Hasken, Korrespondent im Weißen Haus. Von jetzt ab heißt es Hy Hasken, Korrespondent des Präsidenten. Glauben Sie, daß Sie es schaffen?«
»Ich kann's ja mal versuchen.«
»Ab morgen sind Sie der Schatten des Präsidenten. Sie verfolgen ihn wie ein schlechtes Gewissen.«

Sie schliefen in getrennten Schlafzimmern im ersten Stock des Weißen Hauses, und das schon seit einiger Zeit, seit mindestens einem Jahr.
Es gab zwei Gründe für diese Trennung. Zum einen litt Alice Underwood an Schlaflosigkeit. Zwanzig Minuten vor dem Zubettgehen nahm sie eine schwache Schlaftablette, und wenn Matt Underwood kurz nach ihr zu Bett ging, weckte er sie immer auf. Dadurch wurde sie gereizt und unfreundlich. Zum zweiten trank Matt Underwood immer zwei oder drei – für gewöhnlich drei – Gläser Cognac, bevor er ins Bett ging. Wenn er seine Frau dann aufweckte, roch sie den Cognac in seinem Atem, und das machte sie noch gereizter und wütender. »Verdammt«, sagte sie dann immer, »kannst du nicht einmal schlafen gehen, ohne nach Brandy zu stinken?« Und während er unter die Decke schlüpfte, erwiderte er: »Nein, diese Gläser sind meine schwache Schlaftablette. Ich toleriere deine. Dann kannst du auch meine tolerieren.«
Die Folge war immer ein wütender Wortwechsel voller alter Vorwürfe, und am Ende konnten beide nicht mehr einschlafen.
Alice machte den ersten Schritt. Sie verließ das gemeinsame Schlafzimmer, den First Family Bedroom, und machte es sich im Himmelbett des Queen's Bedroom gemütlich.
An diesem Morgen um sieben Uhr dreißig klopfte Horace, der fröhliche schwarze Butler des Präsidenten, mehrmals an die Tür und trat schließlich ein. Er mußte den Präsidenten nicht mehr wachrütteln. Underwood lag wach im Bett, zwar noch etwas benommen, aber langsam munter werdend.
»Ich werde Ihnen den leichten blauen Nadelstreifenanzug herauslegen, Mr. President«, sagte Horace, während er auf das Ankleidezimmer zuging. »Soviel ich weiß, haben Sie ausländischen Besuch zum Mittagessen.«
»O Scheiße«, ächzte der Präsident. »Na gut, was soll's.«

Der Präsident kletterte aus dem geräumigen Bett und ging ins Badezimmer.
Dort duschte er, putzte sich die Zähne, rieb sich die Haare mit dem Handtuch trocken und kämmte sie nach hinten und sprühte sich schließlich Eau de Cologne auf die Brust.
Als er ins Schlafzimmer zurückkehrte, lagen seine Kleider bereits ordentlich nebeneinander auf dem frisch gemachten Bett.
Beim Anziehen wurde die Stimmung des Präsidenten langsam besser. Er mochte die Luftigkeit dieses Schlafzimmern neben seinem Büro im ersten Stock. Die handgemalte chinesische Tapete mit den Vogelmotiven und den zarten, sanften Tönen gefiel ihm sehr gut. Und zwischen den Fenstern hing ein William Metcalf, der immer einen beruhigenden Einfluß auf ihn hatte. Sogar der Marmorkamin aus dem Jahre 1818 hatte etwas Besänftigendes.
Nachdem er sich die Krawatte gebunden und das Sakko angezogen hatte, fühlte er sich dem Tag gewachsen.
Während er in den Gang hinaustrat, beschloß Underwood, es mit seiner Ehe noch einmal zu versuchen. Seit Wochen hatte er mit Alice nicht mehr gefrühstückt. An diesem Morgen wollte er sich zu ihr setzen.
Er ging über den Gang zum Queen's Bedroom und überlegte sich – wie oft in letzter Zeit –, wie es zu dieser Entfremdung gekommen war.
Zum erstenmal hatte er sie nach ihrem Gewinn der Misswahl zu Gesicht bekommen. Eigentlich schon früher, aber damals nicht persönlich. Er hatte sie im Fernsehen bei den Ausscheidungen gesehen, dann im Finale und schließlich bei der Krönung. An ihren Körper in dem engen, weißen Badeanzug konnte er sich noch gut erinnern. Sie war absolut makellos gewesen. Ein wunderbares griechisches Gesicht, ein langer Hals, breite Schultern, ein großartiger Busen, eine schmale Taille, geschwungene Hüften und lange, lange, wohlgeformte Beine.
Als sie dann bei TNTN anfing, wurde Underwood ihr vorgestellt. In pinkfarbener Bluse und Rock war Alice kein bißchen weniger attraktiv als bei der Misswahl. Sie war zu der Zeit eine Berühmtheit. Und auch Underwood war ein nationaler Star erster Größe. So war es nur natürlich, daß sie ihm Zeit und Aufmerksamkeit schenkte. Er dagegen hing an ihrer atemberaubenden Schönheit.

Sie verabredeten sich sofort zum Abendessen und lernten einander in einem intimen Winkel eines italienischen Restaurants an der Ecke 59th Street und Avenue of the Americas besser kennen. Nach dem Essen gingen sie in seine Wohnung und liebten sich.

Bei ihrem Liebesspiel erfuhr er mehr über sie. Sie war nicht warm und weich gewesen, sondern erfahren und aggressiv. Und unglaublich schön.

Für Underwood war Alice Reynolds unwiderstehlich.

Da er erkannte, daß er nie mehr eine perfektere Frau finden würde, wollte er sie für sich allein.

Er war glücklich, sie heiraten zu dürfen.

Sie hatten nur ein Kind, eine Tochter, Dianne, im zweiten Jahr ihrer Ehe. In den Jahren danach war Underwood damit zufrieden, der populärste Moderator der Vereinigten Staaten zu sein. Aber er merkte auch, daß Alice ihre Rolle als Mutter und die Tatsache, daß ihre Arbeit bei TNTN immer mehr eingeschränkt wurde, allmählich sehr unzufrieden machte.

Was ihr neuen Auftrieb gab und die Ehe kurzfristig stabilisierte, war Underwoods Ernennung zum Interimssenator. Underwood akzeptierte sie als etwas, das man schlecht ablehnen konnte, vor allem, wenn man eine Frau hatte, die eine Veränderung anstrebte.

Danach hieß es Politik und Washington, D.C. In seiner neuen Rolle wurde Underwood populärer denn je, und Alice erhielt größere Aufmerksamkeit.

Doch die Abstimmung zur Nominierung der Präsidentschaftskandidaten förderte etwas Überraschendes zutage.

Während andere Kandidaten erfahrene Vollblutpolitiker waren, die alle das Zeug zum Präsidenten der Vereinigten Staaten gehabt hätten, war Matt Underwood der bekannteste und populärste von allen. An den Vorwahlen hatte er eigentlich nur zum Spaß teilgenommen, da er glaubte, auch nicht die Spur einer Chance zu haben. Aber seine liebenswürdige Persönlichkeit, seine ungezwungene Art zu reden und sein vertrautes Gesicht, das ein Teil jeder amerikanischen Familie zu sein schien, hatten schließlich das Wunder bewirkt. Nach überwältigenden Erfolgen in Iowa, New Hampshire und im Süden war Underwood zum Parteifavoriten für die Nominierung geworden.

Bald nachdem er die Nominierung geschafft und seinen Wahlkampf begonnen hatte, fand er die beständigen öffentlichen Auftritte sehr ermüdend. Aber er war dennoch ein sehr guter, sehr wirkungsvoller Redner, und die Öffentlichkeit schloß ihn ins Herz. Und Alice ebenso. Bei dem Gedanken, First Lady der Vereinigten Staaten zu werden, war sie wieder lebendig geworden.

Die Wahl selbst war dann in weniger als einem Tag entschieden. Die Stimmen von Illinois waren noch gar nicht eingetroffen, als Matt Underwood schon Präsident der Vereinigten Staaten war. Und Alice Reynolds Underwood war die First Lady.

Die beiden waren das glamouröseste Paar im Weißen Haus seit John F. Kennedy und Jacqueline Kennedy.

Alice genoß ihre Position. Sie liebte es, sich schön anzuziehen, Diplomaten kennenzulernen und mit ihrem Gatten im Zentrum des Medieninteresses zu stehen.

Das Problem war nur Matt Underwood. Er mochte die scheinbar endlose tägliche Routine nicht, die Detailarbeit, die langweiligen Konferenzen mit seinem Stab. Er mochte auch die Begegnungen mit Leuten nicht, die ihn nicht interessierten.

Aber vor allem mochte er die Unstimmigkeiten mit seiner Frau nicht. Sie stritten beständig. Was ihr gefiel, fand er langweilig. Es gab Augenblicke, in denen er seine Präsidentschaft aufschlußreich und erhellend fand, wegen der vielen Informationen aus erster Hand, die über seinen Schreibtisch gingen, und wegen des neu errungenen Wissens und der Macht, die sie ihm gab. Aber ihm fehlte vor allem die Privatheit und die Gelegenheit, sich in ein fesselndes Buch zu vertiefen.

Ihren schlimmsten Streit hatten sie, als er sich entschloß, nicht für eine zweite Amtszeit zu kandidieren. Das war vor einem Jahr gewesen. Er erinnerte sich an den Wortwechsel, als sei es gestern passiert. Er sah sich eben die Nachrichten im Fernsehen an, als Alice erschien und den Apparat ausschaltete.

»Ich will mal ernsthaft mit dir reden«, hatte sie gesagt.

Er hatte verärgert geschwiegen und gewartet.

»Ich wollte es schon öfters zur Sprache bringen, aber du bist mir immer ausgewichen. Jetzt will ich es ein für allemal geklärt wissen.«

»Schieß los«, sagte er und ahnte schon, was kommen würde.

»Es geht um deine Pläne, und um meine eigenen«, begann sie. »Ich will wissen, ob du für die Wiederwahl kandidierst. Sag es mir.«

»Na, eigentlich habe ich mich noch nicht . . .«
»Natürlich hast du«, unterbrach sie ihn. »Du bist dir doch sicher. Und ich habe ein Recht, es zu wissen. Willst du eine zweite Amtszeit?«
»Nein«, platzte er heraus. Er war überrascht, wie einfach es war. »Nein«, wiederholte er. »Ich habe genug.«
Alice war verblüfft. »Ich kann's nicht glauben. Meinst du das ernst? Matt, was willst du denn sonst mit dir anfangen?«
»Ich habe eine Menge Dinge, um mich zu beschäftigen. Du kennst die meisten. Vor allem will ich mich meinem Projekt Frieden ohne Atomwaffen widmen.«
»Dein Versuch, neun Oberhäupter von Staaten, die Atomwaffen besitzen oder sie herstellen können, davon zu überzeugen, auf sie zu verzichten. Matt, das kannst du als Präsident doch viel wirkungsvoller tun.«
»Das kann ich nicht. Nicht als Präsident der Vereinigten Staaten. Mein Eigeninteresse wäre verdächtig. Aber als Expräsident . . .«
Doch Alice hatte sich nicht besänftigen lassen.
Underwood hatte versucht, seine Frau zu verstehen. Für Alice waren vier Jahre einfach nicht genug. Sie wollte acht. Es war, als würde sie noch einmal Miss America werden, nur größer. Sie genoß das Rampenlicht. Und hätte es am liebsten für immer gehabt.
Underwood wußte auch, daß sie ihre Vorgängerinnen übertreffen wollte. Alice wußte, daß Jacqueline Kennedy und Lady Bird Johnson je einen vierzigköpfigen Stab für Presse- und gesellschaftliche Angelegenheiten gehabt hatten, und sie hoffte auf mehr. In zwei Amtszeiten war Pat Nixon Gastgeberin von vierundsechzig Staatsempfängen gewesen, und Alice wollte diesen Rekord einstellen oder zumindest erreichen. Sie genoß es, einen Majordomus als Chef von fünfundsiebzig Bediensteten für die einhundertzweiunddreißig Zimmer des Weißen Hauses zu haben, und sie wollte nichts davon aufgeben.
So blieb also dieser Zwist um eine zweite Amtszeit ein beständiger Zankapfel zwischen den beiden. Matt versuchte, sich in sich selbst zurückzuziehen und jeder Erwähnung der Angelegenheit aus dem Weg zu gehen. Aber Alice ließ nicht locker. Sie war so aggressiv wie immer und ließ keine Gelegenheit aus, um ihn wegen seiner mangelnden Bereitschaft zu einer zweiten Amtszeit zu tadeln.

Als Matt nun vor dem Queen's Bedroom stand, war er entschlossen, die Ehe wieder zu kitten, Alice näherzukommen und den Streit beizulegen.
Ohne zu klopfen, öffnete er die Tür.
Alice lag bequem, in einem dünnen weißen Negligé, in dem American-Sheraton-Himmelbett, einem Bett, in dem fünf berühmte Königinnen bei ihren offiziellen Besuchen im Weißen Haus genächtigt hatten.
»Einen wunderschönen guten Morgen«, rief Underwood. »Ich dachte, vielleicht möchtest du gern mit mir frühstücken.«
Erst jetzt bemerkte er das Tablett auf ihrem Schoß, von dem sie bereits aß.
»Zu spät«, erwiderte sie fröhlich. »Laß es mich das nächste Mal im voraus wissen. Ich war schon fleißig mit Monica . . .«
Er drehte sich um und sah Monica Glass, Alices Sekretärin für gesellschaftliche Angelegenheiten, am Fenster stehen. Monica blätterte in ihrem Aktenkoffer und warf ihm einen kalten Blick zu.
Underwood ignorierte die Sekretärin. Monica war für Underwood einfach zu häßlich. Sie war intelligent und tüchtig, aber ihr dickes Gesicht war abstoßend.
»Schade«, grunzte Underwood verärgert.
»Hast du heute viel zu tun?« fragte Alice und versuchte, freundlich zu wirken.
»Ziemlich«, antwortete er. »Man sieht sich.«
Underwood schloß die Tür, aber nicht sehr leise.
Nun ging Underwood zum President's Dining Room am nordwestlichen Ende des Korridors, einem kleinen Speisezimmer mit Möbeln im föderalistischen Stil aus der Sammlung des Weißen Hauses. Er mochte die historische Atmosphäre des Raumes, vor allem den einen der drei Anrichtetische an der Westwand, der noch die Initialen D. W. für Daniel Webster trug.
Am Mahagonitisch in der Mitte des Zimmers saß bereits der Terminsekretär des Präsidenten, ein glattrasierter junger Mann namens John Zadrick, mit seinen Unterlagen und wartete, während der Kellner, Babcock, den starken Kaffee einschenkte und dann das Frühstück des Präsidenten vom Servierwagen zum Tisch brachte. Das Frühstück des Präsidenten war, wie immer, sehr karg – Orangensaft, eine kleine Schüssel Müsli und Toast mit Butter.

Nachdem Babcock mit seinem Wagen gegangen war, nippte Underwood am Orangensaft und sah seinen Terminsekretär an. »Wie sieht's aus?«
»Ein geruhsamer Vormittag«, antwortete Zadrick. »Um neun haben Sie Ihre übliche Konferenz mit Stabschef Blake und Außenminister Morrison.«
Underwood war überrascht. »Ezra Morrison? Was will denn Ezra dabei?«
»Ich nehme an, als Außenminister wird er Sie auf Ihr Mittagessen vorbereiten wollen.«
»Mein Mittagessen?« Dann fiel es ihm wieder ein. »Ach ja, irgendein Diplomat . . .«
»Nicht gerade ein Diplomat«, unterbrach ihn Zadrick. »Ihr Gast – Ihr Ehrengast – ist der Präsident eines Landes.«
»Welchen Landes?«
»Lampang, Mr. President.«
»Lamp – was?«
»Das Inselreich in der Nähe der Philippinen. Sie werden um zwölf Uhr dreißig mit Madame Noy Sang zu Mittag essen.«
Underwood trank seinen Orangensaft aus und begann mit dem Müsli. »Noy Sang? Was ist denn das für ein Name?«
»Ein einheimischer Name, Mr. President. Sie ist seit einem Jahr Präsidentin, seit dem Tod ihres Mannes. Mr. Blake und Minister Morrison werden mit Ihnen speisen. Soweit ich weiß, ist es wichtig.«
Underwood verschlang sein Müsli und griff dann nach Kaffee und Toast. »Gibt es denn an Lampang überhaupt etwas Wichtiges?«
»Nun, Sir . . .«
»Lassen Sie nur«, sagte der Präsident. »Jetzt erinnere ich mich – Lampang und die Frau, die es führt.« Er schnaubte verächtlich. »Und was liegt zuvor noch an?«

2

Wegen des morgendlichen Verkehrs war Außenminister Ezra Morrison acht Minuten zu spät dran.

Normalerweise war es nur eine kurze Fahrt vom Außenministerium zum CIA-Hauptquartier. Genaugenommen waren es vom Washingtoner Stadtzentrum bis nach Langley weniger als zehn Meilen.

Obwohl sein Fahrer sich die größte Mühe gab, konnte er gegen den dichten Verkehr nichts ausrichten.

Doch schließlich steuerte der Fahrer die Limousine durch die Dolly-Madison-Einfahrt ins Hauptquartier der CIA. Eine Wache mit einem Klemmbrett notierte sich routinemäßig Morrisons Namen.

Vor dem kastenförmigen Glas- und Betonbau stieg Morrison aus und strich sich seinen grauen Anzug glatt – trotz seines beachtlichen Umfangs war er immer sehr elegant gekleidet. Dann drückte er sich die spitz zulaufenden, buschigen Augenbrauen zurecht, kratzte sich an seiner Kartoffelnase und betrat das Foyer. Die Wände und Säulen, alle aus Marmor, waren so eindrucksvoll wie immer, und an den Wänden prangten zweiundfünfzig kleine, eingemeißelte Sterne, jeder für einen CIA-Mann, der sein Leben im Dienst verloren hatte. Das Motto der CIA, das auf einer separaten Wand eingraviert war, machte Morrison aus einem unerklärlichen Grund nervös: DU SOLLST DIE WAHRHEIT ERFAHREN, UND DIE WAHRHEIT WIRD DICH BEFREIEN.

Auf dem Boden, den er nun überquerte, sah Morrison das Emblem der CIA: ein Kreis mit einem Stern auf einem Schild und in fetten Lettern die Inschrift: CENTRAL INTELLIGENCE AGENCY/ UNITED STATES OF AMERICA.

Zwei Wachposten am anderen Ende des Ganges winkten Morrison zu der Treppe, die zum Kennzeichnungszimmer führte. Zu seiner Verärgerung mußte sich Morrison dort noch immer seine Identifikationsmarke abholen.

Es gab fünf Aufzüge – den privaten des CIA-Direktors Alan Ramage und vier andere – und Morrison wählte den, der direkt in das Büropenthouse des CIA-Direktors im siebten Stock führte.

Sobald Morrison das große Büro mit den signierten Lithografien von Giacometti, den Ramage gewidmeten Porträts von vier Präsidenten an den Wänden und den Fenstern mit Ausblick auf das Waldland entlang des Potomac betreten hatte, stellte er fest, daß die anderen bereits auf ihn warteten. Er nickte dem Stabschef des Präsidenten zu, der in einem bequemen Sessel Direktor Ramage und dessen CIA-Einsatzleiterin gegenübersaß. Die Einsatzleiterin lächelte er kurz an. Sie hieß Mary Jane O'Neil und war eine hübsche, zierliche junge Dame, mit der Außenminister Morrison seit über einem Jahr schlief. Er hatte zwar eine Frau und drei Kinder, aber die waren kein Problem, da seine Familie verstand, daß es in seinem Beruf keinen geregelten Feierabend gab. Als er vor gut einem Jahr Mary Jane das erste Mal zum Essen ausgeführt hatte, war er nicht nur fasziniert von ihr gewesen, sondern auch hoch erfreut, daß sie ihm gegenüber so freundlich war. Zwei Wochen später fand er sich glücklich in ihrem großen Doppelbett wieder.

»Tut mir leid, daß ich spät dran bin«, sagte Morrison zum CIA-Direktor und legte Hut und Aktenkoffer ab. »Der Menge der Autos nach muß irgendwo ein Goldrausch ausgebrochen sein.«

»Sie sind rechtzeitig gekommen«, entgegnete Ramage und strich sich eine lange Haarsträhne von der einen Seite seines Schädels auf die andere, ein vergeblicher Versuch, seine Glatze zu verdecken. Ramage saß aufrecht da, wie es sich für einen Admiral außer Dienst gehörte, und da er ein großer Texaner war, konnte er so auf seine Besucher hinabsehen. Er war ein kultivierter Mann von gesundem Aussehen, dem eine goldgerahmte Brille eine gewisse Würde verlieh.

Abwesend blätterte Ramage in seinen Unterlagen. »Lampang«, verkündete er und eröffnete die Sitzung. »Soviel ich weiß, Ezra, werden Sie und Paul den Präsidenten vorbereiten« – er sah auf seine Armbanduhr – »und zwar in einer Stunde. Weiß Underwood überhaupt, was hier auf dem Spiel steht?«

»Ich bin mir sicher, daß er es weiß«, erwiderte Blake, »aber ich würde nicht sagen, daß er viel Interesse daran hat.«

»Aber es muß ihn interessieren«, sagte Direktor Ramage mit Nachdruck. »Das muß man ihm begreiflich machen.«

Morrison tat die Besorgnis des Direktors mit einer Handbewegung ab. »Kein Grund zur Beunruhigung, Alan. Vor dem Mittagessen mit

Madame Noy Sang ist eine Kabinettssitzung geplant. Wir werden ihm die nötige Information und unsere Ziele schon beibringen.«
»Der Präsident wird daran denken«, versicherte Blake dem Direktor. »Obwohl er so träge ist, wird er daran denken. Das konnte er im Fernsehen schon gut, und er kann es auch jetzt im Weißen Haus, wenn er muß.«
»Ich hoffe es«, sagte der Direktor.
»Da brauchen Sie sich wirklich keine Gedanken zu machen«, versicherte ihm Blake erneut.
»Also gut«, sagte der Direktor, »dann wollen wir zusehen, daß wir alles beisammen haben, bevor wir ihn informieren.«
Direktor Ramage wandte sich seiner Assistentin zu. »Mary Jane, Sie haben Kopien unseres Memorandums über Lampang. Wollen Sie sie bitte austeilen?«
Mary Jane O'Neil stand auf. Gerade einsfünfundfünfzig groß, dachte Morrison, aber mit einem enormen Busen für diese Größe. Morrison stellte sie sich so vor, wie er sie am liebsten sah. Nackt und akrobatisch.
Sie gab zuerst Ramage das Memorandum, kam dann um den Tisch herum, um Blake eine Kopie zu geben, und hob sich Morrison als letzten auf. Als sie ihm sein Exemplar aushändigte, berührte sie seine Hand mit der ihren.
Morrison sah erregt zu ihr hoch, und sie lächelte ihn verführerisch an.
Während sie zu ihrem Stuhl zurückkehrte, fixierte Morrison ihren Hintern. Unvergeßliche Liebeskissen, dachte er, wenn man eine Backe in jeder Hand hält.
Morrison bekam allmählich eine Erektion, was bei seiner Frau sehr selten geschah, bei Mary Jane jedoch andauernd, doch dann schreckte ihn die Stimme des CIA-Direktors auf und brachte ihn in die Wirklichkeit dieses Vormittags zurück.
»Lampang«, begann Direktor Ramage erneut. »Kommen wir gleich zur Sache.«
»Alles vorbereitet«, sagte Morrison.
Ramage lehnte sich einen Augenblick zurück. »Weiß der Präsident etwas darüber?«
Der Stabschef beugte sich vor. »Ein wenig. Er weiß von allem ein wenig.«

Ramage nickte. »Dann müssen Sie ihn gründlich vorbereiten. Einfach, aber gründlich.«
»Wir haben dazu zwei Gelegenheiten«, sagte Blake. »Ich treffe mich in Kürze mit ihm im Oval Office. Und dann wieder nach der Kabinettssitzung.«
»Und zu Mittag trifft er sich mit Madame Noy Sang.«
»Um zwölf Uhr dreißig«, präzisierte Blake. »Zum Mittagessen und zum Gespräch. Ich werde dabeisein und der Außenminister ebenfalls.«
»Sehr gut«, sagte Ramage. »Aber zuerst müssen Sie die Voraussetzungen schaffen. Zeigen Sie ihm, wo Lampang liegt.«
»Ich glaube, er weiß, wo es ist«, sagte Blake.
»Gehen Sie auf Nummer Sicher«, fuhr Ramage fort. »So präzise wie möglich. Er muß Lampangs Beziehungen zu Kambodscha und dem südlichen Vietnam verstehen, und er muß begreifen, daß es unseren Verteidigungsgürtel vervollständigen wird.«
»Ich werde mich darum kümmern«, versprach Morrison.
Ramage war noch unsicher. »Was er bei Madame Sang erreicht, ist sehr wichtig für unsere Interessen.« Er blätterte durch die Papiere auf seinem Schreibtisch. »Und gleichzeitig muß man ihm bewußt machen, welche Art von Widerstand er von Madame Noy Sang zu erwarten hat.«
»Erwarten Sie starken Widerstand?« wollte Blake wissen.
»Das kann ich nicht sagen.« Ramage fand das Papier, das er gesucht hatte. »Percy Siebert, unser Mann in Lampang, hatte mich über Madame Noy Sang informiert. Ich werde Ihnen das Wesentliche seines Berichts mitteilen.« Ramage warf einen Blick auf das Papier vor sich. »Kommt aus einer guten Familie, Reisplantagenbesitzer, sehr wohlhabend. Sie schickten sie zur Ausbildung nach Amerika. Sie kennt unser Land sehr gut. Heiratete einen Linksliberalen namens Prem Sang, zweiundvierzig, ein Gelehrter, zehn Jahre älter als sie. Sie hatten ein Kind, einen Sohn namens Den, der inzwischen sechs Jahre alt ist. Als Prem mit dem Wahlversprechen einer Landreform Präsident wurde, ernannte er seine Frau zur Vizepräsidentin. Uns mag das komisch vorkommen, aber in dem Winkel der Welt ist das üblich. Ich würde nicht gerade sagen, daß Prem ein Freund der Vereinigten Staaten war, aber auch kein Feind. Eigentlich war er Nationalist. Er wollte ein freies und unabhängiges Lampang.«

»Welchen politischen Standpunkt hat seine Frau?« fragte Blake.
»Wir wissen es eigentlich nicht«, gab Ramage zu. »Nach Sieberts Bericht hält sie sich ziemlich an die politischen Vorstellungen ihres Gatten. Aber jetzt, nach einem Jahr im Amt und angesichts all der existierenden Probleme, hat sie ihre unabhängige Haltung den Vereinigten Staaten gegenüber anscheinend etwas revidiert. Zwei Dinge sind sicher. Die einzigen mächtigen Freunde auf der Insel sind General Samak Nakorn, der Oberbefehlshaber der Armee, und sein Stellvertreter, Colonel Peere Chavalit. Amerikas einziger mächtiger Feind auf der Insel, oder den Inseln, ist Captain Opas Lanakul, der Führer der kommunistischen Aufständischen, die auf beiden äußeren Inseln, Lampang Lop und Lampang Thon, herrschen. Madame Noy Sang balanciert auf einem schmalen Grat zwischen den beiden Extremen.«
»Aber sie muß doch einen Standpunkt haben«, stellte Blake fest.
»Hat sie auch«, entgegnete Ramage, »nach dem zu urteilen, was wir wissen. Sie braucht unsere Hilfe für ihre Landreform. Gleichzeitig will sie nicht, daß die Kommunisten verbreiten, sie verkaufe Lampang an ein kapitalistisches Land, das die Inseln nur ausbeutet. Madame Noy Sang hat das Volk hinter sich – vorwiegend Bauern, die nicht viel vom Kommunismus halten. Sie wollen, daß das Land aufgeteilt und die Wirtschaft angekurbelt wird, und dafür würden sie sich auf eine Demokratie nach amerikanischem Vorbild einlassen.«
»Ja«, sagte Blake, »das würde den meisten von uns genügen. Die Frage ist nur, wie es zu erreichen ist.« Er sah den Außenminister an. »Das fällt in Ihre Abteilung, Ezra.«
Morrison stellte sich seiner Verantwortung. Er stand auf, öffnete seinen Aktenkoffer und holte einen Ordner heraus. Beim Durchblättern hob er den Kopf und sah sich in der Runde um.
»Es ist ein Handel«, sagte Morrison. »Ein ganz gewöhnlicher Handel. Wir geben Madame Noy Sang etwas, das sie will, um zu bekommen, was wir wollen.«
»Sie will einen Kredit«, sagte Blake. »Einen Haufen Geld.«
»Genau«, stimmte ihm Morrison zu. »Als Gegenleistung wollen wir einen großen Luftwaffenstützpunkt auf Lampang.«
Ramage erhob sich. »Das wird für sie eine schwere Entscheidung werden«, bemerkte er. »Bei ihrer politischen Lage wird die Entscheidung, einen Luftwaffenstützpunkt für unsere Bomber und Jets zu

errichten und Tausende von unseren Leuten ins Land zu lassen, auf starken Widerstand nicht nur bei den kommunistischen Aufständischen, sondern auch bei ihrer eigenen Volkspartei stoßen. Wenn sie es überhaupt tut, wird sie eine Menge Geld dafür verlangen.«
»Wenn sie es nicht tut«, sagte Morrison entschieden, »bekommt sie keinen Penny.«
»Ich glaube nicht, daß das passiert«, meinte Blake. »Sie braucht uns.«
»Und wir brauchen sie«, entgegnete Morrison. »Deshalb sagte ich ja, es ist ein Handel.«
»Na, dann wollen wir mal mit unserer Seite anfangen«, sagte Blake. »Zu welchem Angebot sollen wir den Präsidenten ermächtigen?«
»Wir werden niedrig anfangen und uns langsam hocharbeiten«, antwortete Morrison. »Viel hängt von den Zahlen ab, die sie uns liefert. Ich will mich zuerst noch mit dem Verteidigungsminister Cannon absprechen, um zu wissen, was er glaubt, wieviel wir ihr für das geben können, was wir wollen. Wir werden uns auf einen Höchstbetrag einigen und den dann Underwood bei der Kabinettssitzung mitteilen.« Er wandte sich an Blake. »Glauben Sie, daß Sie den Präsidenten vor der Kabinettssitzung entsprechend präparieren können, mit den Fakten, aber noch ohne Zahlen? Ich will mich zuerst noch im Verteidigungsministerium umhören.«
»Ich werd's schon schaffen«, sagte Blake.
»Aber vergessen Sie nicht, heben Sie sich die Zahlen für die Kabinettssitzung auf, damit sie dem Präsidenten vor dem Mittagessen wirklich präsent sind. Ich werde auf jeden Fall noch einige Notizzettel als Gedächtnisstützen anfertigen. Und falls er wirklich etwas vergißt, werde ich dabeisein, um ihm auszuhelfen.« Morrison sah sich in der Runde um. »Das wär's also«, sagte er. »Wir sind bereit für Noy Sang.«
»Ich hoffe es«, sagte Blake ein wenig nervös.
»Na, wir wollen nur hoffen, daß auch der Präsident bereit ist«, fügte Morrison hinzu. »Dieses Mittagessen ist wirklich wichtig. Underwood muß es einfach schaffen. Ein wenig Charme würde auch nicht schaden.«
Blake hob die Schultern. »Die Frage ist nur, wer charmanter sein wird – Matt Underwood oder Noy Sang?«

Nach der Rückfahrt vom CIA-Gelände in seiner schwarzen Limousine mit Chauffeur betrat Paul Blake, der Stabschef des Präsidenten, das Weiße Haus über den westlichen Seiteneingang. Er nickte den Beamten des Sicherheitsdienstes flüchtig zu und eilte dann die schmale Treppe zu seinem Büro hoch, das nur zwei Türen vom Oval Office des Präsidenten entfernt war.

Im Büro saßen drei seiner Assistenten in zwangloser Kleidung herum und sprachen über eine Rede über Haushaltskürzungen, die der Präsident demnächst halten sollte. Nach der Begrüßung entließ Blake sie und verschob die Diskussion über die Rede auf einen späteren Zeitpunkt.

Im Augenblick wurde er im Oval Office des Präsidenten erwartet, um seinem Chef in groben Zügen auf das Mittagessen mit Madame Noy Sang vorzubereiten.

Als er dann dem Präsidenten gegenübersaß, fühlte er sich wie zu Hause. Er kannte Underwood schon sehr lange. Blake hatte die Harvard Law School absolviert und war schließlich Kompagnon einer renommierten Anwaltskanzlei geworden, zu deren Klienten auch Matt Underwood zählte. Gleich von Anfang an hatte Blake Underwoods Angelegenheiten übernommen. Blake war ein kleiner, rundlicher Mann mit einem Engelsgesicht. Er war stets glattrasiert, freundlich, mit immer wohlwollender Miene, und seine Liebenswürdigkeit paßte Underwood sehr. Wie auch seine Intelligenz und sein Organisationstalent.

Nun versuchte Blake dem Präsidenten ein Bild von der Lage in Lampang zu vermitteln. Der Präsident schien nur halb zuzuhören. Und allmählich gelang es ihm, das Gespräch auf den Schwergewichtsboxkampf zu lenken, der an diesem Nachmittag in Las Vegas stattfinden sollte. Wer gewinnen würde, wollte er von Blake wissen.

Blake war sich nicht sicher, er versuchte auszuweichen, denn er wußte nur, wer verlieren würde, wenn es ihm nicht gelang, die Aufmerksamkeit des Präsidenten wieder auf Lampang zu lenken.

Der Präsident war ungeduldig. »Paul, lassen Sie uns doch später über Lampang sprechen. Muß ich mir denn alles zweimal anhören? Wir können doch in der Kabinettssitzung darüber reden, dann ist mir alles noch frisch im Gedächtnis, wenn ich mich mit Madame Sang zu Tisch setze.«

»Wie Sie wollen, Mr. President.«

»Genau das will ich, Paul.«

Zehn Minuten später war man sich darüber einig, daß der Herausforderer den Champion in Las Vegas entthronen würde, und der Präsident zeigte zum erstenmal an diesem Tag ein wenig Begeisterung.

Als Paul Blake dann, verärgert über sein Versagen beim Präsidenten, in sein Büro zurückkehrte, wollte er zuerst seine Assistenten anrufen, um die Diskussion über die Haushaltsrede wieder aufzunehmen. Während er sich in seinem Büro umsah, dachte er amüsiert daran, daß bei der Suche nach möglichen Ausgabenkürzungen dieses Zimmer durchaus als Beispiel dienen könnte. Es war ein bescheidenes, mit weißem Holz verkleidetes Schlupfloch, und sein Eichenschreibtisch stammte aus den gewöhnlichen Regierungsbeständen. Blake ging zum Tisch, blätterte flüchtig die Telegramme der vergangenen Nacht durch und sah, daß nichts darunter war, das die sofortige Aufmerksamkeit des Präsidenten erfordert hätte. Er wollte nun eben seine Assistenten anrufen, als er merkte, daß er den Tagesterminplan des Präsidenten noch nicht vervollständigt hatte.

Er legte sich Notizblock und Bleistift zurecht und skizzierte den Terminplan. Er schrieb:

10.00 – Kabinettsvollversammlung.
11.30 – Vorlagen zur Unterzeichnung.
12.30 bis 14.30 – Mittagessen mit Präsidentin Noy Sang von Lampang im President's Dining Room, in Anwesenheit von Außenminister Morrison und Stabschef Blake. Nach dem Essen Fortsetzung der Unterredung im Yellow Oval Room.
15.15 – Fototermin im Rosengarten. Verleihung von Auszeichnungen an Pfadfinder.
17.00 – Übertragung des Schwergewichtstitelkampfes im Red Sitting Room im zweiten Stock.

Nachdem er die Liste beendet und sie noch einmal auf ihre Vollständigkeit hin überprüft hatte, rief Blake seine Sekretärin und trug ihr auf, sie abzutippen und zu verteilen.

Die Sekretärin hatte kaum die Tür geschlossen, als das blaue Haustelefon des Weißen Hauses klingelte.

Für gewöhnlich meldete sich der Präsident über diese Leitung.

Blake hob den Hörer ab.

Aber der Anruf kam nicht vom Präsidenten, sondern von der First Lady persönlich.
»Guten Morgen, Paul. Sind Sie gerade sehr beschäftigt?«
Auf seine höflichste Art antwortete Blake: »Ich bin nie sehr beschäftigt, wenn ich Gelegenheit habe, mit Ihnen zu sprechen, Alice.«
»Wie nett von Ihnen. Ich möchte etwas mit Ihnen besprechen. Haben Sie den Terminplan des Präsidenten für heute schon fertig?«
»Fast. Er wird eben abgetippt.«
»Ich möchte ihn gern sehen, Paul.«
»Aber Sie erhalten ihn doch automatisch.«
Blake konnte beinahe hören, wie Alice schmollend die Lippen spitzte. »Ich möchte ihn gern vorher sehen«, sagte sie.
Blake war hocherfreut. Er genoß es, in der Nähe der First Lady zu sein. »Sie werden ihn sofort bekommen. Ich werde ihn selbst vorbeibringen.«
»Ich wollte Sie aber nicht bei der Arbeit stören.«
»Aber überhaupt nicht. Geben Sie mir fünf Minuten. Wo kann ich Sie finden?«
»Im First Lady's Office.«
»Ich bin sofort bei Ihnen.«
Es entstand eine kurze Pause. »Der Terminplan ist doch noch nicht verteilt worden, oder?«
»Noch nicht. Wollen Sie, daß ich ihn zurückhalte?«
»Vielleicht. Wir werden sehen. Ich will ihn mir zuerst ansehen.«
Schließlich dauerte es doch zehn Minuten, bis Blake, frisch gekämmt und mit perfekt sitzender Krawatte, mit dem Terminplan in der Hand das First Lady's Office betrat.
Sie saß hinter ihrem polierten Schreibtisch auf einem gepolsterten Drehstuhl und sah auf den Lafayette Park hinaus.
Sobald sie ihn kommen hörte, stand sie auf. Sie ging auf das Chintzsofa unter den Wildblumendrucken an der Wand zu.
Sie winkte ihn zu dem weichen Polstersessel neben dem Sofa, doch er zögerte einen Augenblick, um ihren Gang zu beobachten.
Sie war perfekt. In seinem ganzen Leben hatte er noch keine besser gebaute Frau gesehen. Alice trug eine dünne weiße Seidenbluse, die den Spitzen-BH durchscheinen ließ, und einen kurzen Rock aus Schantung-Seide. Ihre langen Beine in den fleischfarbenen Strümpfen waren atemberaubend.

Sogar seine Frau, die wohlgeformte Beine und ein schön geschnittenes Gesicht hatte, verblaßte neben ihr.
Alice Underwood setzte sich auf das Sofa und überkreuzte die Beine, und Blake wußte plötzlich nicht mehr, was man von ihm erwartete. Mit Mühe erinnerte er sich schließlich daran, durchquerte mit steifen Beinen das Zimmer und setzte sich neben sie in den Sessel.
»Paul«, sagte sie, »den Terminplan des Präsidenten, haben Sie ihn dabei?«
Er griff in seine Jackentasche, zog den Plan heraus und faltete ihn auf.
Sie griff ungeduldig danach. »Darf ich sehen?«
Er gab ihr den Plan, und sie überflog ihn schnell.
»Was mich interessiert«, sagte sie langsam, »ist die Zeit nach dem Mittagessen. Wie ich sehe, trifft er sich mit dieser Frau aus Lampang.«
»Ja, Madame Noy Sang.«
»Was für ein komischer Name«, bemerkte Alice abwesend. »Ist das eine gesellschaftliche Begegnung oder so etwas? Ich meine, nur ein Höflichkeitsbesuch?«
Blake verstand nicht, worauf sie hinauswollte, aber er beschloß offen zu sein. »Es geht um mehr. Deshalb werden auch Ezra Morrison und ich anwesend sein.«
»Ich sehe, Sie haben zwei Stunden dafür angesetzt«, sagte Alice. »Ist das nicht ziemlich viel für ein Mittagessen?«
»Die Zeit ist nicht nur für das Essen gedacht«, entgegnete Blake. »Zunächst gibt es die üblichen Artigkeiten, das gegenseitige Kennenlernen. Der wirklich wichtige Teil des Treffens findet erst nach dem Essen statt, im Yellow Oval Room.«
»Und dazu sind zwei Stunden notwendig?«
»Nun, nicht unbedingt«, antwortete Blake vorsichtig. »Man könnte es auf eineinhalb Stunden verkürzen.«
Alice beugte sich zu ihm. Dabei wackelte ihr Busen, was Blake für einen Augenblick aus der Fassung brachte. »Können Sie es auf eineinhalb Stunden verkürzen?«
»Ich bin nicht ganz sicher, Alice. Woran denken Sie denn?«
Alice wurde nun sehr ernsthaft. »Erinnern Sie sich noch, als wir ins Weiße Haus einzogen, da wollten Sie, daß ich mich für wohltätige

Zwecke engagiere. Wir hatten alle den Eindruck, daß Antidrogen- und Antialkoholkampagnen und die Hilfe für behinderte Kinder schon von früheren First Ladies abgehakt worden waren. Sie waren doch derjenige, der Kunst und Erziehung für mich vorschlug.«
»Ich halte das immer noch für eine gute Entscheidung«, erwiderte Blake.
»Okay, Sie wissen doch, daß ich mich unter anderem auch für das neue Museum für Zeitgenössische Kunst engagiere. Nun, heute nachmittag veranstalten wir ein Wohltätigkeitsbüffet zur Geldbeschaffung. Es sind vor allem Mäzene geladen. Man erwartet von mir, daß ich eine Rede halte, und das werde ich auch tun. Aber Matt kann das viel besser als ich. Ich will, daß er mich ins Museum begleitet und dort auch ein paar Worte sagt. Das ist doch bestimmt genauso wichtig wie Lampang. Ich meine, er kann doch mit dieser Frau aus Lampang reden und sich trotzdem die Zeit für das Museum nehmen. Ist denn das nicht möglich?«
Paul Blake zögerte. Als er Alice auf Kunst und Erziehung brachte, hatte er vor allem die Armen und Unterprivilegierten im Sinn gehabt. Die Mäzene und Förderer des Museums für Zeitgenössische Kunst gehörten wohl kaum zu dieser Schicht. Als Bedürftige konnte man sie nicht bezeichnen. Das Büffet und der Auftritt des Präsidenten wären nur eine zusätzliche Glasur auf einem Kuchen, der bereits so übermäßig fett war.
»Ich . . . ich weiß nicht, Alice . . .«, begann Blake.
Alice sprang auf. Sie hatte eine Bresche geschlagen und wollte sie nun nicht wieder aufgeben. »Ach, Paul, mein Lieber, das können Sie doch tun, es ist doch nur ein winziger Gefallen. Bitte.« Sie beugte sich über ihn und küßte ihn auf die Wange, und dabei strich ihr Busen über seine Hand.
Blake zog sich verwirrt zurück. »Nun . . .«
»Kommen Sie«, sprudelte Alice heraus. Sie umarmte ihn, und nun spürte er ihre beiden großartigen Brüste. »Für mich, für mein Anliegen.«
Dem hatte Blake nichts mehr entgegenzusetzen. Er versuchte, sich an ihr Gesicht so knapp vor dem seinen zu gewöhnen. »Na, ich denke, das läßt sich einrichten.«
»Sie sind ein Schatz!« rief Alice und drückte ihre Lippen auf die seinen. »Vielen Dank.«

»Ich . . . ich werde den Terminplan umstellen.«
»Es ist einfach«, sagte Alice lebhaft und richtete sich auf. »Matt hat den endgültigen Plan ja noch nicht gesehen. Notieren Sie für diese Frau aus Lampang die Zeit zwischen 12.30 und 14.00, und um 14.30 soll Matt mit mir ins Museum fahren.« Sie gab ihm den Plan zurück. »Werden Sie es sofort erledigen?«
»Sofort«, sagte er und erhob sich unsicher aus dem tiefen Sessel.
Sie nahm ihn beim Arm und führte ihn zur Tür. »Ich warte darauf, daß Matt mich um 14.30 abholt.«
Dann stand er auf dem Gang. Alice hatte die Tür hinter ihm geschlossen.
Blake wußte, daß sie ihn manipuliert hatte.
Diese warmen Lippen. Diese weichen Brüste. Sie waren es wert.
Beim Weggehen fragte sich Blake, was es überhaupt ausmache. Eine halbe Stunde weniger mit irgendeiner Frau aus dem Südchinesischen Meer.
Blake versuchte sich einzureden, daß der Präsident vielleicht sogar froh sei, ihr eine halbe Stunde früher entkommen zu können.

Stabschef Blake hatte noch eine zweite Änderung am Terminplan des Präsidenten vorgenommen und mit einer handgeschriebenen Notiz die Betroffenen davon verständigt. Das war inzwischen vierzig Minuten her.
Er hatte die Vollversammlung des Kabinetts verschoben.
Da es ihm nicht gelungen war, den Präsidenten bei ihrem ersten Gespräch über Lampang zu informieren, war er zu der Überzeugung gekommen, daß sich die Sitzung im Kabinettszimmer ausschließlich auf Lampang und auf das, was der Präsident erwarten könne und zu geben bereit sein müsse, konzentrieren sollte. Bei diesem Thema waren aber weder der Landwirtschaftsminister, der Handelsminister, der Verkehrsminister und der Justizminister noch die anderen Kabinettsmitglieder notwendig.
Als Blake nun das Kabinettszimmer betrat, sah er, daß die notwendigen Beamten informiert worden und bereits anwesend waren. Blake begrüßte den Außenminister, den CIA-Direktor, den Verteidigungsminister und die drei Mitglieder des Nationalen Sicherheitsrates, und setzte sich dann in den Ledersessel neben dem noch leeren des Präsidenten.

»Wie lief das Vorabgespräch mit dem Präsidenten?« wollte Morrison wissen.
Blake schnitt eine Grimasse. »Entsetzlich.«
»Was soll das heißen?« fragte Morrison.
»Entsetzlich eben«, antwortete Blake. »Lampang war dem Präsidenten vollkommen gleichgültig. Er wollte nur über den Schwergewichtskampf in Las Vegas heute nachmittag reden.«
»Dann wissen wir ja, was wir zu tun haben«, bemerkte der CIA-Direktor Ramage.
»Genau«, sagte Blake. »Lampang und noch einmal Lampang. Deshalb habe ich alles andere abgesagt. Ich will mich auf das konzentrieren, was den Präsidenten beim Mittagessen erwartet.«
Sie wollten eben ihr Vorgehen besprechen, als die Tür aufging und Präsident Underwood das Zimmer betrat.
Groß und aufrecht stand er da und schien guter Laune zu sein. Er strich sich die Haare zurück, grinste die Versammlung an und sagte zu niemandem im besonderen: »Was geht denn da hinter meinem Rücken vor?«
Dann ging er auf seinen Stuhl zu und begrüßte jeden Anwesenden mit Namen.
»Wir sprachen über Ihr Mittagessen mit Madame Noy Sang«, sagte Blake, als der Präsident sich setzte.
»Wird es ein langes Mittagessen werden?« fragte der Präsident.
»Das muß es nicht«, versicherte ihm Blake. »Nach den Begrüßungsformalitäten können Sie das Essen schnell zum Abschluß bringen, und wir gehen dann in den Yellow Oval Room. Dort geht's dann nur ums Geschäft.«
»Ich wollte es nur wissen, weil ich den großen Kampf nicht versäumen will«, erklärte der Präsident.
»Dafür bleibt noch genug Zeit«, versprach ihm Blake. »Für Essen und Konferenz mit Madame Noy Sang sind eineinhalb Stunden angesetzt. Anschließend erwartet die First Lady, daß Sie sie zur Eröffnung des Museums für Zeitgenössische Kunst begleiten und ein paar Worte sagen, vielleicht etwas über einen bedeutenden Mäzen. Danach bleibt noch genug Zeit für den Kampf.«
Der Präsident sah sich im Zimmer um. »Wie ich sehe, fehlen einige unserer Freunde; Sie haben offensichtlich nur die ganz hohen Tiere eingeladen.«

»Absichtlich«, erwiderte Blake ehrlich. »Da Sie mit Madame Noy Sang werden feilschen müssen, wollten wir uns ausschließlich auf den Vertrag mit Lampang konzentrieren.«
»Na schön«, sagte der Präsident. »Diese Dame, mit der ich essen werde – kann mir jemand sagen, wie die eigentlich ist?«
Außenminister Morrison beugte sich vor. »Wir wissen es nicht genau. Keiner von uns ist ihr je begegnet. Wie Sie vielleicht noch wissen, war ihr Gatte vor seiner Ermordung Präsident von Lampang. Sie war Vizepräsidentin, wie in diesem Teil der Welt üblich. Deshalb nahm sie seinen Platz ein.«
Underwood nickte. »Ja, daran erinnere ich mich. Ich habe ihr Bild in den Zeitungen gesehen. Sie sieht ja nicht sonderlich furchteinflößend aus.«
Nun beteiligte sich auch Ramage an dem Gespräch. »Ist sie auch nicht, Mr. President. Unser Mann in Lampang, Percy Siebert, sagt, sie sei eine kleine, zarte Frau, der die Ermordung ihres Mannes sehr nahe ging. Sie trauerte ein ganzes Jahr und tat in dieser Zeit nichts anderes, als sich in ihr neues Amt einzuarbeiten.«
»Und jetzt, nach Ablauf dieses Jahres«, fügte Morrison hinzu, »verläßt Noy Sang ihre Abgeschiedenheit. Und ihre erste Auslandsreise führt sie in die Vereinigten Staaten. Ich vermute, vor allem, weil sie uns braucht.«
»Bestimmt wegen Geld«, sagte der Präsident.
»Vielleicht steckt noch etwas mehr dahinter«, erwiderte Blake, »sentimentale Gründe möglicherweise. Noy Sang war schon einmal in Amerika. Vor einigen Jahren. Sie hat vier Jahre lang in Wellesley studiert.«
Das schien den Präsidenten zu interessieren. »Dort geht auch Dianne zur Schule«, sagte er stolz. »Sie ist jetzt in der Abschlußklasse.«
Von allen wurde erwartet, daß sie wußten, und alle wußten auch, daß Dianne Underwood seine einundzwanzigjährige Tochter war.
»Dann haben Sie wenigstens ein gemeinsames Gesprächsthema«, sagte Blake, »bevor Sie zur Sache kommen.«
Der Präsident nickte. »Okay, und was ist Sache?«
Morrison hatte auf das oberste Blatt eines langen, gelben Blocks eine Karte gezeichnet. Er riß es ab und reichte es dem Präsidenten quer über den Tisch. Dann sagte er zu Curtis Cannon, dem Verteidi-

gungsminister: »Curtis, setzen Sie sich auf meinen Platz und überlassen Sie mir den Ihren. So kann ich leichter die Karte des Südpazifik erklären, die ich eben gezeichnet habe.«
Sie wechselten die Plätze, Morrison setzte sich auf den Stuhl neben dem Präsidenten und legte das gelbe Blatt vor ihm auf den Tisch.
»Was ist das?« wollte der Präsident wissen.
»Eine grobe Skizze des Fernen Ostens mit unseren wichtigsten Luftwaffenstützpunkten, die uns helfen, Nordkorea, China, Vietnam und Kambodscha in Schach zu halten, falls sie zu übereifrig werden.« Seinen Stift als Zeigestab benutzend, fuhr er fort: »Wie Sie sehen, Mr. President, hat unsere Luftwaffe im Pazifik drei Hauptflügel. Ohne Hawaii, das pazifische Hauptquartier für die 15. Luftflotte, haben wir drei große Luftwaffenstützpunkte. Hier der Stützpunkt in Japan für die 5. Flotte. Hier der Stützpunkt in Südkorea für die 7. Und dort der auf den Philippinen für die 13. Flotte. Fällt Ihnen an der Karte etwas Ungewöhnliches auf?«
Der Präsident schüttelte den Kopf. »Eigentlich nicht.«
»Dann sehen Sie mal hierher. Was sehen Sie?«
Der Präsident studierte die Karte. »Eine Inselgruppe, eine große Insel und zwei kleine.«
»Lampang«, sagte Morrison. »Dort haben wir keinen Luftwaffenstützpunkt.«
»Aber Sie wollen dort einen?«
Morrison hob den Kopf und sah dem Präsidenten in die Augen. »Wir wollen ihn nicht nur, wir brauchen ihn unbedingt. Damit hätten wir einen Stützpunkt, der nur einen Steinwurf von den kommunistischen Ländern Kambodscha, Vietnam und China entfernt liegt.«
»Ich verstehe. Und wie bekommen wir ihn?«
»Indem wir darauf vertrauen, daß Ihre Überredungskünste und Ihr unbestreitbarer Charme Madame Noy Sang uns gefügig machen werden«, antwortete Morrison. »Wir wollen jetzt in groben Zügen darstellen, was wir von ihr wollen und was wir ihr dafür geben können.«
»Also los«, sagte der Präsident.
Morrison sah über den Tisch hinweg. »Curtis«, sagte er zum Verteidigungsminister, »lassen Sie uns wieder Plätze tauschen.«
Das geschah auch.

Als Cannon dann wieder neben dem Präsidenten saß, sagte er: »Mr. President, ich werde Ihnen jetzt genau erklären, was wir von Madame Noy Sang wollen. Aber Sie müssen sich nicht alles merken. Ich habe Ihnen unsere Forderungen auf einigen Kärtchen abtippen lassen. Die können Sie dann zu Hilfe nehmen, wenn Sie mit Madame Sang zum Geschäft kommen.«
Er holte einige Kärtchen aus der Tasche und gab sie dem Präsidenten, der sie in die seine steckte.
»Okay, fahren Sie fort«, sagte der Präsident.
»Was wir wollen, ist ein Luftwaffenstützpunkt von etwa 130 000 Morgen in Lampang. Ungefähr 10 000 Morgen brauchen wir für verschiedene Gebäude und Einrichtungen. Es sollte genug Platz sein für 10 000 Soldaten und etwa 15 000 einheimische Zivilisten und Angestellte.«
»Was ist mit den Start- und Landebahnen?« fragte der Präsident.
»Es wird genug Platz sein für zwei Hauptrollbahnen«, entgegnete der Verteidigungsminister. »Die längere wird etwa fünfzig Bombern Platz bieten – F-5s, F-4Es, F-4Gs und vielleicht noch zwölf F-5Es.«
»Müssen wir den ganzen Grund kaufen?«
»Ich würde es nicht wagen, das vorzuschlagen, auch wenn es möglich wäre«, antwortete Verteidigungsminister Cannon. »Der Stützpunkt selbst, die Flugzeuge und Gebäude ausgenommen, würde im Besitz von Lampang bleiben. Was ich vorhersehe und was Madame Noy Sang zweifellos anstreben wird, ist eine Übereinkunft zwischen Lampang und uns. Wir erhalten einen langfristigen Nutzungsvertrag für den Stützpunkt – vielleicht neunzig Jahre, wenn Sie das erreichen können –, als Gegenleistung für eine beträchtliche Unterstützung Lampangs in amerikanischen Dollars.«
042s ist eine beträchtliche Unterstützung?«
Cannon sah über den Tisch hinweg Morrison an. »Haben Sie genaue Zahlen, Ezra?«
»Ich habe zwei Zahlen«, sagte Morrison. »Sie basieren auf Informationen meiner Fernostexperten. Auch Alan Ramage war sehr hilfsbereit und hat mir eine Menge Daten von der CIA zukommen lassen. Die erste Zahl ist der niedrigstmögliche Betrag. Das könnte funktionieren, weil Noy Sang verzweifelt Geld braucht. Spielen Sie mit diesem Betrag, Mr. President.«
»Und wie hoch ist er?« fragte Underwood.

»Hundertfünfundzwanzig Millionen Dollar.«
»Das klingt für mich beträchtlich genug.«
»Für Sie, Sir, aber nicht für die Präsidentin von Lampang«, entgegnete Morrison. »Sie mag vielleicht nicht sonderlich raffiniert sein, aber sie ist seit einem Jahr im Amt, und sie weiß in etwa, was wir brauchen. Sie weiß, daß sie mit dem Luftwaffenstützpunkt einen Trumpf im Ärmel hat. Sie kennt dessen Bedeutung für unsere nationale Verteidigung. Kann sein, daß sie sich stur stellt und mehr verlangt.« Morrison überlegte, was er als nächstes sagen wollte. »Wie die Dinge liegen, Mr. President, können Sie sich auf mehr einlassen. Spielen Sie den netten Kerl und lassen Sie sich auf den höheren Kredit ein.«
»Und der wäre?«
»Wir können bis hundertfünfzig Millionen gehen – aber keinen Cent mehr. Dann wird es zu kostspielig, da man auch die ausstehenden Kredite an andere Länder in Erwägung ziehen muß. Es ist gut möglich, daß Madame Sang mehr verlangt. Das tun sie immer. Diese kleinen Länder sind total verarmt und glauben, Uncle Sam habe unendlich große Taschen. Aber soviel können wir auch wieder nicht verschleudern, vor allem nicht an ein verhältnismäßig obskures Land wie Lampang. Sie können den Helden spielen und bis hundertfünfzig Millionen gehen, aber das ist die absolute Grenze.«
»Was ist, wenn sie nein sagt?«
»Dann verabschieden Sie sich von der Dame. Wir sehen uns dann woanders nach einem anderen Stützpunkt und einem vernünftigeren Handelspartner um.«
Der Präsident runzelte die Stirn. »Ich dachte, Sie sagten, daß wir diesen Stützpunkt auf Lampang unbedingt brauchen?«
»Wir wollen ihn, das steht außer Frage«, erwiderte Morrison. »Aber es gibt Grenzen dafür, was wir bezahlen können. Wir dürfen uns nicht erpressen lassen.« Er lächelte Underwood an. »Sie werden es schon schaffen, Mr. President. Wir haben Glück, daß das Oberhaupt von Lampang eine Frau ist. Einige Worte von Ihnen, ein wohlwollendes Lächeln, und sie wird schmelzen. Diplomatie funktioniert oft so.«
Underwood schien unsicher. »Ich hoffe es.«
»Sie schaffen es«, sagte Morrison. »Daran zweifle ich keinen Augenblick. Sie bleiben der Sieger.«

»Ich werde mein möglichstes tun«, sagte der Präsident, und damit war die Konferenz im Kabinettszimmer beendet.

Im Herzen der Hauptstadt Visaka auf der Insel Lampang saß Noy Sang im Büro ihres Gatten hinter seinem übergroßen Schreibtisch und unterzeichnete vor Antritt ihrer Reise in die Vereinigten Staaten noch einige Gesetzesvorlagen.

Das Büro und der Schreibtisch waren noch immer, obwohl sie beides schon ein Jahr lang benutzte, Büro und Schreibtisch ihres Gatten. Er war in diesem Zimmer brutal ermordet und anschließend mit großen Feierlichkeiten beigesetzt woren, aber für Noy Sang war ihr Mann Prem noch immer nicht ganz tot. Es war, als wäre er zu einer langen Reise aufgebrochen, ohne sich verabschiedet zu haben. Einige Erinnerungen waren verblaßt, vorwiegend Kleinigkeiten, und in den letzten Monaten hatte sie sich auch weniger einsam gefühlt, weil sie so in ihre Arbeit vertieft war.

Aber das Büro und der Schreibtisch waren Prems. Sie konnte nicht untreu sein. Alles, was sie wußte – fast alles –, hatte sie von Prem gelernt, und sie konnte es noch immer nicht ganz glauben, daß sie nun ganz auf sich gestellt war.

Was ihr all dies in den Sinn brachte, während sie die Papiere unterzeichnete, war die Tatsache, daß ihre Trauerzeit vorüber war und sie nun gleich zu ihrer ersten offiziellen Auslandsreise aufbrechen würde.

Nun war sie wirklich – oder würde es bald sein – die Präsidentin Noy Sang von Lampang.

Noy sah auf ihre goldene Uhr. Es war Zeit für Den, sich auf den Schulweg zu machen. Sie fragte sich, wo er im Augenblick steckte. Dann fiel ihr ein, daß sie selbst sich schon in einer halben Stunde mit Außenminister Marsop Panyawan auf den Weg zum Flughafen und zu ihrem Flug in die Vereinigten Staaten machen mußte und daß sie sich mit ihren Unterschriften nun besser beeilte.

Also nahm sie den Füller wieder zur Hand und legte eben das letzte Dokument beiseite, als sie auf der Treppe, die von der Wohnung herunterführte, das Trappeln von Schritten hörte.

Der kleine Den platzte ins Büro, mit Noys Schwester Thida auf den Fersen. Den war dunkelhaarig und dunkeläugig, er hatte eine Stupsnase und war für sein Alter sehr klein. Noys Schwester Thida war drei Jahre jünger als sie, aber größer und schlanker und mit kantigeren Gesichtszügen. Nach Annullierung einer frühen Ehe war sie nun wieder alleinstehend und Vizepräsidentin von Lampang, eine würdige, denn sie war politisch ebenso klug wie Noy und fühlte die gleiche Sympathie mit den Armen.

Noy legte den Füller weg, stand auf und kniete sich vor ihren kleinen Jungen, um ihn zu küssen und zu umarmen.

»Jetzt aber marsch zum Auto, sonst kommst du zu spät in die Schule«, befahl sie ihm. »Es ist ja keine lange Reise. In drei oder vier Tagen bin ich wieder zurück. Thida wird dich heute in die Schule bringen.«

Daß Thida ihn begleitete, hatte man extra so eingerichtet, damit er von ihrer Reise abgelenkt würde. Normalerweise brachte Chalie, der treue Fahrer, Den in die staatliche Schule – eine private erlaubte Noy nicht –, und er fuhr ihn nach Schulschluß auch wieder in den Palast zurück.

Noy stand auf und nahm ihre Schwester in den Arm. »Du hast die Verantwortung, während ich weg bin«, flüsterte Noy ihr zu. »Paß auf, daß General Nakorn nicht plötzlich seine antikommunistischen Ideen in die Tat umsetzt. Ich will mit Lunakul und den Aufständischen in einer Verhandlungsposition bleiben, bis wir eine Lösung gefunden haben.«

Thida lächelte und streichelte ihrer Schwester die Hand. »Mach dir keine Sorgen, Noy. Lampang ist in sicheren Händen. Vielleicht kann ich Lampang nicht so regieren wie du, aber ich kann dich immer noch sehr gut nachahmen. Und was General Nakorn betrifft, ich werde ihn nicht aus den Augen lassen.«

»Danke, Thida . . . Auf Wiedersehen, Den. Ich liebe euch. Bis in ein paar Tagen.«

Sie sah zu, wie Thida den Jungen an der Hand nahm und aus dem Büro führte.

Sie wollte eben an den Schreibtisch ihres Gatten zurückkehren, als Marsop Panyawan mit schnellen Schritten das Büro betrat. Er war ein dürrer, knochiger Mann mit eindringlichem Blick und ernster Miene.

Er war nicht nur Noys Außenminister, sondern auch der beste Freund ihres Gatten und ihr verläßlichster Verbündeter.

Marsop war etwas größer als die Männer auf Lampang im Durch-

schnitt, etwa einssiebzig, und hatte braune, zur Seite gekämmte Haare, tiefliegende Augen und ein hageres Gesicht. Er begrüßte Noy, kam zu ihrem Schreibtisch und setzte sich ihr gegenüber.
»Na, dann machen wir uns auf den Weg nach Washington, D.C.«, sagte Noy.
»Der Besuch ist für unsere Interessen von höchster Bedeutung«, entgegnete Marsop. »Ich bin froh, daß Sie mit Präsident Underwood zu Mittag essen werden.«
»Offensichtlich nicht nur eine gesellschaftliche Angelegenheit«, sagte Noy.
»Ich würde es nicht so bezeichnen. Wir wissen, daß wir Geld von den Amerikanern brauchen. Und ich habe erfahren, was sie von uns wollen, zwar nicht in allen Einzelheiten, aber im allgemeinen.«
»Wir bekommen einen Kredit«, sagte Noy einfach. »Und geben ihnen einen Luftwaffenstützpunkt.«
»Ich bin mir ziemlich sicher, daß es zu einer solchen Übereinkunft kommen wird.«
Noy dachte nach. »Der Kredit. Wieviel wollen wir von den Vereinigten Staaten?«
Marsop grunzte.
»Soviel wir bekommen können, Noy.«
»Aber jetzt einmal konkret. Sie haben doch dem amerikanischen Botschafter auf den Zahn gefühlt. Wissen Sie nicht, an welchen Betrag die Amerikaner denken?«
Marsop schüttelte den Kopf. »Eigentlich nicht. Ich weiß, wieviel wir brauchen. Nach der Kabinettssitzung habe ich jetzt eine ziemlich gute Vorstellung.«
»Wieviel brauchen wir?«
Marsop holte eine Zigarettenpackung aus seiner Jackentasche und klopfte eine heraus. Er betrachtete die Zigarette, bevor er sie anzündete. »Wir brauchen zweihundert Millionen Dollar«, sagte er schließlich.
»Können sie uns so viel geben?«
»Sie können, aber sie werden es nicht«, antwortete Marsop und zog an seiner Zigarette.
»Werden sie die Forderung als überzogen betrachten?«
»Nur in der Hinsicht, daß sie bereits in Mexiko, Brasilien, Argentinien und einem Dutzend anderer Länder riesige Kreditaußenstände

haben. Der Kongreß hat den Präsidenten unter Druck gesetzt, die Kreditvergabe einzuschränken bzw. ganz einzustellen.«
Man sah Noy ihre Besorgnis an. »Okay, dann bitte ich um zweihundert Millionen. Was ist, wenn sie sich weigern?«
»Dann bekommen Sie Schwierigkeiten mit dem Reformprogramm zu Hause.«
Noy dachte an etwas anderes. »Darf ich die Sowjetunion ins Spiel bringen?«
»Auf gar keinen Fall. Nicht einmal als Verhandlungstrick oder als Drohung. Allein die Vorstellung, daß wir überhaupt daran denken, die Russen ins Land zu lassen, würde sie entsetzen, vor allem bei ihren Problemen im Pazifik und dem Grund, warum sie überhaupt mit uns verhandeln. Sie wollen diesen Luftwaffenstützpunkt ja gerade als Bollwerk gegen den Kommunismus.«
»Und was soll ich tun, wenn sie die zweihundert Millionen verweigern?«
Marsop antwortete sehr schnell. »Das darf nicht passieren. Sie müssen die zweihundert Millionen fordern und auf dieser Forderung bestehen.«
Noy seufzte. »Sie machen mich sehr nervös, Marsop.«
Er lächelte. »Das war auch meine Absicht. Aber eigentlich brauchen Sie es nicht zu sein. Vergessen Sie nicht, Präsident Underwood will etwas von Ihnen. Und zwar sehr dringend.«
»Das kann er haben. Darauf haben wir uns geeinigt.«
»Nicht ganz«, entgegnete Marsop. »Er will einen außergewöhnlich großen Luftwaffenstützpunkt. Ich glaube nicht, daß Ihre Anhänger ein solches Geschenk begrüßen würden. Es würde Ihnen innenpolitisch schaden. Bei dem Stützpunkt müssen Sie sehr knauserig sein. Aber das werden wir auf dem Flug noch genauer besprechen. Im übrigen haben Sie noch einen Trumpf in der Hand. Es ist der, auf den ich am meisten vertraue.«
»Welchen?«
»Ihren Charme, Noy.«
»Aber bitte, Marsop, das ist doch unmöglich. Ich kann doch für einen Amerikaner keine Femme fatale spielen.«
»Das müssen Sie auch nicht.« Marsop grinste breit. »Zeigen Sie ihm einfach Ihr gewöhnliches, alltägliches, natürliches Wesen. Glauben Sie mir, das wird ihn beeindrucken.«

»Ich wünschte, ich könnte es glauben. Ich frage mich, wie er ist.«
»Präsident Underwood? Ich habe einen ausführlichen Bericht über ihn. Sie können ihn im Flugzeug lesen. Aber jetzt machen wir uns besser reisefertig.«

3

Hoch über dem Pazifischen Ozean saßen Noy Sang und Minister Marsop Panyawan an Bord des Präsidentenjets von Lampang auf einem Samtsofa und beendeten eben ihr Abendessen. Als dann eine dunkelhäutige Stewardeß im Hosenanzug die Tabletts abgeräumt hatte, beugte sich Noy nach rechts und sah aus dem kleinen Fenster.

»Ich glaube, ich kann die Küste von Kalifornien erkennen«, sagte Noy.

»Noch nicht«, entgegnete Marsop. »Der Horizont täuscht. Wir erreichen die Vereinigten Staaten erst in einer Stunde.«

»Und dann weiter nach Washington, D.C.?«

»Noch einmal fünf Stunden.«

Noy schüttelte sich und wandte sich vom Fenster ab. »Viel zu bald«, sagte sie. »Vielleicht kann ich in der Zwischenzeit noch etwas schlafen.«

»Eine Ruhepause würde nicht schaden.«

»Marsop, ich brauche mehr als nur eine Ruhepause. Ich brauche eine Narkose. Ich fürchte, ich bin noch nicht ganz bereit für meinen ersten Staatsbesuch.«

»Ich bin sicher, daß Sie sich mit Präsident Underwood hervorragend verstehen werden.«

»Ich wäre froh, wenn ich nur halb so zuversichtlich sein könnte.« Sie griff nach ihrer Handtasche, ließ sie aber dann geschlossen. »Nicht gerade der richtige Zeitpunkt, um das Rauchen aufzuhören. Marsop, können Sie eine Zigarette entbehren?«

Er suchte nach seiner Packung, öffnete sie und bot ihr eine an. Dann schnippte er mit dem Daumen das Feuerzeug an und gab ihr Feuer.

Sie inhalierte tief, atmete wieder aus und sah ihren Außenminister durch den Rauch an.

»Ich habe eigentlich keine Angst, mit Präsident Underwood zu verhandeln«, sagte sie langsam. »Ich habe nur Angst davor, ihm zwei Stunden lang von Angesicht zu Angesicht gegenüberzusitzen. Mit wem habe ich es denn zu tun? Mit Abraham Lincoln? Theodore Roosevelt? Richard Nixon?«

Marsop lachte auf. »Kaum. Er ist keiner von denen, und das wissen Sie sehr genau. Als ich Ihnen gestern abend die Videos vorspielte, konnten Sie doch sehen, daß er gar nicht so furchteinflößend ist.«
»Was kann man auf diesen Aufnahmen denn schon sehen? Öffentliche Reden. Interviews. Aber kein menschliches Wesen. Ich versuche, ihn mir als menschliches Wesen vorzustellen, so wie er wirklich ist. Mit was für einem Menschen werde ich reden?«
»Mit einem, der sich nicht sehr von Ihnen unterscheidet, einem mit seinen eigenen Zielen, Enttäuschungen, Ärger und Freuden. Stellen Sie sich vor, daß Prem bei Ihnen ist. Entspannen Sie sich morgen. Fühlen Sie sich ganz sicher.«
Sie schüttelte traurig den Kopf. »Der liebe Prem ist nicht bei mir. Ich habe ihn tot gesehen. Ich kann dieses Spiel nicht länger spielen. Von jetzt ab bin ich auf mich selbst gestellt.« Sie ergriff Marsops Hand, drückte sie fest und ließ sie dann wieder los. »Aber natürlich werden Sie hinter mir stehen.«
»Das werde ich. Aber im Grunde sind Sie auf sich alleine gestellt. Wie der Präsident der Vereinigten Staaten, der auch seinen Stabschef und seinen Außenminister bei sich hat, aber am Ende werden Sie beide miteinander allein sein.«
»Was für ein Mensch ist er, Marsop?« sagte sie plötzlich. »Wie ist er wirklich?«
Marsop öffnete die lederne Aktenmappe auf dem Sofa und zog einen blauen Ordner heraus. »Das ist der Bericht, von dem ich gesprochen habe. Wollen Sie ihn wirklich sehen? Ich werde Ihnen ein wenig über Matthew – alle nennen ihn Matt – Underwood vorlesen. Ich hoffe nur, daß das Wissen Ihnen die Nervosität nimmt.«
»Jedes Licht, das Sie verströmen, wird mich erleuchten.«
Marsop öffnete die Akte. »Also gut, dann wollen wir herausfinden, was es herauszufinden gibt, und hoffen, daß es stimmt.«
»Erzählen Sie mir alles«, sagte Noy.
»Alles, Noy.«
Er las die erste Seite in seiner Akte. Dann hob er den Kopf.
»Matt Underwood ist zweiundfünfzig Jahre alt.«
»Ich hätte ihn für älter gehalten.«
Marsop lächelte. »Das liegt an seinem Auftreten. Eine gewisse angenommene Feierlichkeit, die er noch aus seiner Zeit als Fernsehmoderator hat. Damit er etwas väterlicher wirkt.«

»Er war also ein richtiger Fernsehstar?«
»Ein richtiger, und in seiner Zeit sogar ein bedeutender.«
»Man kann sich das kaum vorstellen, daß ein Fernsehstar Präsident der Vereinigten Staaten wird.«
»Jeder muß etwas sein, und wenn es nur Fernsehstar ist«, erwiderte Marsop. »Davor hatten sie einen Hollywoodschauspieler. Und vor dem einen Erdnußfarmer. Und noch früher einen Dressman. Es ist sehr schwer, als Politiker geboren zu werden und es auch zu bleiben.«
»Fahren Sie fort.«
Marsop sah in seinen Unterlagen nach. Er merkte sich, was er las, und wandte sich dann wieder an Noy.
»Nach unseren Informationen« sagte er, »besuchte Matthew Underwood die Columbia University . . .«
»Ich erinnere mich. Das ist in New York City.«
»Ja. Bereits als junger Mann war Underwood mit einer tiefen, wohlklingenden Stimme und einer natürlichen Unbefangenheit gesegnet. Er belegte Kurse in Rhetorik und Journalismus und wurde Leiter seiner Diskussionsgruppe. In diesen Jahren war Columbia in jedem Fach Spitzenreiter. Einer von Underwoods Professoren war so begeistert von ihm, daß er ihn nach seiner Graduierung zu einem engen Freund, einem führenden Mann bei TNTN, dem größten Kabelsender Amerikas, schickte. Er sendet von New York und Washington, D.C., aus. Der Fernsehmann war ähnlich begeistert von Underwood und engagierte ihn für Reportagen aus ganz Amerika, von Pittsburgh und Chicago bis New Orleans und Los Angeles. Underwood war einer der wenigen Menschen, die mit ihrem persönlichen Charisma das gesamte Publikum begeistern konnten. Nach zwei Jahren wurde Underwood Moderator der landesweiten Abendnachrichten. Nur mit seiner Persönlichkeit und seinem Einfluß hielt er ein ganzes Reporterteam bei der Stange. Ein Moderator eröffnet jeden Abend die Nachrichtensendung, und seine Person und sein Stil werden den vielen Millionen Zuschauern, die ihn regelmäßig einschalten, so vertraut, daß er zu einer Berühmtheit wird. Vor Underwood gab es bei CBS Männer wie Edward Murrow und Walter Cronkite. Als dann Underwood bekannter wurde als die anderen, wurde er zur Legende. Sein Wort war Gesetz. Jeder glaubte alles, was er berichtete. Nun, und allmählich tauchte sein Name in den Popularitätsumfragen auf.«

»Und so wählen die Amerikaner ihr Staatsoberhaupt?« fragte Noy verwundert.
»Gegen Underwood wurden die größten Namen aus Politik, Film und Sport aufgeboten, aber er war immer der mit dem höchsten Wiedererkennungswert und der, dem man am meisten vertraute. Das brachte ihn zur Politik. Sie wissen doch, daß in Amerika jeder Staat zwei Senatoren hat?«
»Ja, Sie vergessen, daß ich das amerikanische System studiert habe. Ich kenne mich aus mit den Senatoren in Washington.«
»Sehr gut«, sagte Marsop. »Einer der beiden aus dem Staat New York starb während seiner sechsjährigen Amtszeit. Der Gouverneur von New York hatte das Recht, für den Rest der Amtszeit einen Ersatzmann für den Verstorbenen auszusuchen.«
Noy verstand. »Also suchte er sich den Moderator Matthew Underwood aus, und Underwood akzeptierte.«
»Ja. Er verließ den Sender und ging nach Washington, um sich als Senator Matthew Underwood vereidigen zu lassen. Auch in seinem neuen Beruf wurde er sofort zu einer Berühmtheit. Er war besser bekannt als jeder andere Politiker. Er war ein ständiges Medienereignis, jemand, über den man schreiben und berichten konnte, vor allem auch, weil seine Frau ähnlich berühmt war wie er.«
»Alice Underwood«, sagte Noy nickend. »Die Frau, die er heiratete, nachdem sie Miss America geworden war.«
»Sie kennen die Geschichte mit der Miss America?« fragte Marsop.
»Ich habe davon gelesen«, antwortete Noy. »Und viele Fotos von ihr gesehen. Sie ist immer noch sehr schön. Ist es denn nicht ungewöhnlich für einen amerikanischen Präsidenten, eine Frau nur wegen ihrer Schönheit zu heiraten?«
»Da sind Sie falsch informiert, Noy. Underwood war noch nicht Präsident, als er sie heiratete. Er war damals noch Moderator, und Alice war bei TNTN als Reporterin beschäftigt. Natürlich war Underwood von ihrer Schönheit fasziniert. Das ist nicht zu leugnen. Aber ...« Marsop konsultierte wieder seine Unterlagen, »... Alice Underwood ist nicht nur für ihre Schönheit bekannt. Sie ist auch sehr intelligent. Und man kennt sie auch als äußerst aggressiv, drängend, wissen Sie, sie will an die Spitze kommen oder dafür sorgen, daß ihr Gatte an der Spitze bleibt.«
»Marsop, woher wissen Sie so persönliche und private Dinge?«

»Das ist der Sinn eines erstklassigen Nachrichtendienstes. Unser Land mag zwar klein sein, so klein wie Israel, aber unser Geheimdienst ist erstklassig, so wie auch der israelische Geheimdienst unschlagbar ist.«

»Die amerikanische First Lady«, sagte Noy, »ist also ehrgeizig. Aber was kann sie denn noch mehr erreichen? Sie ist doch bereits die First Lady.«

»Und sie will es auch bleiben«, entgegnete Marsop. »Sie will, daß Matthew Underwood Präsident bleibt. Das heißt, sie will, daß er sich der Wiederwahl stellt, für eine zweite Amtszeit kandidiert.«

»Will er?«

»Nein.«

»Das ist überraschend«, meinte Noy. »Wie kann er es nicht wollen? Es ist die bedeutendste Aufgabe in der ganzen Welt, mit viel mehr Macht als der Generalsekretär der Sowjetunion.«

»Aber nicht die interessanteste Aufgabe, oder zumindest denkt Matthew Underwood, unseren Geheimdienstquellen zufolge, so über die Präsidentschaft. Underwood ist ein intellektueller, neugieriger Mann, trotz seiner Fassade gutmütig naiver Genialität. Das Präsidentenamt der Vereinigten Staaten ist keine Aufgabe für jemanden, der intellektuell vorwärtskommen will. Es geht vorwiegend darum, Rat einzuholen, ihn abzuwägen und dann Entscheidungen zu treffen. Soviel ich weiß, findet Underwood es langweilig.«

»Aber warum kandidierte er dann überhaupt für das Amt?« fragte Noy. »Wir wissen, wie ich Präsidentin wurde. Es wurde mir aufgezwungen. Aber Underwood hatte doch die Wahl.«

»Nicht ganz«, erwiderte Marsop. »Nicht ganz. Er war ein äußerst populärer Senator, und seine Partei brauchte einen Präsidentschaftskandidaten. Dem Angebot konnte er nur schwer widerstehen. Und außerdem war da noch seine Frau, Alice.«

»Sie wollte, daß er Präsident wurde?«

Marsop korrigierte Noy mit einem Lächeln. »Sie wollte First Lady werden.«

»Und sie gewann.«

»Ein erdrutschartiger Sieg für beide«, sagte Marsop. »Und er würde ihn wiederholen, wenn er jetzt erneut kandidierte. Er ist sehr populär.«

»Ist er wirklich so antikommunistisch, wie ich gehört habe?«

»Fast jeder amerikanische Präsident ist es. Es liegt in der Natur der Sache. Man muß die Heimat gegen die Kommunisten verteidigen, die den Kapitalismus und die Demokratie zerstören wollen. Deshalb sind Sie ja auch ins Weiße Haus eingeladen. Sie wollen Sie – oder besser Lampang – eingliedern in ihren asiatischen Verteidigungsgürtel gegen den Kommunismus.«

»Dann werde ich ja nur benutzt.«

»Eigentlich nicht«, sagte Marsop. »Schließlich haben Sie auch Probleme mit dem Kommunismus im eigenen Land.«

»Das stimmt. Aber ich bin bereit, einen Kompromiß auszuhandeln.«

»Ich fürchte, die Vereinigten Staaten sind da nicht so vertrauensvoll.«

»Wird er uns vertrauen? Oder wird er den Eindruck haben, daß ich den Kommunisten gegenüber zu weich bin?«

»Er wird nur wissen wollen, ob Sie die Welt sicher für die Demokratie machen wollen.«

»Aber das will ich ja«, erwiderte Noy energisch.

»Dann sagen Sie es ihm.«

»Wie kann ich ihn dazu bringen, daß er mir glaubt?«

Marsop lächelte. »Indem Sie ganz Sie selbst sind. Gleichgültig, was Underwood oder die anderen sagen, reden Sie ihnen nicht nach dem Mund, nur um ihnen zu gefallen.« Marsop hielt inne. »Seien Sie Sie selbst, Noy, von der ersten bis zur letzten Minute mit Präsident Underwood.«

Der Präsident und Stabschef Blake standen an der Mahagonianrichte im President's Dining Room im ersten Stock des Weißen Hauses, als sich die Tür öffnete und Außenminister Morrison Noy Sang ins Zimmer führte.

Underwood sah sofort von seinem Scotch mit Soda hoch, stellte das Glas ab und betrachtete Noy Sang, die über den Teppich auf ihn zukam.

Etwas an ihr überraschte ihn. Er versuchte herauszufinden, was. Wahrscheinlich ihre unerwartete Attraktivität und ihre Anmut. Mit schönen Frauen war er vertraut. Schließlich war er mit einer Miss America verheiratet. Aber Alices Schönheit war künstlicher, professioneller. Diese Frau aus Lampang war ganz anders.

Underwood ließ sie nicht aus den Augen. Er hatte eine winzige, lan-

destypische Frau erwartet. Sie war wirklich klein, fast zerbrechlich. Ihre hellbraune Haut war makellos. Sie hatte lange, schwarze, im Nacken zusammengesteckte Haare, eine hohe Stirn ohne Make-up, durchdringende, grüne, mandelförmige Augen, eine breite, gebogene Nase und volle rote Lippen, die ungezwungen lächelten. Ihr Gang war fließend und anmutig.
Sie trug ein leichtes, weiches, gelbes Kleid. Er nahm an, daß sie es trug, weil es draußen sehr heiß war. Das Kleid brachte ihn für einen Augenblick außer Fassung. Es lag eng an und betonte jede Wölbung ihres Körpers. Die vollen, sanft wippenden Brüste und die breiten Hüften über den langen, wohlgeformten Beinen.
Ein Wort kam Underwood flüchtig in den Sinn, ein Wort, an das er schon seit Jahren nicht mehr gedacht hatte: erotisch. Diese Frau verströmte eine natürliche Erotik. Er wußte nicht wie, aber sie war da.
Noy stand vor ihm, Außenminister Morrison neben ihr.
»Der ehrenwerte Matthew Underwood, Präsident der Vereinigten Staaten von Amerika«, verkündete Morrison. »Ihre Exzellenz Noy Sang, Präsidentin der Republik von Lampang.«
Zu seiner und ihrer Überraschung nahm Underwood Noys Hand, verbeugte sich und küßte den Handrücken.
»Es ist mir eine Freude, Mr. President«, sagte Noy.
»Die Freude ist ganz auf meiner Seite, Madame President«, entgegnete Underwood. Dann ließ er ihre Hand los und lachte. »Ich fürchte, wir werden uns noch zu Tode präsidentieren. Es muß doch eine andere Möglichkeit geben.«
Nun war es an Noy zu lachen. »Jeder nennt mich Noy«, sagte sie.
»Und alle, die mich gut kennen, nennen mich Matt«, erwiderte Underwood. »Ich hoffe, wir werden uns heute gut kennenlernen.«
Underwood warf einen Seitenblick auf die Miene des Außenministers. Das Unbehagen über den Bruch des Protokolls stand ihm im Gesicht geschrieben.
Underwood ignorierte seinen Außenminister und wandte sich wieder Noy zu. »Ich weiß, daß Sie schon letzte Nacht eintrafen. Hatten Sie einen angenehmen Flug?«
»Es war ein ruhiger Flug, aber ich konnte nicht schlafen. Doch das holte ich dann in Blair House nach.« Dann fügte sie begeistert hinzu: »Was für ein wunderbares Gästehaus. Ich habe noch nie ein so luxuriöses gesehen.«

»Es sind eigentlich zwei zusammengebaute Häuser, die vor dem Bürgerkrieg errichtet wurden. 1942 kaufte es Präsident Franklin D. Roosevelt für die Regierung der Vereinigten Staaten.«
»Ich schlief in dem Gästezimmer im ersten Stock. In dem Himmelbett kam ich mir vor wie auf einer Wolke. Ich weiß, daß das alles nur dazu dienen soll, mich für unsere Konferenz schwach zu machen.« Sie drehte sich um, winkte Marsop und stellte ihn als ihren Außenminister vor.
Dann sah sie sich im President's Dining Room um.
»Wie reizend und gemütlich das alles ist«, bemerkte sie.
Underwood reagierte schnell. Er nahm sie am Arm und führte sie herum. Die Möbel stammten aus der föderalistischen Periode, erklärte er ihr, der Jagdtisch sei von Heppelwhite, die Tapeten Scenic America. Der einfüßige Eßtisch und die Stühle stammten von Sheraton.
Stabschef Blake nahm dies als Stichwort zum Eingreifen. »Vielleicht sollten wir uns nun zu Tisch setzen«, schlug er vor und führte sie zum Eßtisch.
»Nicht bevor ich Madame Noy gefragt habe . . .«
»Noy«, sagte sie bestimmt.
». . . ja, Noy, ob ich Ihnen einen Drink mixen darf.«
»Nein, vielen Dank. Ich glaube, ich spreche auch für Marsop, wenn ich sage, daß wir beide am Verhungern sind.«
Während der Präsident vortrat und ihr den Stuhl zurechtrückte, wies er auf die Inschrift auf dem Kaminsims an der Westwand. »Können Sie das lesen? ›Wir sind dem Feind begegnet, und er ist der unsere.‹«
Noy kniff die Augen zusammen und nickte. »Ja, von Ihrem Commodore Oliver Perry nach der Schlacht am Eriesee.«
Underwood war beeindruckt. »Waren Sie schon einmal im Weißen Haus?«
»Einmal bei einem Touristenbesuch, während meines Studiums in den Vereinigten Staaten.«
Man setzte sich: Präsident Underwood am Kopfende des Tisches, Noy zu seiner Rechten, Marsop zu seiner Linken und Morrison neben diesem. Zwei Kellner rückten ihnen die Stühle zurecht und halfen dann dem Koch in der weißen Mütze beim Auftragen der Salate.
Underwood nahm Noys letzte Bemerkung wieder auf. »Dann haben Sie also in den Vereinigten Staaten studiert?«

»Im Wellesley College, in der Nähe von Boston in Massachusetts.«
»Wellesley!« rief Underwood. »Na, so was. Was für ein Zufall. Meine Tochter, Dianne, studiert auch dort. Politische Wissenschaften ist ihr Hauptfach. Was war das Ihre?«
Noy war erfreut. »Ebenfalls Politische Wissenschaften. Ich belegte alles von Vergleichender Politikwissenschaft bis zu Amerikanischer Politik und von Recht bis Internationale Beziehungen.«
»Na, so was«, wiederholte Underwood. »Dann wissen Sie ja mehr über Politik als ich.«
»Das wage ich zu bezweifeln, Mr. Pres – Matt«, sagte sie etwas unbeholfen. »Mir fehlt Ihre Erfahrung. Aber in Geschichte und Theorie war ich eine sehr eifrige Studentin. Ich habe sogar einen Kurs über Karl Marx belegt.«
»Karl Marx«, sagte Underwood und ließ die Augen nicht von Noy, während er seinen Salat aß. »Wußten Sie, daß Marx eine Zeitlang in London als Korrespondent für eine amerikanische Zeitung arbeitete?«
»O ja.«
»Ich will Ihnen etwas erzählen, das mich sehr verwundert hat. Man sagte mir, daß Lenin Marx' Arbeit überhaupt nicht mochte. Und auch als Mensch konnte er ihn nicht ausstehen.«
»Ist das wahr? Das habe ich noch nie gehört.«
»Ich glaube, daß es wahr ist. Marx' Leben bestand nicht nur aus seinen Büchern. Wissen Sie etwas über sein Privatleben?«
»Ein wenig.«
»Soviel ich weiß, hatte er in London eine Affäre mit seiner Haushälterin, und sie bekam ein Kind von ihm.«
»Das wußte ich.« Noy lächelte schelmisch. »Matt, Sie wollen mich auf die Probe stellen. Aber jetzt bin ich an der Reihe. Wußten Sie, daß Marx, nachdem er zusammen mit Engels das *Kommunistische Manifest* und danach alleine *Das Kapital* geschrieben hatte, eigentlich erwartete, daß seine Ideen in Deutschland aufgenommen würden? Er hätte sich nie träumen lassen, daß Rußland das erste kommunistische Land würde.«
»Das ist mir neu«, mußte Underwood zugeben.
Während sie die letzten Blätter ihres Salats aß, sagte Noy: »Ich vermute, er wäre darüber ebenso verwundert gewesen, wie er heute verwundert wäre, daß seine Ideen in Nicaragua und in gewisser

Weise auch in Lampang im Südchinesischen Meer Früchte getragen haben.«
Außenminister Morrison mischte sich ein: »Wir kennen die Probleme, die Sie in Ihrer Heimat mit dem Kommunismus haben. Ist es wirklich so schlimm, wie unsere Geheimdienstberichte andeuten?«
Noy mußte zugeben, daß es wirklich so war. »Die Kommunisten sind Guerillas, und sie machen uns von den beiden äußeren Inseln aus Schwierigkeiten, wo sie sich mit vietnamesischer Waffen- und Truppenhilfe festgesetzt haben. Ich versuche, ihnen den Wind aus den Segeln zu nehmen, indem ich mit aller Kraft ein Landreformprogramm vorantreibe und den Besitz der Reichen verteile, um den Armen Grundeigentum und Unabhängigkeit zu geben. Auch der Landbesitz meiner Eltern ist von dieser Reform nicht ausgenommen.«
»Was sagt Ihr Vater dazu?« wollte Blake wissen.
Noy lachte nett. »Er hat den Verdacht, daß ich Kommunistin geworden bin.«
»Sind Sie es?« fragte Underwood schnell.
Noy sah ihn scharf an. »Natürlich nicht«, sagte sie mit Nachdruck. »Ich werde mit den Kommunisten verhandeln, möglicherweise einen Kompromiß mit ihnen schließen, aber ich werde mich ihnen nie unterwerfen. Ich werde nicht zulassen, daß in Lampang der Kommunismus die Demokratie besiegt. Ich glaube fest an die Ideale von Jefferson und Lincoln.«
Es entstand ein kurzes Schweigen, während die Kalbsmedaillons und der Spargel serviert wurden.
Matt Underwood nahm den Blick nicht von Noy. »Jefferson und Lincoln«, sagte er. »Halten Sie die beiden für die größten Amerikaner?«
»Nein«, antwortete Noy entschieden.
»Nein?«, wiederholte Underwood überrascht. »Wen halten Sie dann für den größten Amerikaner?«
»Thomas Paine«, erwiderte Noy bestimmt.
»Größer als Jefferson und Lincoln?«
»Die beiden waren großartige Männer. Jefferson war der brillanteste aller Ihrer Vorgänger im Weißen Haus. Lincoln hielt die Nation in einer entsetzlichen Periode der amerikanischen Geschichte zusammen. Aber Thomas Paine gab ihr die Unabhängigkeit . . .«

Underwood legte nachdenklich das Gesicht in Falten. »Ich hielt Thomas Paine immer für wankelmütig, für einen bankrotten Korsettmacher, der aus England flüchtete ...«
»Er war viel, viel mehr«, entgegnete Noy beharrlich. Sie wandte sich Marsop zu, um es auch ihm zu erklären. »Als Thomas Paine in Amerika auftauchte, dachte noch kein Kolonist an Unabhängigkeit von England. Er schrieb *Der gesunde Menschenverstand* und veröffentlichte es auch selbst. Nur jeder zwanzigste Amerikaner hat es gelesen. Paine sah nie den Lohn für diese Arbeit. Eine Hälfte des Gewinns gab er seinem Drucker, und mit der anderen kaufte er Handschuhe für die Continental Army. Sechs Monate nach Paines Propagandafeldzug für die Freiheit wurde die Unabhängigkeitserklärung unterzeichnet.«
Die Eiskrem war noch kaum aufgegessen, als Morrison schon ruhelos den Stuhl zurückschob. »Vielleicht sollten wir uns jetzt in den Yellow Oval Room begeben«, sagte er und erhob sich. »Wir können uns dort den Kaffee servieren lassen und vielleicht gleich zum Geschäft kommen.«
Matt Underwood schob Noys Stuhl zurück, berührte sie leicht am Arm und führte sie über den Gang in den Yellow Oval Room. Die anderen folgten.
Als sie das helle, formelle Zimmer betraten, blieb Noy einen Augenblick stehen, um es auf sich wirken zu lassen.
»Noch schöner als das Eßzimmer«, sagte sie.
Underwood nahm sie wieder beim Arm und führte sie an dem lederbespannten Schreibtisch vorbei zu dem gelben Sofa vor dem Marmortisch, der neben dem Kamin stand. Er bat sie, sich auf das Sofa zu setzen, und ließ sich wenige Zentimeter neben ihr nieder. Dann wartete er, bis auch Morrison, Blake und Marsop saßen, und mußte sich schließlich noch länger gedulden, da die Kellner auf einem Serviertisch den Kaffee hereinrollten.
Als dieser schließlich serviert war und die Kellner das Zimmer verlassen hatten, beugte sich Morrison in seinem gemusterten braunen Sessel vor.
»Vielleicht ist es an der Zeit«, sagte er energisch, »die geschäftlichen Angelegenheiten dieser Begegnung zu besprechen.«
Präsident Underwood nippte an seinem Kaffee und stellte die Tasse ab. »Nicht so schnell, Ezra«, sagte er zu seinem Außenminister. »Wir

haben genug Zeit. Ich möchte gern mehr von Noy über unsere Geschichte und unsere Demokratie hören.«

»Ihre Verfassung«, begann Noy. »Ich halte sie für das beste Dokument seiner Art auf der Welt. Und mein Mann und ich haben versucht, unsere Verfassung nach dem Vorbild der Ihren zu verbessern. Womit ich jedoch nicht sagen will, daß die Ihre perfekt ist. Mir ist oft aufgefallen, daß man sie in verschiedener Hinsicht noch verbessern könnte.«

Underwood hob die Augenbrauen. »Wirklich? Erzählen Sie.«

Furchtlos und ohne zu zögern begann Noy mit einer Diskussion der amerikanischen Verfassung. »Als wir unsere Verfassung nach der Ihren gestalteten, änderten wir gewisse Passagen, die längst überfällig waren. Wir ließen den Artikel über die Wahlmänner weg, weil wir diese Einrichtung für veraltet hielten. Und wir fügten einen Gleichberechtigungsparagraphen hinzu, den Sie abgelehnt haben. Zunächst formten wir unser Parlament nach Ihrem Repräsentantenhaus. Die Mitglieder wurden alle zwei Jahre gewählt, wie das bei Ihnen noch immer der Fall ist. Aber wir wußten, was daran falsch war, und änderten es. In zwei Jahren kann sich ein neuer Abgeordneter oder eine neue Abgeordnete gerade in sein oder ihr Amt einarbeiten. Wir verlängerten die Amtszeit auf vier Jahre. Aber was noch wichtiger ist: Der größte Fehler Ihrer Verfassung ist das Präsidentenamt . . .«, Noy lächelte, ». . . man sollte es in Amerika abschaffen, wie auch wir in Lampang vorhaben, es zu beseitigen.«

Underwood lachte. »Wollen Sie mich loswerden?«

»Nicht ganz. Wir wollen die Vorwahlen und die allgemeine Präsidentenwahl abschaffen. Ich habe irgendwo gelesen, daß es klüger ist, das Staatsoberhaupt von den beiden Häusern des Kongresses und der Mehrheitspartei jedes Hauses wählen zu lassen. Jeder Senator würde zwei Stimmen erhalten, jedes Mitglied des Repräsentantenhauses eine. Das Staatsoberhaupt bleibt im Amt, bis seine Partei eine Schlüsselabstimmung im Kongreß verliert. Was eine Schlüsselabstimmung ist, müßte genau definiert werden. Bei einer Niederlage würde das Staatsoberhaupt zurücktreten, und es würde nationale Neuwahlen für beide Häuser geben. Die neuen Parlamentsmitglieder würden dann ein Staatsoberhaupt wählen, das dem Willen des Volkes besser entspricht. Vizepräsidenten wird es keinen geben. Was halten Sie davon?«

Underwood lächelte. »Langsam wird es mir unbehaglich. Sie sind ja eine Radikale, Noy.«
»Ich versuche nur, die Demokratie zu verbessern.«
Underwood drängte sie, noch mehr von ihren Ideen zu erzählen, und war beeindruckt von ihrer Originalität und Klugheit. Er hing an jedem ihrer Worte.
Das Gespräch dehnte sich aus, und die Zeit verging.
Bei der ersten Pause hob Stabschef Blake sehr nachdrücklich die Hand und sah auf die Uhr. »Oh, Mr. President, darf ich Sie an Ihren Terminplan erinnern ... Sie sollten in zehn Minuten die First Lady abholen und sie zur Eröffnung des Museums für Zeitgenössische Kunst begleiten. Wenn Sie sich erinnern, Sie wollten doch ein paar Worte sprechen.«
Außenminister Morrison richtete sich in seinem Sessel auf. »Fahren Sie ruhig, Mr. President. Ich kann ja hierbleiben und mit Madame Noy Sang die noch ausstehenden Angelegenheiten besprechen.«
Präsident Underwood runzelte die Stirn. »Das ist nicht nötig, Ezra. Ich ziehe es vor, mich selbst um die Außenpolitik zu kümmern.« Dann wandte er sich zu Blake: »Gehen doch Sie, holen Sie meine Frau ab und begleiten Sie sie ins Museum. Sagen Sie, daß ich zu sehr mit Staatsangelegenheiten beschäftigt bin, um meine Zeit mit Kunstförderern zu vergeuden.«
Noy legte dem Präsidenten die Hand auf den Arm. »Matt, wenn Sie woanders erwartet werden, will ich Sie nicht aufhalten. Ich kann das Geschäftliche doch mit Minister Morrison besprechen.«
»Nein, ich ziehe es vor, persönlich mit Ihnen darüber zu reden. Ezra Morrison kann Minister Marsop in sein Büro im Außenministerium mitnehmen und ihm unsere Vorstellungen über Lampang erläutern. In der Zwischenzeit können wir beide die Sache unter uns besprechen. Also bitte, Ezra, informieren Sie den Minister über unsere Wünsche.«
Morrison erhob sich nur widerwillig. »Wenn Sie es wünschen, Mr. President ...«
»Ich wünsche es«, sagte Underwood bestimmt.
Während der Außenminister und Marsop sich zum Gehen anschickten, wandte sich der Präsident noch einmal an Blake: »Gehen Sie ruhig, Paul, holen Sie meine Frau ab und vertreten Sie mich im Museum. Ich möchte gern mit Noy alleine weiterreden.«

Er sah zu, wie Morrison mit Marsop das Zimmer verließ, und wartete dann, bis Blake ebenfalls gegangen war.

Schließlich wandte er sich an Noy und sagte: »Endlich sind wir alleine. Ich ziehe bei solchen Begegnungen einen privaten Rahmen vor.«

Noy lächelte. »Ich fühle mich geehrt«, sagte sie.

Underwood betrachtete sie einen Augenblick lang schweigend. Er war begeistert von ihrer Natürlichkeit im Umgang mit ihm und ihrer ungezwungenen Art, alles zu sagen, was ihr durch den Kopf ging. Ihr umfangreiches Wissen und die Furchtlosigkeit, mit der sie allgemein akzeptierten Meinungen widersprach, hielten ihn förmlich gefangen.

»Da ist noch etwas, das ich mit Ihnen in bezug auf Amerika gern besprochen hätte, Noy«, sagte er ernsthaft, »bevor wir uns dem Geschäftlichen zuwenden.«

»Was immer Sie wollen«, sagte sie. »Fragen Sie nur.«

»Mögen Sie amerikanische Filme?«

»Amerikanische Filme?« Das war so unerwartet gekommen, daß sie laut auflachte. »War das eine ernstgemeinte Frage?«

»Natürlich. Über einen Fremden sagen einem die Filme und Bücher, die ihm gefallen, mehr als ernsthaftere Dinge. Und ich will Sie kennenlernen.«

Sie erfaßte seine Stimmung und antwortete feierlich: »Ich bewundere amerikanische Filme. Sie sind in ihrer Art eine einzigartige amerikanische Kunstform. In letzter Zeit habe ich Wiederholungen Ihrer alten Filme in unserem Fernsehen gesehen, und die meisten sind wirklich großartig.«

»Zum Beispiel?«

»Vor ein paar Wochen«, antwortete Noy, »sah ich einen der besten amerikanischen Filme, die ich kenne.«

»Welchen?«

»*Der versteinerte Wald* mit Leslie Howard und Humphrey Bogart . . . «

»Ah, Duke Mantee.«

». . . und Bette Davis. Es ist für mich ein sehr tiefgründiger Film, ein Symbol für die vielen, die im Leben stranden.«

Underwood stimmte ihr zu. »Ich habe ihn dreimal gesehen.«

»Und Sie?« fragte Noy. »Welche Filme mögen Sie?«

»Ich kann mich noch genau an einen meiner Lieblingsfilme erin-

nern«, entgegnete Underwood. »Eine Komödie mit Claudette Colbert und Clark Gable, *Es geschah in einer Nacht* hieß er. Ich war so begeistert von der Art, wie Clark Gable Pfeife rauchte, daß ich mir selber eine kaufte.« Er suchte in der Brusttasche seiner Jacke. »Ich habe sie noch immer, oder zumindest eine ähnliche.« Er zog eine abgenutzte, dunkle Bruyère-Pfeife heraus. »Sehen Sie?«
»Ich mag das Aroma einer Pfeife gern.«
»Dann werde ich sie rauchen.« Er holte seinen Lederbeutel hervor, stopfte sich die Pfeife und zündete sie an. »So. Und wie ist das?«
»Süß und mild.«
»Ein anderer Film, der mir sehr gefallen hat«, sagte er rauchend, »war *Citizen Kane* mit Orson Welles.«
»Den habe ihn nie richtig verstanden, weil ich nicht viel über den Amerikaner wußte, um den es ging. *Es geschah in einer Nacht* war einfacher, weil es da nur um einen Mann und eine Frau und um das Vergnügen ging.«
Nun sprachen sie über Männer und Frauen, und Underwood ließ sich immer mehr von ihrem Humor und ihrer Lebhaftigkeit begeistern.
Sie unterhielten sich ohne Pause, und als Underwood schließlich aufstand und ihnen Scotch einschenkte, merkte er, daß seit dem Mittagessen schon zweieinhalb Stunden vergangen waren. Viereinhalb Stunden war er nun schon mit Noy zusammen, aber sie waren ihm vorgekommen wie zehn Minuten.
Während er ihr den Drink gab, fiel ihm ein, daß er ihr noch etwas schuldete. Sie hatte die lange Reise von Lampang nach Amerika unternommen, um mit ihm eine geschäftliche Angelegenheit zu besprechen, doch über das Geschäft hatten sie noch überhaupt nicht geredet.
Er hätte gern noch mehr über sie gesprochen, aber er wollte auch konstruktiv sein und ihr das Gefühl geben, daß sie mit ihrer Arbeit zufrieden sein konnte.
»Ich bin wirklich froh, daß Sie gekommen sind, Noy«, sagte er. »Es hat mich sehr gefreut, Sie kennenzulernen.«
»Mich auch, Matt«, erwiderte sie.
»So gerne ich nun auf diese Art weiterreden würde, weiß ich doch, daß ich es eigentlich nicht darf«, sagte er. »Ich weiß, daß Sie nach Amerika gekommen sind, um etwas Geschäftliches zu besprechen.«

Sie schien leicht überrascht. »Das hätte ich beinahe vergessen«, gab sie zu.
»Ich auch.« Er sah sie an. »Wollen Sie jetzt über das reden, worüber wir eigentlich reden sollten?«
Sie nickte, wenn auch nicht zu glücklich. »Ich nehme an, wir müssen. Der Nachmittag ist schon beinahe vorüber. Ich fliege morgen schon wieder nach Lampang zurück. Und ich muß die Reise rechtfertigen können, indem ich eine ernste Angelegenheit erledige.«
Er nickte. »Dann wollen wir es schnell hinter uns bringen und uns dann wieder angenehmeren Themen zuwenden. Ich bin sicher, Marsop hat Ihnen gesagt, wie Morrison mir, daß man von uns erwartet, einen Handel abzuschließen, der beide Länder zufriedenstellt.«
»Einen Handel, ja.«
»Ich gebe Ihnen etwas, das Sie wollen«, sagte Underwood, »und als Gegenleistung geben Sie mir etwas, das ich brauche.«
»So hat man mir geraten.«
Underwood richtete seine ganze Aufmerksamkeit auf ihr ernsthaftes Gesicht. »Was wollen Sie, Noy?«
»Einen großzügigen Kredit für eine gute Sache. Ich brauche amerikanisches Geld, um unsere Wirtschaft anzukurbeln.«
»Ich hatte von Anfang an vor, Ihnen einen Kredit zu gewähren. Wollen Sie mir eine *ball-park*-Zahl nennen?«
»Eine *ball-park*-Zahl?« fragte Noy verwirrt.
»Ein amerikanischer Ausdruck, der bedeutet, daß wir im selben Baseballstadion spielen, nicht zu weit auseinander, gerade nah genug, um zu einer Übereinkunft kommen zu können. Wieviel brauchen Sie?«
»Sie müssen verstehen, es geht ums Überleben«, sagte Noy. »Ich werde Ihnen die Summe nennen, die ich brauche, um zwei Bedrohungen abzuwenden – von den kommunistischen Aufständischen auf dem extrem linken Flügel und von meiner Armee auf dem extrem rechten.«
»Wie hoch ist die Summe?«
»Man sagte mir, Sie könnten noch mehr entbehren, ich sollte mich aber mit zweihundert Millionen Dollar zufriedengeben.«
Underwood konnte sich ein Kichern nicht verbeißen. »Sie nehmen aber wirklich kein Blatt vor den Mund.«
»Ich bin keine Taktikerin«, sagte sie. »Ich muß ehrlich sein. Alles an-

dere ist Zeitverschwendung. Findet meine Summe Ihre Zustimmung?«
»Sie ist ein bißchen überwältigend«, erwiderte Underwood. »Ich will auch ehrlich mit Ihnen sein. Meine Ratgeber meinten, ich sollte Ihnen hundertfünfundzwanzig Millionen anbieten, mit mir handeln lassen und schließlich bis hundertfünfzig Millionen Dollar gehen. Können Sie mit dieser Summe leben, Noy?«
»Ich fürchte nicht, Matt.«
»Also gut«, sagte er, stellte sein halbleeres Glas ab und legte die Hände in den Schoß. »Warum reden wir nicht darüber? Wir wollen beide ehrlich sein.«
Für gewöhnlich haßte Underwood die Tricks und das Feilschen bei außenpolitischen Konferenzen. Wann immer möglich, vermied er es. Aber nun freute er sich, ja, er war fast gierig auf eine längere Diskussion mit Noy. Während er mit ihr sprach und ihr zuhörte, erkannte er, daß er mit einer bemerkenswerten Frau verhandelte. Er hatte sich noch nie so wohl gefühlt.
Die Diskussion um den Kredit ging hin und her, und er ließ sich ausführlich über die Situation in Lampang und ihre Schwierigkeiten als Nachfolgerin ihres Mannes berichten. Schließlich kam Underwood zu einem Entschluß. Noy war ganz offensichtlich erfreut darüber, und als Zeichen der Dankbarkeit berührte sie spontan seine Hand.
»Aber das ist ein Handel«, sagte sie. »Jetzt müssen Sie Ihre Forderungen stellen.«
»Es geht um einen Luftwaffenstützpunkt«, sagte er.
»Ich weiß, Matt, aber ich muß Einzelheiten wissen.«
Er erläuterte ihr sorgfältig die amerikanischen Ansprüche und konsultierte dabei immer wieder seine Kärtchen, um keinen Fehler zu machen. Er sagte ihr alles, was er von Außenminister Morrison und Verteidigungsminister Cannon erfahren hatte.
Noy hörte aufmerksam zu, sie verstand seine Forderungen und konterte sie zum gegebenen Zeitpunkt mit ihren Ansichten.
Sie sprach so logisch, daß er Mühe hatte, ihren Argumenten zu widerstehen, aber er legte dennoch weiter Amerikas Ansprüche dar.
Nach einer halben Stunde war ein Kompromiß erreicht.
»Na, da haben wir es ja«, sagte Noy. »Sind Sie froh darüber?«
»Wenn es Sie zufriedenstellt, bin ich froh.«

Sie nahm ihre Handtasche. »Ich habe Sie schon zu lange aufgehalten. Nun suche ich besser Marsop und kehre zum Blair House zurück, um dem Dienstmädchen beim Packen zu helfen.«
Sie wollte aufstehen, aber er hielt sie zurück.
»Noy, müssen Sie schon morgen nach Lampang zurückkehren?«
»Ich hatte es so geplant. Es ist nichts Dringendes, aber man braucht mich dort.«
Underwood zögerte. »Auf eine ganz andere Weise brauche ich Sie hier, zumindest noch einen Tag.«
Sie sah ihm in die Augen. »Aber warum, Matt? Wir sind doch zu einem Abschluß gekommen.«
»Nur bei den außenpolitischen Angelegenheiten«, sagte er. »Meine persönlichen Angelegenheiten sind noch nicht abgeschlossen.«
Sie runzelte die Stirn. »Was heißt das?«
»Ich hatte so eine wunderbare Zeit mit Ihnen, daß ich sie nicht gerne jetzt schon beenden möchte. Zum einen möchte ich Ihnen gern mehr von Washington zeigen, Sie ein wenig herumführen. Ich weiß, daß Sie schon einmal hier waren. Haben Sie viel von der Stadt gesehen?«
»Abgesehen von dem Touristenbesuch im Weißen Haus sehr wenig.«
»Sie müssen mehr sehen«, sagte Underwood mit Nachdruck. »Ich werde persönlich mit Ihnen durch Washington fahren. Wir können irgendwo zu Mittag essen, nur wir beide, und über persönliche Dinge sprechen.«
»Welche persönlichen Dinge?«
»Über Sie«, antwortete der Präsident. »Ich will mehr über Sie erfahren. Und ich will, daß Sie mehr über mich erfahren. Wir sollten uns nicht nur als Staatsoberhäupter, sondern auch als Menschen kennen.«
Sie legte den Kopf schräg und lächelte ihn an. »Das klingt verlokkend. Ich kann dem fast nicht widerstehen.«
»Dann tun Sie es nicht.«
»Haben Sie denn morgen keine dringenden Termine?«
Er grinste. »Doch. Den Tag mit Ihnen. Ich werde Sie um elf Uhr zwanzig von Blair House abholen und Ihnen die Stadt zeigen. Um eins können wir dann miteinander essen. Am späten Nachmittag bringe ich Sie ins Gästehaus zurück, damit Sie rechtzeitig in den frühen Morgenstunden nach Lampang zurückkehren können. Was

halten Sie davon? Es wäre nicht sehr höflich, gegen den Wunsch des Präsidenten bei einer solchen Angelegenheit ein Veto einzulegen.«
Noy lachte. »Wer sagt, daß ich ein Veto einlegen will?« Sie stand auf. »Mir gefällt Ihr Angebot. Es ist akzeptiert. Ich freue mich schon auf morgen.«

Nachdem Noy Sang gegangen war, bemerkte Underwood, daß er noch genug Zeit hatte, um in sein Büro zu gehen und nachzusehen, ob etwas auf seinem Schreibtisch lag, das seine sofortige Aufmerksamkeit erforderte.
Er war guter Laune, als er auf den Aufzug zu seinem Büro zuging, so guter Laune wie seit Monaten nicht mehr. Seitdem er Präsident geworden war, hatte er die Gesellschaft einer Frau nicht mehr so genossen. Er versuchte, sich ihre Wirkung auf ihn begreiflich zu machen. Ihre Schönheit allein konnte es nicht sein. Er hatte eine Frau, die viele für noch schöner halten mochten. Dann dachte er wieder an Noy, an ihre ungezwungene Art, ihre Aufrichtigkeit, ihr Wissen und ihre Intelligenz, ihre Natürlichkeit.
Sie war wirklich einzigartig.
Es beflügelte ihn, daß er fast den ganzen folgenden Tag mit ihr verbringen konnte.
Es würde sicher ein denkwürdiger Tag werden.
Doch als er sich seinem Büro näherte, verdüsterte sich seine Stimmung. Er mußte den Stabschef und den Außenminister zu sich rufen und sie über das Ergebnis der Unterredung zwischen Noy und ihm unterrichten. Und für diese Konfrontation mußte er seinen ganzen Mut zusammennehmen.
Er betrat das Oval Office und sah, daß er den Stabschef und den Außenminister nicht mehr zu sich rufen mußte. Sie waren bereits da und saßen wartend zu beiden Seiten von Rutherford B. Hayes' Schreibtisch. Er ging um seinen Tisch herum, grüßte Blake und Morrison knapp und setzte sich zwischen der Präsidentenflagge und den Stars and Stripes auf seinen Stuhl.
Er warf einen kurzen Blick auf die Präsidentenflagge, als müßte er sich erst wieder in Erinnerung rufen, wer hier wirklich die Macht hatte.
Er wühlte in den Papieren auf seinem Schreibtisch und sagte schließlich: »Nun, jetzt ist es geschafft.«

Blake versuchte, nicht zu vorwurfsvoll zu klingen. »Es hat ja auch lange genug gedauert, Matt. Geplant waren zwei Stunden mit ihr. Aber Sie haben sich über fünf Stunden mit ihr unterhalten. Sie können von Glück sagen, daß Sie heute keine wichtigen Termine hatten, bis auf diesen Besuch im Museum. Ich kann Ihnen sagen, die First Lady war ziemlich verärgert, daß Sie ihn verpaßt haben. Aber trotzdem . . .«

»Was zählt, ist, was Sie erreicht haben«, sagte Morrison.

»Waren es wirklich fünf Stunden?« fragte Underwood. »Es kam mir vor wie zwei. Vermutlich hatten wir viel zu besprechen.«

»Was haben Sie erreicht?« wiederholte Morrison. »Kam es zu dem Handel?«

»O ja. Wir haben gegeben und bekommen.«

»Was haben Sie gegeben, Matt?« wollte der Außenminister wissen.

»Lampang hat viele Probleme«, erwiderte Underwood ausweichend.

»Die hat die ganze Welt«, sagte Morrison. »Bei wieviel konnten Sie sich einigen? Mußten Sie bis hundertfünfzig Millionen Dollar gehen?«

»Nein«, sagte Underwood. »Das hätte weder ihr noch uns geholfen.« Er nahm sich zusammen. »Ich stimmte einem Kredit von zweihundertfünfzig Millionen zu, die Hälfte davon sofort.«

Morrison konnte es nicht glauben. »Was?«

»Sie brauchen das Geld, und wir brauchen sie.«

»Aber zweihundertfünfzig Millionen. Das ist ein Betrag, den wir vielleicht einem bedeutenden Land gewähren, aber nicht einer kleinen Insel.«

»Sie werden sehen, es ist gut angelegt.«

»Ich meine, wenn Sie es General Nakorn gegeben hätten, könnte ich es ja verstehen«, protestierte Morrison. »Der ist wenigstens auf unserer Seite.«

»Er hat kein Interesse an der Demokratie. Und das Volk ist ihm gleichgültig. Wenn er an der Macht wäre, würde er die Kommunisten ausradieren. Es würde zu einem Blutbad kommen.«

»Aber er ist auf unserer Seite«, wiederholte Morrison beschwörend. »Er ist unsere Art von Diktator. Noy Sang ist zu schwach. Sie ist nicht verläßlich.«

Doch Underwood blieb hart. »Meiner Ansicht nach ist sie vollkommen verläßlich. Mit dem Geld wird sie Lampang in eine wirkliche

Demokratie verwandeln. Wir haben dann eine Demokratie, mit der wir zusammenarbeiten können.«
Plötzlich mischte sich Blake ein. »Matt?«
Underwood sah ihn an. »Ja, Paul?«
Blake zögerte, so als läge ihm eine Frage auf der Zunge, zu der er die Antwort lieber nicht hören wollte. »Also gut, wir wissen, was Sie gegeben haben, aber Matt – was haben Sie bekommen?«
»Einen Luftwaffenstützpunkt, wie wir es wollten.«
»Wie wir es wollten«, wiederholte Blake argwöhnisch. »Sie meinen, genau die Größe, die wir wollten?«
Underwood spielte abwesend mit einem Bleistift. »Nun, nicht genau. Fast, aber nicht genau.«
Morrison beugte sich vor. »Genau wären hundertdreißigtausend Morgen. Und wieviel ist nicht genau?«
»Noy muß gewisse Hindernisse überwinden. Sie kann uns nicht hundertdreißigtausend Morgen geben und gleichzeitig behaupten, Lampang sei noch eine unabhängige Nation. Ich mußte vernünftig sein.«
»Und was ist vernünftig?« wollte Morrison wissen.
»Wir einigten uns auf einen Luftwaffenstützpunkt von neunzigtausend Morgen.«
Einen Augenblick lang war Morrison sprachlos. Doch schließlich fand er die Sprache wieder. »Das reicht für Piper Cubs«, sagte er. »Aber nicht für die Jets unserer Luftwaffe.«
»Wir können damit auskommen«, sagte Underwood. Er stand auf. »Ich gehe jetzt wohl besser nach oben und rede ein paar Worte mit Alice. Sie ist wegen heute nachmittag bestimmt wütend.«
Blakes Stimme fing Underwood an der Tür ab. »Sie haben den großen Kampf in Las Vegas verpaßt, Matt.«
»Den habe ich ganz vergessen.«
»Ihr Mann hat gesiegt. Der Herausforderer gewann den Titel mit einem technischen K. o.«
»Sehr schön«, sagte Underwood desinteressiert und öffnete die Tür. Aber er ging noch nicht, sondern wandte sich an seinen Stabschef: »Paul, was liegt morgen an?«
»Sie wissen doch«, antwortete Blake, »Sie und Alice geben morgen ein Mittagessen für die Frauen der Senatoren. Am Abend dann ein formelles Diner für die Gouverneure mit ihren Gattinnen.«

»Gut«, sagte Underwood. »Der Abend bleibt. Sagen Sie den Nachmittag ab, bis auf die Pressekonferenz. Ich meine, Sie und Alice schaffen diese Frauen doch alleine.«
»Ihr Erscheinen am Nachmittag vor der Pressekonferenz absagen?« fragte Blake. »Was haben Sie denn vor?«
»Ich habe Noy Sang überredet, noch einen Tag länger zu bleiben. Ich werde ihr die Stadt zeigen und dann in einem kleinen Restaurant mit ihr zu Mittag essen.« Er hielt inne. »Wir müssen noch Einzelheiten über den Stützpunkt besprechen.«
Und damit verließ er das Oval Office.
Blake und Morrison blieben schweigend zurück.
Nach einer Weile sahen sie sich an. »Was geht denn eigentlich vor?« sagte Morrison, fast wie zu sich selbst. »Fünf Stunden statt zwei mit der Präsidentin dieses Lampang. Ein leichtsinniger Kredit, der unsere Vereinbarung bei weitem übertrifft. Als Gegenleistung einen geschrumpften Luftwaffenstützpunkt. Und nun morgen noch einen zweiten Tag mit dieser Frau. Was ist denn mit Präsident Underwood passiert?«
»Das ist doch ganz einfach«, erwiderte Blake. »Es hat sogar einen Namen.«
»Einen Namen?«
»Bei gewöhnlichen Männern heißt es Midlife-crisis. Warum sollte das einem Präsidenten nicht auch passieren?«

4

Am folgenden Morgen war Matt Underwood fest entschlossen, den Tag nur sich selbst, oder genauer Noy Sang und sich, zu widmen.
Das Weiße Haus ist ein Goldfischglas, und es ist schwer, ihm zu entfliehen. Er hatte den Tag mit einer Reihe von Lügen begonnen. Er rief Paul Blake an und trug ihm auf, der First Lady zu sagen, er sei den ganzen Nachmittag beschäftigt – wichtige Gespräche mit der NASA – und könne bei den Damen der Senatoren leider nicht erscheinen. Er erwarte, daß Blake und Alice ihn würdig vertreten würden. Ja, für die Pressekonferenz um 16 Uhr 30 stehe er zur Verfügung. Er befahl Blake, niemandem ein Wort über seine Abwesenheit vom Weißen Haus zu sagen. Danach belog er Jack Bartlett, seinen Pressesekretär, in bezug auf seinen nachmittäglichen Terminplan und sagte ihm, er müsse allein wichtige Entscheidungen treffen. Er erwarte von Bartlett, daß er für die Presse eine glaubwürdige Ausrede erfinde.
Zunächst hatte er auch Frank Lucas, den Direktor des Geheimdienstes, belügen wollen, aber dann überlegte er es sich anders. Es hätte ihm nichts ausgemacht, sein Leben ohne den Schutz des Dienstes in Gefahr zu bringen, aber wegen Noy wollte er dieses Risiko nicht eingehen.
Er rief Lucas zu sich und sagte ihm die Wahrheit. Er müsse sich wegen Lampang noch einmal vertraulich mit der Präsidentin Noy Sang treffen, erklärte er. Mehr um Noy Sangs als um seinetwillen wolle er aber dennoch Schutz, und er habe es deshalb für richtig gehalten, Lucas zu informieren.
»Das ist nur vernünftig«, erwiderte Lucas, ein stämmiger Expolizist mit einer breiten Nase, die aussah, als hätte man sie ihm vor langer Zeit eingeschlagen.
»Aber ich will nur minimalen Schutz«, fügte Underwood hinzu. »Höchstens zwei oder drei Agenten, damit ich keine Aufmerksamkeit auf mich ziehe.«
»Unmöglich«, sagte Lucas. »Ich brauche einen ganzen Trupp mit zwölf Männern, darunter auch einige, die das Restaurant, das Sie

besuchen wollen, nach Abhörgeräten absuchen und die Essenszubereitung in der Küche überwachen. Sie müssen das verstehen, Mr. President, unser Computer führt eine Liste von allen Leuten, die Sie bedroht haben. Es gibt mindestens vierzigtausend Drohungen, und dreihundertfünfzig davon betrachten wir als ernsthaft. Trotz unseres Schutzes wurden zehn Präsidenten und zwei Kandidaten von unzufriedenen Attentätern verletzt oder ermordet, und acht Agenten haben im Dienst ihr Leben verloren.«

»Aber ich will keine Wagenkolonne. Können Sie Ihre Einsatztruppe nicht auf sechs reduzieren?«

»Kommt drauf an. Sechs sind nicht viel.« Lucas dachte darüber nach, er wollte seine Pflicht tun, ohne den Präsidenten zu verärgern. »Wie sieht Ihr Zeitplan und der Fahrtweg aus?«

»Für 11 Uhr 15 habe ich einen Wagen mit Fahrer zum Südportal bestellt. Ich will Madame Noy in Blair House abholen. Dann vielleicht ein oder zwei Stunden Rundfahrt, die berühmtesten Sehenswürdigkeiten der Stadt. Dann möchte ich, daß Sie mir ein unauffälliges Restaurant in Georgetown aussuchen – keinen Freßtempel für Berühmtheiten, sondern eins, wo ich nicht erkannt werde – und einen Tisch für Madame Noy und mich bestellen.«

Lucas schüttelte den Kopf. »In Georgetown gibt es keine unauffälligen Restaurants. Man wird Sie überall erkennen. Außer . . .« Er dachte über einen Ausweg nach.

»Außer was?«

»Außer wenn ich eins aufspüre, das man für den Nachmittag schließen kann. Wir könnten Reparaturen vorschützen und ein Schild vor die Tür hängen. Dann hätten Sie mit Madame Noy das Restaurant ganz für sich allein.«

»Ist denn das möglich?«

»Alles ist möglich mit den richtigen Kontakten«, erwiderte Lucas. »Und ich glaube, ich weiß auch schon den richtigen Ort dafür. Es gibt da ein kleines Restaurant in Georgetown, *The 1776 Club*, das nur wenige Mittagsgäste hat. Mittags ist es immer fast leer, und es ist leicht abzusichern. Ich kenne den Besitzer und könnte mit ihm reden. Natürlich müssen wir ihm den Geschäftsverlust ersetzen. Aber ich glaube, ich könnte ihn dazu überreden.«

»Dann tun Sie es. Reservieren Sie für ein Uhr. Ich brauche drei Stunden. Vielleicht noch etwas länger.«

»Schon erledigt«, sagte Lucas. »Aber Sie müssen verstehen, daß ich einen Agenten zu Ihnen in die Limousine setzen muß.«
»Einverstanden«, entgegnete Underwood. »Unser vertrauliches Gespräch wird während des Essens stattfinden.«
»Ich brauche auch mindestens zwei Autos mit Agenten, die Ihnen vorausfahren und folgen. Es gibt keine Garantie, daß Sie nicht von irgend jemand erkannt werden.«
»Deswegen mache ich mir keine Sorgen. Die getönten Scheiben der Limousine werden uns verbergen.«
»In den Ziegelhäusern in der Umgebung des Restaurants gibt es keine getönten Scheiben.«
»Das Risiko werde ich eingehen, Frank. Sorgen Sie nur dafür, daß das Reparaturschild an Ort und Stelle ist.«
»Darüber brauchen Sie sich keine Sorgen zu machen.«
»Eins müssen Sie noch wissen, Frank. Niemand weiß von diesem Treffen außer Ihnen, meinem Stabschef und dem Außenminister. Und die werden nicht reden. Die Presse weiß nichts davon. Nicht einmal meine Frau. Wenn etwas durchsickert, kann es also nur von Ihnen oder Ihren Männern kommen.«
»Ich gebe Ihnen mein Wort, das wird nicht vorkommen«, entgegnete Lucas. Er stand auf und ging zur Tür. »Bis 11 Uhr 15 dann.«
Die Limousine mit Fahrer und der Geheimdienst waren pünktlich zur Stelle.
Der Präsident verließ praktisch ungesehen das Weiße Haus durch den Hinterausgang.
Er war sehr flott gekleidet, mit einem sommerlichen grauen Anzug, einem dunkelgrauen Hemd und einer roten Krawatte mit weißen Punkten.
Vor Blair House stieg er aus der Limousine, um Noy vom Gästehaus zum Auto zu führen. Für ihn war sie der Traum der Jugend. Sie trug einen dunkelblauen Sweater von Chanel, einen weißen Faltenrock aus Chiffon, und sie drückte ihm herzlich die Hand.
Im Auto erklärte Underwood Noy dann, wohin sie fahren wollten, wie er es zuvor schon dem Fahrer gesagt hatte.
Bei jeder Sehenswürdigkeit hielten sie kurz an. In Underwoods Erläuterungen blitzte sein alter Kommentatorenstil wieder auf, er war in Topform.
»Eine komische amerikanische Stadt«, sagte er, während sie dahin-

fuhren. »Geplant wurde sie von einem Franzosen. Die Mehrheit der Bewohner ist schwarz. Zwei Drittel der Leute, die hier arbeiten, wohnen in Virginia und Maryland. Die Kuppel des Kapitols dort ist eine gußeiserne Kopie der St. Paul's Cathedral in London. Das innere der Kuppel ist zum Teil mit stilisierten Tabakblättern verziert, aber eine Warnung über die Gesundheitsgefährdung durch das Rauchen gibt es dort nicht ... Das ist das Washington Monument, ein Obelisk von über hundertachtzig Metern Höhe und 81 120 Tonnen Gewicht. Zuerst stand er schräg wie der Schiefe Turm von Pisa, wurde aber im Jahr 1880 geradegerichtet. Niemand darf die 898 Stufen hinaufsteigen – ein Aufzug bringt Sie in zwanzig Sekunden zur Spitze, aber man kann hinuntersteigen und sich die 190 Gedenktafeln von verschiedenen Bundesstaaten, Ländern, dem Volk der Cherokee und von Brigham Young's Deseret, wo die Polygamie erlaubt war, betrachten. Das Monument wurde zu Ehren unseres ersten Präsidenten errichtet, der uns in die Freiheit führte, aber mit Sklavenarbeit Millionen von Dollar verdiente ... Die Japanischen Kirschbäume in voller Blüte sind ein großartiger Anblick, nicht? Die erste Schiffsladung aus Tokio war von Pilzen befallen und mußte verbrannt werden. Die Bäume, die Sie nun sehen, wurden 1912 gepflanzt ... Gegenüber das Denkmal für den Revolutionär, über den Sie gestern sprachen, Thomas Jefferson. Es gab damals eine große Aufregung, weil einhunderteinundsiebzig gesunde Bäume gefällt oder versetzt werden mußten, um Platz für dieses Denkmal zu schaffen ... Und dort drüben das Denkmal Abraham Lincolns. Stellen Sie sich das vor, ein Bauer aus Illinois, der in einer Blockhütte aufwuchs, und jetzt sitzt er in einem griechischen Marmortempel, der an das Parthenon erinnert ... Das da ist das J. Edgar Hoover Building, in dem der FBI sitzt. Dort werden zweihundertfünfzig Millionen Fingerabdrücke aufbewahrt, mit denen man Mörder identifizieren kann oder Leute, die an Gedächtnisschwund leiden.«
Am Ende der Tour wandte sich Noy ihm zu. »Sie sind aber wirklich respektlos, Mr. President.«
»Der Präsident ist nie respektlos. Nur Matt Underwood ist es.« Er legte seine Hand auf die ihre. »Und Sie verbringen den Tag mit Matt Underwood.«
Die Limousine wurde langsamer.
»The 1776 Club«, meldete der Fahrer.

Underwood öffnete die Tür und winkte den Geheimdienstmann weg. »Und jetzt ein langes, gemütliches Mittagessen. Nicht respektlos, aber sehr privat.«
»Warum tun Sie das, Matt?«
»Weil ich Sie besser kennenlernen will, ohne über Kredite oder Luftwaffenstützpunkte zu reden.«
»Mich besser kennenlernen? Aber warum?«
Während er ihr aus dem Auto half, erwiderte er: »Weil ich hoffe, Sie noch öfter zu sehen, noch sehr viel öfter. Irgendwelche Einwände, Noy?«
Sie stieg aus und lächelte ihn an. »Ich fühle mich geschmeichelt und geehrt.«
Gemeinsam stiegen sie die Stufen hinunter, die in das unauffällige und geschlossene Restaurant führten.
Frank Lucas, der selbst die Sicherheitstruppe anführte, erwartete sie neben dem »Geschlossen«-Schild am Eingang. Er führte sie an den leeren Tischen vorbei zu einer Nische im hinteren Teil des Restaurants.
Während sie nebeneinander Platz nahmen, sagte Underwood zu Noy: »Ich war so frei und habe Marsop gefragt, was Sie für gewöhnlich zu Hause essen. Er sagte mir, Fisch, Sie mögen Fisch.«
»Ich bin an Fisch gewöhnt«, erwiderte Noy. »Wir sind eine Insel, Fisch ist deshalb unser Hauptnahrungsmittel.«
»Und das gibt es zum Mittagessen, wenn es Ihnen nichts ausmacht: Bouillabaisse, gebackenen Lachs, Pommes frites, einen grünen Salat und Dessert nach Wahl. Wie wär's mit einem Aperitif?«
»Scotch mit Soda, bitte.«
Underwood sah zum Kellner hoch. »Zwei Scotch mit Soda.«
Nachdem der Ober gegangen war, sah Noy Underwood an.
»Ich möchte gern etwas wissen . . .«
»Ja?«
»Gestern, Matt, nachdem wir uns verabschiedet hatten, gingen Sie da in Ihr Büro zurück?«
»Ja.«
»Warteten die anderen auf Sie?«
»Mein Stabschef und der Außenminister waren da.«
Noy fuhr sich mit der Zunge über die Oberlippe. »Das dachte ich mir. Sie wollten sicher wissen, was Sie mit mir vereinbart haben.«

Underwood grinste. »Ja.« Ihre Blicke kreuzten sich. »Ich sagte es ihnen natürlich.«
»Das mit dem größeren Kredit und dem kleineren Stützpunkt?«
»Natürlich.«
»Und wie reagierten sie?«
Underwood kicherte. »Wie erwartet. Sie machten mir die Hölle heiß.«
Noys Gesicht wurde plötzlich ernst. »Tut mir leid.« Sie zögerte. »Wenn Sie die Verhandlungen wieder aufnehmen wollen, bin ich bereit dazu.«
Underwood schüttelte den Kopf. »Sie sind sehr freundlich, aber ich habe Ihnen mein Wort gegeben, und ich werde es auch halten.«
»Auch wenn Ihr Stab gegen Sie ist? Sie haben sehr viel – wie sagt man – Mumm, wirklich.«
»Es ist mehr als das. Ich breche nie mein Wort, na, fast nie, und vor allem bei Ihnen nicht.«
»Das freut mich sehr.«
»Lassen wir das«, entgegnete Underwood. »Wir wollen so wenig wie möglich über Politik reden. Sprechen wir doch lieber über uns. Nach dem Tod Ihres Gatten, da hatten Sie doch noch eine Familie, oder?«
»Keine große«, erwiderte Noy, »aber genug, um mir Trost zu spenden. Wie Sie wissen, habe ich einen Sohn, Den; er ist sechs und geht zur Schule. Dann eine jüngere Schwester, Thida. Sie ist unverheiratet und viel klüger als ich. Den, Thida und ich stehen uns sehr nahe. Ich habe auch engen Kontakt zu meinen Eltern. Sie leben in einem Dorf außerhalb Visakas. Genaugenommen gehören meinem Vater das Dorf und die ganze Umgebung. Mit meiner Mutter verstehe ich mich sehr gut, mit meinem Vater weniger. Ich bewundere ihn, aber er ist oft verärgert über mich. In meinem Land gibt es sehr oft arrangierte Heiraten, aber ich weigerte mich und wählte mir meinen Mann selbst. Meinem Vater gefiel das gar nicht, vor allem weil er Prem für viel zu liberal hielt. Es ärgert ihn auch, daß ich das Versprechen meines Mannes halten und die großen Güter aufteilen und den Armen geben will. Meinem Vater gefällt das gar nicht. Er weiß, daß auch sein Gut davon betroffen sein wird. Seiner Ansicht nach ist das kommunistisch. Er weiß, daß ich keine Kommunistin bin, aber er glaubt, daß ich zu weit nach links gerutscht bin. Ich versuche, ihm zu erklären, daß wir dadurch, daß wir das Land aufteilen, den Kom-

munisten den Wind aus den Segeln nehmen können. Und damit in gewisser Weise erhalten, was ihm gefällt, die kapitalistische Demokratie nämlich. Aber mein Vater sieht das nicht ein.«
Die Drinks wurden gebracht, und Underwood hob sein Glas.
»Auf die kapitalistische Demokratie«, sagte er.
Sie hob das ihre und stieß mit ihm an. »Ja. Und auf zwei demokratische Führer – wir beide –, die an das Volk glauben.«
»Gut gesagt«, entgegnete Underwood und trank.
Noy nippte an ihrem Drink. »Ich habe zwei Onkel und eine Tante auf dem Land. Wir stehen uns ebenfalls sehr nahe und sehen uns immer an den Festtagen, vor allem an Weihnachten und Neujahr. Und es gibt noch einen, den ich zur Familie rechne, obwohl er eigentlich nicht dazugehört. Ich meine Marsop. Er hätte sein Leben für meinen Mann gegeben, und ich bin mir sicher, daß er es für mich auch tun würde.«
»Gab es vor Ihrem Gatten noch andere Männer?« wollte Underwood wissen.
»Ein paar Jugendliebeleien in der Schule und in Wellesley.«
»Und wie weit ging das?«
Noy war verwirrt. »Wie meinen Sie das?«
»Waren Sie intim mit ihnen? Hatten Sie Sex?«
Sie war verblüfft. »Sie sind aber wirklich sehr unverblümt.«
»Eigentlich nicht. Ich will nur alles über Sie wissen. Und nichts dabei auslassen.«
Noy schwieg einen Augenblick. »Also gut. Ich werde es Ihnen erzählen.«
Underwood unterbrach sie hastig. »Sie müssen mir nicht antworten.«
»Ich will aber«, sagte sie. »In meiner Schicht tut man so etwas vor der Hochzeit nicht. Niemals vor meiner Heirat mit Prem und niemals seit seinem Tod hatte ich eine solche Beziehung.«
»Ich wollte nicht in Ihr Intimleben . . .«
»Nein, Matt, es ist gut, solche Sachen einmal loszuwerden.«
»Es gibt noch viel mehr, das ich wissen will. Sie haben mir von den Leuten erzählt, die Sie mögen in Lampang. Wen mögen Sie am wenigsten?«
»Ich bin mir nicht sicher, ob ich Sie verstehe.«
»Ihre Opposition, Ihre Feinde«, erklärte Underwood, »wen verab-

scheuen Sie?« Dann beantwortete er die Frage selbst. »Ich nehme an, es ist Lunakul, der Führer der kommunistischen Aufständischen.«
»Das stimmt nicht«, entgegnete sie. »Lunakul ist kein typischer Kommunist. Er ist ein sanfter, gelehrter Mann, der die Gewalt verabscheut. Er wird sie natürlich anwenden, wenn es der einzige Weg ist, unserem Volk die Gleichberechtigung zu bringen, und er nimmt, was er von Kambodscha und Vietnam bekommt, um dieses Ziel zu erreichen. Aber im Wesen ist er ein anständiger Mann, und ich bin überzeugt, daß ich friedlich mit ihm zurechtkommen werde, ohne unsere Nation in einen kommunistischen Staat zu verwandeln.«
Die Gläser wurden abgeräumt, Noy wollte keinen zweiten Drink. Nun warteten sie beide auf die Bouillabaisse.
Sie probierten die Suppe, und Noy zeigte mit entzückten kleinen Geräuschen, daß es ihr schmeckte.
Underwood freute sich darüber und löffelte nun auch selbst die Suppe. Er hatte sie schon zur Hälfte aufgegessen, als er wieder sprach: »Sie haben meine Frage noch nicht beantwortet.«
»Wen ich in Lampang am wenigsten mag? Eigentlich niemand. Aber es gibt einen, dem ich mißtraue. Doch das ist etwas anderes. Nichts Persönliches. Es geht um Politik und einen Mann, von dem ich glaube, daß er schlecht für Lampang ist.«
»Und wer ist das?«
»General Samak Nakorn«, sagte sie, »der Oberbefehlshaber unserer Armee. Er ist derjenige, den das Pentagon am meisten respektiert.«
»Wirklich? Warum?«
»Weil er ein Kommunistenfresser ist. Nur ein toter Kommunist ist ein guter Kommunist, sagt er. Er will unsere Probleme lösen, indem er jeden Kommunisten ausradiert. Und damit Lampang zu einem sicheren Alliierten der Vereinigten Staaten machen.«
Underwood dachte darüber nach. »Aber Sie sind die Präsidentin, Noy. Im Endeffekt muß sich das Verteidigungsministerium nach Ihnen richten.«
»Nicht unbedingt.« Sie hielt inne. »Richtet sich Ihr Verteidigungsministerium in allem nach Ihnen, Matt?«
»Ich glaube es, aber sicher bin ich mir nicht.«
Sie lehnten sich zurück und schwiegen, während der Kellner die Teller wegräumte und den nächsten Gang servierte.
Als der Ober sich schließlich diskret zurückgezogen hatte, nahm

Noy die Unterhaltung wieder auf. »Wem können Sie in Ihrer Regierung voll und ganz vertrauen, Matt?«
»Das ist keine einfache Frage.«
»Dann will ich Ihnen eine einfachere stellen«, sagte Noy. »Sie wollten wissen, wer mir nahesteht, und ich habe es Ihnen erzählt. Jetzt will ich wissen, wer Ihnen nahesteht.«
»Das ist doch offensichtlich«, antwortete Underwood. Er kaute einen Bissen Lachs und probierte den Salat. »Ich habe eine Frau, wie Sie wissen, und eine erwachsene Tochter.«
»Erzählen Sie mir von Ihrer Frau.«
»Da gibt es nicht viel zu erzählen. Man wählte sie zur schönsten Frau des Landes, zur Miss America . . .«
»Das weiß ich alles«, unterbrach ihn Noy. »Erzählen Sie mir mehr.«
»Was gibt es da zu erzählen?« fragte Underwood leichthin.
Noy beugte sich über ihren Teller. »Ich hörte, daß sie sehr ehrgeizig ist.«
»Ich weiß nicht genau, was Sie damit meinen. Was kann sie denn noch erreichen, nachdem sie einmal First Lady war?«
»Sie kann First Lady bleiben wollen.«
Underwood schwieg einen Augenblick lang. »Ja, das stimmt. Alice möchte, daß ich mich der Wiederwahl stelle.«
»Wollen Sie?«
»Eigentlich nicht. Ich habe getan, was ich konnte. Ich habe Programme gegen Armut, Arbeitslosigkeit und Kriminalität durchgesetzt. Es gibt noch viele andere Dinge, die getan werden müssen, die Einrichtung eines nationalen Gesundheitsdienstes zum Beispiel, die Förderung eines gerechteren Ausbildungssystems, verstärkte Kontrolle der Rüstungskonzerne, eine weniger imperialistische Außenpolitik. Ich weiß, daß ich das in einer Amtszeit nicht schaffen werde, nicht einmal in zwei. Es gibt zuviel Opposition dagegen.« Dann fügte er hinzu: »Ich hatte genug vom Fernsehen, und ich fürchte, jetzt habe ich genug vom Weißen Haus. Ich mag nicht mehr jeden Morgen aufwachen und sofort Entscheidungen treffen müssen. Manchmal gibt es berechtigte Argumente für beide Seiten. Ich will nicht mehr versuchen, jeden zufriedenzustellen, und dabei dauernd den Kongreß, meinen Stab und die Presse am Hals haben. Ist das für Sie nicht auch schwierig?«
»Unmöglich«, sagte Noy. »Nach dieser Amtszeit werde ich mich aus

dem öffentlichen Leben zurückziehen. Unter uns, ich kandidiere nicht für eine zweite Amtszeit.«
»Trotz General Nakorn?«
Noy nickte. »Trotz ihm oder irgend etwas anderem. Ich werde wohl nicht ewig meine Art von Politik vorantreiben können. Früher oder später wird jemand anderes an die Macht kommen und Dinge tun, mit denen ich nicht einverstanden bin.«
Underwood war derselben Meinung. »So sehe ich das auch. Ich habe mein möglichstes versucht. Danach möchte ich mich jung halten, indem ich Bücher lese, für die ich bis jetzt keine Zeit hatte, Golf spielen, viel Zeit im Freien verbringen und spazierengehen und schifahren und mich einem Vorhaben widmen, das ich das Projekt Frieden ohne Atomwaffen nenne.«
»Was ist das, Matt?«
Er freute sich, es ihr erklären zu können.
»Das wäre großartig, Matt, wenn Sie das schaffen könnten.«
»Ich kann es versuchen. Es gibt also eine Menge für mich zu tun. Und außerdem möchte ich meine Tochter besser kennenlernen.«
»Ihre Frau erwähnen Sie gar nicht.«
»Meine Frau kenne ich gut genug. Sobald sie das Weiße Haus verlassen hat, wird sie unzufrieden sein. Sie wird etwas suchen, mit dem sie im Rampenlicht bleiben kann. Wahrscheinlich wird sie zum Fernsehen zurückkehren. Aber das würde sie natürlich lieber erst nach weiteren vier Jahren im Weißen Haus tun. Doch ich glaube nicht, daß ich das auf mich nehmen werde, nicht einmal für sie. Ich kann den Gedanken nicht ertragen, als Präsident mit noch mehr ausländischen Staatsoberhäuptern zusammentreffen zu müssen. Danach wäre es etwas ganz anderes, aber nicht als Präsident.«
Noy lächelte. »Und dabei sitzen wir hier. Sie haben mir zwei volle Tage gewidmet.«
Er blickte nicht auf. »Sie sind anders.«
Sie sah ihn an. »Wie?« Dann neckte sie ihn. »Oder vielleicht sehen Sie mich gar nicht als Staatsoberhaupt.«
Ihre Blicke trafen sich. »O doch, Sie sind es. Daran gibt es keinen Zweifel. So wie Sie mir bei dem Kredit und dem Stützpunkt das Leben schwergemacht haben. Ich habe unseren Differenzen meine volle Aufmerksamkeit geschenkt, weil ich so mehr Zeit mit Ihnen verbringen konnte. Ich bin gern mit Ihnen zusammen, weil ich mit

Ihnen in einer Art und Weise reden kann, wie ich es mit Alice nie könnte. Sie ist viel zu sehr mit sich selbst, mit ihrem Körper, beschäftigt. Sie haben Interesse an anderen Dingen, an allem. Außerdem sind Sie aufrichtig und sehr herzlich.«

»Das ist vielleicht nur vorgeschützt«, gab sie zu bedenken.

Er schüttelte den Kopf. »Sie können nicht vorschützen, was Sie wirklich sind. Was Sie betrifft, vertraue ich meinen Instinkten.«

Noy schob ihren Teller beiseite. Sie wechselte das Thema. »Und wie sehen Ihre Instinkte in bezug auf die Leute in Ihrer Umgebung aus, auf die Mitglieder Ihres Stabs?«

»Es sind natürlich alles Leute, die ich auf Anraten von anderen ausgesucht habe.«

»Aber wem trauen Sie am meisten und wem am wenigsten?«

Underwood stocherte in seinem Salat. »Ich weiß nicht recht. Ich verlasse mich auf meinen Stabschef, Paul Blake. Er ist sehr tüchtig und ein netter Kerl. Aber ob ich ihm traue – nicht ganz. Er hat ein Auge auf meine Frau geworfen.«

»Ein Auge?«

»Das ist Umgangssprache. Er hat es auf sie abgesehen. Ich beobachte ihn, wie er sie ansieht. Er kann den Blick nicht von ihrem Hintern und ihren Beinen lassen. Zwar liebt er seine Frau, aber nach Alice ist er ganz verrückt. Nur ein Blick von ihr, und er schmilzt in ihrer Hand. Wie kann ich ihm da voll vertrauen?«

»Und die anderen?«

»Im allgemeinen vertrauenswürdig, obwohl ich eigentlich noch nicht viel darüber nachgedacht habe. Außenminister Morrison ist aufrichtig. Wir sind zwar nicht immer einer Meinung, aber er ist kompetent und ehrlich. Bei Verteidigungsminister Cannon bin ich mir nicht sicher. Er ist ein Mann wie Nakorn, sehr antikommunistisch, nur um das Wohl der Vereinigten Staaten besorgt. Alan Ramage, der CIA-Direktor – wer zum Teufel weiß denn je, was die CIA vorhat? Eigentlich sollte ich ja alles erfahren, alles wissen, und vielleicht weiß ich es auch, aber ich würde es nicht beschwören. Aber das macht ihn nur geeignet für seine Aufgabe.«

Zum Nachtisch bestellten sie Obsttörtchen, aßen sie langsam und unterhielten sich weiter.

Irgendwann sah Underwood auf die Uhr. Der Empfang für die Senatorengattinnen war vorüber, Gott sei Dank. Wahrscheinlich hatten

sich Alice und Blake darum gekümmert. Alice hatte sich vermutlich über seine Abwesenheit geärgert, den Empfang aber trotzdem genossen. So etwas konnte sie sehr gut.
Dann fielen ihm seine übrigen Termine ein. Um 16 Uhr 40 sollte die immer wieder verschobene allgemeine Pressekonferenz stattfinden, und danach, nach einer kurzen Erholungspause, war das Diner mit den Gouverneuren und ihren Frauen geplant.
Obwohl er das Abenteuer mit Noy nur widerwillig beendete, mußte er sich nun doch beeilen, um es zur Pressekonferenz zu schaffen.
Es war schon beinahe ein Viertel vor vier, als Underwood Noy nach Blair House zurückbrachte.
Trotz seiner Eile war ihm der Abschied von ihr wichtiger als alles andere. Er befahl dem Chauffeur, hinter dem Steuer sitzenzubleiben, obwohl die Sicherheitsmannschaft, der Agent, der auf dem Beifahrersitz gesessen hatte, und diejenigen aus den beiden anderen Autos, bereits auf dem Bürgersteig standen. Underwood bestand darauf, persönlich die Tür zu öffnen und Noy herauszuhelfen.
Er nahm sie bei der Hand und führte sie zu dem schmiedeeisernen Tor. Zwei Sicherheitsbeamte öffneten es, Noy und Underwood schritten hindurch und stiegen Hand in Hand die steile weiße Treppe bis zu dem von Säulen flankierten Portal hinauf. Zwei weitere Sicherheitsbeamte meldeten ihre Ankunft, und ein philippinischer Hausboy öffnete die Tür.
Noy blieb stehen und drückte Underwood sanft die Hand. Er beugte sich instinktiv hinunter, um sie zum Abschied auf die Wange zu küssen, aber sie drehte den Kopf und drückte ihre Lippen auf die seinen.
»Vielen Dank für alles, Matt«, sagte sie atemlos. »Du warst mehr als wunderbar.«
»Du auch.« Er schluckte. »Ich hoffe, wir sehen uns bald wieder.«
»Ich auch«, erwiderte sie und wandte sich ab.
»Wir werden es, Noy«, versprach er.
Er blieb stehen und sah ihr zu, wie sie zur Tür des Blair House ging, und zum erstenmal bemerkte er, daß ihr Hintern so rund war wie der Alices und wahrscheinlich noch weicher.
An der Tür drehte sie sich noch einmal um und winkte ihm zu. Er betrachtete ein letztes Mal ihr glattes, strahlendes Gesicht und winkte zurück.

Nicht nur ein intelligentes Gesicht, dachte er.
Es ist ein sinnliches Gesicht, überlegte er schuldbewußt und gleichzeitig freudig.
Etwas verwirrt stieg er dann wieder in die Limousine und sagte dem Fahrer, er solle sich beeilen.

Ihm blieben noch zwanzig Minuten, um sich mit Blake im Oval Office auf die Pressekonferenz vorzubereiten und sich für die Schlacht zu rüsten.
Er setzte sich vor die Frage-und-Antwort-Karten, die Blake in weiser Voraussicht hatte anfertigen lassen, überflog sie kurz und stellte dann selbst eine Frage.
»Wie war der Empfang mit Alice?«
»Sie war etwas verärgert wegen Ihrer Abwesenheit, aber sie verstand, daß die Dringlichkeitssitzung mit der NASA Vorrang hatte. Außerdem erinnerte ich sie daran, daß Sie die Gouverneure und deren Gattinnen heute abend persönlich begrüßen würden.«
»Danke, Paul. Nun, was haben wir hier?«
Er las die Karten.
»Nichts allzu Anspruchsvolles«, antwortete Blake. »Ich glaube, was Sie auf jeden Fall unterbringen sollten, sind die Ankündigung der neuen Raumfähre, Ihre Rede vor den Vereinten Nationen sowie die erfolgreiche Lampang-Konferenz und die Errichtung eines wichtigen Luftwaffenstützpunkts auf der Insel.«
»Wie lange wird die Pressekonferenz dauern?«
»Die Dame von United Press versprach, nach etwa einer Stunde ›Vielen Dank, Mr. President‹ zu sagen.«
Underwood sah auf die Uhr und vertiefte sich dann in die Fragen und Antworten auf seinen Kärtchen. Underwood konnte sich solche Informationen gut merken. Er hatte es jahrelang beim Fernsehen getan, lange bevor er ins Weiße Haus einzog, und er würde die Konferenz auch nun wieder meistern, selbst wenn etwas Unerwartetes passieren sollte.
Er strich mit der Hand über die Kärtchen, stapelte sie wie einen Satz Pokerkarten und steckte sie dann in die Tasche, als würden sie ihm zusätzliche Sicherheit geben. »Okay, Paul. Ich bin fertig. Wir können gehen.«

Die dichtgedrängten Reihen der Reporter im East Room standen wie eine einzige feindselige Woge auf, so als wollten sie ihn überspülen. Underwood bedeutete ihnen, sich wieder zu setzen.
Die Konferenz war so angelegt, daß er keine generelle politische Verlautbarung verlesen mußte, sondern auf vorher vereinbarte Fragen antwortete. Er hatte darauf bestanden, weil die Fragen einen Teil der geplanten Stunde in Anspruch nahmen und weil er eine informelle und spontane Stimmung wollte.
Außerdem würden bei ihm als einem Präsidenten, von dem manche Kolumnisten glaubten, er sei nicht am Ball, seine Antworten beweisen, daß er sehr wohl wußte, was vor sich ging.
Ein Dutzend Hände wurde in die Luft gereckt, und Underwood wies auf den Korrespondenten des *Miami Herald.*
»Mr. President, soviel wir wissen, wird die neue, narrensichere Raumfähre in Kürze in Cape Canaveral startbereit sein. Können Sie uns etwas über die verbesserten Sicherheitsbedingungen und über den Zeitpunkt des ersten Starts sagen?«
Geschickt und mit all den technischen Einzelheiten, die er sich hatte einprägen können, skizzierte Underwood die veränderten Sicherheitseinrichtungen in der neuen Raumfähre. Er sprach von den Zielen des Raumflugs und verkündete, dieser werde in vier Monaten stattfinden.
Für die nächste Frage wählte Underwood eine Frau von CBS.
»Mr. President, es gibt Gerüchte, nach denen Sie die Absicht haben, in der nächsten Zeit vor den Vereinten Nationen zu sprechen«, sagte sie. »Stimmt das, und wenn es stimmt, können Sie uns etwas über den Zweck dieser Rede sagen?«
»Es stimmt, was Sie gehört haben«, sagte Underwood. »Ich habe vor, in nächster Zeit vor den Vereinten Nationen zu sprechen, wahrscheinlich in sechs Wochen. Über das genaue Datum wird noch verhandelt. Es hängt davon ab, wann der Generalsekretär der Sowjetunion vor der UNO spricht. Ich werde eine Stunde nach ihm reden, und was ich zu sagen habe, wird von seiner Reaktion auf unseren Vorwurf der sowjetischen Aufrüstung in der Dritten Welt abhängen. Jede Aufrüstung in diesem Teil der Welt würde einen Bruch des Abrüstungsabkommens darstellen.«
Underwood erwartete nun, daß sich die nächste Frage auf sein Abkommen mit Lampang beziehen würde.

Doch die Frage kam nicht, zumindest nicht sofort. Die nächsten Fragen bezogen sich auf die Wirtschaftslage, auf die Vorlage einer Gesetzesänderung zu den Staatseinnahmen im Kongreß, den Anstieg der Arbeitslosenzahlen und auf ein neues Programm zur Zivilverteidigung.

Erst dann kam die Frage zu Lampang. Der Korrespondent der *New York Times* stellte sie.

»Mr. President, Sie aßen gestern mit der Präsidentin Noy Sang von Lampang zu Mittag. Soviel wir wissen, sprachen Sie über ein Verteidigungsbündnis mit Lampang. Wollen Sie das Ergebnis der Unterredung bekanntgeben?«

Underwood war gut vorbereitet.

»Ja, ich hatte ein sehr fruchtbares Gespräch mit der Präsidentin Noy Sang. Ich bin bereit, Ihnen das Ergebnis mitzuteilen.«

Dieses Versprechen von Ergebnissen bedeutete Nachrichten, und Underwood sah, wie die meisten der vierhundert Korrespondenten im Saal Notizblöcke und Stifte zückten.

Er gab ihnen Zeit, sich vorzubereiten, und setzte dann zu seiner Erklärung an.

»Wie Sie alle wissen«, sagte Underwood, »hat die Insel Lampang im Südchinesischen Meer große Bedeutung für die strategischen Interessen Amerikas. Bis jetzt verfolgte Lampang in bezug auf andere Länder eine sehr zurückhaltende Politik. Aber Präsidentin Noy Sang, die nach der Ermordung ihres Mannes zum Staatsoberhaupt wurde, betrachtet es nun als sinnvoll für Lampang, mit den Vereinigten Staaten enge, freundschaftliche Beziehungen einzugehen. Da das Land in einer ökonomischen Notlage steckt und beständigem Druck vom kommunistischen Festland ausgesetzt ist, beschlossen wir, als Verbündetete Lampangs Unabhängigkeit mit einem Kredit zu stärken. Ich sagte Madame Sang, ich würde mich dafür einsetzen, daß die Vereinigten Staaten Lampang einen Kredit in Höhe von zweihundertfünfzig Millionen Dollar gewähren.«

Ein Raunen des Erstaunens über die Höhe des Betrags ging durch den Saal.

»Und als Zeichen der Dankbarkeit und des Willens, unsere Allianz zu stärken, hat Lampang zugestimmt, den Vereinigten Staaten neunzigtausend Morgen Land zur Errichtung unseres zweitgrößten Luftwaffenstützpunkts im Pazifik zur Verfügung zu stellen.«

»Äh, Mr. President, darf ich meine Frage erweitern?«
»Bitte.«
»Wie lang wird das Hauptrollfeld sein?«
Einen Augenblick lang war Underwood ratlos, doch dann fiel ihm eine Zahl ein.
»Ich glaube, dreitausendfünfhundert Meter.«
»Ist denn das nicht ein bißchen kurz für unsere F-4s, F-5s und T33er?«
Wieder wußte Underwood es nicht genau.
»Ich bin mir nicht sicher. Die genauen Zahlen stehen noch nicht fest. Ich werde mich zu gegebener Zeit, das heißt schon sehr bald, mit der Luftwaffe beraten. Sollte die Rollbahn nicht ausreichen, bin ich mir sicher, daß Außenminister Morrison und ich mit Präsidentin Noy Sang erneut verhandeln und zu zufriedenstellenden Ergebnissen kommen können.«
Nun schnellten noch mehr Hände in die Höhe, darunter auch die von Hy Hasken von TNTN, der in der ersten Reihe saß. Underwood kannte die Grundregel sehr wohl, nach der man nie eine Frage von einem wichtigen Sender abweisen durfte. Er hatte nun bereits Fragen von CBS, NBC und ABC beantwortet und konnte es jetzt nicht wagen, TNTN zu ignorieren.
Er war zwar versucht, Hasken zu übersehen, denn der war immer sehr unfreundlich – oder zumindest schwierig –, und eigentlich wollte er im Augenblick mit dem Mann lieber nichts zu tun haben. Aber er wußte, daß er keine andere Wahl hatte.
»Mr. Hasken«, sagte er und wies auf den TNTN-Reporter.
Hasken stand auf. »Mr. President, Sie haben heute einen Empfang für die Senatorengattinnen wegen einer Dringlichkeitssitzung mit der NASA abgesagt. Ich war neugierig wegen dieser Sitzung und rief einen Kontaktmann bei der NASA an. Doch der war über meinen Anruf sehr verwundert. Er sagte, daß die NASA heute nicht mit Ihnen konferiere. Ich schloß daraus, daß Sie wohl anderweitig beschäftigt seien.«
Als Underwood das hörte, verließ ihn der Mut.
Probleme.
»Weil ich wissen wollte, womit, ließ ich den ganzen Morgen Direktor Frank Lucas und den Geheimdienst nicht aus den Augen. Ich sah Sie am späten Vormittag das Weiße Haus verlassen. In meinem

Auto folgte ich Ihrer Limousine von Blair House, wo Sie Präsidentin Noy Sang persönlich abholten und mit ihr zu einer Besichtigungstour durch Washington aufbrachen. Danach fuhren Sie mit ihr zu einem wenig bekannten Restaurant in Georgetown, The 1776 Club, wo Sie sich mit ihr fast drei Stunden aufhielten. Ich weiß das sicher, weil ich auf der anderen Straßenseite wartete und die Zeit stoppte. Meine Frage lautet nun: Warum diese heimliche Besichtigungstour und das verlängerte Mittagessen? Was hatten Sie vor, und warum mußten Sie sich einen zweiten Tag und in solcher Ausführlichkeit mit ihr treffen, vor allem ohne irgend jemanden darüber zu informieren?«

Hasken wartete auf Underwoods Antwort. Einige Sekunden stand Underwood wie gelähmt da. Der Schweinehund hatte ihn aufgespürt und war ihm gefolgt. Jetzt hatte er ihn beim Kragen.

Zuerst war er in Versuchung, sich mit einer Lüge herauszuwinden. Aber dann fiel ihm ein, was ein früherer Präsident ihm einmal eingeschärft hatte. Niemals dürfe man persönlich die Presse belügen. Der Pressesprecher oder jemand anderes dürfe für einen lügen, aber nie man selbst. Man könne dabei nur verlieren. Die Presse würde einem auf die Schliche kommen und zuschlagen.

Also beschloß Underwood, nicht zu lügen. Hasken hatte ihn in der Hand, und er mußte sich herauswinden, so gut es ging.

»Das war sehr tüchtig von Ihnen, Mr. Hasken«, sagte er mit einem gezwungenen Lächeln. »Ich will gar nicht leugnen, daß ich versuchte, alle abzuschütteln, weil ich ein privates Zusammentreffen mit Präsidentin Noy Sang brauchte, um noch weitere Details unserer Zusammenarbeit und des geplanten Luftwaffenstützpunkts zu besprechen.«

»Und die gemütliche Besichtigungstour zuvor, Mr. President?«

»Das ist doch etwas ganz Natürliches«, antwortete Underwood langsam und überlegte sich genau, was er sagen wollte. »Obwohl Präsidentin Noy Sang vor langer Zeit schon einmal in Amerika war, kannte sie nur sehr wenig von der Hauptstadt. Da sie Lampang nach unseren demokratischen Grundsätzen gestalten will, sah ich es als wesentlich für unsere Beziehungen an, ihr Einblick zu geben in das Funktionieren der Demokratie in den Vereinigten Staaten.« Er hielt inne. »Und unsere kleine Tour gab mir dazu Gelegenheit.« Er machte wieder eine Pause. »Und zu dem, was Sie als verlängertes Mittagessen bezeichnen . . .«

»Etwa drei Stunden, Mr. President.«
»Ich hätte gut und gern noch eine Stunde mehr gebrauchen können«, sagte Underwood schlagfertig, »aber ich wußte, daß diese Pressekonferenz geplant und angekündigt war. Genaugenommen habe ich Präsidentin Noy Sang ersucht, noch einen Tag länger zu bleiben, um die Schlüsselstellen unserer Übereinkunft noch genauer herauszuarbeiten. Um den Kredit für Lampang vor dem Kongreß rechtfertigen zu können, mußte ich wissen, wofür Madame Sang das Geld auszugeben beabsichtigt und ob es im Interesse der Vereinigten Staaten liegt. Darüber hinaus mußte ich in Erfahrung bringen, mit welcher Dringlichkeit unser neuer Luftwaffenstützpunkt behandelt wird und welche Garantien ich von Madame Sang bekommen konnte.«
Aus den Augenwinkel heraus sah Underwood, daß Blake der Korrespondentin von United Press zuwinkte.
Sie war bereits aufgesprungen. »Vielen Dank, Mr. President«, rief sie.

Er fand Alice im First Lady's Dressing Room im ersten Stock.
Sie saß vor dem Fernseher und sah sich die Abendnachrichten an. Eben sprach Hy Hasken von TNTN über seine ausführliche Befragung des Präsidenten und dessen wenig zufriedenstellende Antworten.
Als Underwood das Zimmer betrat und Alice ihn bemerkte, stand sie auf, schaltete den Fernseher ab und baute sich vor ihm auf.
»Ich bin überrascht, daß du es wagst, hierherzukommen«, sagte sie wütend.
Er schwieg.
Darauf explodierte Alice. »Du verlogener Hurensohn! Mich übers Ohr hauen und mir den Tag versauen und mit diesem Südseeflittchen eine Stadtrundfahrt machen! Was glaubst du eigentlich, wer du bist – auf jeden Fall nicht der Präsident der Vereinigten Staaten, das kann ich dir sagen – und wer dieses Hulahulamädchen ist, daß du ihr den Vorzug vor deiner Frau gibst? Wenn du bereit bist, es mir zu sagen, dann sag's, aber ich will nichts hören, bevor du nicht aufhörst zu lügen und wieder Vernunft annimmst!«

5

Sie versammelten sich alle in dem kleinen, vergoldeten Auditorium im Chamadin Palace in Visaka, der Hauptstadt von Lampang.

Etwa zwanzig Presse- und Fernsehjournalisten waren bei Noy Sangs erster Presskonferenz seit ihrer Rückkehr aus den Vereinigten Staaten anwesend.

Unübersehbar in der ersten Reihe saßen die Reporter des *Visaka Journal*, der *Lampang News* und vom *Red Banner*, der kommunistischen Zeitung des Landes, die lange verboten, doch von Präsident Prem Sang kurz vor seiner Ermordung wieder zugelassen worden war. Das *Red Banner* erschien auch in Kambodscha, Vietnam und China.

Verteilt in den Reihen dahinter saßen Journalisten aus Thailand, den Philippinen, Taiwan und Japan.

Die Nachricht über Noys Erfolg in den Vereinigten Staaten hatte Lampang sofort erreicht, aber dennoch wollte die Presse Noys eigenen Bericht über ihren Besuch in Washington hören.

Marsop betrat das Podium und eröffnete die Pressekonferenz.

Mit einem Blick in die Versammlung begann Marsop zu sprechen.

»Meine Damen und Herren von der Presse und den anderen Medien«, sagte er, »wie Sie alle wissen, ist Präsidentin Noy Sang gestern aus Washington, D.C., zurückgekehrt. Anstatt sich Ruhe zu gönnen, um den Schlafmangel und das übliche Jetlag zu überwinden, ist sie nun bereit, Sie über die Ergebnisse ihres Besuchs beim Präsidenten der Vereinigten Staaten zu informieren. Nach einer kurzen Ansprache wird die Präsidentin Ihre Fragen beantworten.«

Marsop ging nach rechts ab, wobei er einen leichten Bogen machte, um Noy Sang an ihm vorbei auf die Bühne zu lassen. Während Marsop im Hintergrund stehenblieb, stellte sich Noy Sang ans Podium.

Sie wirkte klein, doch ihre aufrechte Haltung gab ihr eine eindrucksvolle Statur, und als sie zu sprechen ansetzte, klang ihre Stimme stark und sicher.

»Sie alle haben bereits gemeldet, daß ich mit Präsident Underwood zweimal zu längeren Unterredungen zusammengetroffen bin, einmal im Weißen Haus und das zweite Mal zu einem privaten Mittagessen in dem Washingtoner Vorort Georgetown. Wie bei allen solchen Begegnungen zwischen unabhängigen Ländern wird erwartet, daß die eine Seite etwas von der anderen will und im Gegenzug bereit ist, dafür etwas zu geben.«

Noy verstummte und ließ den Blick über die Versammlung gleiten.

»Für die Interessen von Lampang war es unbedingt notwendig, daß ich einen beträchtlichen Kredit von den Vereinigten Staaten erhalte. Ich war vorgewarnt, daß dies wegen der astronomisch hohen Staatsverschuldung in Amerika nicht einfach sein würde. Die Vereinigten Staaten waren bereit, Lampang Geld zu leihen, aber deren Vorstellungen, was sie zur Verfügung stellen könnten, und meine Vorstellung, was wir brauchten, lagen weit auseinander. Präsident Underwood war bereit, einen Kredit an uns von hundertfünfzig Millionen Dollar zu befürworten. Ich sagte ihm ganz offen, daß ich sein Angebot für großzügig halte, aber nicht großzügig genug, um uns bei der Lösung unserer ökonomischen Probleme zu helfen. Wir debattierten sehr ausführlich über unsere jeweiligen Vorstellungen.«

Noy Sang hielt wieder inne und betrachtete ihr Publikum.

»Schließlich gelang es mir, Präsident Underwood davon zu überzeugen, daß ein beträchtlicher Kredit von den Vereinigten Staaten viel dazu beitragen könnte, aus Lampang einen treuen Verbündeten Amerikas zu machen. Der Kredit, auf den wir uns einigten, war am Ende beinahe doppelt so hoch wie die Summe, die uns Präsident Underwood anfangs zugestehen wollte. Die Vereinigten Staaten leihen uns zweihundertfünfzig Millionen Dollar, und der Vertrag wird noch innerhalb der nächsten ein oder zwei Monate unterzeichnet werden.«

Im Publikum brandete Applaus auf, und Noy blinzelte vor freudiger Überraschung.

»Und nun«, fuhr sie fort, »zu dem, was wir in Lampang den Vereinigten Staaten als Gegenleistung geben müssen. Amerika will seit langem einen Luftwaffenstützpunkt auf Lampang, und so war es unvermeidlich, daß wir diesem Wunsch nachkamen. Der einzige Diskussionspunkt bei dieser Sache war die Größe des Stützpunkts. Einfach gesagt, Amerika wollte einen beeindruckenden und großen Luftwaffenstützpunkt für seine Bomber und Transportflugzeuge, aber wir wollten ihnen nur Grund für einen beträchtlich kleineren zur Verfügung stellen, der nicht zuviel von unserem Land wegneh-

men und somit keinen Eingriff in unsere Unabhängigkeit darstellen würde.«
Noy Sang sah sich im Saal um.
»Auch in diesem Punkt blieben wir Sieger. Wir erreichten einen Kompromiß, der Lampang und die Vereinigten Staaten zufriedenstellt. Sie werden einen Luftwaffenstützpunkt bauen, der uns nicht mehr als neunzigtausend Morgen Land wegnimmt. Innerhalb dieses Geländes wird es ein rein amerikanisches, mit einem Sicherheitszaun abgesperrtes Gebiet von zehntausend Morgen geben. Diese Stadt innerhalb einer Stadt mit ihren zweitausendfünfhundert Gebäuden wird fünfunddreißigtausend Leute beherbergen, wovon zwanzigtausend Bürger von Lampang sein werden. Dieser Stützpunkt wird unser Bruttosozialprodukt um jährlich hundert Millionen Dollar aufstocken, durch Güter, Dienstleistungen, Nachschub, Löhne und fünfzehn Millionen Dollar Pacht von der Luftwaffe. Uns in Lampang wird dieser Stützpunkt nur eine minimale Einschränkung unserer Souveränität kosten, aber er wird uns sehr viel einbringen, darunter eine Verstärkung unserer Verteidigung, die uns in Krisenzeiten sehr nützlich sein kann.«
Wieder ließ Noy Sang den Blick über das Publikum schweifen.
»Ich bin der festen Überzeugung, daß wir in dieser Allianz mit einer Demokratie, die wir alle bewundern und respektieren, mehr erreicht haben, als wir zu träumen gewagt hätten.«
Sie hielt wieder inne.
»Wenn Sie nun noch Fragen haben, werde ich mein möglichstes tun, um sie zu beantworten.«
Der lange, dünne Reporter vom *Red Banner* sprang sofort auf und hob den Arm.
»Madame President . . .«
»Ja bitte.«
»Sie sprachen von Ihrem zweifachen Zusammentreffen mit Präsident Matt Underwood und Ihren Diskussionen mit ihm. Hatten Sie den Eindruck, er sei ein strammer Antikommunist?«
»Ganz und gar nicht«, antwortete sie sofort.
»Nun, gleichgültig, wie er sich vor Ihnen gab, so ist es doch allgemein bekannt, daß er sich mit Kriegstreibern umgeben hat, die alles tun, um Territorium für ihre imperialistischen Zwecke an sich zu reißen. Wenn er Ihnen ein Gesicht zeigte, um Sie zu täuschen, dann

muß es sicher noch ein zweites geben, das er Ihnen nicht zeigen wollte. Wollen Sie uns berichten, was Sie von diesem anderen Gesicht erkennen konnten, das bis jetzt nur unfreundlich auf die Armen und Elenden anderer Nationen herabgesehen hat? Erzählen Sie uns in aller Offenheit von diesem anderen Gesicht.«

Nun stand sie hier auf dem Podium und überlegte sich, wie sie diesem Reporter, der sich dem Kommunismus in Lampang verschrieben hatte, antworten sollte.

Sie war vorsichtig, denn sie wußte, daß jedes Wort, das sie sprach, von Matt Underwood gelesen oder ihm von Blake oder Morrison gezeigt würde.

Behutsam, dachte sie. Doch dann überlegte sie, was wichtiger war.

Sei ehrlich, sagte sie sich. Sag, was du wirklich fühlst.

»Ich hatte in kurzer Zeit die Gelegenheit, Präsident Matt Underwood sehr gut kennenzulernen«, begann sie. »Und eins kann ich Ihnen von ganzem Herzen sagen. Er ist ein guter Mann. Er ist ein wahrer Demokrat im weitesten Sinn des Wortes, in dem Sinn, in dem die Begriffe Demokrat und Demokratie die besten Seiten sowohl des Kapitalismus wie des Kommunismus umfassen. Natürlich verfolgen die Vereinigten Staaten eine Politik, mit der sie von der Sowjetunion erreichte Vorteile wieder wettmachen wollen. Aber trotzdem ist Präsident Underwood persönlich weder ein Antikommunist noch ein Rotenfresser. Er liebt die Menschen. Er liebt ihre Freiheit und Sicherheit. Er ist genau das, was ich schon eingangs sagte. Er ist ein guter, ein freundlicher Mann. Bis auf meinen verstorbenen Gatten kenne ich keinen besseren.«

Der Reporter vom *Red Banner* verbarg seine Zweifel nicht. »Können Sie sich dessen nach zwei Treffen so sicher sein?«

»Hundertprozentig.«

Der schwergewichtige Mann vom *Visaka Journal* war aufgesprungen und hob die Hand. »Madame President ...«

»Ja bitte«, sagte Noy Sang.

»Sie verlangen von uns, daß wir Ihrem Urteil vertrauen. Vertraut ihm auch General Nakorn?«

»Vielleicht. Ich weiß es nicht sicher, weil ich seit meiner Rückkehr noch nicht mit General Nakorn gesprochen habe. Nach heute abend werde ich mehr wissen, da ich an einem Begrüßungsdiner zu meinen Ehren in der Residenz des Generals teilnehmen werde.«

Der Mann vom *Visaka Journal* starrte Noy Sang an. »Vielleicht kann ich Ihnen einige Informationen geben, die Ihnen heute abend helfen werden«, sagte er. »Ich traf mich heute morgen vor dieser Pressekonferenz zum Frühstück mit General Nakorn. Ich befragte ihn eingehend nach den Ergebnissen Ihrer Begegnung mit Präsident Underwood. General Nakorn schien, was diese Ergebnisse anbetrifft, weniger zuversichtlich zu sein als Sie selbst.«
Das war hinterhältig, das wußte Noy Sang, vielleicht eine Falle, aber sie hatte die Tür dazu aufgestoßen, und nun mußte sie zulassen, daß General Nakorns Meinung allgemein bekannt wurde. »Bitte fahren Sie fort.«
»General Nakorn hält es für nicht besonders klug, den Amerikanern weniger Land für den Luftwaffenstützpunkt zu geben, als sie wollten«, begann der Mann vom *Visaka Journal.* »Er hätte es für klüger gehalten, ihnen mehr zu geben, als sie wollten, nicht nur für unseren zukünftigen Selbstschutz, sondern um die Beziehung zu einem Alliierten zu stärken, auf den wir vielleicht einmal angewiesen sein könnten. Mit dem Kredit war General Nakorn zufrieden, und er meinte, das Geld sei von großem Wert, um die Armee zu modernisieren und ihre konventionelle Kampfkraft zu stärken, damit wir zum gegebenen Zeitpunkt die Kommunisten ausradieren können.«
Bei der letzten Bemerkung wurde Noy Sang rot. »Ich habe nicht die Absicht, die Kommunisten auszuradieren«, sagte sie scharf. »Ich bin bereit, einen Teil des Kredits für die Modernisierung unserer Luftwaffe zu verwenden, als Verteidigung gegen äußere Feinde, aber ich habe die Absicht, den Großteil des Geldes für die Ausbildung unserer Jugend, die Verbesserung der gesundheitlichen Lage und die Altenversorgung zu benützen.«
»Ich glaube, General Nakorn wird überrascht sein.«
»Sollte er aber nicht«, entgegnete Noy Sang. »Er weiß sehr gut, daß ich eine Begegnung von Minister Marsop mit den Kommunisten, insbesondere mit Opas Lunakul, arrangiert habe, um unserem Land Einheit und Frieden zu bringen.«
Der Mann vom *Visaka Journal* schüttelte den Kopf. »General Nakorn glaubt nicht, daß das geschehen wird. Er glaubt, daß ausgedehnte Verhandlungen mit den Kommunisten für uns von Nachteil sind und höchstens unsere amerikanischen Verbündeten abschrecken.«

Noy Sang blieb standhaft. »Ich glaube, daß die Verhandlungen erfolgreich sein können und daß Präsident Underwood mit dem Ergebnis zufrieden sein wird.«
»Werden Sie das General Nakorn sagen?«
»Noch heute abend«, erwiderte Noy Sang. »Heute abend werde ich ihm genau dies sagen.« Sie sah sich im Saal um. »Noch weitere Fragen?«

Noy Sang mochte General Nakorns Speisesaal im Verteidigungsministerium von Lampang nicht. Abgesehen von dem lebensgroßen Porträt Nakorns in Uniform und Ordensschmuck und einem kleineren von Noy Sang, wirkte der Saal mit seinem Wandschmuck wie ein Kriegsmuseum. An zwei Wänden hingen, überkreuzt und funkelnd, alte Schwerter und an den beiden anderen Flinten aus dem vergangenen Jahrhundert.
Ein Adjutant des Generals hatte die Gäste zu ihren Plätzen an der langen Tafel geführt. Als Präsidentin saß Noy Sang am Kopfende. General Nakorn hatte, als Oberbefehlshaber der Armee und Gastgeber dieses Abends, ihr direkt gegenüber Platz genommen. Noy Sang zur Seite saß ihre Schwester Thida, neben ihr Marsop und danach einige ihrer Minister.
Neben Nakorn saßen Colonel Peere Chavalit und eine Anzahl seiner militärischen Assistenten in voller Uniform.
Nakorn nahm sein Glas in die Hand und wandte sich an Noy Sang. »Willkommen zu Hause, Madame Präsident, nach Ihrer, wie ich hörte, erfolgreichen Reise in die Vereinigten Staaten. Marsop hielt mich persönlich über ihre Fortschritte mit Präsident Underwood auf dem laufenden.«
»Fortschritte, die, wie ich annehmen muß, nicht alle Ihre Zustimmung finden«, erwiderte Noy Sang.
Nakorn spielte den Überraschten. »Warum sagen Sie das?«
»Weil ich erfahren habe, was Sie von meinen diplomatischen Aktivitäten halten«, sagte Noy Sang. »Ich gab heute nachmittag eine Pressekonferenz. Der Herr vom *Visaka Journal* war so freimütig, mir von seinem Frühstück mit Ihnen zu erzählen, bei dem Sie Ihre Ansicht über meine Diplomatie deutlich gemacht hatten. Sie mochten sie nicht.«
Nakorn runzelte die Stirn. »Da wird ein Mißverständnis vorliegen.«

»Dann wollen wir es herausfinden«, erwiderte Noy Sang lächelnd. »Zum einen sagte man mir, Sie seien der Ansicht, ich hätte mit dem Land, das ich den Amerikanern für ihren Luftwaffenstützpunkt zur Verfügung stellte, großzügiger sein sollen.«
Nakorns Stirnfalten wurden noch tiefer. »Ich bin mir nicht sicher, ob ich dies zum Ausdruck gebracht habe. Aber ich bin bereit, es jetzt zum Ausdruck zu bringen, außer wenn Sie lieber bis nach dem Essen warten wollen.«
»Ich ziehe es vor, gleich darüber zu sprechen.«
»Nun gut«, sagte Nakorn. »Die Vereinigten Staaten benötigen einen großen Luftwaffenstützpunkt als wesentlichen Teil ihrer Selbstverteidigung, und wir brauchen die Vereinigten Staaten als mächtigen Partner zu unserer eigenen Selbstverteidigung. Warum ihnen also versagen, was sie verlangen?«
»Ich habe ihnen nicht versagt, was sie verlangten«, entgegnete Noy Sang. »Der Präsident der Vereinigten Staaten ist mit unserer Übereinkunft sehr zufrieden. Er verstand mein Anliegen. Daß es nämlich absolut notwendig ist, daß Lampang nicht nur als unabhängiger Staat erscheint, sondern wirklich einer bleibt. Daß zu viele Zugeständnisse an eine fremde Macht, auch an den treuesten Verbündeten, unsere innenpolitische Stellung, das Ansehen beim Volk, schwächen würden. Falls diejenigen, die gegen unsere demokratischen Ideale opponieren, in unserem Fall die Kommunisten, beweisen können, daß wir zuviel von unserem kostbaren Land Fremden überlassen, würde das unsere Macht im eigenen Land schwächen, wo wir doch die Kontrolle behalten müssen. Das sehen Sie doch ein, nicht?«
»Nun, der Luftwaffenstützpunkt ist nicht meine Hauptsorge«, sagte General Nakorn. »Ein paar tausend Morgen mehr oder weniger werden unsere Zukunft nicht beeinflussen. Unsere Zukunft hängt ab von dem Kredit, den Sie in den Vereinigten Staaten ausgehandelt haben.«
»Das habe ich gehört«, erwiderte Noy Sang sarkastisch.
»Lassen Sie mich Ihnen zur Höhe des Kredits, den Sie von Präsident Underwood erhalten haben, gratulieren. Er übertraf meine kühnsten Erwartungen.«
»Vielen Dank, General.«
»Es ist etwas, von dem ich geträumt und das ich erhofft habe«, fuhr

der General fort. »Mit diesem Geld können wir unsere Armee modernisieren und neue konventionelle Waffen erwerben, die uns die stärkste Kampfkraft in diesem Teil der Welt verschaffen werden. Wird dieses Geld richtig verwendet, werden wir sicher die Stärke haben, die Kommunisten in einer Großoffensive anzugreifen und zu vernichten.«

»Sie wollen mit dem Kredit also die Kommunisten unschädlich machen?« fragte Noy Sang ruhig.

»Aber natürlich. Besser kann man das Geld nicht einsetzen.«

»Sie wissen, daß ich mit Ihnen nicht übereinstimme, General?«

»Nicht mit mir übereinstimmen?«

»Was die Verwendung des Kredits angeht. Ich habe mit Minister Marsop ausführlich darüber gesprochen. Mit dem Geld werden keine Kommunisten ermordet. Wir werden es für Gesundheitsvorsorge, Ausbildung und für das Wohlergehen des ganzen Volkes von Lampang verwenden.«

»Aber die kommunistische Bedrohung . . .«

»Es wird keine Bedrohung geben. Marsop wird sich mit Lunakul treffen, um zu einer friedlichen Einigung zu kommen, die die Roten in unsere Gesellschaft eingliedern wird.«

Nakorn fuhr von seinem Stuhl hoch. »Unmöglich! Man kann ihnen keinen Augenblick lang trauen. Marsop ist viel zu weich für sie . . . Verzeihen Sie mir, Minister, aber Sie sind kein Militär und besitzen in dieser Angelegenheit nicht meine Erfahrung. Lunakul und seine Bande verstehen nur Stärke, ihre eigene und unsere. Wenn unsere Präsidentin weiterhin darauf besteht, daß Sie sich mit ihnen treffen, Marsop . . .«

»Ich bestehe darauf«, warf Noy Sang dazwischen.

» . . . dann sollte ich Sie begleiten, Marsop. Die Kommunisten wissen, daß sie mir nicht auf der Nase herumtanzen können.«

Noy Sang schüttelte heftig den Kopf. »Das ist unmöglich, General. Lunakul kennt Ihren Ruf und Ihre Wünsche. Ihre Anwesenheit würde ihn nur abschrecken.« Sie hielt inne. »Marsop ist der einzige, dem es möglich ist, beide Seiten zu versöhnen.«

Nakorn hob die Schultern. »Wie Sie wünschen . . . Wie ich sehe, kann das Essen serviert werden. Das verlangt nach einem Trinkspruch. Colonel Chavalit, würden Sie dafür sorgen, daß der Champagner serviert wird?«

Der Colonel klingelte, und der Weinkellner erschien. Ihm folgte ein Bediensteter mit zwei gekühlten Flaschen Champagner in einem glänzenden silbernen Eiskübel.
Während der erste Gang serviert wurde, machte der Weinkellner langsam die Runde und füllte die Gläser.
Sobald die Teller und Sektkelche gefüllt waren, erhob sich General Nakorn mit dem Glas in der Hand.
»Lassen Sie mich einen Toast auf unsere Präsidentin Noy Sang und ihren bemerkenswerten Erfolg in Amerika ausbringen.«
Noy Sang ließ den Blick nicht von Nakorn, als sie ihren Kelch hob und dem General zuprostete. Auch alle anderen hoben die Gläser und tranken.
Einen Augenblick später hörte Noy Sang einen unterdrückten Aufschrei und drehte sich in die Richtung, aus der er gekommen war.
Sie merkte, daß es Thida gewesen war, daß ihre Schwester blaß geworden war, hustete und benommen schwankte.
»Thida, was ist los?« rief Noy Sang.
Thida hatte einen entsetzlichen Hustenanfall. »Ich – ich bekomme keine Luft mehr. Mir ist schlecht. Ich muß mich hinlegen.«
General Nakorn war sofort auf den Beinen. »Was ist denn los?« wollte er wissen. Er kam um den Tisch herum auf Thida zu.
»Ich – weiß nicht«, keuchte Thida. »Ich werde gleich ohnmächtig.«
Nakorn stützte sie und rief über den Tisch: »Wir bringen sie ins Schlafzimmer, damit sie sich hinlegen kann. Ruft den Arzt!«
Während Nakorn, mit Noy Sangs Hilfe, Thida aufrichtete und sie, mehr tragend als stützend, aus dem Speisesaal führte, telefonierte Colonel Chavalit mit dem Militärarzt. »Kommen Sie sofort!« rief er. »Ins Schlafzimmer des Generals! Ein Notfall!«
Er hatte kaum aufgelegt, als General Nakorn ins Zimmer gestürzt kam.
»Schnell einen Krankenwagen!« rief er. »Wir müssen sie sofort ins Krankenhaus bringen!«

Zwei Stunden und zwanzig Minuten später starb Thida.
Ihr Champagner war vergiftet gewesen.
Während Noy Sang tränenüberströmt zusammenbrach, versuchte Marsop, sie zu trösten, und General Nakorn stürzte davon, um sofort mit seiner Untersuchung zu beginnen.

Noy Sang saß mit trockenen Augen, aber erschöpft da, als General Nakorn eine Stunde später zurückkehrte. Er wirkte düster.
»Ich bin der Sache auf den Grund gegangen«, verkündete er. »Ich habe persönlich das gesamte Küchenpersonal verhört. Schließlich konnte ich zweien die Wahrheit abpressen. Der Weinkellner war der Schuldige. Er ist Mitglied der Kommunistischen Partei. Ich hasse es, daß Sie es auf diese Art erfahren müssen, aber die Kommunisten bringen auch Unschuldige um, die ihnen zufällig in den Weg geraten.«
Noy Sang sah den General verständnislos an. »Aber warum Thida? Was hatte sie mit den Kommunisten zu tun?«
»Ich weiß es nicht. Ich weiß nur, daß Sie sich keine weiteren Hoffnungen auf Verhandlungen mit ihnen machen dürfen.«
»Wir werden sehen«, erwiderte Noy Sang. »Ich möchte den kommunistischen Mörder nun selbst verhören.«
General Nakorn hob hilflos die Hände. »Ich fürchte, es ist zu spät, Madame President. Ich habe seine sofortige Exekution befohlen. Es ist besser, wenn er tot ist.«

General Nakorn ließ sie in einer Limousine der Armee vom Krankenhaus in den Palast zurückbringen.
Marsop schloß die Glasabtrennung zwischen dem Chauffeur und Noy Sang und sich selbst im Fond.
Er wollte vertraulich mit Noy reden.
»Was denken Sie, Noy?« fragte er.
»Es ist entsetzlich, einfach entsetzlich. Es ist unglaublich.«
Marsop saß schweigend da und hielt Noys Hand. Schließlich ließ er sie los und drehte sich ihr zu.
»Noy . . .«
»Ja?«
»Noy, es war ein Versehen.«
Sie sah ihn verwirrt an. »Was war ein Versehen?«
»Thidas Tod.«
»Ich – ich verstehe nicht.«
»Dann will ich es erklären«, entgegnete Marsop. »Während des Toasts, haben Sie da Thida und mich beobachtet?«
»Ich bin mir nicht sicher. Ich glaube nicht. Da General Nakorn den Toast ausbrachte, habe ich wahrscheinlich ihn angesehen.«

»Wahrscheinlich«, sagte Marsop. »Aber hätten Sie Thida und mich angesehen, würden Sie jetzt wissen, warum es ein Versehen war.«
»Was meinen Sie damit?«
»Erinnern Sie sich noch an die altmodische Art, wie unsere Eltern sich zuprosteten?«
»Ich – ich weiß nicht so recht«, antwortete Noy stockend.
»Sie verschränkten, genauer, überkreuzten die Arme und tranken nicht aus ihrem eigenen Glas, sondern aus dem des anderen.«
»Soll das heißen . . .?«
»Ich will damit sagen, daß Thida und ich uns lachend und auf diese altmodische Art zuprosteten. Sie hielt mir ihr Glas vor und ich ihr das meine. Dann tranken wir den Champagner des anderen. Ihr Champagner war gut, und mir geschah nichts. Aber als sie meinen trank, da schluckte sie Gift und starb daran.«
Langsam dämmerte es Noy. »Heißt das etwa . . .?«
»Das heißt, daß das Gift für mich bestimmt war. Ich war derjenige, der sterben sollte, nicht Thida. Aber sie trank zufällig meinen Champagner, und er tötete sie. Ich müßte eigentlich tot sein, nicht Thida. Mein Champagner hätte mich beseitigen sollen.«
»Mein Gott . . .«
»Ja.«
»Aber Marsop, wer könnte denn Sie umbringen wollen?«
»Ich bin mir nicht ganz sicher. Es könnte jemand sein, der nicht will, daß ich mit den Kommunisten verhandle. Was glauben Sie?«
»Mir graut schon bei dem Gedanken.«
»Denken Sie aber darüber nach«, sagte Marsop zärtlich, lehnte sich zurück und schwieg bis zu ihrer Ankunft im Palast.

Wenige Stunden später erreichte die Nachricht von Thida Sangs Tod auch Washington, D.C. Anuthra, Lampangs Botschafter in den Vereinigten Staaten, erhielt sie als erster, und er eilte sofort zum Außenministerium, um mit Ezra Morrison zu sprechen.
»Ich wußte, daß Sie so schnell wie möglich über diese ernste Entwicklung informiert sein wollten«, sagte Anuthra, »da Thida Noy Sangs Nachfolgerin im Amt der Präsidentin von Lampang gewesen wäre. Ich betrachte das als offizielle Angelegenheit und nehme an, daß Präsident Matthew Underwood einen Vertreter zum Begräbnis schicken will.«

»Das wird er mit Sicherheit«, erwiderte Außenminister Morrison. »Lassen Sie mich noch einmal mein tiefstes Bedauern und mein Beileid zum Ausdruck bringen. Ich werde den Präsidenten unverzüglich von diesem traurigen Vorfall in Kenntnis setzen.«

Matt und Alice Underwood saßen mit ihren Aperitifs im Solarium im zweiten Stock des Weißen Hauses und sahen sich im Fernsehen die Nachrichten an, als Ezra Morrison anrief.

Underwood nahm den Anruf entgegen und bedeutete Alice, sie solle den Fernseher leiser stellen.

»Schlechte Nachrichten aus Lampang«, begann Morrison.

»Schlechte Nachrichten? Hat es etwas mit Noy Sang zu tun?«

»Nein, nicht direkt. Ihre Schwester Thida wurde bei einem Diner vergiftet und starb kurz darauf. Noy Sang war dabei.«

Underwood atmete erleichtert auf, weil Noy in Sicherheit war, wurde dann aber argwöhnisch. »Ihre Schwester? Erzählen Sie, Ezra.«

Morrison berichtete, was er vom Botschafter erfahren hatte.

Anschließend meinte Underwood: »Das klingt aber nicht nach Unfall. Gibt es noch weitere Details?«

»Nicht vom Botschafter.«

»Wie kommt Noy Sang damit zurecht?«

»Ich habe keine Ahnung, Matt. Wahrscheinlich nicht sehr gut.«

»Das muß ich selbst herausfinden. Können Sie oder Blake in Lampang anrufen und Noy Sang an den Apparat holen? Es ist dort jetzt ein Uhr morgens. Wenn sie schläft, wecken Sie sie. Ich will mit ihr so bald wie möglich sprechen.«

»Ich werde es tun«, versprach Morrison. »Bleiben Sie in der Nähe. Ich werde mich in zwei oder drei Minuten wieder melden.«

Underwood legte auf und starrte das Telefon an.

»Was war denn schon wieder los?« rief Alice.

»Noy Sang, die Präsidentin von Lampang . . .«

»Ach ja, die, mit der du soviel zu erledigen hattest.«

Underwood ignorierte den Seitenhieb. »Sie hat soeben ihre Schwester verloren. Offensichtlich absichtlich vergiftet.«

»Das sind ja wirklich Barbaren da unten.«

»Ich kenne die genauen Umstände nicht. Ich weiß nur, daß ihre Schwester, Thida, ihre mögliche Nachfolgerin war. Man muß die ganze Sache also mit großem Ernst behandeln.«

»Also wieder mal eine gemütliche Reise für den Vizepräsidenten?«
»Vielleicht. Ich weiß nicht, ob Tafford der richtige dafür ist.«
Das Telefon klingelte, und Underwood griff sofort zum Hörer. Zuerst gab es ein zischendes Geräusch wie üblich bei Überseegesprächen. Dann war eine männliche Stimme zu hören.
»Präsident Underwood.«
»Hier Marsop.«
»Hallo. Ich habe von dem entsetzlichen Unglück gehört. Wie geht es Noy?«
»Fragen Sie sie selbst. Hier kommt sie schon. Bleiben Sie am Apparat.«
Trotz der Entfernung konnte er ihre sanfte Stimme deutlich hören.
»Matt, bist du das?«
»Noy, ich habe die schreckliche Nachricht schon gehört. Wie ist das nur möglich?«
»Ich weiß, es klingt unglaublich, aber es passierte in meiner Anwesenheit.«
»Erzähl mir genau, was passiert ist.«
»Nun, wir saßen zu Tisch in General Nakorns Speisesaal im Verteidigungsministerium. Er brachte einen Toast aus . . .«
Stockend erzählte sie Underwood, wie Thida gestorben war.
Er hörte ihr zu und sagte dann düster: »Ich sage dir, die Vergiftung war kein Unfall.«
»Ja und nein. Die Vergiftung war beabsichtigt. Aber es war ein Versehen, daß Thida das Opfer wurde. Es hätte eigentlich Marsop treffen sollen.« Sie beschrieb die Umstände, wie Thida und Marsop ihre Gläser vertauschten.
»Aber wer würde denn einen solchen Mord begehen?«
»Jemand, der nicht will, daß sich Marsop mit den Kommunisten an einen Tisch setzt und versucht, einen Frieden auszuhandeln.«
»Wir wissen beide, wie General Nakorn darüber denkt.«
»Er gibt einem anderen die Schuld, einem Weinkellner aus seinem Personal, der heimlich Kommunist war und keine Friedensverhandlungen wollte.«
»Wurde der Kellner verhört?«
»Nur vom General. Er war zufrieden, den Mörder entdeckt zu haben. Er ließ ihn hinrichten.«
»Erscheint dir das einleuchtend?«

»Ich weiß nicht.« Noy kämpfte mit den Tränen. »Ich weiß nur, daß Thida nicht mehr bei mir ist.« Sie hielt inne. »Ich wollte dich nicht in diese Familienangelegenheit mit hineinziehen, Matt.«
Underwood protestierte. »Es ist mehr als nur eine Familienangelegenheit. Thida war deine Nachfolgerin. Schon das allein macht es wichtig für uns.« Er zögerte. »Für gewöhnlich schicken wir zu solch traurigen Anlässen einen Vertreter. Meinen Vizepräsidenten oder Blake oder Morrison. Aber ich glaube, hier geht es um Wichtigeres.«
»Für die Vereinigten Staaten ist es doch nur eine Nebensächlichkeit.«
Er beugte sich tiefer über das Telefon. »Für mich ist es eine wichtige Sache, und eine persönliche.« Dann fügte er spontan hinzu: »Ich habe vor, selbst nach Lampang zu fliegen und dem Begräbnis beizuwohnen.«
»Oh, ich will nicht, daß du das mitmachen . . .«
»Ich will es, Noy. Es ist etwas, das ich wirklich tun will. Ich will dir helfen. Du brauchst es. Nimm alles, was du bekommen kannst.«
»Du bist so freundlich. Ich will nicht, daß du wegen jemand, den du gar nicht kanntest, eine so lange Reise auf dich nimmst.«
»Ich will es für jemanden tun, den ich kenne.«
»Wenn du darauf bestehst.«
»Ja, ich bestehe darauf. Ich will unter denen sein, die dir beistehen.«
»Ich bin dir sehr dankbar dafür. Es würde mich wirklich trösten.«
»Du kannst dich darauf verlassen.«
Nachdem Underwood aufgelegt hatte, versuchte Alice, mit ihm zu reden. Aber er hatte bereits den Hörer wieder in der Hand.
»Holen Sie mir Blake an den Apparat«, befahl er der Vermittlung. »Gleichgültig, wo er ist, holen Sie ihn.«
Alice versuchte nun wieder zu sprechen, aber er hob nur abwehrend die Hand.
Sekunden später war Blake in der Leitung.
»Ja, Matt?«
»Sie wissen bereits, was in Lampang passiert ist?«
»Ja.«
»Sehr schön. Ich werde morgen um neun Uhr nach Lampang fliegen, um an Thidas Begräbnis teilzunehmen. Lassen Sie die Air Force One bereitstellen.«
»Halten Sie das wirklich für klug, Matt? Ich bin sicher, das könnte

der Vizepräsident routinemäßig genausogut erledigen. Sie haben morgen einen dichtgedrängten Terminplan. Man müßte alles absagen. Und die Presse, was ist mit der Presse?«

»Sie ist herzlich eingeladen, mich im Presseflugzeug zu begleiten. Aber die ganze Sache bitte mit so wenig Aufwand wie möglich.«

»Das geht nicht, Matt. Zuerst muß ich ein Flugzeug voller Techniker vom Kommunikationsbüro des Weißen Hauses hinüberschicken, die zwei spezielle Telefonsysteme installieren. Dann brauchen wir ein militärisches Reserveflugzeug, um die Air Force One zu ersetzen, falls etwas schiefgeht, und für den Transport des Sicherheitsberaters, des Militärattaches, des Arztes und zusätzlicher Geheimdienstmänner.« Er zögerte kurz. »Wollen Sie es sich nicht doch noch einmal überlegen?«

»Nein, Paul. Tun Sie, was Sie tun müssen, aber ich werde fliegen. Ich habe die Absicht, am Begräbnis in Lampang teilzunehmen. Also machen Sie sich auf die Socken.«

Diesmal war Alice aufgesprungen und baute sich vor ihm auf.

»Versuch nicht noch einmal, mich zum Schweigen zu bringen«, kreischte sie. »Ich habe alles mitbekommen, und ich sage dir, du bist verrückt, zum Begräbnis von jemandem, den du gar nicht kanntest, um die halbe Welt zu fliegen.«

»Ich habe es versprochen.«

»Dann brich dieses blöde Versprechen. So eine Verrücktheit, einer raffinierten Eingeborenen nachzurennen, die versucht, dich einzuwickeln. Das sieht ja entsetzlich aus.«

Underwood sah seine Frau böse an. »Nicht, wenn du mich begleitest. Du bist eingeladen, Alice.«

»Das ist ja lächerlich, eine solche Reise in dieses heiße Loch wegen einer Sache, die weder für dich noch für uns noch für das Land irgendeine Bedeutung hat. Wenn du aus dir einen Narren machen willst, dann tu's, aber alleine!«

Im Presseraum des Weißen Hauses hörte Hy Hasken der Ankündigung des Pressesprechers Bartlett zu. Er brauchte ihm gar nicht bis zum Ende zuzuhören, um zu wissen, worum es ging. Er stand auf, schob sich zwischen den anderen Korrespondenten am Weißen Haus, die hinter ihm saßen, hindurch und stürzte auf das nächste Telefon zu.

Er steckte seine Telefonkarte in den Schlitz und wählte die Nummer von Sam Whitlaws Privatanschluß im Redaktionsbüro des TNTN in New York City.
Whitlaw meldete sich sofort.
»Ja?«
»Hy Hasken hier, Chef. Ich bin im Presseraum. Soeben wurde angekündigt, daß der Präsident morgen früh nach Lampang fliegt. Wegen der Beerdigung.«
»Ich hab den Bericht gesehen«, erwiderte Whitlaw.
»Noy Sangs Schwester wurde vergiftet. Und Sie sagen, Underwood macht die weite Reise, nur um am Begräbnis teilzunehmen? Warum?«
»Das weiß ich noch nicht. Vielleicht um die Beziehungen zu Lampang zu verstärken. Vielleicht um seine Beziehung mit Noy Sang nach den zwei Begegnungen hier noch zu intensivieren. Ich weiß es wirklich nicht.«
»Das ergibt doch keinen Sinn.«
»Gleichgültig, was es ergibt«, sagte Hasken, »Underwood macht einen Riesenwirbel deswegen. Er schickt sogar ein Presseflugzeug voraus.«
»Und Sie wollen in diesem Flugzeug sitzen, Hy?«
»Ich glaube, ich sollte es.«
»Das ist ja nicht einmal eine Titelstory«, meinte Whitlaw mißmutig. »Warum die Zeit vergeuden?«
»Sie sagten doch, ich soll mich an Underwoods Fersen heften. Ich soll doch das Weiße Haus ignorieren und mich nur auf den Präsidenten konzentrieren.«
»Ist ja gut.«
»Es ist eine komische Reise. Ich habe den Eindruck, ich sollte dabeisein. Ich will mehr darüber wissen.«
Whitlaw schwieg einen Augenblick lang. »Es ist wirklich komisch, daß der Präsident alles hinwirft, nur um am Begräbnis von Noys Schwester teilzunehmen.«
»Vielleicht fliegt er gar nicht wegen Noys Schwester«, entgegnete Hasken. »Vielleicht fliegt er wegen Noy.«
»Was soll das heißen?«
»Ich bin mir nicht sicher. Aber ich werde es Sie wissen lassen, sobald ich es weiß. Schicken Sie jemanden als meinen Stellvertreter ins

Weiße Haus. Und lassen Sie mich beim Präsidenten bleiben. Was halten Sie davon, Sam?«

»Es klingt ein bißchen wie die Suche nach der Nadel im Heuhaufen.« Er hielt inne. »Aber mir gefällt die Nadel. Schnappen Sie ihn sich.«

6

Die Air Force One aus Washington landete auf dem Muang Airport von Lampang im nachmittäglichen feuchtheißen Dunst. Sie senkte sich weich auf das lange Rollfeld, bremste ab und und kam langsam zum Stillstand. Ein Jeep mit drei Flughafenangestellten setzte sich an die Spitze der Maschine und dirigierte sie über eine Abzweigung zu dem geräumigen Stellplatz, der für das Flugzeug reserviert war.
Die elf amerikanischen Reporter mit ihren Teams, die im Presseflugzeug schon eine Stunde zuvor eingetroffen waren, warteten hinter Absperrseilen, bewacht von Lampanger Sicherheitsbeamten in blauen Uniformen auf dem angrenzenden Feld. Die einheimische und die ausländische Presse wurde ähnlich behandelt. Hy Hasken, sein Kameramann und sein Tontechniker hatten sich einen guten Aussichtspunkt in der ersten Reihe gesichert.
Hasken sprach eben mit Gil Andrews, dem Kameramann. »Hast du die Landung von Air Force One gut drauf?«
»Genug für drei deiner Sendungen.«
»Okay, jetzt öffnen sie die Luke. Gleich wird Präsident Underwood erscheinen. Geh drauf, wenn er in der Tür auftaucht und die Rolltreppe heruntersteigt. Ich sehe jetzt eine Delegation am Fuß der Treppe. Falls Noy Sang vortritt, um ihn zu begrüßen – und es ist durchaus möglich, daß sie es tut –, will ich ein Closeup von den beiden. Das ist wichtig. Verstanden, Gil?«
»Klar, Hy.«
In diesem Augenblick ging die Luke der Air Force One auf, und das Personal schob eine Aluminiumrolltreppe davor.
Hasken nahm den Blick nicht von der offenen Tür. Einige Geheimdienstmänner kamen heraus, sahen sich um und warteten. Einen Augenblick später verließ auch Präsident Underwood die Maschine und ging hinter den Agenten her. Underwood wirkte ausgeruht und frisch – zweifellos hatte er während des Flugs geschlafen – und er trug einen frischgebügelten, dunkelgrauen Baumwollanzug.
Er stieg die Treppe hinunter, und noch mehr Geheimdienstmänner folgten ihm.

»Ich hab ihn«, sagte der Kameramann.
»Folg' ihm bis zum Boden, wo Noy Sang, Minister Marsop und die Delegation sich mit ihm treffen werden.«
Hasken suchte die Umgebung und die offizielle Delegation nach einer Spur von Noy Sang ab.
Er konnte sie nicht finden.
Ein hagerer, fast jugendlich wirkender Mann trat aus der Abordnung vor und näherte sich dem Präsidenten mit ausgestreckter Hand.
Hasken glaubte den Begrüßenden zu kennen, aber er war sich nicht sicher.
»Wo ist Noy Sang?« wollte Andrews, der Kameramann, wissen.
»Keine Ahnung«, erwiderte Hasken. »Auf jeden Fall nicht hier. Wahrscheinlich ist sie im Palast und bereitet sich auf das Begräbnis vor.«
Dann hörte Hasken eine vertraute, hohe Stimme. Es war die des Pressesprechers Bartlett. »Der Präsident ist bereits auf dem Weg zum Oriental Hotel. Sie werden ihm in zwei Bussen folgen. Beschweren können Sie sich wohl kaum. Sie wohnen im selben Hotel. Ihre Zimmer sind fast so gut wie die des Präsidenten. Sobald wir dort eintreffen, wird man Sie zu Ihren Zimmern führen. Sie haben eine Stunde Zeit zum Umziehen und Frischmachen, dann geht's wieder in die Busse und zum Begräbnis. Versuchen Sie, etwas Würde zu bewahren. Das ist schließlich eine Beerdigung.«
Besorgt wandte sich Hasken zum Bus. Daß Noy Sang nicht erschienen war, machte aus seiner Story eine Nicht-Story. Wenn er nicht mehr lieferte, würde er Whitlaws Zorn auf sich ziehen.
Er hoffte auf mehr, während er auf den Bus zuging.

In der Lobby des prächtigen alten Oriental Hotel beobachtete Hy Hasken, der sich mit dem Rest des Pressekorps zwischen den Rattanmöbeln drängte, wie der Präsident und seine Leibwache am Treppenaufgang vorbei zu einer Reihe von Aufzügen geleitet wurde.
Ein offizieller Vertreter von Lampang führte sie, und sobald sie hinter den Aufzugtüren verschwunden waren, eilte der Offizielle davon.
Und erst dann erkannte Hasken ihn.
Der Offizielle, eben derselbe, der den Präsidenten am Flughafen begrüßt hatte, war Marsop, Noy Sangs Außenminister.

Der Rest des amerikanischen Pressekorps erkannte ihn nicht und achtete auch nicht sonderlich auf ihn, aber Hasken reagierte schnell und fing ihn ab.
»Minister Marsop«, rief er.
Marsop kniff unsicher die Augen zusammen und blieb stehen.
Hasken näherte sich ihm. »Sie erinnern sich vielleicht nicht an mich, Sir, aber ich bin Hy Hasken. Vom amerikanischen Fernsehen. Ich berichtete über Sie, als Sie letzte Woche mit Präsidentin Noy Sang in Washington waren.«
Marsops Gesicht hellte sich wiedererkennend auf. »O ja, ich glaube, ich kann mich erinnern.«
»Ich will Sie nicht lange aufhalten, aber zwei Fragen möchte ich Ihnen doch gern stellen. Die eine ist ziemlich einfach.«
»Ja?«
»Können Sie mir in etwa sagen, wie die Suite des Präsidenten aussieht?«
»Sie ist sehr groß, etwa zweihundertachtzig Quadratmeter. Man nennt sie die Präsidentensuite, und sie umfaßt ein Wohnzimmer, ein Eßzimmer, ein Empfangszimmer, zwei Schlafzimmer und drei Bäder. Alle Fenster sind kugelsicher verglast. Genaugenommen ist es das Penthouse. Vom Aufzug führt ein Korridor zum Treppenaufgang für die Geheimdienstleute. Am Eingang gibt es einen Metalldetektor zum Schutz des Penthouse. Die beiden Stockwerke darunter sind für den Stab des Präsidenten und die Presse reserviert.«
»Vielen Dank, Herr Minister. Noch eine Frage, wenn Sie gestatten.«
»Bitte.«
»Präsident Underwood entschloß sich sehr kurzfristig zur Teilnahme an Thida Sangs Begräbnis. Es kam unerwartet. Ich wußte gar nicht, daß Underwood Thida so gut kannte.«
»Persönlich kannte er sie überhaupt nicht«, entgegnete Marsop.
»Sie meinen, Präsident Underwood ist ihr nie begegnet?«
»Nie, zumindest meines Wissens nicht.«
Hasken stand die Überraschung ins Gesicht geschrieben. »Aber warum dann die Teilnahme an ihrem Begräbnis?«
»Weil er Präsidentin Noy Sang beistehen will. Er will sie trösten.«
»Keine politischen Absichten?«
»Überhaupt keine. Es ist rein persönlich. Ihr Präsident ist ein sehr mitfühlender Mann.«

Hasken starrte Marsop nach, der in der Menge verschwand und auf seine Limousine zuging.
Er nagte an seiner Unterlippe und dachte darüber nach, was er eben gehört hatte.
Präsident Underwood war hier, um Noy Sang zu sehen, aus keinem anderen Grund.
Er hatte die Verstorbene nicht einmal gekannt.
Aber die Lebende kannte er offensichtlich sehr gut.
Hasken lächelte in sich hinein.
Er würde Whitlaw nun nicht enttäuschen. Nun hatte er wahrscheinlich doch eine Story, und dazu noch eine sehr gute.
Er beschloß, nahe dranzubleiben, so nahe wie menschenmöglich.

Für Hy Hasken war es ein Begräbnis wie jedes andere auch. Etwas hochkarätiger vielleicht, wenn man sich die Vertreter der verschiedenen Nationen betrachtete, vorwiegend asiatische in diesem Fall.
Von seinem Aussichtspunkt auf einem kleinen Hügel des Friedhofs fünf Kilometer außerhalb von Visaka hatte Hy Hasken einen guten Blick auf das Grab unter ihm.
Neben dem Sarg standen Noy Sang, ihr Sohn Den, Marsop und zwei ältere Leute, wahrscheinlich die Eltern von Thida und Noy. Von den ausländischen Trauergästen war Präsident Matt Underwood der Familie der Verstorbenen am nächsten.
Aus der Entfernung, in der die Armeeposten ihn und die anderen Journalisten hielten, konnte Hasken kein Wort verstehen. Er sah nur, wie sich die Lippen des christlichen Priesters bewegten.
Mensch, bedenke, daß du aus Staub bist und wieder zu Staub zurückkehrst, da war er sich ganz sicher.
Der geschlossene Sarg näherte sich langsam dem Loch.
Hasken sah Noy niederknien und ein Blumenbukett auf den Sarg legen, während er langsam abgesenkt wurde.
Hasken wahrte zwar die Würde, war aber eigentlich desinteressiert.
Er hatte Thida nicht gekannt. Sie war für ihn nur ein Name gewesen, nichts weiter. Aber sie war auch für Underwood niemand gewesen, außer eben Noys Schwester. Hasken versuchte, aufmerksam zu bleiben.
Als dann der Sarg verschwand, schien Noy plötzlich zusammenzubrechen. Ihre Schultern bogen sich nach vorn, sie sackte zusammen.

Marsop griff nach ihr und stützte sie, während die Zeremonie zu ihrem Ende kam.
Hasken war sicher, Noy nun weinen zu sehen, und plötzlich löste sich Underwood aus seiner feierlichen Starre und trat nach hinten aus der Reihe.
Hasken sah, daß Underwood sich an dem kleinen Den und Marsop vorbeischob und sich neben Noy stellte. Er nahm sie bei der Hand, flüsterte ihr zu und legte ihren Kopf auf seine Schulter.
Was für ein Schnappschuß, dachte Hasken aufgeregt.
Mein Gott, was für ein Rosinchen für die Sechs-Uhr-Nachrichten zu Hause.
Hasken wollte sich schon nach Gil Andrews umsehen, dann fiel ihm aber ein, daß er nicht da war. Kameramänner hatten zur Beerdigung keinen Zutritt erhalten.
Kein Kameramann, kein Bild. Hasken verfluchte sein Pech. Nur als mündlicher Bericht wirkte das nicht. Es war etwas Visuelles. Aber er hatte keine Möglichkeit, es aufzunehmen.
Die Zeremonie war inzwischen beendet, und alle wandten sich vom Grab ab.
Underwood hatte den Arm um Noys Hüfte geschlungen und führte sie weg.
»Wo sie wohl jetzt hingehen?« fragte er sich laut.
Eine amerikanische Stimme hinter ihm antwortete. »Zu einem Leichenschmaus. Das ist so üblich in Lampang. Im Palast. Noy Sang wird dort geladene Gäste bewirten.«
Hasken wandte den Kopf. »Was ist mit der Presse?«
»Nur spezielle Gäste, spezielle Leute«, erwiderte die Stimme. »Sie wissen doch, daß wir keine speziellen Leute sind.«
Wieder fluchte Hasken leise. Noy und Underwood würden allein sein, und er hatte keine Möglichkeit, in ihre Nähe zu kommen.
Ausreden würden nichts helfen, nicht bei Sam Whitlaw.
Aber irgend etwas war da im Gange. Er versuchte zu überlegen, worüber Noy und Underwood wohl reden würden.
Er hatte nicht die leiseste Ahnung, wußte aber, daß er es früher oder später herausfinden würde.

Der Leichenschmaus fand am späten Nachmittag im Pfauensaal, einem kleineren Empfangssaal des Chamadin-Palastes, statt.

Matt Underwood war ins Oriental Hotel zurückgekehrt, um zu duschen und einen dunklen Anzug anzuziehen. Als er dann den überfüllten Empfangssaal betrat, sah er Noy Sang am anderen Ende stehen. Auch sie hatte sich umgezogen und trug jetzt einen knöchellangen, violetten Sari. Er merkte auch, daß sie die Fassung wiedergewonnen hatte und nun die Fremden unter den Gästen vorstellte, vorwiegend Asiaten aus befreundeten Nachbarländern.
Underwood ging direkt zu ihr, stellte sich in die Reihe und nahm ihre Hand, und sie flüsterte ihm zu: »Danke, Matt. Ich will dir ein paar unserer Nachbarn vorstellen.«
Das tat sie auch, Underwood begrüßte sie höflich und ging dann weiter. Da er nun einen Augenblick allein war, sah er sich nach vertrauten Gesichtern um. Neben einigen Geheimdienstleuten, die sich unauffällig unter die Gäste gemischt hatten, entdeckte er nur noch zwei andere bekannte Amerikaner. Der eine war Bartlett, sein Pressesprecher, und der andere Percy Siebert, der teilnahmslos und mit hochgezogenen Schultern dastand und dessen wasserblaue Augen ihn fixierten. Siebert war Direktor Ramages CIA-Standortleiter an der Amerikanischen Botschaft in Visaka, und er hatte Underwood nach seiner Ankunft mit der Air Force One in seiner Suite erwartet. Vor der Beerdigung hatten sie sich ein wenig unterhalten, genug für den Präsidenten, um Siebert als Freund zu betrachten.
Siebert hatte die Ankunft des Präsidenten bemerkt und schob sich nun durch die Menge auf ihn zu.
Der CIA-Mann nahm Underwood beim Arm und flüsterte: »Da ist jemand, den Sie unbedingt kennenlernen müssen, Mr. President, ein guter Freund von mir und von den Vereinigten Staaten.« Er zeigte dem Präsidenten einen kräftig gebauten, älteren Mann in einer makellosen, ordenübersäten Uniform. Siebert stellte vor. »Präsident Matthew Underwood, das ist General Samak Nakorn, Oberbefehlshaber der Armee von Lampang. General, der Präsident der Vereinigten Staaten.«
Underwood schüttelte ihm kräftig die Hand.
Nach Austausch einiger Höflichkeiten machte sich Underwood wieder auf die Suche nach Noy Sang, bemerkte sie ganz in der Nähe und ging auf sie zu.
Es freute ihn, daß sie kurzzeitig allein war und daß sich ihr Gesicht aufhellte, als sie ihn sah.

Er nahm sie beim Arm, beugte sich über sie, und ohne sich von den übrigen Anwesenden in Verlegenheit bringen zu lassen, küßte er sie auf die Stirn.
»Wie geht's dir, Noy?«
»Es ist vorbei. Ich werde es überleben«, erwiderte sie und fügte dann hinzu: »Es ist so freundlich von dir, so unwahrscheinlich freundlich von dir, daß du die lange Reise gemacht hast, um mir beizustehen.«
»Es war mir ein Bedürfnis, Noy.«
»Es hat mir sehr geholfen. Ich werde es nicht vergessen.« Sie wies auf das üppige Buffet. »Du mußt hungrig sein. Versuch einmal das Gericht in der weißen Schüssel, Gai Tom Ka. Das ist in Kokosnußmilch gekochtes Hühnchen. Wirklich ausgezeichnet.« Während sie ihn auf den Tisch zuschob, flüsterte sie ihm zu: »Wir werden später noch Zeit finden, um miteinander zu reden.«
Underwood verließ sie, ging gehorsam zum Buffet, nahm einen großen Teller, eine Gabel und eine Serviette und häufte sich Hühnchen, gebratenen Reis, Curry, Fisch und ein winziges Kräuteromelett auf den Teller.
Er wollte eben vom Buffet weggehen, als er bemerkte, daß General Nakorn aus der entgegengesetzten Richtung auf ihn zukam und sich selbst einen Teller füllte. Bevor Underwood überlegen konnte, ob er mit ihm sprechen wollte, trat Percy Siebert dazwischen.
»Mr. President«, flüsterte Siebert hastig.
»Ja?«
»Ich frage mich, ob Sie wohl einen Augenblick Zeit haben, um mit General Nakorn zu sprechen. Er möchte sich sehr gern weiter mit Ihnen unterhalten.«
»Wissen Sie, worum es geht?«
Siebert nickte. »Ich würde sagen, es wäre sehr nützlich für Sie, wenn Sie ihn anhören würden. Er ist ein guter Freund der Vereinigten Staaten. Was er zu sagen hat, liegt vielleicht in unserem Interesse.«
»Wenn das so ist, natürlich.«
Underwood blieb stehen, während Siebert General Nakorn zu ihm brachte.
»Sie wollten mit mir sprechen?« fragte Underwood.
»Ich hoffte es«, antwortete Nakorn. »Sie sind einer der Gründe, warum ich zu diesem Empfang kam.«
»Also bitte.«

»Es betrifft unser Kommunistenproblem hier auf Lampang«, sagte Nakorn. »Aus Informationen Ihres Außenministeriums und nach Ihren Unterredungen mit Präsidentin Noy Sang wissen Sie sicher darüber Bescheid.«
»Ich glaube, ich habe eine ungefähre Vorstellung von der Situation«, erwiderte Underwood kühl.
»Dann wissen Sie vielleicht auch, wie schwerwiegend es ist«, fuhr Nakorn sehr ernsthaft fort. »Wir haben Nachbarn auf dem Festland, die uns praktisch auf die Füße treten. Ich meine Vietnam und Kambodscha. Sie infiltrieren unsere beiden Nachbarinseln mit Guerillas, die sie mit den modernsten Waffen ausgerüstet haben. Wenn wir sie weiterhin ohne Intervention gewähren lassen, werden sie für meine Armee bald zu mächtig werden. Am Ende werden sie dann die Hauptinsel von Lampang überrennen und Präsidentin Noy vertreiben. Sie werden unsere Demokratie zerstören und die Macht an sich reißen. Lampang wird kommunistisch werden, zu einem Satelliten der Sowjetunion im Südchinesischen Meer. Man muß das gewaltsam unterbinden, solange noch Zeit dazu ist, solange wir militärisch noch in der Übermacht sind.«
Underwood hatte sehr aufmerksam zugehört, und er sorgte sich, daß Noys Regierung und sogar ihr Leben in Gefahr sein könnten, wenn Nakorn recht behielt.
»Man sagte mir, die Kommunisten seien kompromißbereit«, erwiderte Underwood.
General Nakorn schüttelte heftig den Kopf. »Unmöglich«, sagte er. »Das glauben nur einige von unseren Liberalen, die sich täuschen ließen. Genaugenommen ist es auch Präsidentin Noys Ansicht, daß solche Verhandlungen zustande kommen könnten. Aber sie hat eigentlich keine Ahnung von der Stärke und den Absichten der Kommunisten. Sie hat sich von schönen Worten einlullen lassen, aber wenn sie wirklich die Kommunisten in unser Gesellschaftssystem läßt, werden die sie verschlingen.«
»Sie sind sich da sehr sicher.«
»Vollkommen. Fragen Sie doch Mr. Siebert nach seiner Meinung.«
Underwood sah Siebert an, der schweigend zugehört hatte.
»Was glauben Sie, Percy?«
Bevor der antworten konnte, warf Nakorn dazwischen: »Ich werde Sie jetzt allein lassen. Vielen Dank, daß Sie mir zugehört haben.«

Underwood sah zu, wie Nakorn sich unter die Partygäste mischte, und wandte sich dann wieder Siebert zu.
»Also?« fragte er Siebert.
Der CIA-Mann nickte. »Ich würde sagen, er hat im wesentlichen recht. Ich verlasse mich nicht alleine auf die Quellen des Generals. Ich verlasse mich auf meine eigenen, auf das, was ich von unseren bezahlten Informanten erfahre. Gleichgültig, welches Ergebnis Verhandlungen zwischen Marsop und Lunakul an der Oberfläche erbringen würden, am Ende würden doch die Kommunisten die Macht übernehmen.« Siebert hielt inne. »Wissen Sie, Mr. President, ich habe kein persönliches Interesse an dieser Angelegenheit. Meine Arbeit besteht nur darin, Langley und Ihnen objektiv zu berichten. Meiner Meinung nach wäre es das Beste für die Vereinigten Staaten, wenn Madame Sang die Kommunisten in Lampang nicht als legale Partei zuließe. Madame Sang erkennt nicht, daß dies der Sowjetunion eine Position geben würde, die sie in diesem Teil der Welt noch nie hatte.«
Verunsichert erwiderte Underwood: »Sie sagen mir das aber sehr unmißverständlich, Percy.«
»Das war meine Absicht. Wir haben keine andere Wahl, als uns an General Nakorn zu hängen. An einen Kompromiß darf man gar nicht erst denken. Lampangs Armee muß die Kommunisten tiefer in den Dschungel treiben, ihnen die Waffen abnehmen und sie schließlich eliminieren.«
»Und warum sagen Sie mir das gerade jetzt?«
»Ich glaube, Sie sollten Madame Noy Sang genau das sagen, was ich Ihnen eben gesagt habe.«
»Sie schlagen vor, daß ich mit ihr über Staatsangelegenheiten sprechen soll, ohne mich zuvor mit dem Außenministerium beraten zu haben. Ja, warum bringen Sie das eigentlich nicht auf dem üblichen Weg vor?«
»Weil Madame Sang, wenn überhaupt auf jemanden, auf Sie hört. Sie allein hätten größten Einfluß auf sie. Sie haben ihr doch eben erst Millionen geliehen, damit Lampang frei und auf unserer Seite bleibt.«
Underwood seufzte. »Ich werde sehen, was ich tun kann.«
Er entließ Siebert und beendete seine Mahlzeit, die ihm plötzlich nicht mehr schmeckte.

Nachdem er den Teller beiseite gestellt hatte, sah er sich im Saal um und entdeckte Noy Sang, die sich eben von einigen ausländischen Würdenträgern verabschiedete.
Als sie dann schließlich allein war, schob er sich an einigen Gruppen vorbei und ging zu ihr.
Noy sah ihn kommen und lächelte. »Ich hatte gehofft, dich noch einmal zu sehen.«
»Hier bin ich. Hast du etwas Zeit für mich? Ich muß allein mit dir reden – so alleine, wie es in diesem Saal eben geht.«
Noy runzelte die Stirn, sie versuchte, seine Besorgnis zu verstehen. »Marsop«, rief sie dann über die Schulter. »Präsident Underwood und ich wären gerne ein paar Minuten alleine. Tun Sie mir den Gefallen und sorgen Sie dafür, daß uns niemand stört?«
»Ich werde sie alle abwimmeln«, versprach Marsop.
»Sehr gut«, sagte Noy und zog Underwood in einen Winkel, wo sie hinter einem großen, dichten Gummibaum fast versteckt standen. »Dann laß uns reden. Matt, so ernst kenne ich dich gar nicht. Was macht dir denn Sorgen?«
»Ich hatte eben eine Unterhaltung mit deinem General Nakorn.«
»Du weißt, was ich von ihm halte.«
»Ich mache mir auch weniger Sorgen über das, was Nakorn zu sagen hatte, sondern über das, was Siebert, unser CIA-Standortleiter hier, mir sagte.«
»Und was sagte er, Matt?«
»Offensichtlich hast du eine Reihe von Gesprächen zwischen Marsop und dem Rebellenführer Lunakul arrangiert. Deinem General Nakorn gefällt das gar nicht.« Er hielt einen Augenblick inne und fügte dann hinzu: »Und Percy Siebert ebensowenig.«
Noys zartes Gesicht verhärtete sich. »Willst du mir erzählen, was sie dir sagten?«
»Jedes Wort.« Er zögerte. »Es klingt ziemlich einleuchtend.«
Sie sprach sehr leise: »Sag mir, was klingt einleuchtend?«
Underwood versuchte nun, so gut er konnte, das zu wiederholen, was Nakorn gesagt und Percy Siebert bestätigt hatte.
Noy hörte unbewegt zu.
Am Ende atmete Underwood tief durch und fügte hinzu: »Du weißt, daß ich auf deiner Seite stehe, Noy. Ich habe ohne Zögern dem Kredit für Lampang zugestimmt, ja sogar noch eine viel größere Summe

bewilligt. Ich wollte, daß das Geld für die Zwecke verwendet würde, für die du es verwenden wolltest, um Lampang unabhängig und seine Demokratie stark zu machen. Ich glaubte, das läge auch im Interesse meiner Nation.«

»Aber jetzt bist du dir nicht mehr so sicher«, sagte Noy steif. »Willst du mir sagen, daß dein Angebot einen Haken hat?«

»Einen Haken?« wiederholte Underwood verwirrt.

»Daß der Kredit zur Bedingung hat, daß wir die Gespräche mit den Kommunisten abbrechen, sie unterdrücken und so beweisen, daß wir ein antikommunistisches Land sind, das es wert ist, ein vertrauenswürdiger Verbündeter der Vereinigten Staaten zu sein?«

»Noy, du mißverstehst mich. Der Kredit gehört dir, und du kannst damit machen, was du für dein Land für richtig hältst. Aber du solltest dir vielleicht eins noch einmal überlegen: Vielleicht bist du zu nachsichtig mit den kommunistischen Aufständischen, die dich vernichten wollen.«

Noy war sehr ruhig und sah Underwood tief in die Augen. Als sie dann sprach, konnte sie ihre Gefühle kaum beherrschen. »Matt, unsere Kommunisten wurden nicht in Moskau ausgebildet. Sie kommen aus der einfachen Landbevölkerung, es sind einfache Leute, Bauern, die nur drei Mahlzeiten täglich essen und ein festes Dach über ihren und den Köpfen ihrer Kinder haben wollen. Mein Mann verstand das sehr gut, als er für die Präsidentschaft kandidierte. Er glaubte, daß man diese Kommunisten, die vor allem eine Landreform wollten, in unsere Gesellschaft integrieren und ihnen beibringen könnte, wie sie das, was sie wollen, etwas langsamer und ohne Blutvergießen erreichen können. Ich habe Prems Glauben immer geteilt. Heute stehe ich für das, wofür er stand. Ich will keine Massaker. Ich will Vermittlung. Wenn die Kommunisten von meinen Zielen hören, wenn sie sehen, daß es genau die gleichen sind wie die ihren, dann bin ich mir sicher, daß sie die Waffen niederlegen und sich uns anschließen werden.«

Underwood machte innerlich einen Rückzieher. Sie klang ebenso einleuchtend wie Nakorn und Siebert. Vielleicht sogar noch einleuchtender.

Er hatte noch eine Frage. »Wurden denn dein Mann und deine Schwester Thida nicht von Kommunisten ermordet?«

Noy antwortete ohne zu zögern. »Dafür habe ich auch nicht den geringsten Beweis. Wir hatten natürlich einen Verdacht, und es wurden sehr eingehende Ermittlungen angestellt, aber wir konnten keine Verbindung zu den Kommunisten entdecken. Lunakul leugnet energisch jede Verbindung. Vielleicht lügt er. Vielleicht sagt er die Wahrheit. Matt, wir müssen doch der Wahrheit eine Chance geben, bevor wir Kugeln sprechen lassen.«

»Vielleicht hast du recht«, erwiderte Underwood. »Vielleicht sollte man der Wahrheit wirklich eine Chance geben.«

Noy legte Underwood die Hand auf den Arm. »Matt, ich muß dich jetzt verlassen, um die anderen Gäste zu verabschieden. Aber bevor ich gehe, möchte ich dich noch um einen Gefallen bitten. Als ich in Washington war, ludst du mich ein, einen Tag länger zu bleiben, damit du mir eure Hauptstadt zeigen und mich besser kennenlernen konntest. Und ich bin geblieben.«

»Was mich sehr gefreut hat.«

»Und nun möchte ich, daß du mir den gleichen Gefallen tust«, sagte sie. »Ich will, daß du einen Tag länger bleibst, damit ich dir mein Volk zeigen kann und wie es lebt. Und ich will auch, daß du mich noch besser kennenlernst, damit du von meiner Ernsthaftigkeit überzeugt bist. Überleg es dir, ob du noch einen zusätzlichen Tag hier mit mir verbringen willst. Versuch nicht, sofort zu antworten, sondern geh in dein Hotel zurück und überschlafe es. Du kannst mir deine Entscheidung morgen beim Frühstück im Palast mitteilen. Ich hoffe, daß du bleiben wirst.«

»Aus politischen Gründen?« fragte Underwood.

»Aus persönlichen Gründen«, antwortete Noy. »Ich will einen Tag mit dir alleine in meiner Umgebung genießen. Bitte, bitte denke darüber nach, aber gleichgültig, wie du dich entscheidest, ich werde es verstehen.«

Anschließend war Matt Underwood in seine Suite im Oriental Hotel zurückgekehrt. Er hatte sich geweigert, Siebert oder die Presse zu empfangen, hatte allein zu Abend gegessen und dann versucht zu schlafen, sich aber nur ruhelos in seinem Hotelbett hin- und hergewälzt. Immer und immer wieder dachte er über Noys Einladung nach, er hätte sie gern angenommen, war sich aber noch nicht sicher. Schließlich holte das Jetlag ihn ein, und er fiel in tiefen Schlaf.

Ein Bediensteter weckte ihn, er duschte und rasierte sich, zog sich an

und ließ sich schließlich kurz vor acht Uhr zum Chamadin-Palast fahren.
Im Eßzimmer saßen Noy, ihr Sohn Den, Marsop und Underwoods Pressesprecher Bartlett und tranken Orangensaft.
»Guten Morgen, Mr. President«, sagte Noy etwas förmlich, »haben Sie gut geschlafen?«
»Acht oder neun Stunden, ohne zu träumen«, erwiderte Underwood. Dann wandte er sich an Bartlett. »Für welche Zeit ist unser Rückflug nach Washington geplant?«
»Air Force One wird um elf Uhr starten. Das Presseflugzeug fliegt mittags«, antwortete Bartlett.
Underwood konzentrierte sich ganz auf Noy Sang. »Ich habe über Ihr Angebot nachgedacht, Noy«, sagte er. »Gilt es noch?«
»Aber natürlich, Matt.«
»Dann nehme ich an.«
»Ich habe mir dafür den ganzen Tag freigehalten«, sagte sie. »Ich freue mich sehr. Zuerst werden wir Visaka und die Vororte besichtigen. Unser Ziel wird dann meine Sommerresidenz sein, Villa Thap. Es gibt dort einen großartigen Strand, wo wir uns abkühlen können. Wir können uns dort umziehen und schwimmen.«
»Darauf bin ich nicht vorbereitet.«
Noy lächelte. »Ich schon. Wir haben Badehosen in allen Größen. Du kannst dir eine aussuchen. Ich werde einen Picknickkorb mit einem leichten Mittagessen vorbereiten lassen. Wie klingt das?«
»Wunderbar«, antwortete Underwood.
Bartlett sah etwas verwirrt aus. »Gibt es etwas, das ich wissen sollte?«
»Ja«, erwiderte Underwood. »Sie können der Presse sagen, daß ich mich an den Terminplan halte. Ihr Flugzeug wird mittags starten. Doch ich werde nicht eine Stunde früher fliegen. Ich werde nur so tun, aber noch einen Tag bleiben und wahrscheinlich gegen Mitternacht abfliegen.«
»Das wird eine Menge Pläne über den Haufen werfen, Mr. President. Ist diese Verlängerung unbedingt notwendig?«
»Offiziell werde ich mich an diesem Tag mit Hilfe von Madame Noy ausführlich mit dem Kommunistenproblem auf Lampang beschäftigen. Das können Sie dann auch der Presse sagen, wenn Sie in Washington eintreffen und ich erst am nächsten Tag nachkomme.«

Bartlett wirkte weiterhin besorgt. »Gibt es auch einen inoffiziellen Grund?« fragte er.
Underwood lächelte zuerst Noy an und dann Bartlett. »Es gibt einen, aber der ist nicht zur Veröffentlichung bestimmt. Nur zu Ihrer Information.«
»Wie Sie wünschen.«
»Ich will diesen zusätzlichen Tag, um mich etwas zu erholen und um unseren südostasiatischen Alliierten etwas besser kennenzulernen.«
»Vielen Dank, Matt«, sagte Noy leise.
»Gleich nach dem Frühstück«, fügte Underwood zu Bartlett gewandt hinzu, »können Sie alles vorbereiten. Informieren Sie den Geheimdienst, daß ich einen Tag länger bleibe und erwarte, daß auch die Männer bleiben. Ich will mit diesen Kletten ja keine Schwierigkeiten bekommen. Aber was Sie angeht, Sie werden die Korrespondenten zum Presseflugzeug begleiten und mit ihnen abfliegen. Sagen Sie ihnen, ich sei bereits weg. Dann werden sie nicht argwöhnisch.«
»Was soll ich der First Lady sagen?«
»Die offizielle Version«, sagte Underwood und zuckte unmerklich zusammen.

Beim Verlassen des Palastes sprach der Pressesprecher Jack Bartlett mit dem ersten Geheimdienstagenten, der ihm in der Halle über den Weg lief.
»Smitty«, sagte er, »es gibt einige Änderungen. Der Präsident fliegt nicht schon mittags, sondern erst um Mitternacht. Also richten Sie sich darauf ein, den Nachmittag über flexibel sein zu müssen. Ich weiß, daß der Präsident nach elf Uhr dreißig die Stadt und die Vororte besichtigt. Ich glaube, sein Ziel ist dann – er begleitet Präsidentin Noy Sang – die Villa Thap, ihre Sommerresidenz. Wo ist Ihr Chef?«
»Soviel ich weiß, ging Lucas zum Palasttor, um mit dem Sicherheitschef von Lampang zu sprechen.«
»Dann werde ich ihn besser suchen«, sagte Bartlett. »Ich will ihn über die neuen Pläne des Präsidenten informieren.«
Bartlett verließ den Palast und ging auf das Tor zu, wo er Lucas mit einem Sicherheitsbeamten von Lampang sprechen sah.
Bartlett unterbrach sie. »Frank, ich muß einen Augenblick mit Ihnen reden.«

Das Tor war offen, und Bartlett nahm den Geheimdienstchef mit nach draußen.
Zwei Säulen standen dort, und Bartlett führte Lucas zur ersten, außer Hörweite des Lampanger Sicherheitsmannes.
»Frank, der Präsident schickt die Presse nach seinem offiziellen Abflug nach Hause. Aber er fliegt nicht. Die Presse soll nicht erfahren, daß er den Rest des Tages hier verbringen und sich mit Präsidentin Noy Sang die Stadt ansehen will. Anschließend wird er mit Noy aufs Land fahren. Sie hat dort eine Sommerresidenz mit dem Namen Villa Thap. Sie will, daß der Präsident vor dem Mittagessen schwimmen geht und sich etwas abkühlt, bevor er nach Washington zurückfliegt.«
»Danke, daß Sie es mir gesagt haben«, entgegnete Lucas. »Ich werde mir diese Villa Thap mal ansehen, bevor der Präsident dort eintrifft. Er wird so gegen zwei Uhr ankommen, oder?«
»In etwa«, sagte Bartlett. »Ich lasse den Präsidenten in Ihren Händen.«
»Machen Sie sich keine Sorgen.«
»Halten Sie die örtliche Presse auf Distanz. Unsere Presse wird ja bereits auf dem Heimweg sein. Aber die einheimische könnte Schwierigkeiten machen. Ich will, daß der Präsident ungestört ist.«
»Er wird so ungestört sein, wie er will«, versicherte ihm Lucas.
Bartlett kehrte danach zum Oriental Hotel zurück, und Lucas ging durch das Tor wieder in den Palast, um seine Agenten zu instruieren.
Die beiden waren kaum außer Sicht, als Hy Hasken hinter der Säule hervortrat.
Er zündete sich eine Zigarette an und überlegte.
Die Villa Thap hieß nun sein Ziel.
Aber wo, zum Teufel, war die?
Er beschloß, zum Tor zu gehen und den Lampanger Sicherheitsbeamten danach zu fragen.
Präsident Underwood wollte diesen zusätzlichen Tag also, um mit Noy Sang allein zu sein.
Hasken grunzte. Nicht ganz. Nicht, wenn er etwas dagegen tun konnte.

Villa Thap lag vierzehn Kilometer außerhalb Visakas.

Hasken holte mit einem gemieteten Auto seinen Kameramann Gil Andrews und den Tontechniker vom Oriental ab und folgte dann der Wegbeschreibung, die er erhalten hatte.
Sobald er die Villa gefunden und das Auto abgestellt hatte, sahen sich er und sein Team die Umgebung an. Die Villa Thap war, wie die meisten Sommerresidenzen, ein luftiges, elegantes Landhaus an einem Hügel. Vermutlich, weil es dort kühl und schattig war.
Hasken stand auf dem Gipfel des Hügels und sah auf Noys Sommerresidenz hinunter. Ein Großteil des Hauses war zu erkennen, sogar die Stufen, die zur Eingangstür führten. Ein Pfad führte zu einem kleinen Grat, und von dort eine Treppe zu einem nicht einsehbaren Privatstrand.
»Du willst doch den Präsidenten und seine Lady«, sagte Andrews. »Von hier aus siehst du gar nichts, vor allem nicht, wenn sie zum Schwimmen an den Strand gehen.«
»Du hast recht«, stimmte Hasken ihm zu. »Das ist ein toter Winkel. Und ich möchte wetten, daß der Geheimdienst uns mit der örtlichen Presse hier festnageln will. Dann werden wir überhaupt nichts sehen.« Er drehte sich um und fügte schließlich hinzu: »Vielleicht.«
Hinter ihnen, auf der anderen Straßenseite, erhob sich eine Reihe moderner, fünf- und sechsstöckiger Blocks mit Ferienwohnungen.
»Der da direkt hinter uns«, sagte Hasken. »Er hat sechs Stockwerke. Vom obersten aus muß man einen herrlichen Ausblick auf den Strand haben. Wir wollen es uns mal ansehen.«
Die drei überquerten die Straße, gingen auf den sechsstöckigen Block zu und klingelten den Vermieter heraus. In weniger als einer Minute erschien der Vermieter. Er war ein mürrischer älterer Mann, mit olivfarbener Haut und einem dichten, grauen Schnurrbart.
»Ja?« fragte er.
»Wir möchten gern eine Wohnung mieten«, sagte Hasken.
»Alle besetzt«, knurrte der Vermieter.
»Nur für ein paar Stunden«, sagte Hasken. »Die im obersten Stock mit dem Ausblick auf den Strand.«
»Ist auch besetzt. Gemietet von einem Banker aus Visaka. Der kommt immer um sechs Uhr aus der Stadt hierher.«
»Bis fünf Uhr sind wir wieder draußen«, erklärte Hasken. »Wir lassen alles, wie es ist. Wir wollen nur ein paar Fotos aus dem Fenster im sechsten Stock schießen.«

»Ich weiß nicht«, sagte der Vermieter. »Es ist seine Wohnung . . .«
»Aber Sie vermieten sie ihm doch«, sagte Hasken. Er öffnete seine Jacke und holte seine braune Brieftasche heraus. »Sie könnten sie doch für drei oder vier Stunden untervermieten.« Hasken zog einige Scheine heraus. »Ich könnte mit amerikanischen Dollars bezahlen.«
Der Vermieter sah die Scheine gierig an. »Amerikanische Dollars?«
»Einhundert«, sagte Hasken und begann, die Scheine abzuzählen. »Für ein paar Stunden.«
»Ich weiß nicht«, sagte der Vermieter. Doch dann wußte er es plötzlich. »Aber Sie bringen nichts in Unordnung?«
»Nicht einmal ein Staubkörnchen«, versprach Hasken und gab ihm die Scheine.
Minuten später standen sie in der Wohnung im sechsten Stock.
Gil Andrews ging sofort zum Fenster und kniff die Augen zusammen. »Perfekt«, murmelte er.
»Der Strand?« wollte Hasken wissen.
»Jeden Zentimeter. So deutlich, wie's nur geht. Mit meinem Zoomobjektiv könnte ich die Sandkörner zählen.«
Hasken grinste. »Dann bau mal deine Ausrüstung auf.«

Matt Underwood und Noy Sang saßen bequem im Fond der Mercedes-Limousine, der pockennarbige Chauffeur Charlie fuhr sie, und begleitet wurde sie von einer Motorradeskorte.
»Sind wir in der Nähe der Hauptstraße?« fragte Underwood.
»Du meinst, im Stadtzentrum wie in Amerika?« meinte Noy. »Visaka hat kein Stadtzentrum. Deshalb gibt es auch keine Hauptstraßen. Sondern nur Wege und Nummern an den Häusern.«
Underwood sah wieder aus dem Fenster. »Ich glaube, was mich am meisten verwundert, ist diese Mischung von Tempeln und Kirchen. Wie ist das entstanden?«
Noy lachte. »Ich sehe schon, unsere Geschichte wird nicht so ausführlich gelehrt wie die eure. Ich will's dir erklären. Vor zweihundert Jahren lebten meine und meines Volkes Vorfahren in Thailand. Der König hatte dort den Buddhismus zur Staatsreligion erklärt. Aber dennoch gab es eine große Gruppe von Thais, die von Missionaren zum Christentum bekehrt worden waren. Sie beschlossen, Thailand zu verlassen und sich auf Lampang eine neue Heimat mit größerer religiöser Freiheit zu schaffen. So entstanden die Kirchen.

Als Lampang dann wuchs und gedieh, folgten auch andere Thailänder nach. Sie blieben hier Buddhisten und bauten ihre Tempel. Im allgemeinen ist der thailändische Einfluß bei uns sehr groß. Viele Christen ließen sich von der Demokratie in den Vereinigten Staaten beeindrucken, und so gewann die Demokratie ebenfalls Einfluß. Jeder spricht Englisch, und die Regierungsform entspricht genau Jeffersons System. Matt, sieh nach links.«
»Ja?«
»Das Nationalmuseum. Es wurde 1784 gegründet und ist das größte Museum in Südostasien. Wir können hineingehen, wenn du willst, aber ich bin sicher, du hast auf der ganzen Welt schon genug Museen gesehen.«
»Lassen wir es lieber sein«, erwiderte Underwood. »Aber es ist ein beeindruckendes Gebäude.«
»Ganz in der Nähe ist etwas ebenso Beeindruckendes. Etwas, das ihr in Washington nicht habt.«
Kurz darauf erreichten sie das Dusit-Thani-Hotel, und Noy führte Underwood, beide umringt von Sicherheitsbeamten, zu einer grubenähnlichen Arena.
»Unsere Schlangenfarm«, sagte Noy.
Underwood sah an den steilen Wänden hinunter. Im Zentrum wanden sich eine Unmenge Schlangen, jede Gattung, von der Königskobra bis zur Russischen Viper, war vertreten.
»Jeden Morgen«, sagte Noy, »steigen unsere Wissenschaftler in die Grube und nehmen den Schlangen das Gift ab, um damit Seren gegen Schlangenbisse für die primitiveren Gegenden außerhalb der Stadt zu produzieren.« Sie sah ihn an. »Dir klebt ja das Hemd schon am Körper, und bald wird die Jacke auch soweit sein.«
»Es ist ziemlich heiß und feucht.«
»Ja, und du hast jetzt auch genug gesehen. Steigen wir wieder ins Auto. In gut zwanzig Minuten sind wir in der Villa Thap und am Strand. Hast du Lust?«
»Ich kann's gar nicht erwarten.«
»Dann kannst du eine Badehose anziehen.«
»Und du einen Bikini.«
Noy lächelte. »So weit ist Lampang noch nicht. Wird dir ein Sarong reichen? Er bedeckt auch nicht mehr als ein Bikini.«
»Du wirst einen Sarong anziehen?«

»Sobald wir dort sind.«
Er versuchte, sie sich vorzustellen. »Ich kann's nicht erwarten.«
Noy nahm ihn am Arm. »Dann wollen wir keine Zeit mehr vergeuden.«

Von einem Seitenfenster der Wohnung im sechsten Stock, das auf die Straße und die Villa Thap dahinter hinausging, beobachtete Hy Hasken die Umgebung.
Auf der Straße direkt unter ihnen drängte sich nun die einheimische Presse, die aber von Lampanger Sicherheitsbeamten in Schach gehalten wurde. Dahinter standen Schaulustige aus der Nachbarschaft.
Vor einer halben Stunde waren Präsident Underwood und Noy Sang eingetroffen und sofort die steile Treppe zur Villa hinuntergeführt worden.
Hasken mit dem bloßen Auge und der Kameramann mit seinem Zoomobjektiv waren die einzigen, die sehen konnten, was nun geschah. Der Tontechniker wurde nicht gebraucht – in dieser Entfernung war vom Strand nichts zu hören – und Hasken hatte den Mann ins Oriental Hotel zurückgeschickt, um für alle zu packen und den nächsten Linienflug in die Vereinigten Staaten zu buchen, gleichgültig, welche Route er nahm, solange er nur Washington, D.C., als Zielort hatte.
»Du siehst mehr als ich«, sagte Hasken zu Andrews. »Haben unsere Präsidenten die Villa schon verlassen?«
»Noch nicht.«
»Hast du sie auch nicht verpaßt?«
»Mit diesem Objektiv? Damit bekomme ich alles in Großaufnahme. Außerdem ist noch niemand am Strand außer zwei amerikanischen Geheimdienstmännern.«
»Die interessieren mich nicht«, erwiderte Hasken. »Konzentrier dich auf die Stufen, die von der Villa hinunterführen.«
Beide beobachteten nun schweigend, doch plötzlich meldete sich der Kameramann.
»Sie verlassen eben die Villa«, verkündete er. »Sie trägt einen roten Sarong und er eine enge, weiße Badehose.«
»Großartig. Ich kann sie jetzt auch sehen, aber ohne das Objektiv sind sie etwas undeutlich.«

»Sie steigen zum Strand hinunter. Jetzt sind sie im Sand. O Mann, dieser Sarong . . .«
»Was ist damit?«
»Mit einem Bikini hätte sie mehr bedeckt.«
»Funktioniert deine Kamera?«
»Alles in Ordnung. Mein Objektiv bekommt schon Stielaugen.«
»Heh, immer mit der Ruhe«, sagte Hasken.
»Ich muß mich jetzt konzentrieren«, entgegnete Andrews atemlos. »Sie gehen ins Wasser.«
Nach ein paar Minuten meinte der Kameramann: »Die machen Spielchen.«
»Spielchen?«
»Na, sie tollen im Wasser herum wie Delphine.« Er hielt inne. »Ich glaube, jetzt kommen sie heraus.«
»Halt die Kamera drauf.«
»Alles klar. Wow!«
»Du klingst ja wie ein Wolf«, sagte Hasken.
»Ich möchte auch gern einer sein und mir ein Stückchen von der da schnappen. Ich meine Noy, in diesem Sarong. Der klebt an ihrem Körper, daß man meinen könnte, sie sei ganz nackt. Mannomann, der eine Busen hängt ja fast heraus. Ich bin mir sicher, daß ich den Nippel sehen kann, groß und braun ist er . . .«
»Kannst du ihn wirklich sehen?«
»Was würde ich jetzt dafür geben, in seiner Haut zu stecken.«
»Tust du aber nicht. Er ist der Präsident der Vereinigten Staaten.«
»Na, und sie ist noch ein bißchen mehr. Es ist kaum zu glauben – jetzt trocknet er sie mit einem Handtuch ab. Was für einen Arsch die hat, den festesten und rundesten, den ich je gesehen habe.«
»Jetzt reiß dich zusammen. Sie ist Präsidentin von Lampang.«
Der Kameramann schüttelte ungläubig den Kopf. »Die Präsidentin von Lampang hat den größten und rundesten Arsch in der ganzen Südsee.«
Hasken schob den Kameramann ungeduldig beiseite. »Laß mich auch mal sehen.«
Was Hasken nun zu sehen bekam, war eine Noy im Profil, die sich Underwood zugewandt hatte. Andrews hatte recht gehabt. Der eine Busen war teilweise entblößt, der Sarong war über eine Hinterbacke hochgerutscht. Hasken sog die Luft ein. Sie war ein Kunstwerk.

Nun saß Noy auf einem leuchtendgelben Badetuch. Underwood hatte sich neben sie fallen lassen. Sie gab ihm aus dem Korb zu essen. Underwood sprach mit ihr.
»Was würd' ich alles geben, um zu erfahren, was die jetzt miteinander reden«, murmelte Hasken. »Sie unterhalten sich jetzt.« Er trat zurück. »Das ist vielleicht eine Gipfelkonferenz. Jetzt übernimmst du besser wieder. Vielleicht mußt du die Kamera neu einstellen.«
Andrews beugte sich wieder über den Apparat und korrigierte den Sucher. »Dieser Sarong schafft mich«, sagte er. »Ob die wohl drunter noch was trägt?«
»Na, hoffentlich«, erwiderte Hasken, »sonst ist Underwood im nächsten Moment über ihr.«
»Ist er praktisch jetzt schon«, sagte der Kameramann. »Er lehnt sich an sie. Jetzt legt er ihr den linken Arm um die Taille. Ich könnte schwören, er ist an ihrem Busen.«
»Glaub ich nicht«, entgegnete Hasken. »Nicht mit der Leibwache.«
»Sieht aber so aus. Und jetzt . . .«
»Was?«
»Küßt er sie!«
»Leidenschaftlich oder züchtig?«
»Auf die Wange. Jetzt ist sie aufgesprungen.« Er stellte die Kamera neu ein. »Sie geht auf die Treppe zur Villa zu. Unser Präsident ist auch auf den Beinen und folgt ihr.«
»Sie gehen?«
»Jetzt sind sie weg.«
Hasken verließ das Fenster. »Dann wird's für uns auch Zeit. Jetzt schnell zurück zum Oriental. Dein Junge sollte ja inzwischen einen Flug gebucht haben. Ich will jetzt sofort nach Washington, bevor Underwood zurückkehrt. Das ist eine ganz heiße Geschichte, und ich will sie so bald wie möglich auf Sendung haben.«
Andrews begann einzupacken, zuerst Kamera und Objektive, dann das Stativ.
Als er fertig war, ging er zu Hasken, der an der Tür auf ihn wartete.
»Hy«, sagte der Kameramann, »glaubst du, daß er sie bumst?«
»Sei doch nicht verrückt. Präsidenten tun das nicht.«
»Wirklich nicht? Harding? Cleveland? Kennedy?«
»Natürlich. Aber sonst nicht. Präsidenten vögeln keine Präsidentinnen.«

»Bist du dir da ganz sicher, Hy?«
»Absolut. Vergiß es. Wir machen dem alten Matt auch so schon genug Schwierigkeiten. Jetzt nichts wie nach Hause und auf Sendung.«

Nachdem Präsident Underwood nach Washington und ins Weiße Haus zurückgekehrt war, besuchte er zuerst seine Frau, bevor er in sein Schlafzimmer ging.
Alice war im First Lady's Bedroom, sie saß mit untergeschlagenen Beinen auf einem Sofa und starrte den leeren Fernseher an.
»Da bin ich wieder«, sagte er. »War 'ne verdammt lange Reise.«
Er wollte sie küssen, aber sie wandte das Gesicht ab.
»Nein danke, davon hattest du doch wohl genug.«
»Wovon redest du denn überhaupt?«
»Soll das heißen, du hast kein Fernsehen und keine Zeitung gesehen?«
»Warum? Hätte ich das sollen? Ich bin doch eben erst aus dem Flugzeug gestiegen. Alice, was ist überhaupt los?«
»Dein zusätzlicher Tag in Lampang ist los und wie du ihn verbracht hast.«
»Du weißt doch, ich brauchte den Tag, um mit Präsidentin Noy zu sprechen.«
»Über die rote Gefahr?« Sie starrte ihn böse an. »Die Kommunisten? Oder über ihren Sarong?«
»Was ist denn in dich gefahren?«
»Dasselbe, was in alle Nachrichtensendungen und Zeitungen gefahren ist. Und das führt zu einer viel besseren Frage: Was ist denn in dich gefahren?« Sie nahm die Fernbedienung in die Hand. »Vor wenigen Stunden war Hy Hasken mit einem ausführlichen Bericht über deinen zusätzlichen Tag in Lampang in den Nachrichten.«
Underwood war verwirrt. »Unmöglich. Er flog doch einen Tag vor mir mit dem Presseflugzeug zurück.«
»Das glaubst du. Schau doch, was er in Lampang gesehen hat. Hasken blieb dort und bekam alles mit. Und ich hab's jetzt auf Video, damit ich dir zeigen kann, was für ein blöder, geiler Trottel du bist. Setz dich und sieh zu.«
Underwood setzte sich verwirrt auf einen Stuhl und starrte den Fernseher an, während Alice auf den Knopf drückte.

Hy Haskens Gesicht erschien auf dem Bildschirm. Er stand mit einem Mikrofon in der Hand vor dem Weißen Haus.
»Hier spricht Hy Hasken aus Washington. Vor zwei Stunden kehrte ich aus Lampang zurück, wo der Präsident einen außerplanmäßigen, zusätzlichen Tag verbracht hatte. Während er ursprünglich geplant hatte, schon früher ins Weiße Haus zurückzukehren, und deswegen die Presse vorausschickte, erfuhr ich, daß er noch einen Tag länger in Lampang bleiben wollte, um sich heimlich mit Präsidentin Noy Sang zu treffen. Nach diesem Treffen, dem ich nicht beiwohnen konnte, fuhr er mit Madame Noy zu ihrer Sommerresidenz außerhalb der Hauptstadt Visaka. Unserem Kameramann gelang es, eine Stelle zu finden, von der aus er ihn beobachten konnte. Und nun, exklusiv für Sie, Präsident Underwood mit Präsidentin Noy Sang am Strand vor ihrer Villa, wo sie sich ein paar Minuten der Entspannung gönnen.«
Man sah, wie Underwood und Noy sich im Wasser tummelten.
Man sah, wie Underwood und Noy aus dem Wasser stiegen.
Underwood hörte Alices Stimme. »Was hat sie denn da an? Da könnte sie ja genausogut nackt sein.«
»Alice, das ist ein Sarong. Das tragen alle Frauen in Südostasien.«
Alice schwieg.
Dann sah man, wie Underwood Noy abtrocknete.
Wie die beiden am Strand saßen.
Und wie Underwood den Arm um sie legte.
»Was tut denn deine Hand an ihrem Busen?« wollte Alice wissen.
»Ich hab gar nicht bemerkt, daß sie dort war.«
Nun kam der Kuß auf die Wange.
»Und so sieht also die Diskussion über den Kommunismus aus«, sagte Alice sarkastisch.
Underwood schluckte. Hasken, dieser Saukerl. Underwood schluckte noch einmal. »Ich wollte sie doch nur über den Verlust ihrer Schwester hinwegtrösten.«
Alice nahm die Fernbedienung und schaltete das Gerät aus.
Dann stand sie sehr ruhig auf. »Sie trauerte also noch, was? Blödsinn, Matt. Absoluter Blödsinn. Sie versuchte, dich zu benutzen, so gut es eben ging. Ich laß mir das nicht länger gefallen, Matt. Ich laß nicht mehr zu, daß man dich wieder so einwickelt. Es sieht übel aus, sehr übel, für uns beide. Nachdem Hasken seinen Exklusivbericht

für alle Fernsehsender und die Presse freigab, lief er zur besten Sendezeit auf allen Kanälen und wurde zur Schlagzeile in allen Zeitungen, die ich gesehen habe, und Blake sagte mir, daß beide Nachrichtenmagazine Noy auf dem Titelblatt bringen. Matt, um Himmels willen, du bist der Präsident der Vereinigten Staaten! Um dich herum gerät die ganze Welt aus den Fugen, aber du bist nicht interessiert und unerreichbar, weil du gerade mit der Präsidentin eines obskuren kleinen Inselreichs herummachst. Wenn du noch eine Sekunde alleine mit dieser Frau verbringst, verlasse ich dich, Mr. President. Vergiß das nicht. Ich werde dich verlassen. Also laß deine Hose zu und führ dich anständig auf. Sonst bist du in ernsthaften Schwierigkeiten.«

7

Der Anruf auf der Privatleitung kam vom Außenministerium ins Weiße Haus.
Außenminister Ezra Morrison sprach mit Präsident Matthew Underwood.
»Matt«, sagte er drängend, »es ist etwas passiert. Ich muß Sie sofort sehen.«
Underwood war über den Anruf verärgert. »Ich habe heute viel zu tun, Ezra. Aber wahrscheinlich kann ich Sie noch irgendwo dazwischennehmen, wenn es wirklich dringend ist.«
»Es ist dringend«, versicherte ihm Morrison.
»Wo liegt denn überhaupt das Problem?«
»Es hat zwei Teile«, erwiderte Morrison. »Teil eins ist, daß Sie am Freitag nach Generalsekretär Isakow vor den Vereinten Nationen sprechen werden.«
»Was ist denn da so dringend?« wollte Underwood wissen. »Die Rede ist doch schon seit Monaten geplant.«
»Nun, Sie werden über die Rolle der Vereinigten Staaten und der Sowjetunion in den Ländern der Dritten Welt sprechen. Um die Verträge der Gipfelkonferenz in die Tat umsetzen zu können, muß garantiert sein, daß beide Seiten sich nicht in die inneren Angelegenheiten anderer Länder einmischen. Wir werden nirgendwo die Demokratie mit Waffengewalt vorantreiben, und die Sowjetunion verhält sich entsprechend.«
»Natürlich. Darüber haben wir doch schon oft genug gesprochen.«
»Aber wir haben dabei nachfolgende Ereignisse nicht berücksichtigt.«
»Welche Ereignisse?«
»Ich habe eben erfahren, daß die Sowjetunion sich aktiv in die inneren Angelegenheiten eines anderen Landes einmischt. Und das ist etwas, was Sie in Ihrer Rede erwähnen sollten.«
Underwood runzelte die Stirn. »Das sollte ich wirklich tun. Um welches Land handelt es sich denn?«
»Lampang«, erwiderte Morrison.

Die Antwort versetzte Underwood einen Stich. »Sie machen Witze.«
»Ich habe es direkt aus Visaka erfahren.«
»Was ist passiert?«
»Darüber möchte ich am Telefon lieber nicht sprechen. Ich möchte es lieber so bald wie möglich mit Ihnen persönlich diskutieren.«
»Kommen Sie sofort zu mir.«
»Eine halbe Stunde«, sagte Morrison.
»Ich werde mir die Zeit nehmen«, versprach Underwood. Er starrte das Telefon ungläubig an. »Also Schwierigkeiten in Lampang?«
»Immer mit der Ruhe. Ich werde Ihnen alles erzählen.«

»Ja, Lampang«, wiederholte Morrison, während er dem Präsidenten gegenüber Platz nahm.
Underwood schob ungeduldig die Papiere auf seinem Schreibtisch beiseite. »Kommen Sie zur Sache.«
Morrison öffnete eine Akte und überflog einige Memoranden. »Gestern nacht haben die Kommunisten ihre Hochburg auf der zweiten Insel, Lampang Thong, verlassen und die Hauptinsel überfallen. Ich habe bis jetzt noch keine Informationen über die Stärke der Invasionstruppen. Vielleicht nur eine Kompanie, vielleicht mehrere, vielleicht sogar ein ganzes Bataillon. Ich weiß, daß sie drei Dörfer überrannten und besetzten, bevor General Nakorn alarmiert werden und seine Truppen zum Einsatzort bringen konnte.«
»Dauern die Kämpfe noch an?« fragte Underwood.
»Ja, aber ich glaube, der Feind liegt in den letzten Zügen. Obwohl die Kommunisten besser ausgerüstet waren denn je und beträchtlichen Schaden anrichteten, konnte die Armee von Lampang sie in die Flucht schlagen.«
»Ich bin überrascht«, mußte Underwood zugeben, »wirklich überrascht. Madame Noy versicherte mir, daß Verhandlungen zwischen Marsop und Lunakul geplant waren.«
»Das Treffen war eine Falle«, sagte Morrison. »Die Kommunisten hatten nicht die Absicht, einen Kompromiß zu schließen. Sie wollten Nakorn nur in einem unachtsamen Moment überraschen und die Lage mit Gewalt umstürzen.«
»Unglaublich«, entgegnete Underwood. »Von wem haben Sie diese Information?«
»Von General Nakorn. Ich versuchte, auch mit dem CIA-Hauptquar-

tier zu sprechen, aber Siebert und sein Assistent waren irgendwo im Hügelland. Alles kommt von Nakorn. Er will unbedingt vorwärtsstürmen und die Kommunisten ein für allemal erledigen. Ich sagte ihm, er solle warten, bis er direkte Befehle von Ihnen bekäme.«

»Das war klug.«

»Vielleicht sollten Sie es in Ihre Rede vor den Vereinten Nationen einarbeiten. Zumindest, sobald wir umfassendere Informationen haben. Ich glaube, Sie müssen die Sowjets unmittelbar damit konfrontieren.«

Underwood saß gedankenverloren da. »Ich muß erst darüber nachdenken. Halten Sie mich auf dem laufenden. Danach werde ich mich entscheiden.«

Der Präsident hatte schon während der Unterhaltung mit Ezra Morrison entschieden, was er tun wollte.

Und nun tat er es.

Er rief Paul Blake zu sich und sagte: »In Lampang gibt es Schwierigkeiten.«

»Ich habe davon gehört.«

»Ich will eine Verbindung mit Madame Noy Sang. Stellen Sie eine Verbindung her.«

Es dauerte zehn Minuten, bis er ihre Stimme hörte.

»Noy, wie geht es dir?«

»Gut, Matt, inzwischen wieder gut. Du weißt von unseren Schwierigkeiten?«

»Ich habe es von Außenminister Morrison erfahren. Er sprach mit General Nakorn. Mir wurde folgendes berichtet.« Er erzählte es ihr kurz und fragte dann: »Stimmt das, Noy?«

»Ja und nein«, antwortete Noy. »Ich bin mir nicht sicher. Es ist alles noch unklar. Nach General Nakorns Berichten wurden wir von den Kommunisten angegriffen. Wir konnten sie zurückschlagen. Aber andererseits telefonierte Marsop mit den Kommunisten, mit Lunakul, und Lunakul stritt es kategorisch ab. Er beharrt darauf, daß es genau andersherum gewesen sei. Seiner Version nach haben Nakorn und unsere Truppen eine kommunistische Garnison auf der Nachbarinsel überfallen, und die Kommunisten haben sich nur gewehrt und sie auf die Hauptinsel zurückgedrängt. Ich weiß nicht, welche Seite die Wahrheit sagt.«

»Ist es möglich, daß Nakorn recht hat?«
»O ja. Nach dem letzten Gefecht, nach dem Rückzug der Kommunisten, fanden wir eine Menge ihrer Waffen. Es waren fast nur russische.«
»Waffen aus der Sowjetunion?«
»Ich bezweifle, daß sie direkt von dort kamen. Ich glaube, sie kamen über Vietnam und Kambodscha.«
»Du weißt, daß ich zusammen mit dem russischen Generalsekretär am Ende der Woche vor den Vereinten Nationen über unsere und ihre Nichteinmischungspolitik sprechen werde.«
»Ich weiß davon.«
»Morrison will, daß ich diesen Vorfall als möglichen Vertragsbruch in die Rede aufnehme. Was hältst du davon?«
»Du könntest es ohne weiteres tun.«
»Mein Instinkt rät mir, es lieber nicht zu erwähnen.« Er zögerte. »Noy, ich glaube, es wäre klüger, wenn der Bericht über den Vorfall von dir käme.«
Noy klang unsicher. »Von mir? Du willst, daß ich vor den Vereinten Nationen protestiere?«
»Ich könnte das ohne Schwierigkeiten mit dem Vorsitzenden der UN-Vollversammlung vereinbaren. Du könntest über den Schlagabtausch reden und dabei offenlassen, wer der Angreifer war, aber deutlich machen, daß die Kommunisten sowjetische Waffen besitzen. Ich könnte es danach dann noch einmal aufgreifen. Deine Rede würde die meine viel wirkungsvoller machen, weil ich dann den Sowjets einen Bruch der mündlichen Übereinkunft, nirgendwo auf der Welt mehr kommunistische Rebellen zu unterstützen, vorwerfen könnte.«
»Ich weiß nicht, Matt.«
»Aber ich weiß«, erwiderte Underwood hartnäckig. »Mein Stab wird dir in New York ein Hotel besorgen und den Zeitpunkt deiner Rede vor der Vollversammlung arrangieren. Es würde uns beiden sehr nützen.«
Sie zögerte. »Vielleicht könnte ich es tun.«
»Die Sache muß an die Öffentlichkeit kommen. Je früher, um so besser. Es wird die Kommunisten zwingen, sich mehr zurückzuhalten, und es wird dir den Weg zu Friedensgesprächen mit ihnen auf Lampang öffnen.«

»In Ordnung, ich werde es tun. Werden wir uns sehen?«
Underwood kicherte. »Was denkst denn du? In offiziellem Rahmen bei den Vereinten Nationen. Und in inoffiziellem bei einem gemeinsamen Abendessen nach der Vollversammlung.«
»Ich werde dort sein«, sagte Noy.

Kaum war Noy Sangs Erscheinen vor den Vereinten Nationen offiziell bekanntgegeben worden, sprach der Botschafter der Sowjetunion, Berzins, bei Morrison im Außenministerium vor.
»Unterstützt Ihr Präsident wirklich den Auftritt dieser Noy Sang vor der Vollversammlung?«
»Soviel ich weiß, ja.«
Berzins war entrüstet. »Ihr Präsident sucht wohl Streit. Wir haben uns alle Mühe gegeben, damit Generalsekretär Isakow und Präsident Underwood gemeinsam vor den Vereinten Nationen sprechen können, als erster Schritt in Richtung eines Vertrags, der künftige Aggressionen von beiden Seiten verhindert, und nun beschließt Ihr Präsident, alles über den Haufen zu werfen, indem er Madame Noy einlädt, Vorwürfe gegen uns vorzubringen.«
»Das Problem, Botschafter Berzins, liegt darin, daß Präsident Underwood glaubt, wie übrigens auch Madame Noy, gestützt auf Informationen aus einer noch andauernden Ermittlung, daß die Sowjetunion mit Hilfe der Kommunisten in Lampang einen aggressiven Akt gegen die Regierung von Lampang begangen hat.«
Botschafter Berzins' Entrüstung ließ nicht nach. »Vollkommener Unsinn. Wir unterstützen an keinem Ort der Welt einheimische Kommunisten, und am wenigsten in Lampang. Es gibt keinen Beweis, daß das Gefecht in Lampang von den Kommunisten provoziert wurde. Es hätte ebensogut von General Nakorn und gewissen Kräften innerhalb der Regierung ausgehen können.«
Morrison hob hilflos die Schultern. »Das kann durchaus zutreffen. Aber immerhin gibt es Beweise, daß modernste sowjetische Waffen gegen die Regierungstruppen angewandt wurden.«
»Die Waffen können von überall stammen«, bellte Berzins. »Sie können aus Syrien stammen oder von einem der vielen Umschlagplätze, wo sowohl mit sowjetischen als auch mit amerikanischen Waffen gehandelt wird.«
»Der Präsident will, daß Sie das beweisen.«

»Dazu braucht man keinen Beweis. Nur Logik und ein gewisses Vertrauen.« Der Botschafter stand auf. »Ich habe eine Nachricht für Ihren Präsidenten. Unsere Regierung wünscht, daß er es unterläßt, Madame Noy zu einem Auftritt vor der Vollversammlung zu überreden. Ansonsten ist eine erfolgreiche Fortsetzung unserer gemeinsamen Bemühungen um einen Friedensplan unmöglich.«
Morrison erhob sich. »Ich werde dem Präsidenten Ihren Wunsch vortragen. Aber ich kann nichts versprechen. Ich bin nur der Außenminister, nicht der Präsident. Die Entscheidung ist ihm überlassen. Aber ich werde mein möglichstes tun.«
»Vielen Dank«, erwiderte Berzins kühl und verließ das Zimmer.
Sobald Morrison allein war, rief er Stabschef Paul Blake an und bat um eine Unterredung mit ihm und dem Präsidenten in einer Stunde, sofern das möglich sei.
Blake rief gleich darauf zurück. Ja, es sei möglich und Morrison werde in einer Stunde im Oval Office erwartet.
Fünfzig Minuten später saß Morrison in Blakes Büro im Weißen Haus und informierte ihn über den Protest und die Bitte des sowjetischen Botschafters.
Kurze Zeit später saßen Blake und Morrison dem Präsidenten im Oval Office gegenüber.
»Was haben Sie auf dem Herzen?« fragte Underwood.
»Ich mache mir Sorgen wegen eines Besuchs, den ich eben vom sowjetischen Botschafter erhielt.«
Und nun berichtete Morrison von Berzins' Protest und seiner Forderung.
Der Präsident hörte in eisigem Schweigen zu. »Was er eigentlich will, ist doch, daß ich Madame Noys Auftritt vor der Vollversammlung absage, oder?«
»Er glaubt, daß Sie, als Lampangs Verbündeter, das tun können. Zwei Punkte sind hier zu beachten, Mr. President.«
»Schießen Sie los.«
»Zum einen«, sagte Morrison, »hat Berzin den Eindruck, daß die Gründe für Madame Noys Auftritt sehr wacklig sind. Indizien für die Schuld der Kommunisten an dem Gefecht sind anzweifelbar und wahrscheinlich unbegründet. Und Indizien dafür, daß die Kommunisten wirklich sowjetische Waffen verwendet haben, sind ebenso anzweifelbar, als sie aus anderen Quellen außer der Sowjetunion

stammen können. Der Botschafter ist der Meinung, daß Madame Noys Erscheinen mit Sicherheit die Atmosphäre für Verhandlungen zwischen Ihnen und dem sowjetischen Generalsekretär abkühlen würde. Das ist der erste Punkt.«

»Und der zweite?«

Blake kam Morrison zu Hilfe. »Der zweite Punkt betrifft unser Eigeninteresse. Wir haben unsere Position schon zuvor deutlich gemacht, und es ist doch offensichtlich, daß wir es wieder tun sollten.«

»Madame Noy«, ergänzte Morrison, »will die Kommunisten in Lampang verurteilen, um sie wieder an ihren Verhandlungstisch zurückzuzwingen.«

»Und das ist etwas«, fügte Blake hinzu, »das wir nicht wollen.«

»Ich halte es für einen bewundernswerten Gedanken«, entgegnete Underwood.

»Sie müssen entschuldigen«, sagte Morrison, »aber es ist ein entsetzlicher Gedanke, vor allem vom Standpunkt der Vereinigten Staaten aus. Madame Noy steckt voller theoretischer, idealistischer Vorstellungen, die sie wahrscheinlich von ihrem verstorbenen Gatten übernommen hat. Aber das sind Vorstellungen, die in der wirklichen Welt nicht funkionieren.«

Blake kam ihm noch einmal zu Hilfe. »Sie können nicht funktionieren, Matt, weil die Kommunisten Madame Noy bei allen Verhandlungen über den Tisch ziehen werden. Sie sind zäh und darin sehr geübt. Aber sie nicht. Matt, wir haben sehr hoch in Lampang investiert. Wir fangen eben erst an, dort einen riesigen Luftwaffenstützpunkt aufzubauen. Da können wir mit den Kommunisten auf der Insel kein Risiko eingehen. Die können unter dem Deckmantel einer demokratischen Partei das Land infiltrieren und dann versuchen, die amerikanische Position zu schwächen. Madame Noys Rede vor den Vereinten Nationen wird den Kommunisten in doppelter Hinsicht von Nutzen sein: indem sie sowohl unsere Verhandlungen mit den Sowjets als auch unsere Entwicklung einer starken Position in Lampang behindert.« Blake schwieg einen Augenblick. »Matt, denken Sie darüber nach, was Ezra und ich Ihnen gesagt haben. Sie müssen mit Madame Noy sprechen. Sie müssen ihr sagen, daß wir es uns anders überlegt haben. Sie müssen ihr unmißverständlich klarmachen, daß sie nicht vor den Vereinten Nationen sprechen darf. Werden Sie es tun?«

Underwood sah zuerst Blake an und ließ dann den Blick zu Morrison schweifen.
Schließlich sprach er. »Die Antwort heißt nein. Ich werde Madame Noy Sang nicht sagen, daß sie bei den Vereinten Nationen unwillkommen ist. Ich glaube, sie sollte dort sprechen. Ich bin dafür, und damit wollen wir dieses Thema beenden. Guten Tag, Gentlemen.«

Tags darauf saß Matt Underwood mit Blake im Oval Office und ging mit ihm seine Rede vor den Vereinten Nationen durch, als seine Sekretärin sich meldete.
»Ja, Emily?«
»Ein Anruf von Ihrer Tochter aus Wellesley. Können Sie ihn entgegennehmen, oder soll Dianne später noch einmal anrufen?«
Underwood war sofort Feuer und Flamme. Seit beinahe zwei Wochen hatte er mit Dianne nicht mehr gesprochen, und er freute sich sehr, ihre Stimme zu hören. Außerdem kam ein Anruf am Nachmittag sehr überraschend. Für gewöhnlich rief sie Alice oder ihn abends in der Privatwohnung an.
»Natürlich nehme ich ihn an. Stellen Sie sie durch.«
Blake stand auf. »Ich werde Sie alleine mit ihr reden lassen«, sagte er. »Ich bin nebenan, falls Sie noch einmal über die Rede sprechen wollen.«
»Danke, Paul.«
Sobald sein Stabschef gegangen war, rief Underwood ins Telefon: »Dianne, was für eine Überraschung!«
»Hallo, Dad. Wie geht's?«
»Dianne, von wo aus rufst du denn an?«
»Direkt aus dem Wohnheim«, sagte Dianne.
Underwood sah sie vor sich, kaum daß er ihre Stimme gehört hatte. Sie hatte lange, weich auf die Schultern fallende Haare und ein süßes Gesicht mit der gleichen Stupsnase wie Alice. Es war offensichtlich, daß sie mehr Alice nachschlug. Underwood hielt sich selbst nicht für gutaussehend, aber vielleicht hatte Dianne die Wärme und Offenheit seines Gesichts von ihm geerbt.
»Wie geht's dir, Dianne, Liebling? Ist alles in Ordnung?«
»Könnte nicht besser sein, Dad. Ich arbeite viel und finde trotzdem noch ein paar Abende Zeit, um mit Steve auszugehen.«
»Großartig.«

»Ich wollte dir nur sagen, daß ich jetzt das Okay für mein Dissertationsthema habe. ›Große weibliche Staatsoberhäupter des zwanzigsten Jahrhunderts.‹ Wie gefällt es dir?«

»Gefällt mir sehr gut. Du meinst Frauen wie Margaret Thatcher, Indira Gandhi und Golda Meir?«

»Und wie sie ihre Länder und die ganze Welt auf eine Art beeinflußt haben, wie männliche Führer es nie könnten.«

»Da fühl ich mich ja richtig zurückgesetzt«, meinte Underwood fröhlich.

»Du hast schon genug Aufmerksamkeit. Die Frauen sollen auch ihren Anteil bekommen.«

»Ich bin ganz deiner Meinung, Dianne.«

»Darum rufe ich an. Du mußt mir einen Gefallen tun.«

»Schieß los.«

»Ich weiß natürlich, daß du und der Russe am Ende der Woche vor den Vereinten Nationen sprecht. Aber ich habe in der heutigen *New York Times* gelesen, daß auch Madame Noy Sang vor der Vollversammlung sprechen wird.«

»Das stimmt.«

»Ist sie ein netter Mensch?« fragte Dianne.

»Sehr. Du würdest sie mögen.«

»Na, das ist es doch«, sagte Dianne. »Ich möchte nach New York kommen und sie interviewen. Kannst du mir dabei helfen?«

Underwood zögerte einen Augenblick. »Möglich. Ich weiß nicht, was sie außer der UNO-Rede noch geplant hat. Was hast du denn vor?«

»Es wäre ein richtiger Knüller für mich, wenn ich sie kennenlernen könnte«, erwiderte Dianne aufgeregt. »Nicht nur, weil ich sie bewundere, sondern auch weil ein Gespräch mit ihr mir einen hervorragenden Schluß für meine Dissertation liefern würde.«

Underwood mußte zustimmen, daß dies eine gute Idee war.

Dann fügte Dianne schnell hinzu: »Ich meine, natürlich nur, wenn sie mit mir reden will.«

Underwood stellte sich Noy vor und wußte, daß es kein Problem sein würde. »Natürlich würde sie mit dir reden«, sagte er. »Aber da ist noch ein anderes Problem. Wie ich schon sagte, weiß ich nicht, was sie für die Zeit nach der UNO-Rede geplant hat . . .« Underwood verstummte. »Aber was rede ich denn da, Dianne! Natürlich weiß ich, was sie nach der Sitzung tun wird. Ich habe sie zum Abendessen eingeladen – sie und einige Mitglieder ihres Stabs ins *Vier Jahreszeiten* – und sie hat angenommen. Komm doch mit dazu. Ich werde dich neben sie setzen.«

»Wirklich? Das würde ich dir nie vergessen.«

»Verlaß dich drauf«, erwiderte Underwood erfreut. »Sag mal, Dianne, hättest du Lust, deinen Alten vor der UNO sprechen zu hören? Madame Sangs Ansprache würdest du dann auch mitbekommen.«

»Das wäre toll!«

»Ich werde dir einen Platz auf der Galerie reservieren lassen. Nach der Sitzung treffen wir uns in der Delegiertenlounge, spazieren dann zur United Nations Plaza und unterhalten uns ein wenig vor dem Abendessen.«

»Nein, du hast nach den Reden doch sicher viel zu tun«, sagte Dianne. »Ich habe Freunde in New York, die ich gern besuchen möchte. Treffen wir uns lieber im *Vier Jahreszeiten*. Was meinst du?«

»Gut. Um acht.«

»Was soll ich anziehen, Vater?«

»Was weiß ich von solchen Dingen, Dianne? Du bist schön in allem, was du trägst.«

»Schon gut. Ich werd mich fein rausputzen und mit 'nem Notizbuch aufkreuzen.«

»Ich bin sicher«, sagte Underwood, »ich bin sicher, daß Madame Noy sich freuen wird. Also bis Freitag dann.«

Danach rief Underwood Blake wieder zu sich und arbeitete noch eine Stunde an seiner UNO-Rede. Als er schließlich damit zufrieden war, machten sie beide Feierabend, und er machte sich auf zum Abendessen mit Alice.

Vom Oval Office ging er die L-förmige, von Säulen gesäumte Terrasse bis zum Erdgeschoßeingang entlang und fuhr mit dem Aufzug nach oben.

Alice fand er mit ihrem Wodka-Martini im Family Dining Room.

»Ich hätte auch gern einen«, sagte er zum Butler und setzte sich seiner Frau gegenüber.

»Dianne rief mich eben an«, sagte Alice. »Sie wollte wissen, was sie anziehen soll, wenn sie mit dir und dieser Noy nach deiner Rede in New York zum Essen geht.«

»Du bist natürlich auch eingeladen.«
Alice ignorierte ihn. »Nachdem du in Lampang einen Narren aus dir gemacht hast, habe ich dir doch gesagt, ich würde es nicht zulassen, daß du diese Noy wiedersiehst.«
»Allein, hast du gesagt.«
Alice zuckte mit den Achseln. »Das stimmt.«
»Du weißt, daß ich nicht allein mit ihr sein werde. Ein Teil ihres Stabs wird Madame Noy begleiten. Und ich habe meine Tochter. Überleg dir, ob du nicht auch mitkommen willst.«
»Mit mir brauchst du nicht zu rechnen. Dianne würde ich schon gerne sehen, aber das kann ich ja jederzeit. Diese Noy mit ihrem politischen Geschwätz würde mich nur langweilen. Also, nein danke, ich werde lieber auf dich warten, und dann kannst du mir erzählen, was alles passiert ist.«
»Wenn du darauf bestehst. Willst du es dir nicht doch noch einmal überlegen?«
»Das ist mir zu öde«, erwiderte sie. »Nein danke.«
Sie trank ihr Glas aus und stand auf. »Ich will mich zum Abendessen umziehen. Und dann will ich sehen, ob du bei deiner Frau ebenso amüsant sein kannst wie bei dieser Dame im Sarong.«
Sie verließ das Zimmer, und Underwood sah ihr traurig nach.

Dianne Underwood war bereits im *Vier Jahreszeiten,* als ihr Vater mit seinem Stabschef Paul Blake (Morrison war wegen eines Empfangs seines sowjetischen Kollegen verhindert), Noy Sang, Marsop, einigen Geheimdienstmännern und Noys persönlichen Leibwächtern dort eintraf.
Underwood küßte seine Tochter und führte sie sofort zur Gruppe, um sie vorzustellen.
»Deine Rede war sehr gut«, sagte Dianne zu ihrem Vater.
»Du bist da wohl ein bißchen voreingenommen«, erwiderte Underwood seiner Tochter. »Meine Rede war nicht halb so gut wie Madame Noys ... Sie haben wirklich alle beeindruckt, Noy. Mit Ihrer Aufrichtigkeit und Ernsthaftigkeit. Sie haben meiner Rede viel mehr Gewicht verliehen.«
»Sie schmeicheln mir, Matt«, entgegnete Noy. »Aber ich muß zugeben, daß die Rede für mich ein Höhepunkt war. Ich alleine da oben am Rednerpult zwischen den beiden Wandgemälden von Léger in

diesem riesigen Kuppelbau. Und dann die Rede vor zweitausend Personen, die sie in sechs Sprachen hörten. Es war schon ziemlich erregend, das muß ich zugeben.«

Während der Maître sie die Stufen hinunter in den unteren Saal des Restaurants mit dem Brunnen in der Mitte führte, hörte Dianne, wie Noy zu ihrem Vater sagte: »Matt, deine Tochter ist wunderbar.«

»Vielen Dank, Noy. Wenn sie so schön ist wie du, wäre ich mehr als erfreut.«

Am Tisch übernahm Blake die Platzverteilung. Er führte Noy zu ihrem Stuhl, setzte ihr Dianne an die eine und Underwood an die andere Seite und holte schließlich Stühle für Marsop und sich selbst.

Nachdem sie alle Platz genommen hatten, nahm der Weinkellner die Getränkebestellungen auf und Blake besprach mit dem Maître das Menü.

Underwood hörte Dianne reden.

»Es ist wirklich wunderbar von Ihnen, daß Sie mich empfangen und sich von mir interviewen lassen«, sagte Dianne zu Noy.

»Ich bin geschmeichelt, in Ihre Dissertation einzugehen«, erwiderte Noy.

Dianne beugte sich näher zu Noy. »Mein Vater hat Ihnen bereits zu Ihrer Rede gratuliert, aber ich möchte es gern noch einmal tun. Ich habe die Gesichter der Leute beobachtet, zu denen Sie sprachen. Man sah, daß sie beeindruckt waren.«

Noy lachte. »Alle bis auf die Russen, fürchte ich.«

»Ihr politisches Verständnis ist wirklich bemerkenswert«, fuhr Dianne fort.

Noy wurde plötzlich ernst. »Wenn ich ein solches Verständnis habe, dann verdanke ich es nur meinem verstorbenen Gatten. Und seitdem natürlich Marsop.«

Underwood mischte sich ein. »Laß dich von ihr nicht täuschen, Dianne. Natürlich verdankt sie viel ihrem Gatten und Marsop. Aber ich habe noch nie eine Frau mit einem so perfekten politischen Instinkt getroffen – ja, Instinkt ebenso wie Logik und gesundem Menschenverstand. Sie ist ein Wunder. Du darfst mich zitieren, Dianne.«

Dianne hatte ihr Notizbuch vor sich auf dem Tisch liegen, den Bleistift in der Hand, und schrieb bereits eifrig mit.

Sie sah kurz hoch. »Fakten sind mir nicht so wichtig«, erklärte sie

Noy. »Ich habe unzählige Seiten über Sie aus anderen Quellen. Mich interessiert mehr, was ich ausschließlich von Ihnen erfahren kann.« Ihre Blicke trafen sich. »Ich meine, Ihre Gefühle bei allem.«
Noy schien überrascht. »Meine Gefühle?«
»Nehmen wir Wellesley zum Beispiel«, sagte Dianne. »Vor noch nicht allzu vielen Jahren waren Sie dort. Jetzt bin ich dort. Warum haben Sie sich gerade diese Schule ausgesucht?«
Noy lächelte. »Da ich in einer Demokratie aufwuchs, wollte ich die führende Demokratie der Welt studieren. Ich erzählte es meinen Eltern, und die hatten nichts dagegen. Meine Mutter ließ sich unzählige Universitätsprospekte schicken. Wellesley schien die attraktivste zu sein.«
Wieder mischte Underwood sich ein. »Nicht ganz, Dianne, nicht ganz. Noy weicht schon wieder absichtlich aus, ja, ist fast schon leichtfertig. Es ist eben ihre Bescheidenheit. Zufällig hat sie mir erzählt, daß sie die Prospekte fast wissenschaftlich studierte und dann Wellesley wählte, weil es die besten Kurse anbot.«
»Ach Matt . . .«, warf Noy dazwischen.
»Sie brauchen es nicht zu leugnen, ich weiß, daß es stimmt«, sagte Underwood. »Es war Ihre Sensibilität, Ihr Verstand, Noy. Ich kenne viele mächtige Frauen, aber keine mit Ihrer Intelligenz.«
»Waren Sie glücklich in der Schule, Madame Noy?« wollte Dianne wissen.
»Ja, warum fragen Sie?«
»Na, mir gefällt es dort«, antwortete Dianne. »Aber ich bin Amerikanerin. Ich gehöre hierher, es ist mein Zuhause. Aber Sie kamen von weither, Sie waren eine Fremde aus Südostasien. Wie war das?«
Bei der Erinnerung wurde Noy nachdenklich. »Zunächst fühlte ich mich fremd und isoliert«, sagte sie. »Ich hatte Angst. Aber ich fand bald Freunde. Und ich entdeckte, daß wir alle nur Menschen waren, mit vielen Gemeinsamkeiten. So fing ich an, mich wohl zu fühlen, wie eine Amerikanerin, so wie Sie heute.«
»Das Essen wird serviert, Dianne«, warf Underwood dazwischen. »Heb dir deine Fragen für später auf.«
»Lassen Sie sie doch weitermachen, Matt«, entgegnete Noy. »Dianne, Sie können ruhig weiterfragen, während wir essen. Ich kann wirklich zwei Dinge auf einmal tun.«
»Für den Augenblick nur noch eine Frage.«

»Bitte.«
»Es hat wieder mit Ihren Gefühlen zu tun, Madame Noy, aber bezogen auf viel später, auf jetzt.«
»Was Sie wollen, sofern ich die Frage beantworten kann.«
»Sie sind die einzige, die sie beantworten kann«, sagte Dianne. »Es geht um die Zeit nach dem Mord an Ihrem Gatten, als Sie Präsidentin von Lampang wurden.«
»Ist diese Frage notwendig, Dianne?« fragte Underwood.
»Das ist schon in Ordnung, Matt«, sagte Noy zu Underwood. »Lassen Sie Ihre Tochter ruhig fortfahren.« Dann wandte sie sich Dianne zu. »Und die Frage?«
Es war zunächst etwas schwierig, aber schließlich gelang es Dianne doch, zu formulieren, was sie sagen wollte. »Ihr Gatte, nachdem Sie ihn verloren hatten und allein waren, hatten Sie denn nie Sehnsucht nach einem anderen Mann?«
Noy sah das Mädchen sehr ernst an. »Nach einem anderen Mann«, wiederholte sie. »Meinen Sie sexuell oder wegen der Kameradschaft?«
Dianne schien über ihre Offenheit erschrocken zu sein. »Ich – ich glaube, ich meinte wegen der Kameradschaft. Vielleicht auch beides. Reden wir lieber über die Kameradschaft.«
Noy nickte. »In den eineinviertel Jahren seit dem Attentat habe ich noch keinen Mann getroffen, mit dem ich zusammensein wollte, bis auf einen. Auf die Gefahr hin, daß ich ihn verlegen mache, aber ich rede von Ihrem Vater.«
Dianne zwinkerte, sah zuerst ihren Vater an und dann Noy. »Dann sind Sie also wirklich gern mit meinem Vater zusammen?«
»Nimm Madame Noy nicht ernst«, warf Underwood schnell dazwischen. »Es ist eigentlich genau andersherum. Dianne, du kannst es mir glauben, wenn ich sage, daß Madame Noy von all den Frauen, die ich in meiner Zeit im Weißen Haus kennengelernt habe, bei weitem die sympathischste ist. Sooft wir uns trafen, bat ich um mehr Zeit mit ihr.«
Dianne betrachtete Noy, glaubte sie erröten zu sehen und fixierte dann ihren Vater. »Warum?« fragte sie.
»Warum ich mehr Zeit mit ihr verbringen wollte?«
»Ja, das will ich wissen. Ich will wissen, wie sie auf jemanden wie dich wirkt.«

»Es gibt offensichtliche Gründe«, antwortete Underwood. »Sie ist zum einen sehr intelligent. Sehr interessant zum andern. Und sie besitzt gewisse Qualitäten, die nicht so leicht zu beschreiben sind.«
»Zum Beispiel?« Dianne drängte ihren Vater.
»Sie ist herzlich, sie ist attraktiv. Und noch etwas Undefinierbares. Eine magnetische Eigenschaft.«
Noy lächelte und wandte sich an Dianne. »Genau so würde ich Ihren Vater auch sehen. Aber ich glaube, jetzt sollten wir wirklich essen. Probieren Sie Ihren Salat, er ist wirklich ausgezeichnet. Das süße Zeug ist Mango. Der wächst bei uns in Lampang.«
»Ich weiß«, sagte Underwood. »Ich habe dafür gesorgt, daß das *Vier Jahreszeiten* ihn aus Lampang einfliegen läßt. Damit Sie sich zu Hause fühlen, Noy. Aber jetzt wollen wir essen.«
Während des Essens wurde wenig gesprochen, nur Dianne stellte immer wieder Fragen, die Noy so aufrichtig wie möglich zu beantworten versuchte.
Underwood hörte die ganze Zeit dem Gespräch zwischen seiner Tochter und Noy aufmerksam zu.
Auch nach dem Essen bombardierte Dianne Noy mit Fragen, als hätte sie Angst, die günstige Gelegenheit zu verpassen.
»Du überwältigst sie ja, Dianne«, protestierte Underwood sanft.
»Wirklich?« fragte Dianne. »Frage ich Sie zuviel?«
»Überhaupt nicht«, sagte Noy.
Eine Frage hob sich Dianne bis zum Schluß auf. »Vielleicht halten Sie mich jetzt für aufdringlich, Madame Noy, aber ich frage mich, ob Sie vielleicht die Zeit finden, morgen mit mir Wellesley zu besuchen, damit ich Ihnen den Campus zeigen kann. Es gab einige Veränderungen.«
»Das würde mir sehr gefallen«, antwortete Noy aufrichtig. »Es ist nur eine Frage der Zeit. Ich könnte morgen früh in Boston sein und ein oder zwei Stunden mit Ihnen auf dem Campus verbringen. Ich muß nur am späten Nachmittag wieder in Washington sein, um die Rückreise nach Lampang vorzubereiten. Ja, der kleine Ausflug würde mir wirklich großen Spaß machen. Ich bin schon ganz aufgeregt.«
Nach einer Weile stand Underwood auf und half Noy von ihrem Stuhl. »Sie sollten sich etwas erholen, wenn Sie morgen zur Schule und zurück nach Lampang wollen.«

»Das stimmt«, sagte Noy und nahm ihre Tasche.
»Dianne«, sagte Underwood, »wir werden Madame Noy zum *Pierre* fahren, und dann bringe ich dich zur Schule zurück.«
»Du mußt nicht mitkommen«, entgegnete Dianne. »Du mußt doch nach Washington zurück.«
»Ich will aber.«
Blake kam dazu. »Haben Sie etwas dagegen, wenn ich mitkomme?«
»Wenn Sie wollen«, sagte Underwood.
Underwood nahm Noy besitzergreifend beim Arm und führte die Gesellschaft hinaus.

Nachdem sie Noy Sang und Marsop zum Pierre-Hotel gebracht hatten, wobei Underwood, ohne sich um seine Tochter zu kümmern, Noy küßte und sie den Kuß erwiderte, fuhren Underwood, Dianne und Blake zum John F. Kennedy Airport. Dort bestiegen sie die Air Force One für den Flug von New York City zum Logan Airport in Boston.
In Logan erwarteten sie eine Präsidentenlimousine und zwei Autos voller Geheimdienstagenten.
Von dort fuhren sie zum Wellesley College.
Underwood hatte nicht viel Gelegenheit, mit seiner Tochter zu sprechen. Er unterhielt sich vorwiegend mit Blake, der versuchte, den Präsidenten über neuere Entwicklungen auf dem laufenden zu halten.
Als sie den vierhundert Morgen großen Campus in Massachusetts betraten, versuchte Underwood sich vorzustellen, wie es wohl zu der Zeit gewesen war, als eine Achtzehnjährige namens Noy mit ihrem weltoffenen Gesicht, ihrem geschmeidigen Körper und ihrem Interesse für die Demokratie hier studierte. Er kam zu dem Entschluß, daß sich nichts verändert hatte. Im Augenblick war der Campus wie eine weiche, grüne Decke, und unter den Studenten mit ihren klugen Gesichtern, die noch einen spätabendlichen Spaziergang unternahmen, herrschte eine fast feierliche Stimmung.
Kurz vor Diannes Wohnheim ließ Underwood den Chauffeur anhalten. »Den Rest des Wegs werde ich mit meiner Tochter zu Fuß gehen. Ich brauche noch ein bißchen Bewegung.«
Als Blake die Limousine mit ihnen verlassen wollte, hob Underwood die Hand. »Warten Sie hier auf uns, Paul. Ich muß noch etwas

mit meiner Tochter besprechen.« Dann wandte sich Underwood den beiden Leibwächtern zu, die ihnen folgen wollten. »Jim, Ed, halten Sie etwas Abstand. Meine Tochter und ich haben einige persönliche Dinge zu besprechen.«

Underwood nahm Dianne bei der Hand, und sie spazierten den Weg entlang.

»Tut mir leid, daß wir keine Gelegenheit hatten, miteinander zu reden, Dianne. Blake denkt immer nur an die Arbeit.«

»Mach dir nichts draus, Vater. Es war für mich unvergeßlich. All die Dinge, die Noy mir sagte. Die gehen mir immer noch im Kopf herum.«

»Wunderbar. Freut mich, daß du bekommen hast, was du wolltest.«

»Und noch viel mehr«, sagte sie geheimnisvoll.

Sie hatten den Eingang des Wohnheims erreicht.

Underwood blieb noch kurz bei seiner Tochter stehen.

»Ich bin neugierig«, sagte er. »Was hältst du von ihr, Dianne?«

»Von Madame Noy?«

»Ja, von Noy.«

Dianne sah ihrem Vater in die Augen. »Das ist doch nicht so wichtig. Außerdem weißt du, was ich von ihr halte. Die wirkliche Frage ist – was hältst du von ihr?«

»Das ist ganz einfach«, sagte Underwood. »Auch ich mag sie. Schon von Anfang an, und jetzt noch mehr.«

Dianne schüttelte den Kopf. »Das ist die Untertreibung des Jahres. Du magst sie doch nicht nur. Du hast sie sehr gern.«

Underwood schien etwas überrascht. »Na, das ist doch leicht übertrieben. Ich kenne sie doch noch kaum.«

»Vater, ich werde dir jetzt etwas sagen, was du vielleicht gar nicht hören willst. Vor allem, da du verheiratet bist. Ich glaube nicht, daß du sie sehr gern hast. Ich glaube nicht einmal, daß du Zuneigung für sie empfindest.« Sie holte Atem. »Ich sag's einfach geradeheraus.« Und dann sagte sie es: »Ich glaube, du bist in Noy verliebt.«

Sie hatte ihren Vater noch nie überraschter gesehen. Er fand kaum die richtigen Worte. Doch schließlich sagte er: »Das ist doch lächerlich, Dianne. Sie lieben? Mein Gott, seit deiner Mutter und dir habe ich niemanden mehr geliebt. Dianne, diese Frau ist für mich doch praktisch eine Fremde. Wie könnte ich sie da lieben?«

Dianne blieb hartnäckig. »Aber du tust es.«

»Wie kommst du denn nur darauf?«
»Weil ich dich so gut kenne«, erwiderte Dianne. »So freundlich du zu Mutter und anderen Leuten bist, eigentlich hast du kein Interesse an ihnen. Aber bei Noy bist du wieder zum Leben erwacht. Du warst jünger und lebendiger. Du warst interessiert an ihr und allem, was sie zu sagen hatte.«
»Aber das ist doch immer so, wenn ich den Präsidenten eines anderen Landes treffe.«
Dianne ließ sich nicht beirren. »Sie ist wohl kaum nur die Präsidentin für dich. Sie ist eine junge Frau. Sie ist atemberaubend schön, zart, herzlich, klug, und fast alles, was sie sagt, ist interessant. Ich kann es dir nicht verdenken, daß du dich in sie verliebt hast.«
»So ein Unsinn!« rief Underwood. »Was ist nur in dich gefahren? Wir wollen jetzt nicht mehr darüber reden.«
»Wenn du nicht willst, dann müssen wir nicht«, sagte Dianne. »Aber ich habe dich mit ihr beobachtet, Vater. Du hast ja richtig an ihren Lippen gehangen. Und jedes Wort von dir war wie eine Zärtlichkeit . . .« Sie unterbrach sich. »Aber wenn du nicht mehr darüber reden willst, dann werde ich es auch nicht. Nur noch eins. Wenn du Zeit hast, denk mal darüber nach. Ich meine, über deine wahren Gefühle für Noy. Vielleicht hältst du mich für jung und unerfahren, für jemanden, der nur Schwierigkeiten macht und Mutter gegenüber feindlich eingestellt ist. Vergiß das alles. Denk nur darüber nach, was ich dir gesagt habe. Laß es dir durch den Kopf gehen.«
»Und warum?«
»Damit du merkst, daß du noch jung und lebendig bist und daß dich noch etwas rühren kann. Ich glaube, es ist erfrischend und gesund.«
Underwood versuchte, fest zu bleiben. »Ich habe dir doch gesagt, daß es vollkommener Unsinn ist. Ich will nicht, daß du das je wieder zur Sprache bringst. Ich und verliebt in Noy Sang? Das ist doch verrückt. Vergiß es. Ich habe es jedenfalls vor.«
Aber in der Air Force One, auf dem Flug von Boston nach Washington, gab er vor zu schlafen, damit Blake ihn in Ruhe ließ und er darüber nachdenken konnte.
Mit geschlossenen Augen grübelte er darüber nach.
Sosehr er seine Tochter, ihre Intelligenz und Auffassungsgabe schätzte, wußte er doch, daß sie hier weit am Ziel vorbeigeschossen war.

Er hatte ihr gesagt, daß sie verrückt sei und daß sie es vergessen solle, wie er es sicher tun würde.
Aber sosehr er es auch versuchte, es gelang ihm nicht.
Er sah Noy vor sich, und dann hörte er ihre Stimme, und sein Herz schlug schneller.
Konnte seine Tochter recht haben?
Konnte er wirklich in die Präsidentin von Lampang verliebt sein?
Es war einfach unmöglich.
Aber fast auf dem ganzen Rückflug nach Washington dachte er nach und zerbrach sich darüber den Kopf.

Nachdem Alice Underwood Matt noch am gleichen Abend über die Versammlung der Vereinten Nationen und das Abendessen im *Vier Jahreszeiten* ausgefragt und seine Version über den Tag und den Abend gehört hatte, beschloß sie am Morgen darauf, ihre Tochter nach ihrer Meinung über das Abendessen zu fragen.
Alice rief im Wellesley College an und war froh, ihre Tochter noch zu erreichen, bevor sie ihr Zimmer verließ und sich mit Noy Sang traf.
»Hallo, Dianne, ich wollte mich nur mal wieder mit dir in Verbindung setzen. Wie geht's? Hast du gut geschlafen?«
»Hervorragend, Mutter.«
»Ich habe Dad schon nach seiner Rede vor der UNO gefragt. Er sagte, daß alles gutgegangen sei. Aber du weißt ja, daß er immer alles herunterspielt. Deshalb wollte ich dich auch noch fragen. Was hast du von seiner Rede gehalten?«
»Sehr kraftvoll. Seine beste überhaupt. Er hat's den Russen wirklich gegeben.«
»Das ist ja wunderbar. Ich bin froh, daß er der Situation gewachsen war.«
»Das war er bestimmt, wirklich, Mutter.«
Das nächste Thema ging Alice behutsam an, sie fragte ganz beiläufig: »Und danach das Essen im *Vier Jahreszeiten*. Wie war's?«
»Hätte nicht besser sein können. Ich hatte wirklich Glück, dank Vater. Er setzte mich direkt neben Madame Noy Sang.«
»Da bin ich aber froh. Hast du erfahren, was du für deine Dissertation brauchst?«
»Alles und noch mehr, wieder dank Vater.«

»Wie meinst du das – dank Vater?«
»Na, weil er eben hilfsbereit und freundlich war«, erwiderte Dianne. »Er brachte Madame Noy dazu, daß sie ganz offen sprach. Was sie wirklich tat. Vater war wunderbar mit ihr, und sie reagierte darauf. Sie behandelte mich wie ihre eigene Tochter.«
»Ich verstehe«, sagte Alice. »Du warst also beeindruckt, wie Dad mit Madame Noy umgegangen ist.«
»Er war wunderbar.«
»Wunderbar?«
»Wie soll ich's sagen? Er wußte einfach, wie er mit ihr umgehen mußte, und das tat er auch.«
»Und wie?«
Alice spürte, daß Dianne den Unterton mitbekommen hatte und sich etwas zurückzog.
»Er – war herzlich zu ihr, und er nahm uns beiden die Scheu voreinander. Es war wirklich ganz toll für mich. Und Madame Noys Besuch heute in Wellesley wird noch toller. Ich könnte nicht glücklicher sein.«
»Dann kann ich es auch nicht«, erwiderte Alice.
Aber nachdem sie aufgelegt hatte, war Alice alles andere als glücklich.
Sie hatte gehört, was Dianne gesagt hatte, und sie hatte sozusagen zwischen den Zeilen gelesen.
Matt hatte Noy schöngetan.
Dieser blöden Ziege.
Dieser Hundesohn.
Alice war jetzt argwöhnisch, die Sache ließ sie nicht mehr los.
Sie mußte etwas dagegen unternehmen, dachte sie, und zwar schnell.
Sie war gerne First Lady, und sie hatte die Absicht, es auch zu bleiben.

8

In dieser Nacht hatte Alice Underwood keinen sehr guten Schlaf. Ein wenig schlief sie natürlich schon, aber als sie aufwachte, ging ihr immer noch alles im Kopf herum.

Sie setzte sich im Bett auf und verglich, was Matt und was Dianne ihr über die Begegnung mit Noy erzählt hatten.

Alice gefiel es ganz und gar nicht.

Jedes Wort deutete darauf hin, daß Matt dieser Sarongdame gegenüber übermäßig aufmerksam war. In ihrer Gegenwart wurde er richtig lebendig. Das alles roch nach Schwierigkeiten. Ihr selbst gegenüber war er im vergangenen Jahr sehr kühl gewesen, überlegte Alice. Vielleicht war das zu stark. Genauer gesagt, er hatte kein Interesse an ihr gehabt. Aber es bestand kein Zweifel, daß er an einer jüngeren Frau namens Noy aus Südostasien Interesse hatte.

Es war einfach unvorstellbar. Und doch war es so.

Alice war nun hellwach, und sie erkannte, daß sie die andere Frau zu leicht genommen hatte. Es wurde Zeit, daß sie sich genauer über diese Madame Noy Sang und die Gefahr, die sie darstellte, informierte.

Dabei fiel ihr sofort Paul Blake ein.

Er würde ihr bester Informant sein. Über Noy wußte er so viel wie kein anderer. Er hatte sie im Weißen Haus kennengelernt. Und er war am Abend zuvor mit ihr und Matt und Dianne im *Vier Jahreszeiten* gewesen.

Alice überlegte, wie sie sich am besten an ihn heranmachen sollte.

Genaugenommen war es überhaupt kein Problem. Alice wußte seit langem, was Blake für sie empfand. Sie konnte ihn um den kleinen Finger wickeln. Er war fast kindisch in sie verknallt.

Sie würde Blake in den First Lady's Dressing Room bitten. Sie würde so attraktiv aussehen wie nur möglich. Sie würde sich extra für ihn anziehen. Oder genauer, sie würde sich für ihn ausziehen, was hieß, daß sie ein Negligé tragen würde.

Sie stand auf, duschte und sprühte sich mit einem leichten Parfüm ein. Dann durchsuchte sie ihren Wäscheschrank, wählte ein dünnes,

tief ausgeschnittenes, pfirsichfarbenes Nachthemd und einen passenden Morgenmantel aus und zog beides an. Sie ging zum Frisiertisch und schminkte sich sehr sorgfältig. Zufrieden wandte sie sich schließlich dem bodenlangen Spiegel zu und probierte aus, wie sie sich am besten setzen mußte, um Blake soviel Bein und Schenkel zu zeigen, wie im Rahmen des Anstands möglich war.
Nachdem sie sich versichert hatte, daß ihre vollen, wohlgeformten rosigen Beine und Schenkel ein atemberaubender Anblick und unwiderstehlich für jeden Mann außer ihrem Gatten waren, war sie bereit für ihren Besucher.
Sie rief im Büro des Stabschefs an, sprach mit seiner Sekretärin und hatte ihn Sekunden später selbst am Apparat.
»Guten Morgen, Paul. Alice hier.«
»Was für eine angenehme Überraschung. Einen wunderschönen guten Morgen, Alice.«
»Haben Sie irgendwann etwas Zeit?«
»Wenn ich sie nicht hätte, würde ich sie mir nehmen, wenn's für Sie ist.«
»Sie ist für mich. Bitte versuchen Sie es.«
»Wann?«
»Jetzt«, erwiderte Alice. »Es ist eine persönliche Angelegenheit, und es wäre mir lieber, wenn der Präsident nicht weiß, daß Sie bei mir sind.«
»Ich verstehe.«
»Ich werde im First Lady's Dressing Room auf Sie warten. Wir werden alleine sein.«
Alice meinte beinahe spüren zu können, wie Blake zitterte.
Sie ging ins Wohnzimmer, bestellte Tee, wartete, bis er serviert wurde, setzte sich dann auf ein niederes Sofa und posierte. Nachthemd und Morgenmantel fielen zur Seite, ihr wohlgeformtes linkes Bein und ein Teil des Schenkels kamen nackt zum Vorschein. Dann dachte sie an Noy und Matt in Haskens Filmbericht, und ihr fiel ein, daß ein Teil von Noys Busen deutlich sichtbar gewesen war. Sehr wirkungsvoll. Ein deutlicher Hinweis. Sie lockerte den Satingürtel und senkte den Ausschnitt noch weiter. Dann beugte sie sich vor, um zu sehen, was passierte.
Der Effekt war, daß ihre beiden wundervollen Brüste nun frei in dem Stoff hingen. Fest, aber frei unter dem Stoff. Sie wußte, daß

Blake, wenn er den Blick darauf heftete, ihre Brustwarzen sehen konnte.
Und warum auch nicht? Sie mußte etwas herausfinden, und sie würde beinahe alles tun, um es herauszufinden.
Zufrieden mit sich trank sie ihren Tee und wartete.
Minuten später klopfte Blake an die Tür und trat ein. Alice merkte sehr wohl, daß ihm bei ihrem Anblick die Luft wegblieb.
Sie blieb sitzen und lud ihn zu sich ein.
Als er auf sie zukam, beugte sie sich vor und streckte die Hand aus. Sie spürte, wie ihre Brüste nach vorne fielen, und war sicher, daß er ihre Warzen sehen konnte.
Und wirklich fielen ihm, als er ihr die Hand gab, beinahe die Augen aus dem Kopf.
»Viel zu förmlich«, sagte sie und bot ihm die Wange.
Blake schluckte, beugte sich vor und küßte sie trocken. Denn leckte er sich über die Lippen und drückte ihr einen weiteren Kuß auf, einen feuchten dieses Mal, und sie lächelte. »Schon besser, Paul«, sagte sie. »Ziehen Sie sich doch einen Sessel heran.«
Als er ihrer Aufforderung nachkam, wußte sie, daß er während des ganzen Gesprächs ihre Beine und Schenkel vor Augen haben würde.
Er setzte sich. »Sie sehen wunderbar aus«, sagte er. »Absolut atemberaubend.«
»Vielen Dank, Paul, mein Lieber, vielen Dank. Es tut einer Frau gut, so etwas zu hören.«
»Aber Sie hören es doch sicher sehr oft.«
»Nicht oft genug«, erwiderte sie und zog einen Schmollmund. »Nur gut, daß es Sie und Ihre Komplimente gibt.« Dann wechselte sie das Thema. »Da sind ein paar Dinge, die ich mit Ihnen besprechen will. Aber Sie müssen verstehen, daß es persönliche Dinge sind und daß es vertraulich bleiben muß.«
»Es bleibt zwischen uns«, sagte Paul. »Sie haben mein Wort.«
»Ich wußte doch, daß ich mich auf Sie verlassen kann, Paul. Wenn es um irgend etwas Verwirrendes geht, vor allem, wenn es mit Matt zu tun hat, dann habe ich niemanden, an den ich mich wenden kann – außer an Sie natürlich.«
Er senkte den Blick von ihren Augen zu ihrem Dekolleté.
»Sie können mir alles sagen, Alice«, erwiderte er leise. »Schütten Sie Ihr Herz aus.«

Alice nickte. »Es geht um dieses Abendessen gestern in New York, Sie waren doch dort mit Matt und Dianne und dieser – wie heißt sie gleich wieder – Noy Sang, nicht?«
»Während des ganzen Essens und dann mit ihnen im Flugzeug nach Boston.«
»Ich interessiere mich für den Abend«, sagte Alice. »Ich habe zwei Versionen darüber gehört. Matt erzählt mir natürlich so gut wie nichts. Ich meine, so als würde es nichts darüber zu erzählen geben. Dianne dagegen war etwas gesprächiger, und so weiß ich ungefähr, was abgelaufen ist. Ich hoffte, Sie könnten mir mehr darüber erzählen.«
»Was zum Beispiel, Alice?«
»Ich will wissen, wie sich der Präsident verhalten hat.«
Blake war verwundert. »Verhalten?«
»Vor allem, wie er sich Madame Noy Sang gegenüber verhalten hat. Flirtete er? War er sehr aufmerksam ihr gegenüber? Dianne meinte, er war aufmerksam. Ich habe den Eindruck, daß er mehr als routinemäßig aufmerksam war. Würden Sie zustimmen?«
»Ja, ich glaube, man könnte sagen, daß er aufmerksam war.«
»Es gibt zwei Arten, einer Frau gegenüber aufmerksam zu sein, Paul. Höflich oder besonders?«
Blake dachte darüber nach. Schließlich antwortete er: »Es war mehr als nur höflich. Wenn man es genau nimmt, war er vor Dianne voll des Lobes für sie.«
Beim Zuhören hatte Alice den Eindruck, daß sie aus Blake nicht genug herausbekam. Sie könnte ihn erregen und überrumpeln, indem sie ihn mit ins Schlafzimmer und ins Bett nahm, aber das war unvorstellbar, obwohl sie bereits daran gedacht hatte.
»Ich will's mal anders sagen«, meinte Alice. »Glauben Sie, daß das Interesse meines Mannes an Madame Noy nur politischer Natur ist? Oder ist es etwas anderes?«
Blake starrte schon die ganze Zeit Alices entblößtes Knie und den nackten Schenkel an. Er versuchte, sich auf das zu konzentrieren, was sie sagte. Es entschwand ihm immer wieder, aber er versuchte es. »Um die Wahrheit zu sagen«, hörte er sich schließlich antworten, »ich glaube nicht, daß Matt auch nur das geringste Interesse an Lampang hat.«
»Wollen Sie damit sagen, daß er an Madame Noy interessiert ist?«

»Ich kann nur raten, Alice. Aber doch, ich würde sagen, daß sein Interesse an Lampang mit Noy zu tun hat. Nicht mit Politik. Sondern mit Noy.«
»Sind Sie sicher?«
»Überlegen Sie, was geschehen ist«, erwiderte Blake. »Gleich beim ersten Mal, bei ihrer ersten Begegnung, sagte er wegen ihr alle anderen Verpflichtungen ab. Er hätte ihr eigentlich nur einen begrenzten Kredit gewähren sollen. Aber er gab ihr einen riesigen Kredit. Er hätte eigentlich einen großen Luftwaffenstützpunkt von ihr erhalten sollen. Aber sie wollte ihm nur einen kleinen zugestehen, und er fügte sich ihren Wünschen. Sie hätte eigentlich noch am selben Abend zurückfliegen sollen. Aber er sagte alles ab und verbrachte noch einen zweiten Tag mit ihr. Als ihre Schwester starb – Matt kannte sie nicht einmal –, ließ er alles stehen und liegen, um die weite Reise nach Lampang zum Begräbnis zu machen. Ich bin sicher, daß Sie ihn im Fernsehen mit ihr beim Schwimmen gesehen haben . . .«
»Habe ich«, erwiderte Alice steif. »Ich habe sie in diesem Sarong gesehen.«
»Deutet das denn nicht darauf hin, daß sein Interesse an ihr mehr persönlich und speziell ist?« Sein Blick klebte schon wieder an Alices Schenkel. Dann fügte er entrüstet hinzu: »Das haben Sie nicht verdient, Alice.«
»Also, dann geht es eigentlich nur um Noy selbst. Ich glaube, ich sollte mehr über sie wissen, was sie an sich hat, das ihn so interessiert.«
»Ich bin mir sicher, daß ich kaum etwas weiß, das Sie nicht auch wissen.«
»Sie ist sehr schön, oder?«
»Auf eine exotische Art, nehme ich an. Aber mit Sicherheit nicht so schön wie Sie, Alice.«
»Vielen Dank, Paul.« Sie hielt inne. »Diese Noy ist doch Witwe, nicht?«
»Ja, sie ist Witwe.«
»Wenn dieser Unsinn mit meinem Mann so weitergeht, wird man mich auch bald als Witwe betrachten. Paul, wie starb Noys Gatte?«
»Er wurde in seinem Büro von Unbekannten erschossen. Angeblich waren es die Kommunisten.«

»Aber wie das?« fragte Alice. »Ich kann mich erinnern, daß Matt sagte, daß ihr Mann den Kommunisten freundlich gegenüberstand.«
»Nicht ganz«, erwiderte Blake. »Prem Sang hatte versucht, mit ihnen einem Kompromiß zu erreichen, sie auf seine Regierungslinie zu bekommen. Vielen Leuten gefiel das nicht.«
»Paul, das klingt für mich alles nicht sehr einleuchtend. Ich will wissen, wie er wirklich starb. Jede Einzelheit.«
»Ich glaube nicht, daß irgend jemand da bis ins Detail Bescheid weiß, Alice. Aber ich könnte versuchen, herauszufinden, was bis jetzt ans Licht gekommen ist.«
»Wie?«
»Ezra Morrison sollte es wissen. Wollen Sie, daß ich mit ihm spreche?«
»Wenn Sie so freundlich wären. Aber natürlich unter dem Siegel der Verschwiegenheit.«
»Ich werde es sofort erledigen.«
»Wann?«
»Jetzt gleich«, antwortete Blake, wandte respektvoll den Blick von ihrem Körper ab und stand auf. »Ich setze mich mit Ihnen in Verbindung, sobald ich etwas weiß.«

Als Blake den Termin vereinbarte, hielt er es für sicherer, mit Ezra Morrison im Außenministerium zu sprechen.
In Morrisons riesigem Büro war es für Blake schwierig, zur Ruhe zu kommen. Er ging auf und ab, wartete, bis Morrison einige Papiere unterzeichnet hatte, und ließ sich schließlich ihm gegenüber in einen Ledersessel fallen.
»Was kann ich für Sie tun, Paul?« wollte Morrison wissen. »Ist es für den Präsidenten?«
»Es ist für die First Lady.«
»Oh?«
»Es ist eine persönliche Angelegenheit. Vertraulich. Ein Gefallen.«
Morrison schnaubte. »Ich würde ihr jeden Gefallen tun, wenn sie mir auch einen tun würde. Ich möchte sie gerne ficken.«
»Wer nicht?« fragte Blake.
»Sie auch? Eigentlich ist sie mir ja ziemlich egal. Könnte mir nur vorstellen, daß sie im Bett 'ne ziemliche Nummer ist.«

»Na, das können Sie vergessen, und ich auch«, erwiderte Blake. »Alice hat sich ihren Mann in den Kopf gesetzt.«
»Und das soll heißen?«
»Sie will ihn behalten«, antwortete Blake. »Sie will First Lady bleiben und nicht die zweite Geige spielen, und sie ist etwas nervös, weil er soviel Zeit mit Madame Noy Sang verbringt.«
»Die Madame ist auch nicht übel«, sagte Morrison. »Bei der würd ich auch gern mal landen.«
»Ich fürchte, genau das denkt Alice in bezug auf Matt.«
»Glauben Sie, daß der was machen würde?« fragte Morrison.
»Er hat ja bereits genug getan«, erwiderte Blake.
»Dann macht sich die First Lady also Sorgen um Madame Noy. Aber was hat das alles mit Ihnen zu tun?«
»Alice will mehr über Madame Noy Sang wissen«, sagte Blake. »Ich denke, so ähnlich wie ein Footballtrainer den Gegner ausspioniert.«
»Was gibt es denn da noch zu wissen, das nicht bereits öffentlich bekannt ist?«
Blake beugte sich vor. »Wie Noys Mann Prem starb, wie er wirklich starb.«
»Woher soll ich denn das wissen? Er wurde doch von Attentätern erschossen.«
»Das scheint eine Tatsache zu sein. Aber was noch fehlt – wie starb er wirklich? Alice will wissen, wer dahintersteckte.« Blake hielt inne. »Vielleicht will sie wissen, ob Noy darin verwickelt war. Obwohl das unwahrscheinlich ist. Trotzdem . . .«
»Der offiziellen Version nach waren es die Kommunisten.«
»Ebenso unwahrscheinlich«, sagte Blake. »Wer war es wirklich?«
Morrison zuckte mit den Achseln. »Ich weiß es wirklich nicht. Wenn es überhaupt jemand weiß, dann die in Langley. Fragen Sie Direktor Ramage. Die CIA weiß doch angeblich alles.«
»Würde Ramage es Ihnen sagen?«
»Nein. Da können Sie sich drauf verlassen.«
»Haben Sie eine andere Möglichkeit, es herauszufinden?«
Morrison rutschte unbehaglich auf seinem Stuhl hin und her. »Vielleicht gibt es einen Weg. Möglicherweise.« Er sah Blake an. »Jetzt mal ehrlich, Paul. Wie wichtig ist das für Sie?«
»Wie wichtig ist die First Lady für uns?«
»Ich verstehe, so ist das also«, meinte Morrison.

»Alice will es wissen«, fuhr Blake fort. »Sie besteht darauf. Ich sagte ihr, daß ich glaube, es herausfinden zu können. Kann ich?«
Morrison dachte nach. »Vielleicht.«
»Werden Sie der Sache nachgehen, Ezra?«
»Ich kann's versuchen.«
»Ist das ein Versprechen?«
Morrison legte die Arme auf den Tisch und sah Blake in die erwartungsvollen Augen.
Morrison schob sich in die Höhe. »Geben Sie mir ein oder zwei Tage.«

Pünktlich um zehn Uhr an diesem Abend betrat Ezra Morrison die luxuriöse Wohnung an der Wisconsin Avenue, die Mary Jane O'Neil gehörte.
Er hatte oft Schwierigkeiten, sie sich in Verbindung mit Alan Ramage, dem CIA-Direktor, vorzustellen. Als Einsatzleiterin erwartete man eher eine forsche, tüchtige, leicht maskuline junge Dame. Bei der Arbeit mochte Mary Jane durchaus tüchtig sein, aber sie war weder forsch noch maskulin. Mit ihren knappen einssechzig war sie sehr feminin, spielerisch, witzig und sehr heftig bei der Liebe.
Wie erwartet, fand Morrison sie im spitzenverzierten Schlafzimmer. Sie saß in einem weichen Sessel neben dem Bett und sah fern. Auf dem Tisch neben dem Sessel standen, wie allwöchentlich am gleichen Abend, zwei Gläser mit Scotch und Soda.
»Hallo, Liebling«, begrüßte Morrison sie, beugte sich zu ihr hinab und küßte sie voll auf die Lippen. Der lange Kuß ließ ihn sofort steif werden, was bei seiner Frau kaum passierte, und ihm aber nun Selbstvertrauen gab, während er nach seinem Drink griff.
Sie tranken und unterhielten sich ein wenig, aber sobald Mary Jane ausgetrunken hatte, warf sie ihren seidenen Bademantel ab. Während auch Morrison sich auszog, starrte er wie verzaubert auf ihre kleinen, festen Brüste und den dichten Busch Schamhaare zwischen ihren Schenkeln.
Sie stieg sofort ins Bett, und Morrison folgte ihr, sobald er nackt war. Das Vorspiel dauerte nicht lange. Er vergeudete keine Zeit mit Präliminarien. Er war bereit.
Mary Jane war so aktiv und heftig wie immer, und Morrison war stolz auf seine Ausdauer.

Danach legte er sich keuchend auf den Rücken, und Mary Jane kuschelte sich befriedigt an ihn. »Du bist gut, Ezra, sehr gut. Du bist der beste, den ich kenne. Du verwöhnst mich. Bist du glücklich?«
»Hmm.«
»Warum verläßt du deine Frau nicht und ziehst hier ein, damit wir es jeden Tag machen können?«
»Mary Jane . . .«
»Ich mach doch nur Spaß. Das weißt du doch.« Sie legte sich zurück. »Ich möchte nur gern auch etwas ganz Besonderes für dich tun.«
Bis zu diesem Zeitpunkt hatte er überhaupt nicht mehr an die Unterhaltung mit Blake gedacht. Er hatte es nur irgendwo im Hinterkopf gehabt als etwas, das er zur Sprache bringen sollte. Nun, nachdem er befriedigt war und allmählich wieder zu Sinnen kam, dachte er an Blake und an das, was er für ihn und die First Lady herausfinden sollte.
»Etwas Besonderes für mich?« wiederholte Morrison. »Das hast du doch bereits getan, mein Liebling. Aber wart einmal, da gibt es noch etwas anderes, das du für mich tun kannst.«
»Sag's.«
»Ach, Mary Jane, ich bin da in einer Situation, wo ich mehr über Madame Noy Sang wissen muß.«
Einen Augenblick lang war Mary Jane verwirrt. »Diese Frau aus Lampang?«
»Genau.«
»Ich kann mir nicht vorstellen, daß irgend jemand mehr über die weiß als du.«
»Es geht um etwas Spezielles«, sagte Morrison. »Ich muß herausfinden, wie Prem Sang ermordet wurde. Genau, wer ihn tötete und warum.«
Mary Jane setzte sich auf und legte die Stirn in Falten. »Auch wenn ich die Antwort wüßte, darf ich über solche Sachen nicht reden, das weißt du doch.«
»Ich bitte dich ja nicht um ein supervertrauliches Staatsgeheimnis.«
»Nach dem, was ich weiß, kann ich höchstens raten«, erwiderte Mary Jane. »Die Vereinigten Staaten machten sich Sorgen um Präsident Prems Verhältnis zu den Kommunisten. Ich glaube, man nahm allgemein an, zumindest in Langley, wenn man Prem loswerden könnte, würde seine Frau Präsidentin werden. Aber sie war eine

Amateurin, hilflos, nutzlos und unerfahren. Bei den folgenden Wahlen hätte General Nakorn sie dann mit Leichtigkeit besiegt. Was die CIA angeht, ist Nakorn unser Mann.«
»Ja, er würde uns das Leben einfacher machen.«
»Er würde tun, was wir wollen«, ergänzte Mary Jane. »Er würde sich an die Arbeit machen, die kommunistischen Aufständischen ausradieren und uns den größten und besten Luftwaffenstützpunkt im Südpazifik überlassen. Also würde ich annehmen, die Strategie, das strategische Wunschdenken, war, Prem beiseitezuschaffen, Noy an die Macht kommen und sie dann ganz legal in einer allgemeinen Wahl besiegen zu lassen.«
Morrison setzte sich auf. »Sehr schön. Aber jemand mußte doch das Risiko auf sich nehmen und Prem beseitigen.«
»Auch wenn ich es wüßte, Ezra, ich könnte nicht darüber reden. Also vergessen wir es.« Sie sah Morrison an. »Du siehst ja noch recht fit aus. Ezra, bringst du ihn noch mal hoch?«
»Er steht bereits.«
Sie griff zwischen seine Beine. »Das ist doch super. Wird Zeit, daß wir ihn benutzen. Ich kann viel besser nachdenken, wenn ich entspannt bin.«
»Über was nachdenken?«
»Über alles, was du mich fragst.«
»Ich will, daß du es noch einmal versuchst.«
»Aber erst, nachdem wir es noch einmal versucht haben«, erwiderte sie.
»Leg dich hin, Mary Jane. Genug geredet.«
Sofort lag sie wieder auf dem Rücken. Morrison küßte ihre Brüste und zwängte sich zwischen ihre Schenkel.
Es wurde eine längere Nummer, besser und lauter als die erste. Sie kamen beide sehr geräuschvoll innerhalb von wenigen Sekunden.
»Wie war das?« fragte er und rollte sich von ihr herunter.
»Spitzenklasse«, keuchte sie. »Ich gehöre ganz dir. Du kannst von mir alles haben, was du willst. Willst du immer noch wissen, wer Prem umgebracht hat?«
»Es wäre schon sehr hilfreich.«
»Ich werd's dir sagen, du Vergewaltiger. Ich bin dir ausgeliefert. Ich sage dir alles, was du wissen willst.«
»Wer tötete Präsident Prem?«

Sie kam langsam wieder zu Atem. »Der Chef weiß es. Ramage weiß es. Er brachte die ganze Sache ins Rollen. Es war nichts, was er oder die CIA hätte tun können. Aber ich bin mir ziemlich sicher, daß er Percy Siebert, unseren Mann in Lampang, davon ins Bild setzte.«
»Und Siebert?«
»Ich weiß es nicht genau. Aber ich würde annehmen, daß Siebert unsere Wünsche an General Nakorn weiterleitete. Erzählte ihm wahrscheinlich, es sei Präsident Underwoods Idee. Na, du Verführer, hilft dir das weiter?«
»Und wie, meine Kleine.«
»Und woher weißt du das alles? Von mir nicht. Ein kleines Vöglein hat's dir gezwitschert. Wag es ja nicht, mich da hineinzuziehen.«
»Ich kenn dich überhaupt nicht.«
»Gut . . . Hast du noch einen Schuß übrig?«
Er war sich nicht sicher, aber er war dankbar. »Vielleicht. Gib mir zwanzig Minuten.«
»Ich geb dir einen Drink und zwanzig Minuten. Aber vergiß nicht, ich zähle die Minuten auf der Uhr mit.«

Am nächsten Morgen machte sich Ezra Morrison, noch etwas erschöpft von seinen akrobatischen Einlagen mit Mary Jane O'Neil, daran, Blake anzurufen.
Er zögerte kurz, bevor er den Hörer abnahm, denn er mußte sich noch einmal selbst versichern, daß Mary Jane recht hatte. Er mußte sich daran erinnern, daß sie die Einsatzleiterin der CIA war und deshalb recht haben mußte.
Blake war selbst am Telefon.
»Paul, sind Sie alleine?« wollte Morrison wissen.
»Relativ.«
»Ich meine nicht Ihren Stab. Ich meine den Präsidenten. Ist er in Hörweite?«
»Er ist mit dem Finanzminister im Kapitol. Wird eine ganze Weile ausbleiben. Was ist los? Haben Sie etwas für mich?«
»Ja. Vielleicht sogar alles.«
»Ihre Quelle?«
»So weit oben in der CIA, wie Sie es sich nur wünschen können.«
»Können Sie es mir sagen?« Blake war neugierig. »Ich will es so bald wie möglich wissen.«

»Nicht am Telefon«, entgegnete Morrison. »Ich würde vorschlagen, Sie kommen rüber auf einen gemütlichen Plausch mit dem Außenminister.«
»Bin schon unterwegs.«
»Ich werde hier sein, und zwar alleine.«
Fünfundvierzig Minuten später saß Blake in Morrisons Büro.
»Keine Anrufe«, sagte Morrison über die Sprechanlage zu seiner Empfangsdame. »Ich sage Bescheid, wenn ich wieder frei bin.«
Dann ging Morrison zum Sofa und setzte sich neben Blake.
»Ich habe so ziemlich alles, was wir überhaupt kriegen können.«
»Und Sie können sich Ihrer Quelle ganz sicher sein?«
Morrison lächelte. »So als ob ich sie gefickt hätte.«
»Ich bin ganz Ohr, Ezra.«
Langsam und mit bedächtig gewählten Worten erzählte Morrison dem Stabschef, was er von Mary Jane O'Neil erfahren hatte – natürlich ohne ihren Namen zu nennen.
Am Ende meinte er: »Das war's, Paul.«
»Aber Sie wissen nicht genau, wer dafür verantwortlich war?«
»Sie meinen, wer die Killer losgeschickt hat? Das ist nicht wichtig. Es reicht zu wissen, daß sie mit vollem Wissen von Ramage und vor allem mit einer Freigabe vom Präsidenten den Auftrag erhielten. Schließlich wird der Präsident doch täglich von der CIA über alle Aktionen informiert.«
»Mal angenommen, Underwood wußte nichts?«
Morrison grunzte. »Ich gehe lieber davon aus, daß er es wußte. Der Präsident ist auf jeden Fall der Hauptverantwortliche.«
»Unglaublich.«
»Was werden Sie jetzt mit der Information anfangen?«
Blake stand auf. »Ich werde es der First Lady berichten. Ich weiß nicht, ob sie damit zufrieden sein wird.« An der Tür überlegte er sich, wie er es ihr sagen sollte. »Vermutlich schon«, sagte er. »Danke, Ezra. Ich bin Ihnen einen Gefallen schuldig.«

Nach Blakes Anruf bereitete sich Alice Underwood auf sein Erscheinen im First Lady's Dressing Room vor.
Nur in dünnem schwarzen Slip und einem seidenen Halbschalen-BH posierte sie vor dem Spiegel. Dann streifte sie ein schwarzes Kleid über, das ihr über die Knie rutschte, sobald sie sich setzte.

Zum Schluß zog sie hochhackige Pumps an, setzte sich und wartete auf Blake.
Als er das Zimmer betrat, wies sie ihn zu dem Sessel ihr direkt gegenüber.
Blake begrüßte sie, setzte sich in den niederen Sessel und starrte ihr ganz unverhohlen in den Ausschnitt.
Der Saum ihres Rocks war hochgerutscht, und als sie die Beine nebeneinanderstellte, glaubte er, ein Stückchen ihres Slips zu sehen. Er war sich sicher, daß es der Slip war, und zwischen ihren Schenkeln schimmerte ein dunkles Dreieck.
Alice ließ ihn den Anblick genießen.
»Haben Sie etwas für mich?« fragte sie sanft.
Am liebsten hätte er ihr gesagt, daß er etwas Besseres hatte als Reden. Er hatte eine peinliche Erektion und fragte sich, ob sie über ihren Gatten verärgert genug war, um seinem Stabschef eine Chance zu geben. Doch dann vertrieb er widerwillig seine erotischen Phantasien und versuchte, sich auf die Neuigkeiten zu konzentrieren, auf die Alice wartete.
»Ich habe eine ungefähre Vorstellung, wer für den Tod von Präsident Prem verantwortlich sein könnte«, sagte Blake.
»Wer?«
»Ihr Gatte, Alice. In gewisser Weise ist er verantwortlich.«
Alice ließ sich ihr Erschrecken anmerken. »Das ist unmöglich.«
»Hören Sie mir zuerst zu und entscheiden Sie dann.«
»Matt?« fragte sie. »Er ist doch gar nicht der Typ dafür. Da müssen Sie mir schon die ganze Geschichte erzählen.«
»Halten Sie sich fest und hören Sie zu«, sagte Blake. »Prem wollte keinen amerikanischen Luftwaffenstützpunkt auf Lampang. Was er wollte, war ein Kompromiß mit den Kommunisten. Er wollte sie an seiner Regierung beteiligen. Wie Sie wissen, stand das im Widerspruch zur amerikanischen Politik.«
»Das weiß ich.«
»Auf irgendeiner Ebene der CIA entstand der Gedanke, wenn Prem beseitigt werden könnte, würde Noy ihn ersetzen, und da sie dem Amt nicht gewachsen wäre, würde sie von General Nakorn, einem Freund der Vereinigten Staaten, manipuliert werden können.«
»Also traf jemand die Entscheidung, Prem zu beseitigen.«
Blake nickte und spulte die Namen der Beteiligten herunter. Zuerst

Ramage. Dann Siebert. Aber dennoch, so erklärte er, hatte die endgültige Erlaubnis vom Präsidenten der Vereinigten Staaten kommen müssen. »Matt erhält täglich sämtliche Berichte der CIA. Ihm entgeht nichts.«

Doch Alice blieb ungläubig. »Ich kann mir nicht vorstellen, daß er die Erlaubnis zu einem Attentat gibt. Ich kenne doch Matt. Er ist viel zu weich dafür. Vielleicht hat er den CIA-Bericht nie zu Gesicht bekommen.«

Blake hob die Schultern. »Aber es spricht alles dafür, daß er ihn, in der einen oder der anderen Form, gesehen hat. Ich kann mir nicht vorstellen, daß jemand über seinen Kopf hinweg entscheidet.«

»Ist Ihre Quelle wirklich zuverlässig?«

»Man sagte mir, es sei die bestmögliche.«

»Dann ist Matt also verantwortlich?« Plötzlich erhellte sich Alices Gesicht. »Noy ist wegen ihm Witwe.«

»Ja.«

»Das ist ja wunderbar!«

Sie lehnte sich lachend zurück, und der Slip zwischen ihren Schenkeln war nun deutlich zu sehen. Blake quollen fast die Augen aus dem Kopf, und ihm stockte der Atem.

»Was?« murmelte er. »Was ist so wunderbar? Was werden Sie nun damit anfangen?«

»Ich werde es Noy Sang sagen.«

»Was?«

»Warum nicht?« fragte Alice. »Noy ist ja noch in den Vereinigten Staaten, in Wellesley. Bringen Sie Morrison dazu, daß er sie aufspürt und sie zu einer Unterredung ins Außenministerium bittet. Um weitere Einzelheiten des Luftwaffenstützpunkts zu besprechen, oder aus welchem Grund auch immer. Sie soll sich dort mit Morrison treffen, aber das wird sie nicht. Es wird nur eine Ausrede für meine Begegnung mit ihr sein. Ja, Paul, mit mir, von Angesicht zu Angesicht. Ich werde ihr reinen Wein einschenken. Und wenn ich damit fertig bin, dann habe ich, glaube ich, dem kleinen Flirt meines Gatten mit Prems Witwe ein Ende gesetzt. Werden Sie es arrangieren?«

Man hatte Noy Sang in Wellesley erreicht, und sie war einverstanden gewesen, nach Washington zu kommen und ihre Rückkehr

nach Lampang wegen einer Unterredung mit Außenminister Morrison zu verschieben.
Sie hatte sich mit Morrison zu Tee und Sandwiches in seinem Büro im Außenministerium getroffen, und er hatte über eine mögliche Vergrößerung des Stützpunkts auf Lampang gesprochen. Sie hatte es abgelehnt, und er hatte zu ihrer Überraschung sehr schnell nachgegeben.
Dann war er plötzlich aufgestanden und hatte gesagt: »Madame Noy, ich habe noch eine Konferenz mit dem ägyptischen Außenminister und muß Sie jetzt leider verlassen. Aber da ist noch jemand, der unbedingt mit Ihnen sprechen muß, und ich würde mich freuen, wenn Sie noch zehn Minuten bleiben könnten.«
»Wenn Sie es wünschen«, sagte Noy.
Sie war verwirrt über Morrisons überstürzten Abgang und darüber, daß man sie allein ließ, und sie fragte sich, wen sie nun als nächstes zu erwarten hatte.
Sie trank ihren Tee und wartete, als plötzlich die Tür aufging und eine ziemlich große, sehr attraktive Frau erschien und auf sie zuging.
Noy kam die Frau irgendwie bekannt vor.
»Madame Noy Sang«, sagte die Frau. »Ich will mich vorstellen. Ich bin Alice Underwood, die Frau von Präsident Underwood. Darf ich mich zu Ihnen setzen?«
»Natürlich«, antwortete Noy verwundert.
Alice setzte sich Noy gegenüber. »Lassen Sie mich Ihnen nachschenken, ich werde mir selbst auch eingießen. Ich möchte gern mit Ihnen über eine Sache reden, die Sie persönlich betrifft.«
Noy saß verwirrt da, sie fragte sich, was das alles sollte, über welche persönliche Angelegenheit Alice Underwood denn sprechen wollte. Sie wußte nun plötzlich, daß alles nur ein Vorwand gewesen war. Morrison hatte nicht wirklich mit ihr reden wollen, er hatte nur eine Ausrede gebraucht, um Noy ins Außenministerium zu locken, damit sie sich dort mit der First Lady traf.
Während sie nun dasaß und den Bewegungen der First Lady beim Teeeinschenken folgte, musterte sie sie. Noy war es jetzt peinlich, daß sie überhaupt nur daran gedacht hatte, Präsident Underwood könnte irgendein besonderes Interesse an ihr haben, wo er doch eine so außergewöhnlich attraktive Frau besaß. Für Noy war Alices Ge-

sicht eine griechische Kamee mit vollkommen symmetrischen Zügen. Alice wirkte selbstsicher und gelassen.

Noy dagegen fühlte sich körperlich minderwertig. Sie fühlte sich klein, zurückgesetzt, und sie besaß nichts, das sie der bleichen Schönheit und der schlanken Gestalt der First Lady hätte entgegensetzen können. Während Noy Alice zusah, fragte sie sich, was diese Begegnung zu bedeuten hatte. Noy hatte nicht die geringste Ahnung.

Aber nun sprach Alice Underwood. »Ich wollte alleine mit Ihnen sprechen«, sagte sie, »weil ich durch Zufall auf Informationen gestoßen bin, die den Mord an Ihrem Gatten betreffen.«

»Sie wissen etwas über Prem, das ich nicht weiß?«

»Es ist etwas, von dem ich glaube, daß ich es Ihnen erzählen sollte, von einer Frau zur anderen.«

Noys Verwirrung wurde immer größer. »Und was könnte das sein?«

»Ich kenne die Wahrheit über den Tod Ihres Gatten und den Grund für seine Ermordung.«

Das kam so unerwartet, daß Noy sie nur überrascht anstarren konnte. »Sie sprechen von dem Mord an Prem? Sie wissen etwas darüber?«

Alice stellte ihre Tasse ab. »Die Wahrheit. Ich weiß zufällig die Wahrheit. Wie – wie es dazu kam.«

»Wenn ich die Wahrheit nicht herausfinden konnte, wie dann Sie, aus über achttausend Meilen Entfernung?«

»In wenigen Minuten werden Sie es verstehen«, erwiderte Alice. »Sie haben ein Recht darauf, zu wissen, warum Sie zur Witwe gemacht wurden. Ich will Sie nicht aufregen, aber ich bin mir sicher, daß Sie keine Geheimnisse wollen.«

»Ich will die Wahrheit, falls Sie sie kennen.«

»Nun gut, dann machen Sie sich darauf gefaßt«, sagte Alice. »Sie haben viel Zeit mit meinem Gatten verbracht, und ich bin sicher, daß er Eindruck auf Sie gemacht hat.«

»Er scheint ein sehr anständiger Mann zu sein.«

Alices Gesicht wurde hart. »Das ist er, aber lassen Sie sich nicht täuschen. Er war höflich und freundlich zu Ihnen, weil er sich Ihnen gegenüber schuldig fühlt und ihn das belastet. Um meinen Gatten wirklich zu kennen, müssen Sie wissen, daß ihm sein Land über alles geht und daß er bereit ist, alles dafür zu tun. Auch wenn das bedeutet, jemanden zu opfern, der ihm im Weg steht.«

Noy war erschüttert. Sie wurde rot. »Wollen Sie damit andeuten, daß ...?«
»Ich sage Ihnen jetzt, Madame Sang, Ihr Gatte war derjenige, der meinem Mann im Weg stand. Präsident Prem war gegen den Luftwaffenstützpunkt, der für uns absolut notwendig ist. Und noch schlimmer, Präsident Prem wollte eine Aussöhnung mit den Kommunisten in Ihrem Land, was Präsident Underwood noch größere Sorgen machte. Als die CIA beschloß, daß Ihr Gatte zum Schweigen gebracht werden sollte und daß dies nur durch eine Liquidierung geschehen könnte, versuchte Matt erst gar nicht, es zu verhindern. Wie Sie wissen, tut die CIA nichts ohne die Zustimmung des Präsidenten. Gleichgültig, auf welche Weise es genau geschah, ob er aktiv zustimmte oder nur wegsah, auf jeden Fall hieß Präsident Underwood den Plan der CIA gut – und Ihr Gatte wurde beseitigt. Er wurde beseitigt, um Ihnen den Weg zu ebnen, weil man Sie für naiv hielt. Und es gehört auch zum Plan, daß Ihr Nachfolger jemand sein wird, der mehr der Politik der Vereinigten Staaten entspricht.«
Noy war erschüttert. »Ich kann es nicht glauben.«
»Sie müssen es glauben, Madame Noy Sang.«
»Woher wissen Sie das?«
»Unser Außenminister erfuhr es von der CIA und sorgte dafür, daß es an mich weitergeleitet wurde.«
»Aber warum wurde ich nach einer solchen Abscheulichkeit überhaupt hierher eingeladen, warum war Ihr Gatte so freundlich zu mir?«
»Das sagte ich Ihnen doch bereits. Schuldgefühle. Matts Verhalten mag vielleicht sehr grob wirken, aber er hat eine große Schwäche. Matt Underwood ist sehr weich. Er tut etwas Unaussprechliches, ist aber nachträglich darüber entsetzt, und es tut ihm leid. Er kann es nicht mehr rückgängig machen, aber es tut ihm leid. Er hat versucht, es an Ihnen wiedergutzumachen.«
Lange saß Noy nur da und schwieg.
Schließlich sprach sie. »Warum haben Sie mir dies alles erzählt?«
Alice antwortete nicht sofort. Sie betrachtete Noy. »Nicht weil ich selbst ein schlechtes Gewissen hätte. Ich habe nichts Böses getan. Es tut mir natürlich leid, was geschehen ist, aber ich kann Ihnen Ihren Gatten nicht zurückgeben. Es gibt noch einen anderen Grund ...«
»Ja?«

»Sie sind eine sehr verführerische junge Frau, attraktiv, herzlich und sympathisch. Sie haben viele Eigenschaften, die ich nicht habe. Zumindest für meinen Gatten.« Sie sah Noy in die Augen. »Matt scheint sich wie ein Kindskopf in Sie verliebt zu haben. Am Anfang war es nur Schuld, aber dann lernte er Sie näher kennen und war fasziniert von Ihnen. Und das macht mir natürlich Sorgen. Matt ist mein Mann, und ich will ihn behalten. Ich will seine Frau und First Lady der Vereinigten Staaten bleiben. Und ich will nicht, daß sich da jemand einmischt. Auch wenn mein Mann im Augenblick von Ihnen beeindruckt ist, Madame Sang, so will ich doch nicht, daß Sie so dumm sind und sich von ihm beeindrucken lassen. Ich will, daß Sie wissen, wie er wirklich sein kann. Er kann herzlos und selbstsüchtig sein, bis hin zum Opfer eines Menschenlebens. Ich wollte, daß Sie das wissen, daß Sie wissen, wie Matt wirklich ist. Ich war mir sicher, daß Sie, sobald Sie die wahren Hintergründe der Ermordung Ihres Mannes kennen würden, Matts Annäherungsversuche nicht länger ermutigten. Ich habe die Absicht, der Beziehung zwischen Ihnen beiden ein Ende zu setzen. Wenn das, was ich Ihnen gesagt habe, dies bewirkt, so schmerzlich es für Sie und für mich ist, dann tut es mir nicht leid. Ich hoffe, daß dies jede Beziehung zwischen Ihnen und meinem Gatten beenden wird, die auf offizieller Ebene natürlich ausgenommen.«
Noy starrte Alice an. »Sie waren sehr offen und freimütig.«
»Es war der einzige Weg, diese Sache zu einem Ende zu bringen.«
Noy stand auf. »Es ist zu Ende«, sagte sie leise. »Führen Sie mich bitte hinaus.«

Als Präsident Underwood sich vom Finanzminister verabschiedete und vom Capitol-Hügel zum Ostflügel des Weißen Hauses fuhr, mußte er überrascht feststellen, daß Hy Hasken vor dem Pressezimmer auf ihn wartete.
»Ich bin zu beschäftigt für ein Interview«, sagte Underwood kurz angebunden.
Doch Hasken gab nicht nach. »Sie sind vielleicht nicht zu beschäftigt, um mir zu sagen, was Madame Noy Sang im Außenministerium zu tun hatte.«
Underwood blieb wie angewurzelt stehen. »Sie ist in Washington? Sie sollte doch bei meiner Tochter in Wellesley sei. Und von Boston aus nach Lampang zurückfliegen.«

»Sie ist hier«, erwiderte Hasken beharrlich. »Im Außenministerium, bis vor kurzem zumindest. Haben Sie die Absicht, sich mit ihr zu treffen?«
»Da ich nicht wußte, daß sie kommen würde, wie konnte ich da die Absicht haben, sie zu treffen? Vielen Dank für die Information, Hasken. Ich muß jetzt wieder an meine Arbeit.«
Aber im Oval Office machte sich der Präsident nicht wieder an seine Arbeit.
Sobald er an seinem Schreibtisch saß, rief er Paul Blake an und befahl ihn zu sich.
Er bot Blake keinen Stuhl an, als der das Zimmer betrat.
»Was habe ich da über Madame Noy Sang gehört?« fragte der Präsident.
»Was haben Sie denn gehört, Matt?«
»Daß sie in der Stadt ist. Stimmt das?«
»Stimmt«, erwiderte Blake. »Außenminister Morrison wollte sie sehen und bat mich, sie in Wellesley ausfindig zu machen. Das tat ich auch. Sie verschob die Rückreise, um sofort hierherzukommen. Ich brachte sie ins Außenministerium.«
»Ein Staatsoberhaupt in Washington, und ich wurde nicht benachrichtigt?« sagte Underwood ungläubig.
»Sie waren doch im Capitol mit all diesen Senatoren beschäftigt. Ich wollte Sie nicht stören.«
»Traf sie sich mit Morrison?«
»Ja, ich holte sie ab und brachte sie selbst dorthin.«
»Was wollte Morrison von ihr?«
»Soweit ich weiß, ging es um weitere Einzelheiten des Luftwaffenstützpunkts in Lampang.«
Underwood runzelte die Stirn. »Das ist doch schon längst erledigt.«
Blake trat unbehaglich von einem Fuß auf den anderen. »Soviel ich weiß, wollte sich auch die First Lady mit ihr treffen und Tee mit ihr trinken.«
»Alice traf Noy?«
»So sagte man mir.«
Underwood zog die Brauen zusammen. »Was war der Anlaß?«
»Wenn ich das nur wüßte, Matt. Ich habe keine Ahnung.«
»Okay, vielen Dank, Paul, Sie können gehen. Ich werde selbst herausfinden, was da vor sich geht.«

Sobald Blake das Oval Office verlassen hatte, trug Underwood seiner Sekretärin auf, Noy Sang in Blair House anzurufen.
Einen Augenblick später hatte er Noy am Apparat.
»Ich habe gehört, daß du hier bist«, sagte Underwood. »Ich war ziemlich überrascht. Wie mir mein Stabschef sagte, hast du dich mit meiner Frau getroffen.«
»Ja.«
Underwood spürte Noys ungewohnte Steifheit. »Ich möchte dich gern kurz sehen. Ich will wissen, was zwischen dir und Alice vorgefallen ist. Hast du jetzt Zeit für mich?«
»Nein. Ich esse gerade und fliege gleich anschließend mit Marsop nach Lampang. Ich bin sehr beschäftigt.«
»Zu beschäftigt, um mich zu sehen?« fragte Underwood und versuchte, verletzt zu klingen. »Ein paar Minuten hast du doch bestimmt Zeit.«
»Nein«, erwiderte Noy tonlos.
Underwood war bestürzt. »Was ist denn los mit dir, Noy? Du klingst so aufgeregt.«
»Ich bin aufgeregt.«
»Warum denn? Stimmt etwas nicht?«
»Es stimmt eine Menge nicht.«
»Willst du mir nicht sagen, was?«
Ein kurzes Schweigen am anderen Ende der Leitung folgte. Dann erwiderte Noy: »Ja, ich glaube, du solltest herkommen. Ich werde dir genau sagen, was nicht stimmt. Ich halte es für besser, wenn du es von mir hörst als von jemand anderem.«

Nachdem Präsident Underwood den Geheimdienstmännern befohlen hatte, draußen zu warten, das Haus zu umstellen oder das zu tun, was sie bei so unerwarteten Besuchen immer taten, wartete er nun darauf, eingelassen zu werden.
Es war Marsop, der ihm die Tür öffnete. Sein Gesichtsausdruck war unergründlich, und er sagte nur: »Kommen Sie herein, Mr. President. Madame Sang wird sofort bei Ihnen sein.«
Underwood betrat das große Wohnzimmer, in dem sich niemand aufhielt, suchte nach einer Sitzgelegenheit und setzte sich schließlich auf die Kante eines Ledersessels.
Kurze Zeit später betrat Noy ohne ein Lächeln und mit düsterem Ge-

sicht das Zimmer. Underwood sprang auf und wollte sie auf die gewohnte Art mit einem Kuß auf die Wange begrüßen. Aber sie ließ es nicht zu. Sie gab ihm nicht einmal die Hand, sondern ging an ihm vorbei zu einem Sessel in einiger Entfernung von dem seinen.

»Wie ich sehe, stimmt etwas nicht«, sagte Underwood und setzte sich wieder. »Noy, glaub mir, ich habe keine Ahnung, was passiert ist und inwiefern es uns betrifft.«

»Ich werde es dir sagen«, erwiderte sie. »Es betrifft die Ermordung meines Gatten. Ich habe nun endlich erfahren, wer für Prems Tod verantwortlich ist.«

Das kam so unerwartet, daß Underwood gerade noch herausbrachte: »Wer?«

Noy, sonst ein Mensch mit viel natürlicher Wärme, war nun wie ein Eiszapfen. »Du gibst also vor, es nicht zu wissen?«

»Ich weiß es nicht. Ich weiß überhaupt nicht, wovon du sprichst.« Er suchte in Noys Gesicht nach einem Hinweis, aber ihre Miene verriet nichts. Underwood drängte sie. »Wer war verantwortlich für Prems Tod?«

»Du!« platzte Noy heraus. »Sie, Mr. President, waren verantwortlich für die Ermordung meines Gatten.«

Underwood war sich sicher, daß er sie nicht richtig verstanden hatte. »Was – was sagst du da?«

Noy wiederholte ihren Vorwurf. »Sie, Mr. President, waren verantwortlich für den entsetzlichen Tod meines Gatten.«

Underwood war entsetzt. »Das hast du jetzt zweimal gesagt. Aber ich habe noch nie etwas Verrückteres gehört.«

»Es stimmt aber.«

»Das ist doch vollkommen verrückt. Noy, weißt du überhaupt, was du da sagst?«

Sie setzte sich aufrecht. »Ich weiß genau, was ich sage, Matt. Ich weiß aus verläßlicher Quelle, daß du über die CIA die Beseitigung meines Mannes betrieben hast – weil er den Kommunisten gegenüber zu versöhnlich war. Du gabst seinen Feinden die Erlaubnis, ihn zu töten.«

Underwood war aufgesprungen. »Noy, ich weiß nicht, wer dir diesen Unsinn in den Kopf gesetzt hat. Von wem hast du denn diese wüste Geschichte?«

Noy zuckte nicht einmal mit der Wimper. »Von deiner Frau. Ich habe

sie heute kennengelernt. Und sie sagte es mir ins Gesicht. Hältst du deine Frau für eine Lügnerin?«
»Sie ist keine Lügnerin. Aber mit diesem Vorwurf schon. Was sie dir da erzählte, ist absoluter Wahnsinn.«
»Wirklich?« fragte Noy. »Aber sie wußte es aus erster Hand von deinem Außenminister. Sie war sehr erregt deswegen, und sie wollte es mir nicht vorenthalten. Und sie wollte mich auch davor warnen, mich in Zukunft mit dir abzugeben. Sie sagte, dir könne man nicht trauen, weil du deine Stellung, dein Land, über das menschliche Leben stellst.«
»Noy, ich weiß nicht, wovon sie redet. Das mit Prems Tod stimmt nicht. Kein Wort davon ist wahr. Sie ist verrückt, dir so etwas zu sagen, und du bist verrückt, wenn du ihr auch nur einen Augenblick lang glaubst.« Hilflos fügte er dann hinzu: »Warum sollte sie dir nur eine solche Lüge erzählen?«
»Sie sagte mir das sehr unverblümt«, antwortete Noy. »Sie hat das Gefühl, daß wir uns zu nahe kommen, daß du dich zu sehr für mich interessierst. Sie wollte mich wissen lassen, was für ein grausamer und selbstsüchtiger Mensch du wirklich bist.«
»Aber du kennst mich doch besser«, protestierte Underwood.
Noy schüttelte den Kopf. »Nein, das tue ich nicht. Ganz im Innersten kenne ich dich nicht. Ich wüßte nicht, warum deine First Lady mir all das erzählt hätte, wenn es nicht wahr wäre. Matt, ich glaube ihr. Ich will ganz ehrlich sein: Ich glaube auch, daß du sehr wahrscheinlich lügst, weil dich das erschüttert hat. Wenn du nicht lügst, dann ignorierst du die Tatsache, daß du, als Präsident der Vereinigten Staaten, die Verantwortung hattest, weil die CIA dich über alle ihre Pläne informiert. Aus Nachlässigkeit ist dir der Plan zu dieser Ermordung vielleicht entgangen, du hast sie geschehen lassen, weil du unaufmerksam warst, und das ist nicht weniger entsetzlich. Wegen dir ist mein Mann jetzt tot und begraben.«
Underwood ging auf sie zu. »Noy, sei fair . . .«
»Wie kann ich denn fair sein?«
»Gib mir Gelegenheit, die Sache zu klären. Ich werde mit Alice sprechen. Ich werde mit Alan Ramage sprechen. Ich werde beweisen, daß man dir nur einen Haufen Lügen erzählt hat. Meine Frau ist sehr eifersüchtig, und sie mag mich auch nicht besonders. Danach werde ich dir beweisen können – nicht nur behaupten, sondern beweisen –,

daß man dich irregeführt hat. Ich bin nicht schuld an Prems Tod, und, soweit ich weiß, auch keiner von meinen Untergebenen.«
Noy stand auf, starrte ihn böse an und ging dann an ihm vorbei zur Tür. »Matt, du brauchst dir nicht die Mühe machen, mir irgend etwas beweisen zu wollen.« Sie legte die Hand auf die Klinke. »Ich glaube, daß du schuld bist an der entsetzlichsten Tragödie in meinem Leben, und – und ich will dich nie wiedersehen.«
Mit diesen Worten öffnete sie die Tür und verschwand.

9

Auf dem Rückweg zum Weißen Haus wirbelten Matt Underwoods Gedanken durcheinander.
Im Oval Office war sein erster Impuls, Alice zu suchen und sie zur Rede zu stellen, woher sie diese Falschinformation bekommen und warum sie sie an Noy weitergegeben habe. Dann dachte er daran, Blake und Morrison zu sich zu rufen, um mehr über diese ganze schmutzige Angelegenheit zu erfahren.
Er saß an seinem Schreibtisch und dachte darüber nach, was er verloren hatte. Er hatte Noy nicht davon überzeugen können, daß er am Tod ihres Gatten unschuldig war, und er wurde traurig, weil sie wahrscheinlich nie mehr mit ihm reden würde.
Warum all diese Gefühle um Noy? Underwood dachte an Dianne und wie sicher sie gewesen war, daß er in Noy verliebt sei. Das konnte einfach nicht sein, sagte er sich immer wieder. Er war ein vernünftiger, verheirateter Mann. Er war der Präsident der Vereinigten Staaten und hatte Hunderte anderer Probleme, um die er sich kümmern mußte.
Aber nun überwog der Verlust Noys alles.
Er konnte nur noch eins tun. Er mußte dieser Lüge über seine Verwicklung in Prems Tod auf den Grund gehen. Er mußte die Wahrheit ans Licht holen, und sobald er sie hatte, würde er Noy beweisen können, daß er mit Prems Ermordung nichts zu tun hatte.
Daß Alice ihm die Verantwortung anhängen wollte, um Noy von ihm abzubringen, war nicht die ganze Geschichte.
Was noch fehlte, war die Frage, wie Alice überhaupt zu diesen Anschuldigungen gekommen war.
Er mußte bei Alice beginnen und sich bis zur Quelle dieser hinterhältigen Lüge vorarbeiten.
Er sah auf die Uhr. Es war schon beinahe Mitternacht, und Alice schlief vielleicht schon. Aber er wollte trotzdem zu ihr gehen und bei ihr beginnen.
Er schob die Papiere auf dem Schreibtisch beiseite, stand auf und ging nach draußen, wo sich sofort ein Geheimdienstmann an seine

Fersen heftete. Wieder ging er durch den Säulengang zum Weißen Haus, winkte den Leibwächter weg und betrat den kleinen Aufzug. Er wußte, daß Alice im Queen's Bedroom sein würde.
Leise trat er ein und sah sie ausgestreckt im Himmelbett liegen.
Er ging hin, um nachzusehen, ob sie noch wach sei. Dann setzte er sich auf die Bettkante und beugte sich über sie.
Sie bewegte sich. Ihre Augen waren geschlossen, aber sie öffnete sie kurz und sagte schläfrig: »Hallo, Casanova.«
Es war die Art dummer Bemerkung, die sie immer machte, wenn sie ihre Schlaftablette genommen hatte und kurz vor dem Einschlafen war, aber er beschloß, seine Wut zu beherrschen und mit ihr zu reden, bevor sie ganz eingeschlafen und unerreichbar war.
»Alice, ich bin wieder da. Verstehst du mich?«
»Ein wenig.«
»Ich weiß, daß du dich heute mit Madame Noy getroffen hast.«
»Mit wem?«
»Madame Noy«, wiederholte er.
Alice wurde nun etwas wacher, war aber immer noch verwirrt und unschlüssig.
»Ja«, sagte sie schließlich. »Ich habe sie getroffen. Sie kam zu mir. Wir tranken Tee.«
»Warum wolltest du sie sehen?« fragte Underwood beharrlich.
»Deine Freundin . . . ich wollte sie kennenlernen.« Sie hielt inne, kämpfte mit dem Schlaf. »Sie – sie ist wirklich sehr hübsch. Ich kann's dir gar nicht übelnehmen.«
Er mußte seine Ungeduld zügeln. »Es gibt nichts, das du mir übelnehmen könntest.«
»Ach nein?«
»Nichts«, sagte er bestimmt. »Aber es gibt etwas, das ich dir übelnehme.«
»Was?«
»Alice, verstehst du mich überhaupt?«
»Schrei nicht so.«
»Alice, warum hast du Madame Noy eine so lächerliche Geschichte erzählt? Du weißt, daß ich nicht verantwortlich bin für den Tod ihres Gatten. Du weißt, daß das nicht stimmt.«
Ein langes Schweigen folgte. Alice bewegte sich unter der Decke. »Ich habe es gehört«, sagte sie.

»Du hast gehört, daß ich Prem Sang getötet habe?«
»Nicht, daß du ihn getötet hast. Du bist zu – viel zu – feige, um jemanden zu erschießen. Ich sagte, du wärst verantwortlich für das Atten . . . du weißt schon.«
Er kämpfte mit ihrer Schlaftablette. »Wo hast du denn diesen Unsinn gehört?«
»Hab's eben gehört«, flüsterte sie.
»Von wem?«
»Kann ich nicht sagen. Staatsgeheimnis. Bitte geh und laß mich schlafen.«
Underwood packte sie bei der Schulter und schüttelte sie. »Ich muß die Wahrheit wissen! Wer hat dieses blödsinnige Gerücht in die Welt gesetzt? Du mußt es mir sagen. Ich werde dich nicht schlafen lassen, bevor du es mir nicht gesagt hast.«
Wieder gab es eine lange Pause. »Blake«, murmelte sie.
»Von Blake? Der ist doch nur Stabschef. Der weiß nichts, was ich nicht auch weiß. Woher hatte er die Information?«
»Außenmini . . .« Sie seufzte. »Morrison. Ezra. Er erzählte es Blake.«
»Wer war Morrisons Quelle?«
»Weiß nicht. Bitte laß mich in Ruhe.«
Er schüttelte sie noch einmal leicht. »Alice . . .«
»Was?«
»Es ist eine Lüge, und du weißt das. Ich weiß nichts, rein überhaupt nichts über Prem Sangs Tod. Warum hast du Noy das gesagt? Es war entsetzlich, es ihr zu sagen – und schlimmer noch, daß ich daran schuld war.«
Sie war nur noch halb wach. »Vielleicht . . . deine Schuld.«
»Ich war nicht daran schuld«, sagte er laut. »Ich hatte nichts damit zu tun, aber du glaubst das erste, was du hörst, und erzählst es gleich weiter. Warum, Alice, um Himmels willen?«
Nur ein winziger Teil ihres Bewußtseins war noch wach, und sie versuchte, sich daran zu klammern. Ihre Stimme klang undeutlich: »Ich – ich wollte, daß diese Sarongfrau aufhört, sich an dich heranzumachen. Sie macht nur Schwierigkeiten. Sie ist eine Witwe und will mich auch zur Witwe machen, indem sie dich mir wegnimmt. Das laß ich nicht zu, vor allem, weil sie wegen dir Witwe ist. Du hast es ihr angetan, nicht ich. Frag Morrison. Jetzt geh und laß mich – laß mich in Frieden.«

Es war noch früh am Morgen im Oval Office, doch Underwood, geduscht, rasiert und gut gekleidet, war bereit zum Kampf, als Ezra Morrison auf seine strenge Aufforderung hin das Zimmer betrat.
Underwood wartete, bis sein Außenminister sich gesetzt hatte.
Doch dann kam er sofort zur Sache. »Ezra, Sie haben mich in Teufels Küche gebracht. Ich sollte Sie entlassen.«
Morrison spielte den Unschuldigen. »Mein Gott, Chef, was für harte Worte zu dieser frühen Stunde. Vor allem, da ich nicht die leiseste Ahnung habe, wovon Sie überhaupt reden.«
Underwood sah ihn wütend an. »Sie haben mich bei Madame Noy Sang in verdammte Schwierigkeiten gebracht. Sie haben mich bei der First Lady in Schwierigkeiten gebracht. Sie haben mir einen Mord vorgeworfen. Warum, zum Teufel, haben Sie das getan?«
Morrison ließ sich erleichtert in den Sessel sinken. »Ach das«, sagte er. »Das hatte ich schon fast vergessen.« Er setzte sich wieder auf. »Das ist einfach, und ich kann es Ihnen ganz offen sagen. Soweit ich weiß, wollte Alice, aus Gründen, die ich nicht kenne, ganz genau wissen, wie Noy zur Witwe geworden war. Sie bat Blake, es herauszufinden. Blake kam zu mir und sagte, die First Lady beharre sehr nachdrücklich darauf. Er wollte für Alice die Wahrheit über Prems Tod erfahren. Blake war so neugierig auf die ganze Geschichte, daß ich mich mit der diskretesten Person, die ich bei der CIA kenne, in Verbindung setzte. Ich sprach mit jemandem und fand heraus, was ich herausfinden konnte.«
»Mit jemandem?« fragte Underwood.
»Das ist geheim, Matt. Einige Dinge sind geheim. Aber es ist nicht wichtig, wer dieser Jemand war. Jemand, der vermutlich wußte, wer hinter dem Mord steckte. Ich erfuhr, daß es ein Komplott der CIA gewesen war. Ich behaupte nicht, daß es einer von denen persönlich getan hat. Es war nur etwas, das sie sich zum Ziel gesetzt hatten. Etwas, das Amerika nützen würde. Und verdammt, Sie bekommen doch täglich die NID- und FTPO-Berichte der CIA. Ich war mir sicher, daß Sie davon wußten.«
Underwood mußte seine Entrüstung beherrschen. »Nun, aber ich wußte nichts davon. Prem liquidieren. Nein, das stand in keinem Bericht, den ich gelesen habe.«
»Vielleicht spielte die CIA nur eine untergeordnete Rolle, und es war nicht wichtig genug, um Sie damit zu belasten.«

»Blödsinn, Ezra. Ein Mord oder auch nur eine Andeutung in diese Richtung soll zu unwichtig sein, um den Präsidenten der Vereinigten Staaten damit zu belasten? Ich erfuhr nie etwas von diesem Plan. Die CIA ließ kein Wort darüber verlauten. Wollen Sie mir sagen, daß sie mich bewußt übergingen und auf eigene Faust handelten? Daß sie mir die Verantwortung für etwas in die Schuhe schoben, für das ich gar nicht verantwortlich war? Gottverdammtes Drecksspiel! Ezra, ich werde die Wahrheit herausfinden, und zwar schnell. Ich werde mir jetzt sofort Ramage vorknöpfen, und ich werde die Wahrheit aus dem Direktor der CIA schon herausbekommen.«

»Viel Glück«, sagte Morrison und stand auf. »Aber Sie wissen, daß Ramage da draußen seinen eigenen Laden führt.«

Underwood stand auf. »Vielleicht, aber ich bin der Hausherr, vergessen Sie das nicht.«

Nachdem Morrison gegangen war, saß Underwood eine Weile an seinem Schreibtisch, nahm keine Anrufe entgegen und versuchte zu entscheiden, wie er Ramage am besten anpacken sollte.

Aber er erkannte bald, daß er nur eine Möglichkeit hatte. Er konnte den Direktor der CIA nur direkt und offen angehen. Aber nicht in einem Telefongespräch. Es mußte von Mann zu Mann geschehen.

Schließlich ließ sich Underwood mit Langley verbinden.

Als er den Direktor am Apparat hatte, sagte er: »Hier spricht Matt Underwood.«

»Ihre Sekretärin sagte es bereits. Wie geht es Ihnen, Mr. President? Was verschafft mir das Vergnügen?«

»Alan, ich will hier im Weißen Haus mit Ihnen reden.«

»Klingt dringend.«

»Es ist dringend, Alan. Ich will, daß Sie sofort Ihren Arsch herüberbewegen.«

»Geben Sie mir zwanzig Minuten«, erwiderte Ramage.

Für Underwood, der nun wieder Anrufe entgegennahm, vergingen die zwanzig Minuten sehr schnell.

Schließlich wurde Ramages Eintreffen angekündigt, und er betrat das Oval Office.

»Guten Morgen, Mr. President.«

Underwood wies, ohne zu lächeln, auf einen Stuhl vor dem Schreibtisch. »Setzen Sie sich, Alan.«

Etwas verunsichert von der kühlen Haltung des Präsidenten, setzte sich Ramage und wartete.
»Es geht um Lampang«, begann Underwood.
»Lampang«, wiederholte Ramage. »Ich dachte, da sei alles unter Kontrolle.«
»Nicht ganz, nicht ganz«, sagte Underwood. Er stützte sich auf die Ellbogen und fixierte den CIA-Direktor. »Da gibt es noch eine unabgeschlossene Sache, über die ich gern reden wollte.«
»Klar, was immer es ist.«
»Es betrifft die Ermordung von Präsident Prem Sang.«
Ramage lehnte sich zurück. »Was wollen Sie darüber wissen?«
»Wer war es?« fragte Underwood barsch.
»Wer es war?« wiederholte Ramage. »Die Kommunisten natürlich. General Nakorn kam in seinen Ermittlungen zu diesem Ergebnis.«
»General Nakorn ist ein Lügner.«
»Ist er das?« Ramage schien überrascht.
»Ich weiß, wer es war. Wir waren es.«
»Wir? Sie meinen, die Vereinigten Staaten? Das ist doch wohl nicht Ihr Ernst?«
»Die CIA«, sagte Underwood. »Ich nehme an, die ist immer noch ein Teil der Vereinigten Staaten.«
»Die CIA. Da sind Sie auf der falschen Spur, Mr. President. Wir sind nicht im Mordgeschäft, das wissen Sie ganz genau.«
»Aber in Lampang haben Sie eine schmutzige Sache laufen«, sagte Underwood. »Und Sie werden dieses Zimmer nicht verlassen, bevor ich nicht alles darüber weiß.«
»Dann sollten Sie aber präzisieren, was Sie eigentlich hören wollen.«
»Ich weiß einiges darüber, Alan, also kein Wenn und Aber mehr. Die Karten auf den Tisch. Ich habe erfahren, daß wir bei der Liquidierung von Präsident Prem Sang die Hand im Spiel hatten. Nun will ich wissen, ob das wahr, halbwahr oder unwahr ist. Aber jetzt keine Ausreden mehr. Sie sprechen mit Ihrem Präsidenten. Ich höre.«
Alan Ramage versuchte gar nicht, sein Unbehagen zu verbergen. Er vermied es, den Präsidenten anzusehen, sein Blick huschte zwischen den beiden Fahnen hinter dem Tisch hin und her.
Er überlegte sich sehr genau, was er sagte. »Natürlich ist die CIA in gewisser Weise verwickelt«, sagte er. »Was Sie gehört haben, mag zum Teil wahr sein, aber es ist nicht vollkommen wahr. Ich werde

Ihnen die wirklichen Umstände beschreiben, soweit ich sie kenne.« Er holte eine Packung Zigaretten aus der Tasche und hob sie hoch. »Haben Sie etwas dagegen?«

Der Präsident hatte nichts dagegen.

Ramage zog eine heraus und zündete sie an. »Also gut«, sagte er, und dann wieder: »Also gut. Wir wußten, daß wir auf Lampang einige Feinde hatten. Wir wußten, daß wir von Prem den Luftwaffenstützpunkt nicht bekommen würden, und wichtiger noch, daß er die kommunistischen Aufständischen nicht ausradieren würde. Wir wußten, falls man Prem irgendwie aus dem Amt schaffen . . .«

»Was soll das heißen?« unterbrach ihn Underwood. »Was soll das ›aus dem Amt schaffen‹ heißen?«

»Nicht töten, falls Sie daran denken. Nein, eher zum Rücktritt zwingen. Vielleicht eine Schwächung seiner Position, die ihn zum Rücktritt veranlassen würde. Seine Frau Noy würde seine Nachfolgerin werden, und die wäre schwächer, mit der könnte man leichter umspringen. Bei den folgenden Wahlen würde sie gegen General Nakorn, einen treuen Freund unseres Landes, antreten. Er würde problemlos gewinnen, und wir würden von ihm bekommen, was wir wollten. Deshalb wandte ich mich an unseren Standortkommandanten in Visaka – Percy Siebert, ich glaube, den kennen Sie bereits . . . «

»Ja, ich kenne ihn.«

» . . . und sagte ihm, nach unzähligen Gesprächen mit Morrison hätte ich keine andere Wahl, als ihm zu sagen, daß wir unzufrieden seien mit dem Präsidenten von Lampang und lieber seine Frau als Präsidentin sehen würden.«

»Aber es gab keinen Befehl zur Ermordung Prems?«

»Natürlich nicht. Ich sagte Siebert, wir müßten Mittel und Wege finden, um Prem Sang auf eine akzeptable Art loszuwerden. Ich trug ihm auf, sich umzuhören, ob er etwas über Prem in Erfahrung bringen könne, das ihn zur Aufgabe zwingen würde.«

»Warum wurde ich darüber in den Tagesberichten nicht informiert?«

Ramage rutschte unbehaglich im Stuhl hin und her. »Es war eine verdeckte Operation im Vorbereitungsstadium. Ich verwickle Sie nicht gerne in verdeckte Operationen, bevor nicht ganz klar ist, was die CIA tun wird. Ich hielt es für besser, Sie erst davon zu informieren, nachdem wir eine konkrete Richtung hatten, wußten, daß es funktionieren und daß Nakorn bald am Ruder sein würde.«

»Was geschah dann?« fragte Underwood.
»Ich weiß, daß Siebert zu General Nakorn ging und ihn um Mitarbeit bei der Operation bat.«
»Und Nakorn wählte den kürzesten Weg – die Ermordung.«
Ramage hob die Hand. »Nun mal langsam, Mr. President, das wissen wir nicht sicher.«
»Wir wissen, daß der Mord passierte. Das ist eine Tatsache. Wer anders als Nakorn hätte ihn denn befehlen sollen?«
Ramage war sich nicht ganz so sicher. »Einer der Männer unter seinem Befehl. Vielleicht hatte er nur vorgeschlagen, Prem auszuforschen, aber einer der Männer nahm die Sache selbst in die Hand und ließ Prem ermorden. Nakorn hätte die Information ebensogut den Kommunisten zuspielen können, und die erledigten die Sache.«
»Die hätten Prem doch nicht angerührt. Sie sagten doch selbst, er sei auf ihrer Seite gewesen.«
»Nicht ganz. Er war bereit, mit ihnen zu reden, wollte aber nicht unbedingt auf alle ihre Forderungen eingehen. Vielleicht wollten sie den Weg für einen leichteren, weicheren Gegner ebnen, für Noy Sang.«
»Das bezweifle ich. Das bezweifle ich sogar sehr. Ich glaube nicht, daß die Kommunisten verantwortlich waren.«
»Dann weiß ich auch nicht, wer«, sagte Ramage. »Ich weiß nicht, wer verantwortlich war, und ich bin mir auch nicht sicher, ob Siebert es weiß. Bei dem Mord stehen wir vor einer unüberwindlichen Mauer.«
Underwood dachte darüber nach. »Nicht ganz. Es war eine Entscheidung der CIA, und ich bin verantwortlich für alle CIA-Entscheidungen.« Er sah Ramage finster an. »Es geschah in meinem Namen. Ich wurde nur nie darüber informiert. Hätte ich gewußt, was Sie vorhatten, hätte ich Sie davon abgehalten. Ich hätte vorausgesehen, daß die Sache Ihrer Bande aus den Händen gleiten und zu Mord führen würde. Es geschah hinter meinem Rücken.«
»Verzeihen Sie mir«, sagte Ramage. »Ich weiß nicht, wie ich Ihnen das sagen soll . . .« Er stand unsicher auf und ging vor dem Schreibtisch hin und her. Dann blieb er stehen und sah Underwood fest an. »Mr. President, ich will ganz offen mit Ihnen sein. Ich bin mir nicht sicher, ob es Ihnen gefallen wird . . .«
»Schießen Sie los«, sagte Underwood.

»Ich glaube, es hat damit zu tun, wie Sie Ihr Amt führen. Sie haben Staats- und Verteidigungsangelegenheiten an andere delegiert, an die National Security Agency und an Leute darunter. Ich wußte dies. Aus diesem Grund wollte ich Ihnen in diesem vorläufigen Stadium nicht davon berichten. Denn ich hatte allen Grund zu der Annahme, daß Sie die Sache an jemanden mit weniger Kompetenz als die CIA delegieren würden.«
Er ging zu seinem Stuhl und hielt sich an der Lehne fest. »Aber jetzt, Mr. President, ist es zu spät, um noch etwas zu ändern. Es ist bereits Geschichte. Man kann einfach nichts mehr dagegen tun.«
Der Präsident stand auf. »Da täuschen Sie sich, Alan. Man kann doch noch etwas tun, und ich werde es tun. Und dies werde ich nicht delegieren. Guten Tag, Alan. Das Gespräch ist beendet.«

Als Matt Underwood dann wieder allein an seinem Schreibtisch saß und an einem Hamburger kaute, den der Kellner ihm als Mittagessen gebracht hatte, überlegte er, wie er wohl am besten aus dem Schlamassel mit Noy Sang herauskommen könnte.
Es gab nur einen Weg, das erkannte er, und den mußte er gehen.
Als sein Stabschef eine Stunde später in sein Büro zurückkehrte, rief er ihn zu sich.
Mit fragendem Gesichtsausdruck trat Paul Blake ein, und Underwood wies ihn zu demselben Stuhl, auf dem Ramage an diesem Morgen gesessen hatte.
Sobald Blake Platz genommen hatte, nahm Underwood drei Blätter vom Tisch und ließ schweigend seinen Zeigefinger über die Zeilen gleiten. Schließlich sah er auf. »Ihr vorläufiger Terminplan für die nächsten vier Wochen . . .« sagte Underwood.
»Ich hoffe, Sie sind zufrieden damit, Matt.«
»Ja. Keine Probleme.« Auf dem zweiten Blatt fand er dann, was er gesucht hatte. »Bis auf eine Änderung.«
»Ja?«
»Die Einladung nach China. Hier steht, ich sei zu Jubiläumsfeierlichkeiten und zu einem Treffen mit den Führern der Volksrepublik China eingeladen.« Er sah hoch. »Trifft das noch zu?«
»Ja und nein«, antwortete Blake. »Die Einladung gilt natürlich noch. Aber als wir das erste Mal darüber sprachen – nun, da lehnten Sie ab. Sie meinten, es sei eine zu weite Reise, nur um sich ein paar

Tänze anzusehen und sich ohne triftigen Grund mit den chinesischen Führern zu treffen. Sie schlugen vor, den Vizepräsidenten zu schicken. Ich habe das noch nicht geändert, weil ich glaubte, Sie sollten die Zeit haben, um es sich noch einmal zu überlegen,«
Underwood nickte. »Das ist auch gut so, Paul. Ich brauchte wirklich die Zeit, um darüber nachzudenken, und das habe ich auch getan.«
»Nun, Sir, und was denken Sie jetzt?«
»Ich habe es mir anders überlegt.«
Blake setzte sich auf. »Sie fliegen nach China?«
»Auf jeden Fall. Der Vizepräsident hat nicht genug Einfluß für ein Treffen wie dieses. Und was die Festlichkeiten betrifft, da will ich unsere chinesischen Freunde nicht beleidigen. Wir müssen das gute Einvernehmen aufrechterhalten.«
»Gut. Ich bin froh, daß Sie dieser Meinung sind, Matt.«
»Planen Sie für mich zwei Tage in Peking ein.«
»Ich werde es so einrichten.«
»Noch was, Paul. Etwas, das für mich persönlich ebenso wichtig ist.«
An Blakes Gesichtsausdruck merkte er, daß sein Stabschef bereits voraussah, was er jetzt sagen wollte. »Ich will vorzeitig nach Peking aufbrechen. Unterwegs will ich zwei Tage in Lampang Station machen, um das Mißverständnis mit Madame Noy Sang aus der Welt zu schaffen.«
Blake hatte genau das erwartet, aber er ließ es sich nicht anmerken.
»Ich will, daß Sie Madame Noy Sang mitteilen, daß ich extra wegen einer privaten Unterredung mit ihr nach Visaka kommen werde. Können Sie das für mich arrangieren?«
»Sofort.«
»Aber vor dem Treffen mit Noy Sang müssen Sie mir Zeit einräumen für eine weitere, ebenfalls private Unterredung mit Percy Siebert, unserem CIA-Mann an der Botschaft in Visaka. Ich will, daß er sich nach meiner Ankunft unverzüglich in meiner Suite im Oriental Hotel meldet. Und sagen Sie ihm, daß er mich danach zu einem Termin begleiten muß.«
»Ich werde dafür sorgen, daß Direktor Ramage Siebert sofort informiert.«
»Danke, Paul. Also machen Sie sich an die Arbeit.«
Nachdem Blake gegangen war, stand Matt Underwood auf und streckte sich. Er fühlte sich besser, obwohl er wußte, daß noch ein

steiniger Weg vor ihm lag. Siebert würde es ihm nicht einfach machen und Noy vielleicht noch schwerer.
Aber es mußte getan werden.
Schadensbereinigung konnte man es nennen.
Schaden, den die First Lady angerichtet hatte.
Oder die CIA.

Eine Woche später war Präsident Underwood in der Air Force One auf dem Weg in die Volksrepublik China, mit einem Zwischenstopp auf der Insel Lampang.
Nach seiner Landung in Visaka wurde Underwood, in Begleitung von Marsop, zur Präsidentensuite im Oriental-Hotel gefahren. Noy Sang hatte Marsop als offizielles Begrüßungskomitee zum Flugplatz geschickt. Marsop erzählte ihm nichts von Noy Sang, außer daß sie ihn auf seine Bitte hin zu einer Unterredung in ihrem Büro im Chamadin-Palast erwarte.
Ohne mehr aus Marsop herausgebracht zu haben, verabschiedete Underwood sich von ihm vor dem Oriental Hotel und betrat es, umgeben von seinen Leibwächtern, für eine noch schwierigere Unterredung – die mit dem CIA-Kommandanten in Lampang, Percy Siebert.
Das Treffen mit Siebert war so schwierig, wie Underwood erwartet hatte. Er mußte die ganze Macht seines Amtes aufbieten, um den Widerstand des CIA-Mannes zu überwinden und ihn zur Zusammenarbeit zu bringen. Doch am Ende gewann Underwood die anstrengende Konfrontation, und nach eineinhalb Stunden der Überredung – eigentlich des Befehlens –, konnte er Siebert zwingen, ihn zu dem Treffen mit Noy in den Chamadin-Palast zu begleiten.
Underwood und Siebert warteten bereits in Noys Büro, als sie eintrat.
Sie nickte Siebert zu und begrüßte Underwood kühl. »Ich bin überrascht, Sie hier so bald wiederzusehen«, sagte sie zu Underwood. »Bitte setzen Sie sich.«
Nachdem Underwood und Siebert Platz genommen hatten, ging Noy um den Tisch herum zu ihrem Stuhl.
»Warum sind Sie hier?« fragte sie Underwood unverblümt.
»Sie warfen mir vor, verantwortlich zu sein für den Tod Ihres Gatten«, sagte Underwood. »Ich sagte Ihnen, ich würde diesem Vorwurf auf den Grund gehen.«

»Ich glaube wirklich nicht, daß es darüber noch etwas zu sagen gibt«, erwiderte Noy.
»Es gibt noch viel zu sagen«, beharrte Underwood. »Vor allem, da Sie nicht alle Fakten kennen. Wollen Sie mir bitte zuhören?«
»Natürlich«, antwortete Noy gelangweilt. »Wenn Sie noch etwas hinzuzufügen haben.«
»Ich versprach Ihnen, ich würde die Wahrheit über die Ermordung Ihres Gatten aufdecken. Man hat mir ungerechtfertigterweise die Schuld dafür gegeben. Ich versuchte, Ihnen zu sagen, daß ich nicht gern Blut an den Händen habe, wenn es dort nicht hingehört. Nun will ich die Sache klären. Percy Siebert ist ein Mitglied unserer Botschaft und, wie Sie zweifellos wissen, CIA-Chef in Lampang.«
Noy bewegte den Kopf. »Das weiß ich, Mr. President.«
»Nun, Mr. Siebert hier war in gewisser Weise in die Ermordung Ihres Gatten verwickelt, und nachdem ich dies erfahren hatte, kam ich hierher, um mit ihm darüber zu sprechen, und zwinge ihn nun gegen seinen Willen, Ihnen zu berichten, was wirklich passiert ist.«
Noy wandte sich dem CIA-Agenten zu. »Ja, Mr. Siebert?«
»Sie werden verstehen, Madame Sang, daß ich in dieser unglücklichen Affäre keine Hauptrolle spielte«, begann Siebert. »Ich spielte überhaupt nur eine Rolle, weil ich in Lampang war. Aber die Befehle kamen von Alan Ramage, dem CIA-Direktor. Er teilte mir mit, daß Präsident Prem Sang die amerikanische Politik in Südostasien behindere. Ich erhielt den Befehl, ihn zu einem engeren Verbündeten der Vereinigten Staaten zu machen . . .«
»Er war ein Verbündeter«, platzte Noy dazwischen.
»Nicht ganz, Madame. Die Vereinigten Staaten und Lampang hatten verschiedene Ziele«, erwiderte Siebert.
»Und Mord war das Mittel, um Ihre Ziele zu erreichen?« fragte Noy.
»In meinen Instruktionen kam dieses Wort nie vor. Ich hatte den Auftrag, gewaltfreie Mittel und Wege zu finden. Einen Skandal vielleicht. Sie müssen wissen, daß Präsident Underwood rein überhaupt nichts von dem Unternehmen wußte. Er hatte keine Ahnung von meinen Befehlen. Sie waren ihm nicht vorgelegt worden. Nicht einmal in den FTPO-Berichten, die nur für den Präsidenten bestimmt sind. Man ging davon aus, daß er Einwände erheben würde. Direktor Ramage bestand auf Geheimhaltung, und ich folgte nur seinen Befehlen.«

Noy sah nun wieder Underwood an, und zum erstenmal seit ihrer Trennung in Blair House wirkte ihr Gesicht wieder weich und freundlich.

»Das ist – es ist gut, das zu hören, Matt.«

Underwood erwiderte nichts, sondern wies nur auf Siebert. »Fahren Sie fort, Percy.«

»Ich überlegte, an wen ich mich wenden konnte, und entschloß mich schließlich für General Nakorn. Ich traf mich mit ihm. Ich erzählte ihm von den Wünschen meiner Regierung. Aber ich sagte ihm nicht, daß er Präsident Prem verletzen oder gar töten solle, sondern nur, daß er Mittel und Wege finden solle, ihn zum Schweigen zu bringen oder so bald wie möglich aus dem Amt zu vertreiben. Möglicherweise deutete ich sogar an, er solle nachforschen, ob Präsident Prem in einen Regierungsskandal verwickelt sei. General Nakorn versprach, sich darum zu kümmern. Er werde, sagte er, Leute seines Armeegeheimdienstes auf Präsident Prem ansetzen. Er werde sich darum kümmern, daß Prems Widerstand gegen die amerikanische Politik aus dem Weg geräumt werde.« Siebert holte Atem. »Ich hörte dann nichts mehr von ihm, bis einige Wochen später zwei Männer in dieses Büro eindrangen und Ihren Gatten erschossen. Es war weder unsere Absicht noch unser Wunsch. Der Präsident hatte keine Ahnung von den Vorgängen. Er war nicht informiert. Er wußte es einfach nicht.«

Noy sah Underwood lange an. »Es tut mir leid, Matt, daß ich Sie beschuldigt habe. Ich möchte mich entschuldigen.«

»Mehr wollte ich gar nicht«, erwiderte Underwood. »Nur daß Sie von meiner Unschuld überzeugt sind.«

»Das bin ich jetzt«, sagte Noy.

Siebert kam zum Schluß. »Die Ermordung lag nicht in der Absicht der CIA. Aber sie geschah eben. Mehr weiß ich nicht.«

Noy musterte Siebert eingehend. »Glauben Sie, daß es auf Befehl von General Nakorn geschah?«

Siebert zuckte die Achseln. »Möglich. Aber ich habe auch nicht den geringsten Beweis dafür.«

»Trotzdem«, sagte Noy, »glaube ich, daß sich General Nakorn einer öffentlichen Untersuchung unterziehen sollte. Er ist womöglich der einzige, der uns sagen kann, was wirklich geschah. Mr. Siebert, kann ich auf Ihre Mitarbeit rechnen?«

Siebert schüttelte langsam, bedauernd, den Kopf. »Ich kann nicht mitarbeiten, Madame Noy, so gern ich es wollte. Ich habe einen Amtseid geschworen, der mich der CIA verpflichtet. Ich kann meine Geschichte nicht öffentlich wiederholen – und man kann mich auch nicht dazu zwingen. Als Mitglied der amerikanischen Botschaft genieße ich diplomatische Immunität. Ich kann einfach nicht preisgeben, was innerhalb der CIA vor sich geht. Ich hoffe, Sie verstehen das, Madame Noy.«

»Vielleicht kann man in diesem Fall eine Ausnahme machen, Percy«, gab Underwood zu bedenken.

Wieder schüttelte Siebert den Kopf. »Sie wissen, daß das unmöglich ist, Mr. President.«

»Lassen Sie nur, Matt«, warf Noy dazwischen. »Ich verstehe seinen Standpunkt. Ohne Prozeß oder öffentliche Anhörung werde ich eben das Zweitbeste tun müssen.«

»Und was ist das, Noy?« fragte Underwood.

»Ich werde morgen bekanntgeben, daß ich mich als General Nakorns Gegenkandidatin der Wiederwahl stellen werde. Er gab seine Kandidatur vor einer Woche bekannt. Die Vereinigten Staaten haben geglaubt, ich als Prems Nachfolgerin sei zu schwach, um Nakorn in einer Wahl zu schlagen. Das hat sich als falsch erwiesen. Es gab hier keinen Widerstand gegen den Luftwaffenstützpunkt. Man betrachtet ihn als Schutz für unsere Demokratie. Und das Volk ist dafür, daß ich mit den Kommunisten, die ja schließlich auch Bürger von Lampang sind, verhandle und sie in unser System integriere. Die letzten Meinungsumfragen haben gezeigt, daß ich populärer bin als General Nakorn. Ich werde gegen ihn antreten, und ich werde ihn schlagen. Das ist nun mein einziges Ziel. Unseren ehrgeizigen General aus dem öffentlichen Leben zu verdrängen. Sind Sie damit einverstanden, Matt?«

»Ja, Noy, von ganzem Herzen.«

Noy stand auf, kam um den Tisch herum und nahm Underwoods Hand in beide Hände. »Verzeihen Sie mir, Matt. Ich hätte wissen müssen, daß wir auf derselben Seite stehen. Viel Glück in China. Ich danke Gott, daß Sie zuerst hierherkamen, und hoffe, daß Sie uns möglichst bald wieder besuchen.«

Als Underwood in seine Suite im Oriental Hotel zurückkehrte, hatte

Paul Blake schon gepackt und war bereit zur Abreise nach China. Während Underwood ein frisches Hemd und einen Gabardineanzug anzog und zusah, wie sein Butler für die letzte Etappe der Reise packte, stand Blake hinter ihm und fragte ihn aus.

»Aus Ihrer Fröhlichkeit darf man wohl schließen, daß Ihre Unterredung mit Madame Noy Sang ein Erfolg war«, bemerkte Blake.

Underwood lächelte. »Ein voller Erfolg. Mit Siebert an meiner Seite konnte ich die ganze Sache aufklären, und Noy entschuldigte sich für die Vorwürfe.«

»Gibt sie jetzt dem General die Schuld?«

»Sie verdächtigt ihn«, erwiderte der Präsident. »Sie kann nicht beweisen, daß er für Prems Tod verantwortlich war, aber sie will Nakorn aus dem Weg haben. Deshalb hat sie beschlossen, sich nach dieser Amtszeit nicht zurückzuziehen. Morgen wird sie im Fernsehen ihre Kandidatur für die Wahl bekanntgeben. Sie geht davon aus, daß sie Nakorn schlagen wird, und wenn sie gewählt wird, will sie ihn ablösen lassen.«

Schweigend sah Blake dem Butler beim Packen zu.

Schließlich sagte er etwas. »Matt . . .«

»Ja, Paul?«

»Sie wissen, daß Nakorn unser Mann in Lampang ist. Wir können uns auf ihn verlassen.«

Underwood verschloß den Koffer und hob dann den Kopf. »Ich traue ihm nicht«, erwiderte er. »Ich traue Noy Sang.«

»Ezra Morrison ist bereits in Peking. Er wird darüber nicht allzu glücklich sein.«

»Ich bin sein Chef«, sagte Underwood. »Ich bin der einzige, der über etwas glücklich sein sollte.« Er hielt inne. »Und im Augenblick bin ich es.«

10

Das Hotel zur Großen Mauer war ein imposanter Bau vor den Toren von Peking. Bei seiner Ankunft vor dem Hotel war Präsident Underwood beeindruckt von den riesigen Menschenmassen, die hinter den Absperrungen die Straßen säumten. Und als er mit seinem Gefolge das Hotel betrat, war er von der Größe und dem Glanz der Lobby sogar noch mehr beeindruckt.

Der Hoteldirektor und die Politbüromitglieder versuchten, Underwood zu den gläsernen Aufzügen zu führen, aber als er die breite, reich mit Teppichen ausgelegte Treppe bemerkte, bestand er darauf, zu Fuß in den dritten Stock zu gehen, wo er und Ezra aneinander angrenzende Suiten bewohnten. Underwood wollte zu Fuß gehen, weil er genug hatte von der Enge im Flugzeug und weil er ein wenig Bewegung brauchte.

Im dritten Stock angekommen, fühlte er sich wirklich munterer und frischer. Die Hälfte seiner Sicherheitsmannschaft war bereits mit Morrison im Presseflugzeug eingetroffen, und die Männer hatten schon ihre Positionen bezogen.

Underwood wurde in seine Suite geführt, wo sein Butler sofort ins Schlafzimmer ging, um auszupacken.

Underwood selbst ließ sich geduldig die Suite zeigen.

Anschließend sagte der Hoteldirektor: »Sir, Ihr Außenminister Morrison erwartet in der angrenzenden Suite Ihre Ankunft.«

»Gut«, sagte Underwood. »Ich muß unbedingt mit ihm sprechen.«

Der Direktor und die chinesischen Offiziellen zogen sich nun taktvoll zurück, und als auch sein Butler gegangen war, klopfte Underwood an die Verbindungstür zwischen den beiden Suiten.

Morrison öffnete die Tür. Sie gaben sich die Hand.

»Einen guten Flug gehabt?« fragte Morrison und betrat die Präsidentensuite.

»Ausgezeichnet. Und was ist bei Ihnen alles passiert?«

»Heute morgen besuchte ich zuerst den T'ien-An-Men-Platz – der ist immer noch spektakulär. Dann traf ich mich mit Premierminister Li Peng in der Großen Halle des Volkes, und wir sprachen über das

Programm für morgen. Es wird mehrere Redner geben, aber Sie werden der Hauptredner sein. Peng wird Sie in der Großen Halle vorstellen, Sie werden dann zu den 1900 Abgeordneten sprechen, und Peng wird schließlich die Zeremonie beenden. Soviel zu morgen. Heute nachmittag ist ein Fototermin in der Stadt angesetzt. Man wird Ihnen alle Sehenswürdigkeiten zeigen, die Sie schon zigmal gesehen haben, aber die chinesische und die amerikanische Presse wird begeistert sein.«

»Klingt ja ziemlich einfach. Jetzt wollen wir erst etwas trinken.«

Als sie an der Bar standen, nahm Morrison das Gespräch wieder auf. »Und wie war Ihr Abstecher nach Lampang? Konnten Sie mit Noy sprechen?«

»Ja, und zwar in Begleitung von Siebert. Wir konnten die Sache bereinigen. Noy und ich haben uns wieder ausgesöhnt.«

»Das dachte ich mir«, sagte Morrison. »Ich habe Noy eben gesehen.«

»Sie haben sie gesehen?« fragte Underwood überrascht.

»Im chinesischen Fernsehen. Ich konnte sie verstehen, weil sie Englisch sprach. Die Chinesen hatten ihre Rede untertitelt.«

»Wie war sie?«

»Sehr wirkungsvoll, meiner Meinung nach. Sie gab ihre erneute Kandidatur bekannt. Ich dachte mir, daß Sie vielleicht etwas damit zu tun haben. Bis jetzt hatte ja nur General Nakorn seine Kandidatur angemeldet, während sie sich nicht mehr zur Wahl stellen wollte. Aber kaum schaun Sie mal kurz vorbei, schon kandidiert sie wieder.«

Underwood nickte. »Ich habe vielleicht ein wenig damit zu tun, aber es war ihre eigene Entscheidung. Nachdem Siebert ihr die Hintergründe der Ereignisse erklärt hatte, war sie praktisch überzeugt, daß Nakorn für den Tod ihres Gatten verantwortlich sei.«

»Überraschend, aber nicht ausgeschlossen.«

»Sie kann es nicht beweisen, Ezra. Deshalb will sie ihn in der Wahl schlagen, ihn als Oberbefehlshaber der Streitkräfte entlassen und einen politischen Niemand aus ihm machen.«

Morrison beschäftigte sich mit einer Zigarre. »Verständlich.« Er steckte sich die Zigarre an. »Aber Sie wissen schon, Matt, daß Nakorn unser Mann ist.«

»Natürlich weiß ich das. Blake hat mich schon in Lampang daran erinnert.«

»Wir wollen doch nicht, daß er unterliegt«, sagte Morrison. »Wir wissen, daß wir uns auf ihn verlassen können. Er glaubt an Amerika.«
»Noy Sang auch«, erwiderte Underwood ernsthaft. »Da bin ich mir ganz sicher.«
»Aber ich nicht«, sagte Morrison unverblümt. »Ihr Eindruck von ihr ist vielleicht zu sehr beeinflußt von – von ihrer Persönlichkeit. Sie geht zu sanft mit den Kommunisten um. Wir brauchen jemanden, der hart mit ihnen umspringt.«
Underwood schnaubte verächtlich. »Sie sehen Kommunisten unter jedem Strauch. Joe McCarthy ist schon lange tot. Lassen Sie ihn ruhen.«
»Es ist mein Job, Matt. Ich bin Ihr Außenminister. Ich traue den Kommunisten nicht, hier nicht und dort nicht, nirgendwo.«
»Ich bin Ihr Präsident, Ezra. Und nun, in einer Zeit, da wir uns gegenseitig vernichten können, traue ich ihnen mehr denn je.«
Aber Morrison blieb beharrlich. »Mit Nakorn als Präsident würde ich mich sicherer, viel sicherer fühlen.«
»In den Meinungsumfragen führt Noy. Ich bin mir sicher, daß sie im Amt bleibt. Wir müssen ihr vertrauen, und ich versichere Ihnen, wir können es.«
Morrison seufzte. »Ich hoffe, daß Sie recht behalten. Einen Irrtum können wir uns nicht leisten. In Südostasien müssen wir Stärke zeigen. Und das bringt mich zu einem anderen Thema. Ich habe die China-Rede gelesen, die Ihr Stab für Sie vorbereitet hat. Ich nehme an, Sie auch?«
»Sie wissen, daß ich sie gelesen habe. Und zwar sehr sorgfältig.« Er zögerte. »Ich habe sie ein wenig entschärft.«
»Aber warum denn? Mir hat sie so gefallen, wie sie war.«
»Die Chinesen bewegen sich in Richtung Kapitalismus und Demokratie. Da bin ich mir ganz sicher. Ich will nicht, daß wir sie ewig als Feinde behandeln.«
Morrison ging leicht verärgert von der Bar weg, »Ich hoffe nur, Sie machen keinen Fehler, Matt. Wir wissen nicht, wie sich China langfristig entwickeln wird. Jetzt im Augenblick ist China ein kommunistischer Staat. Und wenn Sie so weitermachen, könnte Lampang auch einer werden.«
»Sie sind zu pessimistisch, Ezra.«

»Vielleicht ja, vielleicht nein«, erwiderte Morrison und zog an seiner Zigarre. »Lampang macht mir im Augenblick wirklich große Sorgen. Auf die Gefahr hin, daß ich Sie beleidige, Chef, aber ich verliere nicht gern eine sichere Sache, nur weil Sie sich von jemandem mit Supertitten in einem Sarong einwickeln lassen.«

Underwood grinste. »Sie beleidigen mich nicht, Sie klingen nur so wie meine Frau. Sie haben vollkommen recht. Noy ist wirklich was Besonderes in einem Sarong. Und ich wette, ihre Titten sind großartig auch ohne Sarong. Aber ich wette lieber auf Titten als auf jemanden, der einen Säbel trägt – und auch damit rasselt.«

»Ich bin mir nicht sicher, ob die Liebe alles überwindet.«

Underwood ging auf Morrison zu. »Und ich bin mir nicht sicher, ob das überhaupt etwas mit Liebe zu tun hat. Nur daß die Liebe, historisch gesehen, wirklich alles überwindet. Wir wollen es doch wenigstens versuchen, Ezra. Lassen Sie es mich auf meine Art machen. Ich weiß, was auf dem Spiel steht, aber lassen Sie es mich trotzdem auf meine Art machen.«

Noy Sang hatte nicht erwartet, daß die Ankündigung ihrer erneuten Kandidatur im Fernsehen einen solchen Wirbel verursachen würde. Als General Nakorn in der Woche zuvor, nach dem Parteitag der Nationalen Unabhängigen Partei, seine Kandidatur bekanntgegeben hatte, hatte es nur wenig Aufregung gegeben. Man hatte es allgemein als selbstverständlich angesehen, daß Noy nicht mehr kandidieren würde, und deshalb schien Nakorns Präsidentschaft fast schon eine beschlossene Sache zu sein.

Die Reaktion auf Noys überraschende Ankündigung ihrer Kandidatur hatte ihre kühnsten Erwartungen übertroffen. Telefonanrufe, positive Pressemeldungen und jubelnde Demonstranten im ganzen Land waren die Folge gewesen.

Die ganze Aufregung hatte sie so in Beschlag genommen, daß sie an diesem Morgen ein richtig schlechtes Gewissen hatte, weil sie diejenigen, die ihr nahestanden, vernachlässigt hatte. Vor allem ihren sechsjährigen Sohn Den.

Für gewöhnlich frühstückte Noy mit Den, bevor er mit dem Auto in die St.-Mary-Schule gebracht wurde. Noy hatte immer darauf geachtet, daß Den soweit wie möglich aufwachsen konnte wie jedes andere Kind in der Stadt. Sie schickte ihn deshalb nicht auf eine Privatschule, sondern auf eine öffentliche. So konnte er auch die ganz durchschnittlichen Kinder seines Alters kennenlernen und nicht nur die Kinder reicher Eltern. Und Noy hatte auch darauf bestanden, daß Den jeden Tag von ihrem Chauffeur Chalie in ihrem persönlichen Mercedes zur Schule gefahren wurde. Sie wußte sehr wohl, daß es nur unnötige Aufregung geben würde, wenn sie ihn zur Schule brächte, da es jedes Mal eine Eskorte von Sicherheitsbeamten bedeuten würde. Noy wollte das nicht. Sie wollte nicht, daß Den sich für etwas Besonderes hielt. Also schickte sie ihn jeden Tag mit Chalie im Mercedes zur Schule.

Aber an diesem Morgen hatte sie, aus schlechtem Gewissen, Den und Chalie zur Schule begleitet. Sie fühlte sich immer schuldig, wenn sie von ihrem Jungen getrennt war, und wollte deshalb jede Gelegenheit wahrnehmen, um bei ihm sein und ihm ihr Interesse an ihm und seinen Schulproblemen zeigen zu können.

Sie ging mit Den zum Haupteingang des Schulhofs, wo seine drei Freunde – Toru, sein bester Freund, und zwei andere – auf ihn warteten. Den gab seiner Mutter einen hastigen Kuß und rannte zu seinen Freunden.

Noch ein kurzes Winken, und schon jagte er mit ihnen über den kiesbestreuten Hof vor dem Schulhaus.

Sie lehnte sich zufrieden zurück und schwieg, während Chalie sie zum Chamadin-Palast zurückfuhr.

Beim Aussteigen rief sie ihm zu: »Chalie, Sie können Den wie gewohnt um zwei Uhr abholen. Ich werde den ganzen Nachmittag beschäftigt sein. Werden Sie das für mich tun?«

»Wie immer, Madame«, rief Chalie als Antwort.

Während Noy auf den Palast zuging, fiel ihr ein, daß es außerhalb Lampangs eigentlich nur einen Menschen gab, dem sie von dem großen Erfolg ihrer Fernsehansprache berichten wollte. Und dieser Mensch war natürlich Matt Underwood. Aber nach einem Blick auf die Uhr wurde ihr bewußt, daß Underwood im Augenblick in der Großen Halle des Volkes in Peking sprach und für leichtsinnige Anrufe wohl kaum erreichbar sein dürfte.

Sie nahm sich vor, ihn einige Tage später anzurufen, wenn er nach Beendigung seines Staatsbesuchs in China wieder an seinem Schreibtisch im Oval Office in Washington, D.C., saß.

Als sie den Kopf drehte, sah sie eben noch, daß Chalie den Mercedes

in die Tiefgarage fuhr, wo er ihn abstellen konnte, bis es Zeit war, Den abzuholen.
Chalie fuhr die Garageneinfahrt hinunter und stellte die Limousine auf dem Präsidentenparkplatz ab.
Er öffnete die Tür, stieg aus dem Mercedes und wandte sich von ihm ab. Im gleichen Augenblick hörte er hinter sich eine Bewegung.
Als er sich umdrehte, sah er gerade noch, wie jemand einen dicken Baseballschläger hob. Er sauste auf seinen Kopf herunter, bevor er ihm ausweichen oder sich dagegen schützen konnte.
Der Schläger traf ihn voll auf den Hinterkopf. Er ging in die Knie und wurde ohnmächtig.

Als Den und sein Freund um zwei Uhr über den Schulhof zum Ausgang schlenderten, wartete die Mercedes-Limousine bereits vor der St.-Mary-Schule.
»Dort steht dein Auto«, rief Toru.
»Das steht doch jeden Tag dort«, rief Den zurück. »Chalie ist immer pünktlich. Er hat Angst vor meiner Mutter.«
»Warum hat er Angst?« wollte Toru wissen. »Nur weil sie die Präsidentin ist?«
»Wahrscheinlich«, erwiderte Den. »Hey, das war aber vielleicht eine langweilige Heimatkundestunde.«
»Nicht so langweilig wie Rechtschreiben«, meinte Toru.
»Also dann bis morgen.«
Den ließ seinen Freund stehen, lief zum Auto, öffnete die Beifahrertür und ließ sich neben dem Fahrer in den Sitz plumpsen. Während das Auto anfuhr, sah er seinen Freunden nach.
Sie fuhren eine Weile, wobei Den zum Fenster hinaussah. Nach ein paar Minuten meinte er gedankenverloren: »Das war vielleicht wieder ein langweiliger Schultag, bis auf Rechnen.«
»Hm«, sagte der Fahrer,
Am Ende des Blocks bog das Auto plötzlich scharf nach rechts ab.
»He, was soll denn das?« rief Den. »Hier fahren wir doch sonst immer links.«
Er drehte sich fragend zu Chalie. Aber da stimmte etwas nicht.
Es war nicht Chalie hinter dem Steuer.
Chalie hatte ein pockennarbiges Gesicht. Aber der Fahrer hatte ein glattes, dickes und braunes Gesicht mit einer langen, spitzen Nase.

»Sie sind nicht Chalie«, sagte Den vorwurfsvoll. »Sie sind jemand anderes. Was machen Sie hier?«
»Chalie ist krank«, erwiderte der Fahrer. »Ich soll dich für ihn abholen.«
»Aber das ist der falsche Weg.«
»Nein, das ist er nicht«, kam plötzlich eine Stimme aus dem Fond. Den wirbelte herum. Ein Mann mit einem Schnurrbart saß nun plötzlich auf dem Rücksitz; er mußte sich auf dem Boden des Autos versteckt haben. Den sah, daß der Mann eine silbrige Pistole in der Hand hielt, wie in den Filmen. Er hielt dem Jungen den Lauf an den Kopf. »Und jetzt sei still, junger Mann, wenn du kein Loch in den Kopf willst ... Rutsch. Rutsch zum Fahrer und mach Platz.« Er schubste Den. »Wird's bald!«
Den fing an zu zittern. Im Kino zitterten sie nicht.
Der Mann mit dem Schnurrbart war klein und stämmig. Er kletterte über den Sitz und zwängte sich neben Den. Zwischen den beiden Männern saß Den wie in einen Schraubstock eingezwängt.
»Jetzt mach die Augen zu, ich werde sie dir nämlich verbinden«, befahl der Mann mit dem Schnurrbart.
Mit einer schnellen Bewegung schob er Den ein Tuch über die Augen und verknotete es hinter seinem Kopf.
»Ich will zu meiner Mutter.« Dens Stimme zitterte.
Der Mann überprüfte die Augenbinde. »Du siehst sie bald wieder. Außer wenn du Schwierigkeiten machst. Dann siehst du überhaupt niemand wieder. Und jetzt sei still. Wir haben's eilig.«

Marsop stand im Präsidentenbüro an Noys Schreibtisch und suchte in ihren Unterlagen nach einem Dokument.
Beim schrillen Klingeln von einem der drei Telefone auf ihrem Schreibtisch schrak er hoch. Das Klingeln, wie auch alle späteren, kam von dem weißen Telefon, das für Anrufe von Kabinettsmitgliedern oder für Notfälle reserviert war.
Der Anruf war ganz offensichtlich für Noy, und Marsop rief nach ihr. Aber er bekam keine Antwort. Sie war außer Hörweite.
Da das Telefon weiterklingelte, beschloß Marsop, selbst abzuheben. Er nahm den Hörer. »Hallo, hier das Büro von Präsidentin Sang.«
Vom anderen Ende der Leitung kam eine tiefe, polternde Stimme. »Wer spricht?«

»Minister Marsop.«
»Ich muß mit Präsidentin Noy Sang sprechen.«
»Tut mir leid. Sie ist nicht in ihrem Büro.«
Es gab eine Pause. »Können Sie ihr eine Nachricht überbringen?«
»Natürlich.«
»Sofort?«
»Ja. Wer spricht denn?«
»Ich gehöre zum Armeestab.«
Marsop meinte, die Stimme wiederzuerkennen. Es war ein kräftiger Baß, der ihm schon bei Kabinettssitzungen und militärischen Konferenzen aufgefallen war. Es war eine Stimme, die klang wie die von Colonel Peere Chavalit, dem zweitmächtigsten Mann in der Armee und Nakorns engstem Stellvertreter. Aber Marsop war sich nicht ganz sicher.
»Sind Sie Colonel Chavalit?« wollte Marsop wissen.
»Das tut nichts zur Sache. Ich will mit Präsidentin Noy sprechen. Wenn Sie nicht erreichbar ist, werde ich mit Ihnen sprechen. Sie können ihr dann die Nachricht überbringen.«
Marsop nickte. »Das werde ich tun.« Der Klang der Stimme und was sie sagte, kam Marsop allmählich verdächtig vor. »Ich bin bereit, ihr jede Nachricht zu überbringen. Sagen Sie mir, worum es geht.«
»Es betrifft ihren Sohn Den Sang.«
Das war wirklich verdächtig, und Marsop umklammerte gespannt den Hörer. »Stimmt etwas nicht? Geht es ihm gut?«
»Es geht ihm ausgezeichnet.«
Sehr verwirrend. »Rufen Sie aus der Schule an?«
»Er verließ St. Mary vor einer halben Stunde, wie Sie auf Ihrer Uhr sehen können.«
Marsop entdeckte die Uhr auf Noys Schreibtisch. Es war 14 Uhr 32. Den hätte, wie immer, um zwei Uhr von Chalie, Noys Fahrer, abgeholt werden sollen.
Marsop schluckte. »Den – wo ist Den?«
»Bei uns. Bei Freunden.«
»Wer sind Sie?«
»Dazu kommen wir noch.«
»Wie kann ich Ihnen glauben, daß Den wirklich bei Ihnen ist?«
»Wollen Sie seine Stimme hören?«
»Ja«, erwiderte Marsop.

Ein kurzes Flüstern in einiger Entfernung vom Telefon war zu hören, dann Schritte und schließlich Den. »Marsop«, kreischte Den. »Ich bin hier. Ich bin . . .«
Dann war er plötzlich wieder weg. Marsop nahm an, daß man ihn vom Hörer weggerissen hatte.
Die tiefe Stimme war nun wieder in der Leitung. »Sie haben ihn gehört.«
»Ist er sicher?« fragte Marsop.
»Absolut, wenn Sie jetzt genau zuhören, was Sie Präsidentin Noy übermitteln sollen.«
»Ich verspreche es«, sagte Marsop. »Wie lautet die Nachricht?«
»Ich will Präsidentin Sang sofort sehen.«
»Sie können doch in den Palast kommen . . .«
»Seien Sie kein Narr. Ich will Sie zu meinen Bedingungen sehen, und zwar genau hier, wo ich jetzt bin.«
»Wenn es sich einrichten läßt . . .«
»Es muß sich einrichten lassen, wenn Präsidentin Noy ihren Sohn lebend wiedersehen will.«
Marsops Herz machte einen Satz. Er gab sich Mühe, seine Stimme neutral zu halten. Nimm das ernst, sagte er sich, aber gerate nicht in Panik. »Wie – wie lautet Ihre Nachricht, Sir?«
»Hören Sie gut zu. Haben Sie einen Stift? Schreiben Sie sich auf, was ich Ihnen sage.«
»Ich habe einen Stift.«
»Gut. Machen Sie keinen Fehler. Präsidentin Noy Sang soll zur Kreuzung Khan Koen Road und Bot Road kommen, zur südwestlichen Ecke der Kreuzung, und zwar alleine. Haben Sie das? Lesen Sie es mir vor.«
Masrop schluckte. »Südwestliche Ecke der Kreuzung Khan Koen Road und Bot Road. Alleine.«
»Genau. Sorgen Sie dafür, daß es innerhalb der nächsten Stunde geschieht, und sie wird ihren Sohn gesund und wohlbehalten wiedersehen.«
Marsop stotterte. »Es – es – es wird vielleicht schwierig sein für die Präsidentin, den Palast alleine zu verlassen. Sie hat eine Leibwache, die sie auf Schritt und Tritt begleitet. Ich weiß nicht, ob sie das schaffen wird.«
Die Stimme am anderen Ende klang nun noch tiefer und wütend.

»Sie wird einen Weg finden. Sie muß alleine kommen, sonst stirbt der Junge.«
»Warten Sie! Haben Sie ihr Auto?«
»Ihr Auto steht in der Palastgarage . . .«
»Lassen Sie mich sie fahren!«
»Nein! Sie muß alleine in einem Taxi kommen, und niemand darf ihr folgen. Sie soll drei Blocks vorher aussteigen. Haben Sie mich verstanden?«
»Ja . . .«
»Ich wiederhole. Allein. Oder der kleine Junge ist tot.«
Am anderen Ende wurde der Hörer laut auf die Gabel geknallt, die Leitung war unterbrochen. Er hielt den toten Hörer noch einen Augenblick in der Hand und legte dann ebenfalls auf.
Es war entsetzlich. Nun mußte er zuallererst Noy finden und mit ihr reden.
Er blieb am Schreibtisch stehen und durchsuchte hastig ihre Papiere, bis er den Tagesterminplan gefunden hatte.
Sie war in einer Konferenz mit Mitgliedern des Landwirtschaftsministeriums im Rama Room.
Er ging dorthin, öffnete die Tür und sah, daß sie an einem runden Tisch saß und einem ihrer Berater zuhörte, der ihr einen Bericht vorlas.
Marsop durchquerte das Zimmer und beugte sich zu ihr hinunter.
»Ich muß Sie sofort sprechen«, flüsterte er. »Ein Notfall.«
Sie sah ängstlich zu ihm hoch.
»Draußen«, sagte Marsop.
Sie entschuldigte sich, stand auf und folgte Marsop aus dem Zimmer.
Im Gang packte Noy Marsop am Arm. »Was ist los?«
»Regen Sie sich nicht zu sehr auf . . .«
»Was ist los?« fragte sie wieder. »Reden Sie.«
»Den . . .« begann er.
Sie legte die Hand auf den Mund. »Ist er verletzt?«
»Nein«, sagte Marsop schnell, »soweit ich weiß, geht es ihm gut. Noy, man hat ihn entführt. Das Wort wurde zwar nie ausgesprochen, aber es gibt keinen Zweifel, daß es sich um eine Entführung handelt. Sie sind bereit, ihn freizulassen, aber es gibt bestimmte Bedingungen.«

»Was wollen sie?«
»Sie«, erwiderte Marsop, »ich nehme an, sie wollen Sie gegen Den austauschen.«
Noy war verblüfft. »Mich? Was wollen die denn mit mir?«
Marsop wußte es nicht genau. »Sie wollen mit Ihnen reden.«
»Wer sind sie?«
»Ich weiß es nicht, Noy. Der Mann, der anrief – eigentlich wollte er Sie sprechen, aber ich nahm den Anruf entgegen – hatte eine tiefe Stimme, aber keine, die ich kannte.«
»Marsop, erzählen Sie mir genau, was er Ihnen sagte.«
Er versuchte, es ihr Wort für Wort zu berichten. Dann gab er ihr das Blatt Papier.
Sie kniff beim Lesen die Augen zusammen. »Khan Koen Road und Bot Road«, las sie. »Fahren Sie bis zum Uhon Square, und gehen Sie dann wieder zurück zu dieser Ecke.« Sie hob den Kopf. »Sind Sie sicher, daß es Dens Stimme war, die Sie am Telefon gehört haben?«
»Ja, er konnte nur sehr wenig sagen. Aber es war Den.«
»Es könnte nur ein übler Scherz sein.«
Marsop zögerte. »Ich glaube nicht, Noy. Den ist noch nicht wieder von der Schule zurück.«
Noy zerrte Marsop am Arm und sagte mit erstickter Stimme: »Gehen wir in die Garage!«
Sie lief vor Marsop die Treppe hinunter, und als sie die Garage betrat, hörte er sie aufschreien. »Chalie!« rief sie.
Chalie lag zusammengesunken neben dem Mercedes. Noy stürzte zu ihm, kniete sich auf den Boden und tastete nach seinem Puls.
»Er lebt«, sagte sie über die Schulter. »Mein Gott, aber sehen Sie sich nur das ganze Blut an, das aus seinem Hinterkopf quillt. Rufen Sie einen Arzt. Und warten Sie hier auf ihn.«
In ihrem Büro wartete Noy dann ungeduldig auf Marsops Rückkehr, sie versuchte sich vorzustellen, was geschehen war, und zu überlegen, wie sie reagieren sollte. Wenige Minuten später kam Marsop.
»Chalie ist in Ordnung«, berichtete er. »Ein geringfügiger Bruch, aber er wird morgen wieder auf den Beinen sein.«
Noy hörte zu und schüttelte dann den Kopf. »Dann ist es also wirklich kein Scherz. Sie haben Den. Ich muß mich ihren Bedingungen fügen.«

»Ich möchte mit Ihnen kommen«, flehte Marsop.
»Sie sagten doch, daß der Mann verlangte, ich solle alleine kommen, sonst würde Den sterben. Oder?«
»Ja.«
»Dann muß ich auch allein gehen, Marsop. Bei solchen Verrückten darf ich kein Risiko eingehen.«
»Es könnte gefährlich sein.«
»Ich habe keine andere Wahl. Ich oder Den. Und mir bedeutet Den alles.« Sie sah Marsop mit einem Kopfnicken an. »Wie kann ich alleine gehen, ohne daß sechs Leibwächter mich auf Schritt und Tritt verfolgen?«
Marsop hatte keine Vorstellung. »Ich weiß es nicht.«
»Aber ich. Kommen Sie mit in die Küche.« Während sie den Speisesaal durchquerten, fuhr sie fort. »Juliellen, die Köchin, hat ungefähr meine Größe. Jeden Tag . . .« Noy sah auf die Uhr. ». . . etwa um diese Zeit geht sie auf den Markt. Heute wird sie nicht ausgehen. Sondern ich.«
Als sie die Küche betraten, warf Juliellen die Zeitung, die sie eben gelesen hatte, auf den Tisch und stand respektvoll auf.
»Juliellen . . .«
»Ja, Madame President?«
»Der Pullover und der Rock und die Schürze, die Sie da tragen, haben Sie die auch an, wenn Sie zum Markt gehen?«
»Ja, Madame.«
»Haben Sie so etwas auch für mich?«
»Für Sie, Madame? Natürlich habe ich mehr, aber . . .«
»Denken Sie sich nichts, Juliellen, ich brauche Ihre Kleider – sofort. Aber verraten Sie niemandem ein Wort. Ich will anziehen, was Sie sonst immer zum Markt tragen.«
»Ich habe auch noch immer ein Tuch auf dem Kopf.«
»Um so besser. Holen Sie die Kleider. Ich warte auf Sie in der Speisekammer.«
Als Noy fünfzehn Minuten später die Speisekammer wieder verließ, trug sie einen grauen Pullover und einen blauen Jeansrock wie Juliellen. Sie nahm Juliellen das Tuch aus der Hand, band es sich um den Kopf und versuchte, ihr Gesicht darin zu verstecken. »Wie seh ich aus?«
»Nicht gerade wie eine Präsidentin«, antwortete Marsop.

»In diesem Aufzug sollte ich unerkannt durchs Tor kommen. Wo bekomme ich ein Taxi?«
»Einen Block südlich des Palastes. Vor der Kirche stehen immer einige.«
»Dann muß ich mich beeilen.«
Marsop lief ihr nach. »Noy«, flehte er, »ich kann Sie nicht alleine gehen lassen.«
»Sie müssen. Alles andere würde Den gefährden.«
Marsop griff in seine Jackentasche. »Was ist, wenn Sie nicht anrufen?«
»Wenn Sie nicht innerhalb einer Stunde von mir hören, rufen Sie die Polizei. Die wird sich in der Gegend auskennen.« Sie machte sich auf den Weg. »Marsop, warten Sie hier und beten Sie für uns beide.«

Nachdem das Taxi sie zum Uhon Square gebracht hatte, bezahlte sie eilig den Fahrer und stieg aus.
Sie sah sich um, hielt dann einen jungen Mann mit einigen Paketen im Arm an und fragte ihn nach der Kreuzung Khan Koen Road und Bot Road.
Der Junge wies nach Westen. »Drei oder vier Blocks in diese Richtung.«
Noy sah auf die Uhr und merkte, daß sie noch innerhalb der festgesetzten Zeit lag. Sie ging, so schnell sie konnte. Der Weg schien unendlich. Doch plötzlich merkte sie, daß sie ihr Ziel erreicht hatte. Sie überquerte die Khan Koen Road in südwestlicher Richtung, blieb an der Ecke stehen und stellte sich mit dem Rücken zu einer Baumgruppe. Sie war besorgt und fragte sich, ob Dens Entführer ihn wirklich freilassen würden.
Dann fiel ihr ein, daß sie ja Juliellens Sachen trug und deshalb vielleicht nicht sofort erkannte wurde. Sie nahm das Kopftuch ab, damit ihr wohlbekanntes Gesicht deutlich zu sehen war.
Sie wartete bereits fünf Minuten und wurde immer nervöser, als sie hinter sich leichte Schritte hörte. Sie wirbelte herum und sah Den auf sich zustolpern. Er nahm sich die Augenbinde ab und rief: »Mutter!«
Mit einem Aufschrei der Erleichterung lief Noy zu ihm, fiel auf die Knie und nahm ihn in die Arme. Sie drückte ihn, so fest sie nur konnte.

»Den!« rief sie. »Du bist wieder da. Bist du in Ordnung? Haben sie dir weh getan?«
»Nein, Mama. Mir geht es gut, aber du mußt aufpassen . . .«
Als sie nun den Kopf hob, sah sie zwei Männer über sich stehen. Es waren beides kräftige junge Burschen mit dunklen Sonnenbrillen und in Armeeuniformen. Unter den weiten Khakijacken zeichneten sich Revolver in Schulterhalftern ab.
Einer der Soldaten klopfte Den auf die Schulter. »Laß sie los, Junge. Du kannst gehen. Sie bleibt.«
»Nein . . .«, protestierte Den.
Der andere Soldat riß Den aus Noys Armen. »Verschwinde, solange du noch kannst!«
»Aber wo . . .?«
Noy war aufgestanden. »Tu, was sie dir sagen, Den. Geh in diese Richtung. Dort findest du ein Taxi. Laß dich zum Palast fahren.« Sie suchte in ihrer Rocktasche nach Kleingeld. »Zahl damit das Taxi. Wenn du im Palast bist, gehst du sofort in mein Büro. Marsop wird dort sein. Sag ihm, ich will versuchen, ihn so bald wie möglich wiederzusehen.«
»Genug geredet«, sagte der zweite Soldat barsch und griff nach seinem Revolver. Mit der anderen Hand gab er Den einen Schubs. »Verschwinde jetzt, aber plötzlich!«
Den drehte sich um und fing an zu laufen.
Noy sah ihm nach, und Tränen der Erleichterung traten ihr in die Augen.
Die Soldaten nahmen sie in die Mitte. Sie faßten sie an den Armen und drehten sie grob in die andere Richtung, auf die Bäume zu.
»Kommen Sie, Madame«, sagte der eine.
»Wohin gehen wir?«
»Zu jemand, der mit Ihnen sprechen will«, antwortete der erste Soldat. »Und jetzt los, aber schnell!«

Den hatte ein Taxi gefunden und sich direkt zum Palast fahren lassen. Er war dann sofort ins Büro seiner Mutter gelaufen, wo Marsop auf der Kante ihres Schreibtisches saß und unentwegt das Telefon anstarrte.
In dem Augenblick, da Den eintrat, stand Marsop auf und nahm ihn in die Arme.

»Was ist passiert?« fragte Marsop. »Wo ist deine Mutter?«
»Sie haben sie mitgenommen, zwei Männer haben sie mitgenommen. Ich mußte zu ihr laufen, und dann folgten sie mir und packten sie, und ich durfte gehen. Mama hat gesagt, ich soll ein Taxi nehmen und hierherkommen.«
»Aber wo haben sie sie hingebracht?« fragte Marsop den Jungen.
»Ich weiß es nicht. Ich mußte davonlaufen. Und sie haben sie zu den Bäumen gebracht . . .«
»Welche Bäume?«
»Bäume von einem Park. Ich konnte sie sehen, nachdem sie mir die Binde abgenommen haben.«
»Man hat dir die Augen verbunden?«
»Ja, und dann haben sie sie mir abgenommen, und da war Mama. Und die Männer haben sie gepackt.«
»Hatten sie Revolver?«
»Ja, Marsop, jeder hatte einen unter der Uniform.«
Marsop, der bis jetzt über dem Jungen gestanden hatte, bückte sich nun und faßte Den an der Schulter.
»Gut, Den, jetzt erzähl mir von Anfang an, was mit dir passiert ist. Du warst in der Schule. Du wolltest gehen . . .«
»Mit meinen Freunden. Ich bin zum Auto gelaufen und eingestiegen.«
»Das war nicht dein Auto. Dein Auto ist noch hier.«
Den hob die Hände. »Es war das gleiche Auto, Marsop.«
Marsop verstand. »Es war ein anderes, das genauso aussah wie unser Mercedes. Und dann?«
»Zuerst habe ich Chalie gar nicht angesehen. Ich mußte doch meinen Freunden winken. Wir sind losgefahren, und dann habe ich erst gemerkt, daß es gar nicht Chalie war.«
»Nein, er war es nicht. Was ist dann passiert?«
»Wir sind von der Schule weggefahren. Ein kleiner Mann, der sich wahrscheinlich auf dem Boden versteckt hat, ist plötzlich aufgesprungen, über den Sitz geklettert und hat mich in die Mitte geschubst. Dann hat er mir mit einem Taschentuch die Augen verbunden.«
»Konntest du irgend etwas sehen? Haben die Männer gesprochen?«
»Nein. Sie sind nur immer weitergefahren und dann plötzlich stehengeblieben.«

»Wie lange dauerte die Fahrt?«
Den war unsicher. »Ich weiß es nicht.«
»Überleg mal.«
»Lange. Vielleicht eine Viertelstunde oder länger.«
Marsop versuchte, die Fahrt zu analysieren, die Entfernungen im Umkreis der Khan Koen Road und Bot Road abzuschätzen, aber es war unmöglich.
»Was ist dann passiert?« fragte Marsop.
»Es war, als wenn wir nach unten fahren würden, in eine Garage wie unsere. Sie zogen mich aus dem Auto. Wir gingen durch eine Tür zu einer Treppe. Sie halfen mir die Treppe hinauf.«
»Ein Stockwerk? Zwei?«
»Zwei. Ich hab die Stufen gezählt. Dann stießen sie mich in ein Zimmer. Und drinnen nahmen sie mir dann die Binde ab.«
»Sag mir genau, was du alles gesehen hast«, sagte Marsop. »Versuche, dich zu erinnern, Den.«
»Vier Männer, in Uniformen.«
»Hast du sie gekannt?«
»Nein!«
»Nannten sie sich beim Namen?«
»Nein, sie waren alle still, bis auf einen. Der wollte Mamas Privatnummer wissen. Ich hab sie ihm gegeben, und dann ging er ins Nebenzimmer und telefonierte.«
»Ja, ich habe abgenommen«, erwiderte Marsop. »Es war für deine Mutter. Sie sollte alleine irgendwo hinkommen und dich abholen.«
»Dann bekam ich wieder die Augen verbunden, und sie brachten mich wieder hinunter in die Garage. Wir fuhren um viele Ecken. Dann blieben wir stehen, und sie zerrten mich heraus und stellten mich hinter ein paar Bäume und nahmen mir die Binde ab. Und da war dann Mama.«
Marsop seufzte. »Und sie nahmen sie mit? Und dich haben sie weggeschickt?«
»Ja. Was wollen sie denn von Mama?«
Marsop sah das Telefon auf Noys Schreibtisch an. »Ich glaube, das werden wir noch früh genug erfahren.«
Dann setzten sie sich und sprachen über Nebensächlichkeiten, über die Schule, die verschiedenen Fächer und über Fußball, aber Den machte sich weiter Sorgen um seine Mutter.

Als das Telefon auf Noys Schreibtisch klingelte, schraken beide hoch. Marsop ging schnell zum Schreibtisch, setzte sich auf die Kante des Drehstuhls und hob den Hörer ab.
»Präsidentin Noys Büro«, sagte er.
»Ich bin's, Noy«, kam eine gequälte Stimme vom anderen Ende.
»Gott sei Dank«, rief Marsop. »Sind Sie in Ordnung?«
»Ja. Den ist wichtiger. Ist er wohlbehalten angekommen?«
»Er ist jetzt bei mir. Gesund und wohlbehalten.«
»Sagen Sie ihm, daß ich ihn liebe.«
Marsop rief über das Telefon hinweg zu Den hinüber: »Alles Liebe von deiner Mutter. Sie sagt, es geht ihr gut. Noy, hört Ihnen jemand zu?«
»Ja und nein. Im Zimmer, aber nicht in der Leitung.«
»Haben Sie jemanden erkannt?«
Schweigen.
Marsop drang in sie. »Ist Colonel Chavalit einer von ihnen?«
»Nein.«
»Wurden Sie entführt?«
Noy zögerte. »Man sagte mir, ich werde in Gewahrsam gehalten.«
Marsop konnte undeutlich eine männliche Stimme im Hintergrund hören.
Plötzlich sagte Noy zu jemandem: »Ja, ja, ich werde mich beeilen. Marsop . . .«
»Ich höre.«
»Ich werde freigelassen«, sagte Noy. »Unter einer Bedingung. Sie müssen tun, was sie von Ihnen verlangen. Natürlich mit meiner Zustimmung.«
»Fahren Sie fort«, sagte Marsop besorgt.
»Sie müssen im Fernsehen und der Presse bekanntgeben, daß ich nicht mehr für die Wiederwahl kandidieren werde«, sagte Noy. »Aus gesundheitlichen Gründen«, fügte sie hinzu. »Sie werden General Nakorn mitteilen, daß ich als Präsidentin vorgezogene Wahlen für heute in einer Woche angesetzt habe. Haben Sie das verstanden?«
»Ich fürchte ja«, antwortete Marsop niedergeschlagen. »Sie werden aus gesundheitlichen Gründen nicht gegen Nakorn antreten. Ich soll ihn anrufen und ihm sagen, daß Sie für heute in einer Woche vorgezogene Wahlen angesetzt haben. Wann soll ich das tun, Noy?«

»Sofort«, sagte Noy. »Informieren Sie General Nakorn sofort über die Wahl. Und sorgen Sie dafür, daß Sie morgen abend zur besten Sendezeit im Fernsehen eine kurze Erklärung verlesen können, daß ich mich in den Händen meiner Ärzte befinde.«
»Wann werden Sie freigelassen?«
»Am Tag nach der Wahl«, antwortete Noy.
Marsop fragte sich, ob er es wagen durfte, noch mehr zu sagen. »Gibt es noch etwas, das ich für Sie tun kann?«
»Es wäre gut, wenn Sie jemanden von außerhalb zu einem Besuch im Palast überreden könnten, damit der bestätigen kann, daß ich . . .« Sie hielt inne. » . . . krank bin.«
»Jemand?« wiederholte Marsop. »Wen?«
In diesem Augenblick wurde aufgelegt.
Langsam legte Marsop den Hörer auf die Gabel.
Nun war er auf sich allein gestellt und hatte Angst.
Da waren verschiedene Anrufe, die man ihm aufgetragen hatte, aber es gab einen, den er zuallererst erledigen mußte.
Denn er hatte Noy verstanden. Er wußte, wer dieser Jemand sein sollte. Der Jemand, der in den Palast kommen sollte.
Sofort nahm er den Hörer wieder ab.

In Peking saß Präsident Underwood zusammen mit einigen Mitgliedern des chinesischen Politbüros in der ersten Reihe der Großen Halle des Volkes.
Er hatte eben seine Rede beendet, eine sehr erfolgreiche, wie er dachte, als er plötzlich Ezra Morrison auf sich zueilen sah.
Morrison kauerte sich vor ihn und sagte: »Mr. President, ein Ferngespräch für Sie.«
»Washington?«
»Nein, Lampang.«
»Wer ist der Anrufer? Noy?«
»Es ist Minister Marsop. Er sagte, es sei außergewöhnlich dringend.«
Besorgt sprang Underwood auf. »Wo kann ich den Anruf entgegennehmen?«
Er entschuldigte sich bei seinen Gastgebern und folgte Morrison aus der Halle zu einer Seitentür, wo ein chinesischer Offizieller sie erwartete.

Die drei eilten in ein kleines Zimmer, in dem nur ein Stuhl und ein Tisch mit Telefon standen. Der Hörer lag neben dem Apparat, Underwood hob ihn auf. »Marsop?«
»Ja, Mr. President. Es tut mir leid, Sie zu stören, aber ich muß Sie sprechen. Wegen Noy. Sie . . .«
Die Leitung wurde unterbrochen.
Underwood ließ sich seine Verärgerung anmerken. »Unterbrochen.« Der chinesische Offizielle nahm den Hörer, drückte auf einen Knopf, erreichte jemanden, vermutlich die Vermittlung, und begann, Chinesisch zu sprechen.
Schließlich legte er auf. »Wenn Sie hier warten wollen, Mr. President, die Vermittlung wird versuchen, die Verbindung mit dem Anrufer aus Lampang wiederherzustellen.«
»O Gott«, sagte Underwood zu Morrison, »was ist denn los? Und wir können nichts tun als warten.«
»Es dauert bestimmt nur eine Minute.«
Doch es vergingen fünf Minuten, bis das Telefon wieder klingelte. Underwood griff nach dem Hörer. »Marsop?«
»Ich bin wieder dran.«
»Sie wollten eben etwas von Noy erzählen.« Underwood winkte Morrison und den chinesischen Offiziellen aus dem Zimmer, und nachdem die Tür geschlossen war, umklammerte er gespannt den Hörer.
»Marsop, ist etwas passiert?«
»Etwas ist passiert, ja.«
»Wir sprechen nicht über eine abhörsichere Leitung. Macht das etwas aus?«
»Ich kann nicht in Einzelheiten gehen. Aber ich habe mit Noy gesprochen. Sie konnte nicht frei reden, bis auf eins: Sie wollte, daß ich mich mit Ihnen in Verbindung setze. Ich hatte Angst zu stören, aber . . .«
»Es war genau richtig so«, warf Underwood dazwischen. »Noy kann nicht mit mir sprechen, aber Sie haben mit ihr gesprochen. Das ergibt keinen Sinn.«
»Sie werden es verstehen, sobald ich die Möglichkeit habe, es Ihnen zu erklären.«
»Wollen Sie, daß ich nach Lampang komme?«
»Wenn möglich, bevor Sie nach Washington zurückkehren. Ich

werde im Palast auf Sie warten. Sobald Sie hier sind, werde ich Ihnen alles persönlich erklären. Es ist besser so.«
Underwood spürte, wie ihm die Brust eng wurde. Dieser Anruf gefiel ihm ganz und gar nicht. Die Angst packte ihn.
»Geht es um eine Sache, bei der ich etwas tun kann?«
»Ich weiß es nicht, Mr. President. Aber Noy scheint es zu glauben. Sie meint, daß Sie helfen könnten.«
»Dann komme ich sofort.«
»Wann kann ich Sie erwarten, Sir?«
»Im Lauf der Nacht«, erwiderte Underwood. »Ich wollte China heute abend verlassen. Das werde ich auch. Aber ich werde zuerst nach Lampang kommen, bevor ich nach Washington zurückkehre.«
»Wir wären Ihnen sehr dankbar dafür«, sagte Marsop.
»Ich nehme an, es ist wirklich dringend.«
»Ja, das ist es.«
Underwood atmete einmal tief ein und aus. »Bis morgen früh dann.«
Einen Augenblick lang blieb er bewegungslos sitzen und versuchte sich vorzustellen, was eigentlich geschehen war. Er hatte einen gewissen Verdacht, war sich aber nicht ganz sicher. Aber er wußte genau, was er nun tun mußte.
Er stand auf, verließ das Zimmer und ging in den Korridor der Großen Halle, wo Morrison nervös auf- und abging.
Morrison kam sofort auf ihn zu. »Was ist los, Matt?«
»Ich weiß nicht genau. Aber irgend etwas stimmt da unten nicht.«
»Etwas Dringendes?«
»Marsop ließ daran keinen Zweifel. Man braucht mich da unten so bald wie möglich.«
»Soll das heißen, daß Sie mit der Air Force One zuerst nach Lampang fliegen, bevor Sie nach Washington zurückkehren?«
Underwood nahm seinen Außenminister am Arm und ging mit ihm den Korridor entlang.
»Ich muß es tun«, sagte Underwood. »Ich habe keine andere Wahl. Und ich wollte es sowieso tun.«
Morrison verbarg seine Enttäuschung nicht. »Das ist eine sehr drastische Aktion, Matt. Sie bringt eine Menge durcheinander. Sie werden in Washington erwartet.«
»In Lampang werde ich ebenfalls erwartet. Und das steht im Augenblick auf meiner Prioritätenliste ganz oben.«

»Na, Sie wissen ungefähr, was los ist, aber ich nicht. Also, wie Sie wünschen.«
»Ich wünsche genau das, Ezra. Zuerst Lampang. Sie bereiten alles wie geplant für die Rückkehr nach Washington vor. Das heißt, Sie und Blake fliegen mit dem Presseflugzeug. So als wäre nichts passiert. Und ich werde danach mit dem Geheimdienst in der Air Force One fliegen.«
»Es wird eine Menge Fragen geben«, meinte Morrison düster. »Bestehen Sie darauf, Matt?«
»Ich bestehe darauf«, entgegnete Underwood.

11

Hy Hasken war mit dem Taxi ins Hotel zur Großen Mauer in Peking zurückgekehrt und versuchte nun, in der Abgeschlossenheit seines Einzelzimmers, Sam Whitlaw in der Redaktion von TNTN in New York City anzurufen.

Er litt noch unter den Folgen des Jetlags von dem endlosen Flug nach China und brachte deshalb die Zeitdifferenz zwischen New York und Peking durcheinander.

Nachdem der Redakteur des Nachtdienstes ihm klargemacht hatte, daß er die Zeit rückwärts gerechnet hatte und daß Sam Whitlaw noch zu Hause sei, suchte er in seinem Adreßbuch nach Sams Manhattaner Privatnummer.

Er wählte die Nummer, und nach ein paar Sekunden antwortete Sam Whitlaw. Er klang nicht verschlafen, aber dann fiel Hasken ein, daß sein Chef nur selten schläfrig war. Er war daran gewöhnt, zu jeder Tages- und Nachtzeit geweckt zu werden, und er war immer auf dem Sprung nach unerwarteten Neuigkeiten.

»Hallo.«

»Sam, sind Sie es? Hier spricht Hy Hasken aus Peking. Es ist hier abends sieben Uhr. Können Sie mich verstehen?«

»Wo?« fragte Whitlaw, der nicht richtig aufgepaßt hatte und einen Augenblick verwirrt war, woran Hasken merkte, daß er geschlafen hatte.

Hasken sprach etwas lauter. »Ich bin in China. Peking, China.«

»Ach ja. Mit dem Präsidenten. Wie war seine Rede?«

»Ausgezeichnet. Sie wissen doch, daß er das ausgezeichnet kann.«

»Hat er Sie also beeindruckt«, bemerkte Whitlaw. »Das ist nichts Neues. Warum rufen Sie mich dann bei diesen Preisen an?«

»Der Präsident«, sagte Hasken. »Er tut's schon wieder.«

»Was?«

»Er ändert den Reiseplan, ohne einem Menschen was davon zu sagen. Er sollte eigentlich heute abend von Peking nach Washington abfliegen. Er schickt das Presseflugzeug weg und tut so, als wäre er bereits abgeflogen. Aber das stimmt nicht. Er macht einen Abste-

cher. Er fliegt statt dessen nach Lampang und dann erst nach Washington.«
»Nach Lampang? Ohne vorherige Ankündigung?«
Hasken bestätigte es. »Wie beim letzten Mal. Erinnern Sie sich noch an die Reise zum Begräbnis von Noys Schwester? Wie er sich einen zusätzlichen Tag genehmigte, um sich mit Noy die Stadt anzusehen und mit ihr schwimmen zu gehen? Erinnern Sie sich noch an die super Bilder, die ich mitbrachte?«
»Natürlich erinnere ich mich daran. Großartig war das«, erwiderte Whitlaw.
»Und nur weil ich dortblieb und mich weigerte, mit dem Presseflugzeug zurückzufliegen. Und das tu ich jetzt wieder. Ich hänge mich dem Präsidenten an die Fersen. Ich muß dann mit einem Linienflugzeug zurückfliegen, aber ich bin mir sicher, daß es die Investition wert ist. Vielleicht kostet es auch noch etwas mehr, aber es könnte es wirklich wert sein.«
Einen Augenblick lang schwieg Whitlaw. Dann sagte er: »Warum fliegt Underwood so unplanmäßig nach Lampang?«
»Ich weiß es nicht, Sam. Aber ich habe da so einen Verdacht.«
»Wo haben Sie denn die Information überhaupt her?« wollte Whitlaw wissen.
»Ich sah Ezra Morrison in die Große Halle kommen. Er flüsterte dem Präsidenten etwas zu. Dann gingen die beiden hinaus. Ich schlüpfte aus der Presseabteilung und folgte ihnen. Eigentlich hoffte ich nur auf ein Exklusivinterview über die Ergebnisse der Chinareise. Ich dachte mir, wenn ich schon den Präsidenten nicht alleine zu Gesicht bekomme, könnte ich mir wenigstens Morrison schnappen. Die beiden verschwanden in einem Zimmer, offensichtlich um ein Telefongespräch entgegenzunehmen. Ich versteckte mich in einer Telefonzelle und ließ die Tür einen Spalt offen . . .«
»Eine Telefonzelle in China?«
»Eine Folge der Demokratisierung. Als Underwood und Morrison wieder aus dem Zimmer kamen, gingen sie im Korridor auf und ab und unterhielten sich. Ich konnte sie hören. Und da erfuhr ich, daß der Präsident einen Abstecher nach Lampang macht und das Presseflugzeug nach Washington vorausschickt. Ich hörte, wie der Präsident Morrison sagte, er solle die Presse nach Washington begleiten und Blake mitnehmen. Anschließend gab Morrison bekannt, der

Präsident sei zu beschäftigt für eine Pressekonferenz und er selbst werde im Flugzeug eine Konferenz abhalten. Er versprach, alle Fragen zur Chinareise des Präsidenten zu beantworten. Die Presse hat das als routinemäßiges Vorgehen akzeptiert. Aber ich nicht. Ich wußte ja von Lampang und dachte mir, daß dort vielleicht eine bessere Story zu holen sei.«

»Dann lassen Sie also die Presse abreisen, wollen aber selbst nicht mitfliegen?«

»Ich will nach Lampang.«

»Ohne zu wissen, was eigentlich los ist?«

»Ohne es genau zu wissen«, sagte Hasken. »Aber es muß etwas mit Noy zu tun haben. Alles, worin der Präsident in diesem Teil der Welt verwickelt ist, hat mit Noy zu tun. Und außerdem sagten Sie mir vor langer Zeit, ich solle mich an den Präsidenten heften, gleichgültig, wohin er geht und was er tut.«

»Sagte ich das? Na, wahrscheinlich.«

»Wenn er jetzt also unerwartet nach Lampang fliegt, dann, denke ich mir, sollte ich doch dort sein und ihn begrüßen.«

»Wird er Sie empfangen?«

»Kommt darauf an, warum er dort ist. Wenn er mich nicht sehen will, kann ich trotzdem an ihm dranbleiben.«

»Wenn Sie glauben, daß Sie es können . . .«

»Sie kennen mich doch, Sam.«

»Und warum rufen Sie mich an?«

»Kein Presseflugzeug«, sagte Hasken. »Ich muß das auf eigene Faust erledigen. Das heißt, TNTN zahlt.«

»Ein normaler Linienflug wird schon nicht so teuer sein.«

»Bis heute abend gibt es keinen Linienflug. Ich würde erst nach dem Präsidenten in Visaka eintreffen. Und dann wäre es viel schwieriger, ihn zu Gesicht zu bekommen.«

»Was schlagen Sie vor?«

»Ein gechartertes Flugzeug von China nach Lampang. Wenn ich früh genug abreise, könnte ich dort sein, um Underwood zu begrüßen.«

»Hey, das kann aber eine Stange Geld kosten.«

»Stimmt«, mußte Hasken zugeben. »Aber wenn es zu etwas führt, dann ist es das Geld wert. Wenn es zu nichts führt, müssen wir es eben als Verlust abschreiben. Was denken Sie?«

»Ich weiß nicht, was ich denken soll. Haben Sie das Gefühl, daß in Lampang etwas passiert?«
»Mein Bauch sagt ja«, antwortete Hasken.
An Whitlaws Ende der Leitung herrschte Schweigen. Dann: »Ich denke darüber nach.«
»Wie Sie wollen, Chef.«
Ein längeres Schweigen. Schließlich fand Whitlaw die Stimme wieder. »Also gut, zwei Worte.«
»Sagen Sie sie.«
»Fliegen Sie.«

Spät am Abend traf Präsident Underwood mit der Air Force One in Visaka ein. Er hatte versucht, während des Flugs zu schlafen, aber ein Chaos von Spekulationen hatte ihn wachgehalten. Marsop, ein ruhiger, konservativer Mann, hatte verlangt, daß er sofort nach Visaka komme. Das bedeutete einen Notfall. Daß Marsop angerufen hatte und nicht Noy, bedeutete, daß sie nicht verfügbar – oder krank – war und daß etwas Drastisches im Gange war.
Hellwach hatte er sich vorzustellen versucht, was eigentlich passiert war. Aber ohne konkreten Hinweis war es fast unmöglich, Vermutungen anzustellen. Er mußte sich einfach gedulden und auf Marsops Erklärung warten.
Oder würde es vielleicht Noy selbst erklären können? Aber da sie nicht selbst telefoniert hatte, war es unwahrscheinlich, daß sie verfügbar war.
Wenn sie nicht verfügbar war, wo war sie dann?
Als die Air Force One schließlich gelandet war und ausrollte, erwartete der Präsident eigentlich, daß Marsop auf ihn wartete. Aber Marsop war nirgends zu sehen. Statt dessen standen eine große Limousine und zwei Fords bereit, die Limousine für ihn selbst und die anderen Autos für seine sechs Geheimdienstmänner, die ihm vorausfahren und folgen sollten. Darüber hinaus bemerkte Underwood, daß zwei Autos der Armeewache, Noys persönlicher Sicherheitstruppe, bereitstanden, um ihn in die Stadt zu begleiten.
Da auf Underwoods Bitte keine Motorradeskorte und keine Sirenen verwendet wurden, ging die Fahrt vom Flughafen nach Visaka nur langsam voran, erst nach einer Dreiviertelstunde traf die Gruppe vor dem Oriental Hotel ein.

Vier der Geheimdienstmänner liefen voraus, um die Suite zu überprüfen. Die anderen beiden begleiteten Underwood ins Hotel.
Bei Underwoods Eintreten drängten sich hinter einem Kordon von Noys Sicherheitsdienst die anderen Hotelgäste, um zu sehen, welche Berühmtheit eingetroffen war. Aus einer Gruppe dieser Schaulustigen löste sich ein Mann und versuchte, sich dem Präsidenten zu nähern. Er wurde sofort von einer Wache gepackt, und einer der Geheimdienstmänner versperrte ihm den Weg.
Als Underwood den Mann erkannte, der sich ihm zu nähern versuchte, verdüsterte sich seine Miene. Aber trotzdem befahl er dem Agenten, ihn freizulassen, und er ließ Hy Hasken vortreten.
»Was, zum Teufel, tun Sie denn hier?« fragte der Präsident verärgert. »Sie sollten doch eigentlich mit dem Presseflugzeug auf dem Rückweg nach Washington sein.«
Hasken ließ sich vom Tonfall des Präsidenten nicht einschüchtern. »Morrison sagte, ich könne Sie oder ihn über Ihre Chinareise befragen«, sagte er. »Und da Morrison den anderen Korrespondenten im Presseflugzeug ein Interview gibt, dachte ich mir, ich bleibe zurück und versuche, ein Exklusivinterview mit Ihnen zu bekommen.«
»Unmöglich« erwiderte Underwood, der nun immer wütender wurde. »Ich bin dafür viel zu beschäftigt.«
»Mr. President, Lampang stand aber nicht auf Ihrem Reiseplan . . . «
»Weil ich nicht die Absicht gehabt habe, hierherzukommen. Ein Notfall . . .«
»Offiziell oder zum Vergnügen?«
»Mit Sicherheit nicht zum Vergnügen«, entgegnete der Präsident erhitzt. »Es geht um Staatsangelegenheiten.«
»Ich würde gern wissen . . .«
Der Präsident hatte während des Gesprächs, mit Hasken neben sich, die Halle durchquert. Nun blieb er unvermittelt stehen und drehte sich dem Journalisten zu.
»Hasken, wann haben Sie endlich genug? Beim letzten Mal drangen Sie in meine Privatsphäre ein und versuchten, mir einen Urlaubstag zu verderben. Sie zeigten die Präsidentin Noy auf die unpassendste Art, nur mit einem Sarong bekleidet, was uns beide frivol erscheinen ließ und absolut unangebracht war. Nun versuchen Sie schon wieder, in meine Privatsphäre einzudringen, aber ich werde es nicht zulassen.«

»Mr. President, es ist mein Job, über Sie zu berichten, wohin Sie auch gehen. Ich tue also nur meine Arbeit, wie Sie sicherlich auch. Ich hoffe auf etwas mehr Verständnis von Ihrer Seite.«
»Ich will Sie einfach nicht in meiner Nähe haben!« bellte ihn der Präsident an. »Ich habe im Augenblick an anderes zu denken als an ein lächerliches Interview. Bleiben Sie mir aus dem Weg, und lassen Sie sich nicht sehen, solange ich da bin. Vielen Dank. Auf Wiedersehen – von mir aus am liebsten auf Nimmerwiedersehen!«

In seiner Suite im Oriental Hotel begann Underwood, seine Koffer auszupacken, und hörte dann plötzlich auf. Er hatte keine Ahnung, wie lange er hiersein würde – eine Stunde, mehrere Stunden, einen Tag oder mehr. Er mußte nun so schnell wie möglich herausfinden, warum man ihn hierhergerufen hatte und was eigentlich vor sich ging.
Er rief im Chamadin-Palast an, verlangte das Präsidentenbüro und bekam Marsop an den Apparat.
»Ich bin so froh, daß Sie hier sind«, sagte Marsop. »Wir brauchen Sie.«
»Was ist denn los?« fragte Underwood.
»Können Sie sofort in den Palast kommen?« fragte Marsop. »Oder wäre es Ihnen lieber, wenn ich zu Ihnen komme?«
»Ich bin sofort bei Ihnen«, antwortete Underwood.
Eine halbe Stunde später traf er im Chamadin-Palast ein und wurde in Noys Büro geführt. Er war überrascht, Marsop nicht alleine zu finden. Noys Sohn Den war bei ihm.
Underwood gab dem Jungen die Hand.
»Ich freue mich, dich zu sehen, Den.«
»Und ich freue mich, Sie zu sehen, Mr. President.«
Marsop trat vor und nahm Underwoods Hand. »Ich bin froh, daß Sie hier sind, Mr. President.«
»Ich kam, so schnell ich konnte«, erwiderte Underwood.
»Ich kann Ihnen gar nicht sagen, wie froh wir darüber sind«, sagte Marsop. »Bitte setzen Sie sich.«
Underwood nahm Platz und sah sich im Büro um. Er merkte, daß er mit Marsop und Den allein war. Der Drehstuhl hinter dem Präsidententisch war leer.
»Wo ist Noy?« fragte Underwood.

Marsop fand nur mühsam die Worte. »Sie wurde entführt.«
Underwood stand das Entsetzen ins Gesicht geschrieben. Das hatte er am allerwenigsten erwartet.
»Entführt?« wiederholte er ungläubig. »Noy wurde entführt? Warum? Und von wem?«
Marsop hob die Hände, um anzudeuten, daß er keine zufriedenstellende Antwort hatte. »Wir wissen nicht, von wem. Wir können Vermutungen anstellen, aber wir sind nicht sicher. Der Grund ist einfacher. Noys Entführer ließen mich mit ihr am Telefon sprechen. Sie hat mir aufgetragen, der Nation mitzuteilen, daß sie nicht wieder kandidieren wird.«
»Das ist ja unerhört!« rief Underwood entrüstet. »Ich habe erwartet, daß die Opposition nicht eben glücklich über ihre Kandidatur ist. Aber ich hätte nie erwartet, daß sie so weit gehen!«
»Sie meinen es ernst«, sagte Marsop.
»Was ist passiert? Erzählen Sie mir alles von Anfang an.«
»Es begann gestern am frühen Nachmittag mit Den.«
Underwood wandte sich dem Jungen zu. »Was ist passiert, Den? Kannst du es mir sagen?«
Der Junge mußte die Frage verneinen. »Ich bringe immer alles durcheinander, weil ich Angst habe. Es ist besser, wenn Marsop es Ihnen erzählt.«
Underwood wandte sich wieder Marsop zu. »Also gut, dann erzählen Sie es.«
Marsop nickte. »Nun gut. Sooft sie kann, bringt Noy ihren Sohn zur Schule. Gestern früh zum Beispiel. Chalie fuhr die beiden im Mercedes zur Schule.«
»Wer ist Chalie?«
»Der Chauffeur. Er war schon vor Dens Geburt, als Prem noch am Leben war, der Fahrer der Familie.«
»Kann man ihm trauen?«
»Absolut. Er hatte mit der Sache nichts zu tun, wie Sie noch sehen werden. Er ließ Den also an der Schule aussteigen und fuhr dann zum Palast zurück. Um zwei Uhr sollte er ihn, wie jeden Tag, wieder abholen. Chalie brachte Noy zum Palast und fuhr das Auto anschließend in die Tiefgarage. Jemand hatte sich dort versteckt und schlug ihn bewußtlos. Wir fanden ihn später. Er lebt, hat aber eine Kopfverletzung.«

»Dann fuhr also ein anderer den Mercedes.«
»Ja und nein. Ein anderer Fahrer, und ein Mercedes, der mit dem in der Garage identisch war. Dieses Auto wartete nach Schulschluß auf Den. Er lief mit seinen drei besten Freunden über den Schulhof und sprang, wie jeden Tag, ins Auto. Erst nachdem sie bereits losgefahren waren, entdeckte er, daß er neben einem fremden Fahrer saß und daß etwas nicht stimmte.«
Underwood sah den Jungen an. »Also hat man zuerst dich entführt. Weißt du, warum, und wohin ihr gefahren seid?«
Den verzog das Gesicht. »Nein, nur daß der Fahrer in die verkehrte Richtung einbog.«
»In die verkehrte Richtung?«
»Zum Palast fahren wir immer links. Aber der Fahrer fuhr rechts.«
»Was hast du dann gesehen?«
Marsop mischte sich ein. »Den konnte gar nichts sehen, Mr. President. Offensichtlich hatte sich ein Mann auf dem Boden im Fond versteckt. Er kam hoch, kletterte auf den Vordersitz und verband Den die Augen.«
»Dann konnte er also nicht sehen, wo sie hinfuhren?« fragte Underwood.
»Er weiß nur, daß es ungefähr zwanzig Minuten dauerte. Aber sicher ist das auch nicht.«
»Also etwa zwanzig Minuten«, sagte Underwood zu dem Jungen.
»Ich weiß nicht«, erwiderte Den. »Ich glaube, es war länger.«
Underwood verstand. »Kein Wunder bei verbundenen Augen.«
Marsop erzählte nun, dem Jungen sei die Binde abgenommen worden, nachdem man ihn in ein Zimmer – im zweiten Stock eines Hauses, wie Den vermutete – gebracht hatte. Das Zimmer habe ausgesehen wie ein Wohnzimmer, nur spärlich möbliert, und vier Männer in Armeeuniformen hätten sich darin aufgehalten.«
Underwood hörte genau zu und suchte nach einem Hinweis. Aber es gab keinen. Die Entführer waren keine Amateure gewesen.
»Dann riefen sie meine Mama an«, sagte Den. »Sie sagten mir, ich darf meine Mutter wiedersehen, wenn sie tue, was sie verlangen.«
»Hast du gehört, was sie zu ihr sagten?«
»Sie war nicht da. Sie redeten mit Marsop. Ich konnte ein bißchen was hören. Daß sie irgendwo allein hinkommen soll und gegen mich ausgetauscht wird.«

Underwood nagte an seiner Unterlippe. »Glaubte Marsop den Leuten, daß sie dich hatten?«
»Ich glaube nicht, weil der eine mit einer tiefen Stimme sagte, daß Marsop mich hören möchte, meine Stimme hören möchte. Ich durfte dann sagen: ›Marsop, ich bin da.‹ Und sie sagten, wenn ich noch mehr sage, bringen sie mich um. Ich hatte Angst und habe genau getan, was sie gesagt haben.«
»Und dann wußte Marsop, daß sie dich hatten?«
»Ja.«
Underwood wandte sich wieder Marsop zu. »Erzählen Sie, wie der Austausch stattfand.«
Marsop beschrieb, wie Noy in den Kleidern der Köchin allein und unbemerkt den Palast verlassen konnte. Er berichtete, wie sie an der angegebenen Kreuzung antraf, mit Dens Freilassung in die Falle gelockt, und von zwei Männern gepackt und fortgeschleppt wurde, bevor sie Den folgen konnte. »Dann zwang man sie, mich anzurufen.«
»Und was sie zu sagen hatte, war unmißverständlich.«
»Absolut. Sie mußten es zuvor mit ihr geprobt haben.«
»Klang sie verängstigt?«
Ein dünnes Lächeln huschte über Marsops Gesicht. »Sie kennen sie doch. Sie läßt sich nicht so leicht Angst einjagen. Sie klang ziemlich ruhig.«
»Wiederholen Sie noch einmal die Bedingungen für die Freilassung.«
»Sie wird bei der Wahl nicht gegen Nakorn antreten. Ich soll das morgen abend im Fernsehen bekanntgeben. Ich soll behaupten, sie sei krank, zu krank, um zu kandidieren. Und daß die Wahl, auf ihre Bitte hin, in einer Woche stattfinden soll.«
»Und danach?«
»Sobald Nakorn gewählt ist, wird Noy freigelassen.«
Underwood stand erregt auf und ging auf und ab. »Glauben Sie das, Marsop?«
»Warum nicht?«
»Vielleicht sind Sie zu naiv.« Underwood warf Den einen kurzen Bick zu, sah dann wieder Marsop an und sagte leise: »Vielleicht halten sie es für besser, sie nicht freizulassen.«
Daran hatte Marsop überhaupt noch nicht gedacht. »Sie nicht freilassen?«

Underwood nickte. »Genau das. Sie könnte ihren Entführern Schwierigkeiten machen. Sich an die Öffentlichkeit wenden und erzählen, wie sie gezwungen wurde.«
»Würde denn überhaupt jemand diese Entführung für möglich halten?«
»Genug, um Nakorn Schwierigkeiten zu machen und um eine wirkliche Opposition entstehen zu lassen.«
Marsop war ratlos. »Aber was würden sie mit ihr tun?«
Underwood sah Den an, der begonnen hatte zu wimmern, und sagte dann: »Das wissen Sie doch.«
»Würden sie das wirklich tun? Auch wenn wir auf ihre Bedingungen eingehen?«
»Es steht viel auf dem Spiel, Marsop. Erzählen Sie mir, als Noy mit Ihnen sprach, woher wußten Sie da, daß sie mich hierhaben wollte?«
»Ihren Namen erwähnte sie natürlich nicht.«
»Natürlich nicht. Das konnte sie wohl nicht.«
»Sie schlug vor, ich sollte einen Außenstehenden in den Palast holen und ihn bestätigen lassen, daß sie krank sei.«
»Sind Sie sicher, daß sie mich meinte?«
»Welchen Außenstehenden konnte sie denn sonst meinen – vor allem, da Sie ja in der Nähe waren, in China.«
Verwirrt blieb Underwood stehen. »Was glaubte sie denn, daß ich tun könnte?«
Marsop hob die Hände. »Ich habe keine Ahnung. Vielleicht daß Ihre Bedeutung und Ihre Ankunft hier den Entführern zu denken geben würden.«
Underwood war skeptisch. »Niemand weiß, daß ich hier bin.«
»Morgen wird es in allen amerikanischen Zeitungen stehen. Nicht warum Sie hier sind, sondern daß Sie hier sind. Außerdem haben Spione – unsere Armee hat unzählige Spione – Ihre Ankunft in Lampang sicher bemerkt. Es wird bald überall bekannt sein.«
»Glauben Sie, daß meine Anwesenheit in Visaka Noys Entführer beeinflussen könnte?«
»Ich persönlich glaube es nicht«, gab Marsop zu. »Aber Sie haben eine gute Beziehung zu Noy. Sie hält Sie für klug. Vielleicht dachte sie, Sie würden sich nach Leuten umsehen, die wissen, wer sie gefangenhält und wie man sie retten könnte.«
»Mich nach Leuten umsehen«, wiederholte Underwood nachdenk-

lich. Dann richtete er sich plötzlich auf und schnippte mit den Fingern. »Da gibt es vielleicht jemanden.«
»Jemanden?«
»Percy Siebert.«
»Der CIA-Chef an der amerikanischen Botschaft?«
»Ja, Siebert. Er kennt Noy. Ich brachte ihn mit, als ich mit Noy über den Tod ihres Gatten sprach.«
»Natürlich.«
»Außerdem hat er viele Kontakte in Visaka. Er kann uns vielleicht eine Richtung angeben und uns sagen, wo wir anfangen sollen.«
»Sie werden sich mit Siebert treffen?«
»So bald wie möglich.« Underwood ging zu Noys Drehstuhl und zog das schwarze Telefon auf dem Tisch heran. Er wählte die Nummer der amerikanischen Botschaft in Visaka.
Die Vermittlung meldete sich.
»Percy Siebert bitte«, sagte Underwood.
»Wer spricht, wenn ich fragen darf?«
»Der Präsident der Vereinigten Staaten.«
Die Stimme am anderen Ende klang unsicher. »Der Präsident?«
»Sie haben schon richtig verstanden«, bellte Underwood. »Ich muß sofort mit Percy Siebert sprechen.«
»Er ist nicht in der Stadt, Sir. Ich weiß nicht, wo er ist und wie man ihn erreichen kann. Morgen früh wird er wieder in der Botschaft sein. Kann ich ihm etwas ausrichten, Sir?«
»Richten Sie ihm folgendes aus«, sagte Underwood. »Sagen Sie Siebert, der Präsident der Vereinigten Staaten erwartet ihn morgen in aller Frühe im Oriental Hotel.« Mit besonderem Nachdruck fügte er hinzu: »Sagen Sie ihm, daß dies höchste Dringlichkeitsstufe hat. Ich muß ihn so bald wie möglich sehen.«

Früh am nächsten Morgen schlang Matt Underwood hastig sein Frühstück hinunter und wartete dann auf Percy Siebert.
Aber nach einem Klopfen an der Tür erschienen statt dessen der Geheimdienstchef Frank Lucas und zwei seiner Männer.
»Ihr Besucher ist draußen«, sagte Lucas.
»Schicken Sie ihn herein«, erwiderte Underwood.
»Schön und gut«, meinte darauf Lucas, »aber ich möchte gern zwei meiner Männer im angrenzenden Zimmer postieren.«

Die Antwort des Präsidenten war unmißverständlich. »Ich will mit dem Chef der CIA-Abteilung ein vertrauliches Gespräch führen. Ich ziehe es vor, niemanden in Hörweite zu haben, und auf keinen Fall jemanden näher als auf dem Gang vor der Tür.«
»Nun, ich würde es vorziehen . . .«
»Ich ziehe es vor, alleine zu sein« schnitt Underwood ihm das Wort ab. »Es geht hier um die CIA, und ich will nicht, daß jemand mithört. Mir reicht es, wenn ich weiß, daß Sie dieses Zimmer und die angrenzenden überprüft haben.«
»Die sind sauber, Mr. President. Keine Wanzen. Sie können frei sprechen.«
»Gut«, sagte Underwood. »Sie stellen sich mit Ihren Agenten draußen auf. Und dann schicken Sie mir sofort Percy Siebert herein.«
Während Lucas und seine Männer das Zimmer verließen, versuchte sich Underwood zurechtzulegen, wie er es Siebert sagen wollte.
Wenige Augenblicke später stand Siebert im Salon.
Der Präsident schob das Frühstückstablett zur Seite, stand auf und gab dem CIA-Mann die Hand.
»Freut mich, Sie wieder hier zu sehen, Mr. President«, sagte Siebert. »Sie haben mich überrascht. Ihre Nachricht klang sehr dringend.«
»Das ist sie auch«, entgegnete Underwood. »Nehmen Sie Platz.«
Siebert setzte sich und sah wachsam und erwartungsvoll zu, wie Underwood sich einen Sessel heranzog.
»Es betrifft wieder einmal Präsidentin Noy«, sagte Underwood. »Als wir das letzte Mal über sie sprachen, ging es um etwas Persönliches, um meine Rechtfertigung. Dieses Mal ist es etwas Ernsteres.«
»Worum geht es denn?«
»Wissen Sie, daß Präsidentin Noy verschwunden ist?«
»Verschwunden? Ich fürchte, ich verstehe nicht ganz.«
Underwood musterte Sieberts Gesichtsausdruck, er wollte herausfinden, ob er log. Aber Siebert schien wirklich verblüfft zu sein.
»Noy wurde entführt«, sagte Underwood einfach.
Siebert machte große Augen. »Ich kann's nicht glauben.«
»Aber sie sollten es glauben, weil es nämlich stimmt.« Er ließ den CIA-Mann nicht aus den Augen. »Ich war mir sicher, daß Sie etwas darüber wüßten.«
Siebert war noch immer erstaunt. »Ich höre eben zum erstenmal davon.«

»Ich dachte, die CIA wüßte über alles Bescheid.«
»Wenn es nur so wäre. Ist es aber nicht. Es ist ein Trugschluß. Wir versuchen, eine Menge zu erfahren, und wir wissen auch eine ganze Menge, aber wir sind nur so gut wie unsere Quellen. Von keinem kam auch nur der geringste Hinweis auf eine Entführung. Was ist mit Madame Noy passiert?«
Underwood erzählte kurz, was er wußte. Mit Marsops Anruf in Peking fing er an. »Sie wollte mich hierhaben, und ich kam sofort.« Dann erzählte Underwood, was er von Marsop und Den Sang erfahren hatte. Er erläuterte kurz, wie es zu der Entführung gekommen war, berichtete von Dens Verschleppung, von dem Handel und von Noys Anruf bei Marsop, mit dem sie ihm befahl, den Rückzug der Kandidatur bekanntzugeben, um ihre Freilassung zu gewährleisten.
Siebert hörte aufmerksam zu und sagte dann nur ein Wort: »Unglaublich.«
»Es ist wirklich unglaublich, daß die Präsidentin eines unabhängigen Landes bei hellem Tageslicht entführt wird«, stimmte Underwood hinzu. »Aber nun, da Sie alles wissen, hoffe ich, daß Sie etwas Licht in die Sache bringen können.«
Siebert machte eine hilflose Geste. »Ich fürchte, ich tappe da ebenso im dunkeln wie Sie.«
»Überlegen Sie. Gab es denn nie und von niemandem einen Hinweis darauf, daß so etwas passieren könnte?«
»Ich schwöre Ihnen, Mr. President, ich hatte keine Ahnung.«
Underwood dachte über Sieberts Worte nach. »Dann wissen Sie vielleicht über etwas anderes Bescheid. Wer könnte so etwas tun und aus welchem Motiv?«
Siebert antwortete sofort. »Ich glaube, das ist offensichtlich.«
»Das glaube ich auch, aber ich möchte es gerne von Ihnen hören.«
»Also gut. Noy ändert ihre Meinung und gibt öffentlich bekannt, daß sie bei der Wahl gegen General Nakorn antreten wird, und sofort . . .«
»Würde sie, Ihren Informationen nach, eine solche Wahl gewinnen? Sie waren ja dabei, als sie ihre Siegessicherheit demonstrierte.«
»Nach den Umfragen ist sie die Favoritin. Und meine besten Informanten denken ebenso. Das Volk mag sie. Natürlich hat auch General Nakorn eine Gefolgschaft, aber die ist bei weitem nicht so stark wie die Noys.«

Underwood war zufrieden. »Sehr schön. Aber kehren wir zu dem zurück, was Sie eben sagen wollten. Noy kündigt ihre Kandidatur an, und sofort – sofort was?«
»Wird sie entführt. Es werden harte Bedingungen gestellt. Sie soll die Kandidatur zurückziehen.«
»Und wem nützt das?«
»General Samak Nakorn. Er hätte dann keinen Gegner mehr. Es würde zu einer reinen Ja-Nein-Wahl kommen, und er wäre der neue Präsident. Den meisten Leuten in Lampang, der Mehrheit, würde das nicht gefallen. Aber die Männer Ihrer Regierung – Sie natürlich ausgenommen, ich meine jetzt Ramage und Morrison – wären hocherfreut. Sie hätten dann einen Verbündeten, der die Kommunisten massakriert und sich als waschechter Amerikanerfreund erweist.«
Bei dem letzten Satz riß Underwood überrascht die Augen auf. »Sie wollen damit doch nicht andeuten, daß Direktor Ramage oder Außenminister Morrison ihre Finger bei dieser Entführung im Spiel hatten?«
»Bei Gott, nein. Ramage und Morrison sind zu vielem fähig, aber nicht zu einer solchen Untat, vor allem, da sie wissen, wie Sie darüber denken.«
»Sie wollen also sagen, daß der eigentliche Nutznießer dieser Sache, derjenige, der die Entführung anzetteln und den Rückzug von Noys Kandidatur verlangen könnte, der Oberbefehlshaber der Streitkräfte von Lampang ist.«
»General Nakorn. Er ist der Gewinner bei der Sache.«
»Beschuldigen Sie Nakorn als Anstifter?«
»Ich beschuldige niemanden, Mr. President. Ich will nur andeuten, wer davon profitiert. Vielleicht war es Nakorn gar nicht. Vielleicht wollte ihm nur ein übereifriger Untergebener einen Gefallen tun. Das ist immerhin möglich. Aber Nakorn selbst ist wahrscheinlicher. Er ist ein skrupelloser Hurensohn, der zu jeder Gewalttat fähig ist.«
»Wenn ich also der Sache auf den Grund gehen und Noy retten will, führen alle Wege zu Nakorn.«
»Das ist die einzige Möglichkeit. Alle anderen sind Sackgassen. Es heißt Nakorn oder nichts.«
Underwood dachte darüber nach. Aber es gefiel ihm ganz und gar nicht.
»Glauben Sie, daß ein Treffen mit Nakorn etwas einbringen würde?«

»Wenn Sie als Präsident der Vereinigten Staaten ihm die Erlaubnis geben, die Kommunisten auszulöschen, und ihm auch die Waffen dazu liefern, läßt er sich vielleicht dazu herab, diese Entführung zu untersuchen. Aber sicher ist das nicht. Er will trotzdem noch Präsident werden.«
»Und ich will die Präsidentin behalten, die entführt wurde.«
»Schwierig.«
»Ich nehme also an, ich habe gar keine andere Wahl, als mich mit General Nakorn zu treffen.«
»Vielleicht haben Sie Glück«, erwiderte Siebert trocken. »Aber verlassen Sie sich nicht darauf.«

Präsident Underwood saß etwas steif in Noys Büro im Chamadin-Palast in Noys Drehstuhl hinter Noys Schreibtisch und erwartete seinen Besucher.
Zuvor hatte er einiges in die Wege geleitet. Er hatte Marsop im Chamadin-Palast angerufen und mit ihm gesprochen.
»Ich will General Nakorn sehen«, hatte er zu ihm gesagt. »In einer Stunde in Noys Büro im Palast. Glauben Sie, daß Sie das arrangieren können?«
»Ich kann es versuchen, Mr. President.«
»Ich glaube, Nakorn wird kommen. Ich werde ihn erwarten.«
»Ähm, Mr. President . . .«
»Ja?«
»Falls Noy anruft und wissen will, ob wir Fortschritte machen, was soll ich ihr sagen?«
»Versuchen Sie, ihr mitzuteilen, daß ich hier bin und mein möglichstes versuche. Und damit ihre Entführer beruhigt sind, lassen Sie sie wissen, daß Sie auf die Forderungen eingehen werden. Versichern Sie ihr, daß Sie morgen den Rücktritt von ihrer Kandidatur im Fernsehen bekanntgeben werden – unter einer Bedingung: Daß die Entführer sie exakt eine Stunde nach der Bekanntgabe unverletzt und genau an der Stelle, wo sie entführt wurde, wieder freilassen.«
Marsop hatte still zugehört. »Versprechen können die alles.«
»Es ist den Versuch wert.«
»Mr. President, wollen Sie wirklich, daß ich mich mit dieser Bekanntgabe an das Volk wende?«
»Bereiten Sie sich darauf vor, planen Sie es. Unter uns gesagt, ich

habe noch immer keine Ahnung, wer sie entführt haben könnte. Aber ich versuche weiterhin alles.«
»Bitte.«
»General Nakorn ist der nächste Schritt. Holen Sie ihn mir.«
»Ich werde ihn holen«, hatte Marsop versprochen.
Und nun saß Präsident Underwood also auf Noys Platz und wartete auf seinen Besucher.
Mehr als eine Stunde war schon vergangen, seit Underwood das Treffen angeregt hatte, und er wurde langsam unruhig.
In diesem Augenblick summte das Haustelefon, und Underwood griff nach dem Hörer.
»Ihr Besucher ist da, Sir«, verkündete Noys Sekretärin.
Erleichtert erwiderte Underwood: »Führen Sie ihn herein.«
Er stand auf, als sich die Seitentür zum Empfangszimmer öffnete und General Samak Nakorn in voller Uniform das Büro betrat.
Underwood hatte vergessen, daß Nakorn zwar viel kleiner als er, aber auch viel breiter war. Er war eine Tonne von einem Mann in einer makellosen Uniform mit Ordensbändern an der Brust, und er hielt seine tressenbesetzte Mütze in der Hand.
Nakorn durchquerte schnell das Zimmer, gab Underwood die Hand und setzte sich, Underwoods Geste folgend, neben den Schreibtisch.
Underwood kehrte zu Noys Drehstuhl zurück, und er war etwas beunruhigt darüber, daß Nakorn dieser Wahl der Sitzgelegenheit offensichtlich keine Bedeutung zumaß.
»Sind Sie nicht überrascht, mich hier zu finden?« fragte Underwood.
»Nein«, sagte Nakorn ruhig. Ein Lächeln huschte über sein Gesicht. »Wir haben in Lampang einen sehr guten Geheimdienst. Aber auch wenn er nicht so gut wäre, hätten wir die Air Force One doch kaum übersehen können.«
»Sind Sie nicht neugierig, warum ich hier bin?« wollte nun Underwood wissen.
»Ich bin sogar sehr neugierig«, erwiderte Nakorn. »Ich habe nicht die geringste Ahnung.« Er ließ den Blick durchs Zimmer schweifen. »Ich hätte eigentlich erwartet, Präsidentin Noy Sang in Ihrer Begleitung zu finden.«
»Wenn Ihr Geheimdienst so gut ist, dann müssen Sie doch wissen, daß Sie verschwunden ist.«

Nakorn hatte bis jetzt eher gelangweilt gewirkt, schien aber nun doch kurzfristig überrascht zu sein. »Verschwunden? Was meinen Sie damit?«
»Entführt«, entgegnete Underwood tonlos. »Sie wurde verschleppt.«
»Ich kann es nicht glauben. Wer würde es wagen . . .«
»Genau aus diesem Grund wollte ich mit Ihnen sprechen. Ich will wissen, ob Sie mir sagen können, wer es wagen würde, so etwas zu tun.«
»Ich?« fragte Nakorn. »Ich weiß nichts über eine Entführung. Warum sollte ich?«
Underwood blieb hart. »Weil Sie am meisten davon profitieren.«
»In welcher Hinsicht?«
»Sie haben Ihre Kandidatur für die Präsidentschaft bekanntgegeben. Und danach gab sie bekannt, daß sie gegen Sie antreten wolle. Aber wenn sie nicht antreten kann, werden Sie gewählt.«
Nakorn wurde nun zum erstenmal etwas lebhafter, »Wollen Sie damit andeuten, daß ich sie entführen ließ?«
»Ich sage nur, daß Sie davon profitieren.«
Nakorn blieb hart. »Sosehr ich Ihr hohes Amt respektiere, Mr. President, nehme ich doch an, daß ich nun eine Entschuldigung verdient habe. Sie tun mir unrecht. Sie beleidigen mich.«
»Ich werde mich erst entschuldigen, wenn ich überzeugt bin, daß Sie nicht daran beteiligt sind. Im Augenblick bin ich mir noch sehr unsicher. Die Entführer haben uns übermittelt, daß sie Noy gefangenhalten werden, bis sie offiziell ihre Kandidatur zurückgezogen hat.«
»Das ist mir neu. Ich freue mich auf den Wahlkampf mit ihr als Gegnerin. Ich will nicht, daß sie aufgibt.«
Underwood wurde immer wütender. Er sprang auf. »Dann finden Sie sie«, befahl er Nakorn barsch.
Nakorn ließ sich davon nicht aus der Ruhe bringen. »Haben Sie irgendwelche Hinweise auf ihren Aufenthaltsort?«
Underwood überlegte, ob er Nakorn über den Ablauf der Entführung informieren sollte, entschied sich aber dann dagegen. Falls Nakorn wirklich verwickelt war, wäre es unklug, ihn wissen zu lassen, was sie inzwischen herausgefunden hatten.
»Ich habe keine Hinweise«, erwiderte Underwood. »Aber bei Ihren enormen militärischen Möglichkeiten werden Sie doch sicher Mittel und Wege finden, um sie aufzuspüren.«

Nakorn stand auf. »Bei Entführungen sind meine Nachforschungsmöglichkeiten beschränkt. Man beschäftigt sich zuerst mit den Feinden des Opfers. In diesem Fall könnte ich über unseren Computer eine Liste mit Personen, die ihr in Briefen und öffentlichen Reden drohten, aufstellen lassen. Ich kann auch die Mitglieder der Oppositionsparteien verhören, die von ihrem Rückzug am meisten profitieren. Bevor ich keine erfolgversprechende Spur finde, sind meine Möglichkeiten beschränkt. Aber ich werde es versuchen.«

»Sie können noch etwas anderes probieren«, sagte Underwood.

»Was denn?«

»Verhören Sie Ihre eigenen Untergebenen und Verbündeten, all diejenigen, die Sie an der Macht sehen wollen.«

»Das kann ich nicht tun. Jeder einzelne ist mir treu ergeben – und seiner Präsidentin Noy.«

»General Nakorn. Ich spreche zu Ihnen als Oberbefehlshaber der Vereinigten Staaten und als Lampangs Verbündeter. Solange ich nicht sicher sein kann, daß Sie alles in Ihrer Macht Stehende tun, um Madame Noy zu retten, fürchte ich, daß unsere zukünftigen Beziehungen schweren Schaden nehmen werden. Haben Sie mich verstanden?«

»Ich habe Sie verstanden. Ich kann nur tun, was mir möglich ist. Ich bin mir nicht sicher, ob eine Befreiung Madame Noys vor ihrem Rücktritt von der Wahl möglich ist.«

»Sie werden tun, was Sie können«, entgegnete Underwood eisig. »Und ich kann Ihnen versichern, daß ich das gleiche tun werde.« Er hielt inne. »Sie wissen, wo ich zu finden bin, falls Ihnen plötzlich das Unmögliche möglich erscheint. Guten Tag.«

Auf dem Rückweg ins Oriental Hotel hatte Matt Underwood den Eindruck, in eine Sackgasse geraten zu sein. Die Unterredung mit Siebert war ergebnislos gewesen. Und auch das Gespräch mit General Nakorn hatte ihm nichts gebracht. Er fragte sich, an wen er sich als nächstes wenden sollte. Er überlegte, ob er nach einer kurzen Erholungspause in den Palast zurückkehren und Marsop eingehend befragen sollte. Sie könnten gemeinsam eine Liste mit Noys Feinden und Gegnern aufstellen – eben die Liste, von der Nakorn gesprochen hatte. Sie könnten dann über die Betroffenen diskutieren und versuchen, einige von ihnen zu einem Verhör zu bestellen.

Im Hotel angekommen, fuhr er in Begleitung des Geheimdienstes in sein Penthouse hinauf.
Während er über den Gang zu seiner Suite ging, sah er Direktor Frank Lucas am Treppenaufgang stehen und mit jemandem reden, der Underwood den Rücken zuwandte.
Als Underwood näher kam, erkannte er den zweiten Mann. Es war Hy Hasken, der Fernsehkorrespondent.
Lucas ging voraus, um die Tür aufzusperren und zu öffnen, und als der Präsident eintreten wollte, versuchte Hasken, ihm zu folgen. Lucas versperrte ihm den Weg.
»Ich dachte, daß wir uns vielleicht unterhalten sollten«, sagte Hasken über die Schulter des Geheimdienstdirektors hinweg.
»Aber ich nicht«, erwiderte Underwood. »Ich bin zu beschäftigt, um über China zu reden.«
»Nicht über China«, warf Hasken ein.
»Nein. Worüber dann?«
»Lampang«, erwiderte Hasken tonlos.
»Und worüber genau?«
»Über etwas, das ich herausgefunden habe.« Hasken warf Lucas und den anderen Geheimdienstmännern einen Blick zu. »Soll ich es Ihnen hier im Gang sagen – oder wollen Sie lieber vertraulich mit mir darüber sprechen?«
Mit unverhohlenem Abscheu musterte Underwood den Reporter. Dann wandte er sich an Lucas. »Lassen Sie ihn kurz herein, Frank. Ich will wissen, was in seinem Kopf vorgeht.«
Lucas trat zur Seite und führte Hasken durch den Metalldetektor. Hasken folgte dem Präsidenten und schloß die Tür hinter sich.
Mitten im Wohnzimmer blieben die beiden stehen. »Worum geht es?« fragte Underwood.
»Es dauert eine Weile«, sagte Hasken. »Darf ich mich setzen?«
»Dann setzen Sie sich«, antwortete Underwood barsch.
Hasken setzte sich in eine Ecke des Sofas, und Underwood nahm gereizt in einem Sessel daneben Platz.
»Ich will Ihnen sagen, warum ich mit Ihnen reden wollte«, sagte Hasken.
»Ich kann es kaum erwarten«, erwiderte Underwood.
»Sie sind nicht in Staatsangelegenheiten hier«, sagte Hasken. »Ich habe den Eindruck, es geht um etwas Persönliches.«

»Und nur um mir das zu sagen, vergeuden Sie meine Zeit?« fragte Underwood mit unüberhörbarer Verärgerung.
»Da ist noch mehr«, sagte Hasken.
»Wirklich. Dann erzählen Sie.«
Hasken holte tief Atem. »Was ich zu sagen habe, betrifft Madame Noy Sang.«
»Ja?«
»Madame Noy ist nicht verfügbar oder sogar verschwunden. Ich tippe auf letzteres. Ich würde sagen, sie ist verschwunden.«
»Ein übler Schuß ins Blaue«, sagte Underwood. »Wo haben Sie denn diesen Unsinn her?«
Hasken sah Underwood unverwandt an. »Das ist kein Unsinn, Mr. President. Ich glaube, es ist eine Tatsache. Ich kann es nicht beweisen, noch nicht, aber ich bin mir sicher, daß es stimmt. Noy ist verschwunden, und ich vermute, Sie sind hier, um herauszufinden, was passiert ist.«
Underwood erwiderte den Blick des Reporters. »Ich wiederhole, ich will wissen, wo Sie das herhaben?«
»Indem ich mich beim Chamadin-Palast herumgedrückt habe. Indem ich mich umgehört habe. Indem ich Fragen gestellt und die Antworten gehört habe. Und weil ich weiß, daß eine so sichtbare Person nicht plötzlich unsichtbar wird. Ich würde es für klug halten, wenn Sie es bestätigen und mich einweihen würden.«
Underwood rutschte nervös in seinem Stuhl hin und her. »Es gibt nichts, in das ich Sie einweihen könnte. Sie feuern einen Schuß ins Blaue ab, und der geht weit am Ziel vorbei.«
»Dann wollen Sie mir also nicht helfen?«
»Auch wenn ich es könnte, würde ich es nicht.« Er hielt inne. »Ihnen nicht.«
»Sie begehen einen Fehler, Mr. President.«
»Nein; aber auch wenn ich es täte, es wäre nicht mein erster. Sie fischen doch nur im Trüben, Hasken, und es gibt nichts zu fangen.«
»Geben Sie mir noch eine Chance, Mr. President.«
»Auf Wiedersehen, Mr. Hasken«, sagte Underwood bestimmt.
Hasken stand achselzuckend auf und stellte sich vor Underwood. »Ich will nur noch eins sagen, Mr. President. Ich werde herausfinden, warum Sie hier sind. Ich werde herausfinden, warum Sie in Lampang sind, während Sie eigentlich auf dem Rückflug nach Wa-

shington sein sollten. Und wenn ich es herausfinde, habe ich es nicht Ihnen zu verdanken. Ich werde Madame Noy auf eigene Faust aufspüren. Ich will Sie nur an eins erinnern, Mr. President. Ich bin der beste Enthüllungsjournalist im Geschäft. Unter den dreitausend Journalisten in Washington gibt es keinen besseren, keinen, der tun kann, was ich tun kann.«

Haskens Selbstbewußtsein verunsicherte Underwood. Er sah zu, wie der Reporter auf die Tür zuging, und ein Satz Haskens hatte sich in sein Gedächtnis eingebrannt. *Ich bin der beste Enthüllungsjournalist im Geschäft.*

Underwood hatte selbst versucht, Enthüllungsjournalist zu spielen, aber ohne Erfolg. Er hatte einfach nicht die dazu nötige Phantasie und Raffinesse. Er war mit seinem Latein am Ende. Und er war am Verzweifeln.

Er wußte, daß er sich an Hasken halten mußte. Es war an der Zeit, Zwistigkeiten beizulegen und sich einen Verbündeten zu suchen, der die entsprechenden Mittel und Wege kannte.

Hasken hatte schon die Hand an der Klinke und wollte gehen, als Underwood ihn zurückrief. »Mr. Hasken!«

Hasken nahm die Hand von der Klinke und drehte sich um. »Mr. President?«

»Kommen Sie zurück. Ich will nun doch mit Ihnen sprechen.«

Ohne ein Wort zu sagen, kehrte Hasken zum Sofa zurück und setzte sich zögernd darauf.

»Ich will unsere Beziehung gar nicht beschönigen«, begann der Präsident. »Ich konnte Sie nie sonderlich leiden. Ich fand Sie immer zu neugierig. Aber genau diese Eigenschaft brauche ich jetzt. Ich bin bereit, die Vergangenheit zu begraben und mit Ihnen zusammenzuarbeiten, vorausgesetzt, daß ich Ihnen vertrauen kann.«

Hasken nickte feierlich. »Wenn Sie mir vertrauen müssen, um mit mir weitermachen zu können, wenn nur das zwischen uns steht, dann kann ich Ihnen versichern, daß Sie mir trauen können.«

»Ich nehme Sie beim Wort«, sagte Underwood. »Was mich aufmerksam machte und mich meine Meinung ändern ließ, was mich Sie zurückrufen ließ, war Ihre Bemerkung, Sie seien der beste Enthüllungsjournalist im Geschäft. Sind Sie sich da ganz sicher?«

»Absolut. Ich habe die Fähigkeit und die Geduld dazu. Wenn es etwas herauszufinden gibt, ist es sehr wahrscheinlich, daß ich es herausfinde. Wenn auch nicht immer, so doch in neunzig Prozent der Fälle. Sie können sich also auf mich verlassen.«

»Ich muß mich bei einer äußerst wichtigen Sache auf Sie verlassen können.«

»Das können Sie.«

Der Präsident nickte. »Ich bin kein Enthüllungsjournalist, aber Sie sind es. Ich werde Sie ausführlich und gründlich über das Problem informieren, wenn ich mich wirklich darauf verlassen kann, daß Sie nichts von dem, was ich Ihnen sage, in Ihrer Arbeit verwenden werden. Sie werden sicher in Versuchung kommen, aber ich muß Ihr Wort haben, daß Sie nichts davon veröffentlichen werden, bevor das Problem nicht gelöst ist. Können Sie mir absolute Vertraulichkeit versprechen?«

»Ich verspreche es«, antwortete Hasken ernsthaft.

»Ich werde wohl am besten das Problem erst einmal als hypothetischen Fall darstellen, damit ich sehe, ob Sie mir einen Lösungsweg vorschlagen können.«

»Bitte, Mr. President.«

Underwood wußte zuerst nicht recht, wie er beginnen sollte, fand aber dann doch die richtigen Worte. »Es geht um eine Frau aus der Stadt mit einem Sohn. Sie bringt den Jungen zur Schule, holt ihn aber nicht mehr ab. Statt dessen schickt sie ihren Chauffeur. Aber bevor der den Jungen abholen kann, wird er niedergeschlagen, und ein anderer Fahrer wartet mit einem ähnlichen Auto auf den Jungen. Der Junge wird entführt, wird irgendwo in der Stadt als Geisel gehalten, und seine Mutter erhält die Anweisung, ihn an einer bestimmten Straßenkreuzung abzuholen. Sie befolgt die Anweisung und wird selber entführt. Man hält sie als Geisel. Und ich will auf keinen Fall, daß das Lösegeld gezahlt wird.«

Hasken schüttelte den Kopf. »Sie sind nicht offen zu mir, Mr. President.«

»Wie das?«

»Ich will keinen hypothetischen Fall hören. Ich will den wirklichen Fall. Ich will die Fakten hören. Es ist ja offensichtlich, daß es sich bei der Mutter um Madame Noy Sang und bei dem Sohn um Den Sang handelt.«

Underwood seufzte. »Ich fand es schwierig, ihre Namen zu erwähnen – sogar vor Ihnen.«

»Sie müssen vollkommen offen zu mir sein«, sagte Hasken. »Sonst kann ich Ihnen nicht helfen.«
Underwood gab sich geschlagen. »Also gut. Noy und Den. Wie Sie offenbar wissen, ist Noy verschwunden. Sie wurde entführt. Als Bedingung für ihre Freilassung muß sie ihre Kandidatur für die Präsidentschaftswahl zurückziehen.«
Hasken blieb der Mund offenstehen. »Haben Sie irgendwelche Spuren, Mr. President?«
»Keine Spuren. Verdachtsmomente, aber keine solide Spur.«
»Verdachtsmomente können zu Hinweisen werden.«
»Wie können wir Noy finden?«
»Nun, jetzt, da ich weiß, daß es sich um Noy handelt und daß ihr Sohn verwickelt war . . .«
»Und auch Minister Marsop. Er ist beteiligt, weil er den Anruf von Noys Sohn entgegennahm.«
Hasken wirkte zuversichtlich. »Okay, vielleicht stoßen wir auf etwas. Vielleicht kann ich Ihnen helfen. Aber Sie müssen mir die ganze Geschichte erzählen, jedes kleinste Detail, bis hin zur nebensächlichsten, scheinbar unwichtigen Kleinigkeit. Ich werde den Jungen befragen müssen. Und dann Marsop. Aber zuerst Sie. Schießen Sie los, . . . Sir.«

12

Von seiner Suite im Oriental Hotel rief Präsident Underwood Minister Marsop im Chamadin-Palast an.
»Marsop? Hier spricht Präsident Underwood aus dem Hotel. Ich habe jemanden bei mir, der glaubt, uns helfen zu können.«
»Madame Noy zu finden?«
»Ja, Noy zu finden.«
»Ist er ein Detektiv?«
»Nein, eigentlich nicht. Sein Name ist Hy Hasken, und er ist Fernsehkorrespondent am Weißen Haus.«
»Er wird die Sache doch nicht an die Öffentlichkeit tragen?« fragte Marsop ängstlich.
»Mr. Hasken hat Verschwiegenheit gelobt. Er ist, was wir einen Enthüllungsjournalisten nennen.«
»Ich kenne den Ausdruck.«
»Obwohl er eigentlich kein Detektiv ist, arbeitet er wie einer, vielleicht sogar noch besser«, sagte Underwood. »Er will sowohl von Ihnen als auch von Den genau wissen, was passiert ist. Ist Den zu Hause?«
»Ja. Ich hielt es für besser, ihn nicht in die Schule zu schicken, bis das Problem gelöst ist. Den ist in seinem Zimmer und sieht fern.«
»Wir werden ihn brauchen, und wir werden Sie brauchen. Mr. Hasken möchte die Sache mit Ihnen beiden persönlich noch einmal durchgehen. Er wird wahrscheinlich noch Fragen stellen, an die ich gar nicht dachte.«
»Wir werden uns alle Mühe geben.«
»Gut. Hasken und ich sind auf dem Weg zu Ihnen.«

Fünfunddreißig Minuten später waren die vier in Noys Büro im Chamadin-Palast versammelt.
Den und Marsop saßen aufrecht und aufmerksam auf dem Sofa, und Hasken mit einem kleinen Notizbuch, das er aus der Tasche gezogen hatte, ihnen gegenüber. Underwood saß dicht hinter dem Reporter. Er wollte nicht stören und Hasken das Feld überlassen.

Hasken wandte sich an den Jungen. »Ich werde dir jetzt viele Fragen stellen, Den. Egal, wie dumm oder unwichtig sie dir scheinen, ich will, daß du jede einzelne so gut wie möglich beantwortest. Wirst du das tun?«
»Ich will's versuchen«, antwortete Den.
»Na, dann fangen wir am Anfang an und gehen es durch bis zu dem Zeitpunkt, wo dich die Entführer wieder freigelassen haben. Können wir?«
»Ja.«
»Du kamst also aus der Schule – mit wem, und was ist passiert?«
Underwood hörte nun die ganze Geschichte noch einmal, und er konnte sich nicht vorstellen, daß Hasken in der Erzählung andere Hinweise entdecken konnte, als er selber.
Doch plötzlich fragte Hasken Den etwas, das Underwood nicht gefragt hatte, weil er keinen Sinn darin gesehen hatte.
»Deine drei Schulfreunde«, sagte Hasken. »Willst du mir von ihnen erzählen?«
»Was erzählen?«
»Fangen wir einmal mit den Namen an.«
»Toru ist mein bester Freund. Dann sind da noch Sorik und Sassi.«
»Was weißt du über ihre Herkunft?«
Den war verwirrt. »Was heißt ›Herkunft‹?«
Hasken, der sofort gemerkt hatte, daß der Junge in seinem Alter wohl kaum etwas über Herkunft wußte, formulierte die Frage um.
»Den, weißt du, was ihre Väter machen?«
Der Junge dachte darüber nach. »Torus Vater hat eine Fabrik.«
»Was für eine?«
»Hm, das weiß ich nicht. Doch, weiß ich schon. Er macht Keramikteller. Soriks Vater macht – veröffentlicht eine Zeitschrift über Visaka. Sassis Vater ist ein Rechtsanwalt.«
»Reden deine Freunde über die Interessen ihrer Väter?«
»Interessen?«
»Na, Hobbys, von denen deine Freunde etwas wissen.«
»Torus Vater sammelt ausländische Autos. Soriks Vater schreibt Geschichten, und Sorik darf ihm dabei helfen. Sassis Vater spart eine Menge Geld.«
Hasken lachte. »Ein gutes Hobby. Aber nun weiter. Du warst im Mercedes und hattest die Augen verbunden?«

Den beschrieb von da aus noch einmal alles, was er eben schon erzählt hatte.
»Bist du sicher, daß es zwei Treppen bis zu der Wohnung waren, wo sie dich gefangenhielten?«
»Zwei Treppen nach oben.«
»Wie viele Leute waren in der Wohnung?«
»Vier Männer.«
»Kannst du sie beschreiben, wie sie ausgesehen haben? Groß, klein, dick, dürr, Schnurrbärte, Narben, irgend etwas?«
Den gab sich Mühe, die Männer zu beschreiben. Aber für ihn waren es eben nur vier Soldaten, die alle gleich aussahen.
»Das Zimmer.« Hasken blieb beharrlich. »War es leer?«
»Es gab was zum Hinsetzen.«
»Kannst du es beschreiben?«
Den konnte es nicht sehr gut. Er erinnerte sich an hölzerne Stühle, einen Tisch und eine Couch.
»Gab es Fenster?«
»Zwei.«
»Konntest du nach draußen sehen?«
»Nein, ich durfte nicht ans Fenster. Aber vom Zimmer aus konnte ich ein bißchen was sehen. Auf der anderen Straßenseite war noch eine Wohnung.«
»Auf der anderen Straßenseite? Nicht nebenan?«
»Es war weiter weg. Also muß es auf der anderen Straßenseite gewesen sein.«
Nun kam Den zu dem Anruf bei seiner Mutter. Er hatte nicht alles gehört, wußte aber, daß seine Mutter nicht in der Nähe des Telefons gewesen war. Marsop hatte den Anruf entgegengenommen.
»Hast du mit Marsop gesprochen?«
»Ja, sie haben mich zum Telefon geschleppt und gesagt: ›Sag ihm, daß du da bist. Aber sonst kein Wort.‹ Und das habe ich dann auch gesagt, und als ich mehr sagen wollte, hat mir der Mann das Telefon weggenommen und mich auf den Stuhl gestoßen.«
Underwood konzentrierte sich auf die Fragen und Antworten, aber verstand nicht, wohin das führen sollte, und auch nicht, daß Haskens sogenannter Enthüllungsjournalismus irgend etwas einbrachte.
Hasken hatte die Befragung Dens abgeschlossen und konzentrierte sich nun auf Marsop.

»Sie befahlen Ihnen, Noy auszurichten, sie solle zur südwestlichen Ecke der Kreuzung Khan Koen Road und Bot Road kommen?«
»Sie sollte drei Blocks weiterfahren, dann zur Ecke zurückgehen und auf Den warten.«
»Marsop, können Sie mir einen Stadtplan von Visaka besorgen?«
»Ich bin sicher, daß Noy einige im Schreibtisch liegen hat.« Während er sprach, durchsuchte er die Schubladen, fand schließlich einen Plan und faltete ihn auf. Er überflog ihn schnell, stand dann auf, brachte Hasken die Karte und zeigte ihm die Stelle.
»Hier ist es, Mr. Hasken. Die südwestliche Ecke der Kreuzung Kahn Koen Road und Bot Road.«
Hasken sah sich die Gegend auf der Karte genau an. »Es scheint an einen Park anzugrenzen. Ich sehe da ein Waldgebiet hinter der Kreuzung.«
Marsop setzte sich, und Hasken nahm die Befragung wieder auf. Schließlich sagte er: »Vielen Dank, Minister Marsop. Vielen Dank, Den. Ich bin mir sicher, daß Sie mir alles gesagt haben, was Sie wissen. Das war sehr wichtig.«
Hasken drehte sich im Sessel um und wandte sich an Underwood.
»Ich glaube, ich habe jetzt alles, was ich wissen muß. Es ist nicht viel, aber möglicherweise ein Anfang.«
»Wird es etwas nützen?« fragte Underwood ungeduldig.
»Möglicherweise. Wir werden sehen.«
»Wie?«
Einen Augenblick lang überlegte Hasken. Dann sagte er: »Indem wir dort anfangen, wo die ganze Sache begann, und sie, soweit wir können, Schritt für Schritt nachvollziehen. Ich möchte gern in der Schule anfangen, in dem Augenblick, als Den mit seinen drei Freunden nach Schulschluß den Hof betrat. Wir nehmen am besten zwei Autos. Sie, Mr. President, Marsop und ich können in dem kleinen Volvo fahren, den ich gemietet habe. Den und ein Fahrer – ist Chalie schon wieder auf der Höhe? – er ist es? – also, Chalie fährt Den im Mercedes, und wir folgen ihnen zur Schule.« Er sprang auf. »Also dann los!«

Schließlich waren es vier Autos, die zur St.-Mary's-Schule fuhren. Chalie mit bandagiertem Kopf und Den in Noys Mercedes 450 machten den Anfang, die anderen folgten. Im zweiten Auto saßen der Geheimdienstdirektor Frank Lucas und neben ihm ein bewaffneter Agent. Dahinter kamen Hy Hasken und Präsident Underwood im Volvo. Ein weiteres Auto des Geheimdienstes machte den Schluß.

An dem Maschendrahtzaun, der die Schule umgab, hielten sie an und stiegen aus.

»Warten Sie hier«, sagte Hasken. »Ich will kurz mit der Direktorin sprechen. Den, du bringst mich zum Büro.«

Underwood, der nun sofort von seiner Leibwache umringt wurde, fragte sich, was dies wohl bringen sollte, aber er drückte die Daumen und schwieg. Er sah zu, wie Hasken und Den über den Schulhof liefen.

Im Schulhaus ging Den voraus. Hasken folgte ihm über einen Fliesenboden, um eine Ecke und schließlich in ein Empfangszimmer.

»Das Direktorat«, verkündete Den.

Eine unscheinbare, grauhaarige Frau, die Sekretärin, sah auf.

»Den Sang!« rief sie. »Wir haben dich ja heute gar nicht erwartet. Minister Marsop rief an und erzählte uns, was passiert ist.«

»Es war furchtbar«, sagte Den.

»Hat man dich wirklich entführt?«

Den bestätigte es. »Sie hielten mich nur ganz kurz gefangen und ließen mich dann wieder gehen.«

Die Sekretärin sah Hasken an. »Den, wer ist dieser Herr?«

»Er ist ein amerikanischer Reporter. Er versucht herauszufinden, wer mich entführt hat. Er möchte mit Miss Asripon sprechen.«

Die Sekretärin stand auf. »Ich werde ihr sagen, daß Sie da sind.« Sie verschwand im inneren Büro und kam gleich darauf wieder zurück. »Sie können hineingehen.«

Bevor Den auf das Büro zugehen konnte, legte ihm Hasken die Hand auf die Schulter. »Den, du wartest hier. Ich will alleine mit Miss Asripon sprechen.«

Hasken betrat das Büro.

Miss Asripon, eine dünne, kleine, besorgt wirkende Frau mittleren Alters, stand erwartungsvoll auf.

Hasken gab ihr die Hand und stellte sich vor.

»Hat dies mit dieser entsetzlichen Entführungsgeschichte von gestern zu tun?« wollte Miss Asripon wissen.

»Ja. Ich bin in Begleitung des Präsidenten der Vereinigten Staaten, Matthew Underwood, hier. Er wartet mit seinen Geheimdienstmännern draußen. Als Freund versuche ich ihm zu helfen. Genaugenommen möchte ich mit meinen Ermittlungen hier beginnen.«
»Ich fürchte, ich kann Ihnen nicht viel helfen«, sagte Miss Asripon steif. »Ich habe nichts gesehen. Ich weiß nur, was Minister Marsop mir erzählte.«
Hasken erklärte ihr, daß ihm das durchaus bewußt sei. »Es geht mir ja auch weniger um Sie«, sagte er. »Eigentlich will ich von Ihnen nur die Erlaubnis, mit drei Freunden Dens zu sprechen, die bei der Entführung Zeugen waren.«
»Sie sind im Augenblick im Heimatkundeunterricht.«
»Ob ich sie wohl für ein paar Minuten aus der Klasse entführen könnte?« fragte Hasken.
»Wissen Sie, wie sie heißen?«
»Toru, Sorik, Sassi.«
Miss Asripons Züge hellten sich auf. »Nette junge Burschen. Sie sind im zweiten Stock. Es wird weniger stören, wenn ich sie selber hole. Wenn Sie bitte mit Den im Schulhof warten wollen. Ich werde sie Ihnen sofort bringen.«

Aus dem Kordon seiner Leibwache heraus beobachtete Präsident Underwood, wie zuerst Hasken und Den auf den Hof traten und etwas später eine Frau drei kleine Jungen aus dem Gebäude führte.
Underwood sah, daß Den sie freudig begrüßte.
Der Präsident löste sich aus der Geheimdiensttruppe. »Frank«, sagte er zu Direktor Lukas, »ich glaube, ich sollte da drüben bei Hasken und den Jungs sein. Bleiben Sie hier. Sie können mich ja im Auge behalten. Sie wissen ja ungefähr, worum es hier geht. Bleiben Sie für den Augenblick hier stehen. Ich will nicht, daß Ihr Kerle die Jungs erschreckt.«
Underwood ging über den Schulhof und traf sich auf halbem Weg mit Hasken, Den und Dens drei Begleitern.
Den stellte Underwood höflich Toru, Sorik und Sassi vor.
»Zeigt ihr Mr. Hasken, wie ihr gestern zu Dens Auto gegangen seid?«
»Ich zeig's ihm«, sagte Den und winkte seinen Freunden, ihm zu folgen.

Den lief auf das Tor zu, und die drei Jungen setzten ihm nach. Hasken und Underwood folgten ihnen, so schnell sie konnten.
Am Tor blieben die Jungen stehen. »Dort stand der Mercedes, genau so wie jetzt«, sagte Den und wies auf das Auto, das ihn gestern und eben auch wieder zur Schule gebracht hatte.
»Aber das ist nicht der Mercedes, in den du eingestiegen bist«, sagte Hasken.
»Aber ich habe geglaubt, daß er es ist«, erwiderte Den. »Drum bin ich ja einfach eingestiegen.«
»Was ist mit euch, Jungs?« fragte Hasken Toru, Sorik und Sassi. »Habt ihr auch geglaubt, es sei der Mercedes, der Den immer abholt?«
»Ja«, antworteten Sorik und Sassi gemeinsam.
»Nein, das war er nicht«, meldete sich Toru und fügte hinzu: »Als er losfuhr, habe ich gesehen, daß er anders war. Ich wollte Den noch nachrufen, aber es war schon zu spät. Er war schon weg.«
Hasken sah Toru eindringlich an. »Du kennst dich mit Autos aus? Du kannst sie unterscheiden?«
»Mein Vater sammelt sie«, sagte Toru.
»Also gut, Toru«, fuhr Hasken fort. »Was für Unterschiede hast du denn bemerkt?«
»Die Räder«, antwortete Toru prompt. »Der Mercedes, der Den mitnahm, hatte besondere, extra angefertigte Drahtspeichenräder. Ganz tolle.«
Hasken war beeindruckt. »Sehr aufmerksam von dir, Toru. Und ein gewöhnlicher Mercedes hat solche Drahtspeichen nicht?«
»Nie. Solche Speichen müssen extra angefertigt werden. In Visaka macht das nur ein Autohändler.«
»Wer?«
»Muchizuki. Gar nicht weit weg von hier. Er macht lauter so besondere Sachen für Autos. Und er macht auch Speichenräder.«
»Muchizuki? Habe ich den Namen richtig verstanden?«
»Das stimmt. Ich war mit meinem Vater schon oft bei ihm.«
»Hat dein Vater auch solche Speichenräder?«
»Nein. Die sind zu teuer.«
»Und Dens Mutter auch nicht?«
»Nein. Das sehen Sie ja.«
»Aber der Mercedes, der Den abholte, hatte solche Speichenräder?«

»Ja. Sehr schöne.«
»Also muß Mr. Muchizuki sie gemacht haben?«
»Er ist der einzige in Visaka, der das macht.«
Hasken drehte sich zu Underwood um. »Vielleicht haben wir da etwas, Mr. President.«
»Ich hoffe es.«
Hasken nahm den Präsidenten am Arm. »Ich glaube, es wird Zeit, Mr. Muchizuki einen Besuch abzustatten.«

Toru setzte sich zu Den und Chalie in den Mercedes.
Hasken schickte Sorik und Sassi wieder in die Schule zurück und folgte ihnen mit Präsident Underwood auf dem Beifahrersitz. Frank Lucas und seine Agenten fuhren vor und hinter Haskens Volvo.
Etwa nach einer Meile sah Underwood Toru den Arm aus dem Fenster strecken und auf ein Gebäude in einiger Entfernung weisen.
Als sie näher kamen, erkannte Underwood, daß Toru auf eine Autowerkstatt deutete. Ein großes Schaufenster mit einem gelben BMW darin war zu sehen und dahinter eine geräumige Werkstatt. Neben dem Laden führte eine schmale Gasse zu einem Parkplatz im Hinterhof. Hasken überholte das Geheimdienstauto, bedeutete den anderen, ihm zu folgen, und bog, mit den anderen drei Autos im Schlepptau, in die Gasse ein.
Sobald sie standen, sprangen alle aus ihren Wagen und folgten Toru und Den in den Laden. Ein kleiner Mann in einem schmutzigen Overall spritzte eben einen Honda. Toru lief zu ihm, unterbrach ihn bei der Arbeit und sagte: »Ich bin Toru, und ich war schon oft mit meinem Vater hier.«
»Ach ja«, sagte Muchizuki. Besorgt sah er an dem Jungen vorbei auf die Anzahl Männer, die sich in seine Werkstatt drängten. »Kann ich etwas für dich tun?«
Toru drückte sich noch näher an Muchizuki und flüsterte ihm ins Ohr, er winkte Den heran, um ihn vorzustellen, und wandte sich schließlich Hasken und Underwood zu, um sie dem Mechaniker zu präsentieren.
Mr. Muchizuki war zutiefst beeindruckt von der Tatsache, daß er den Präsidenten der Vereinigten Staaten und einen berühmten amerikanischen Fernsehstar in seiner Werkstatt empfangen durfte.
Nach einigen weiteren Erklärungen von Toru legte der Mechaniker

die Sprühdose weg, wischte sich die Hände ab und kam mit Toru und Den zu den anderen. Er gab Hasken und Underwood nicht die Hand, sondern verbeugte sich vor ihnen.
»Sie wollen wissen, ob ich Speichenräder für Mercedesreifen herstelle?« fragte Muchizuki.
»Man sagte uns, Sie seien der einzige, der solche Räder anfertigt«, sagte Hasken.
»Das stimmt«, antwortete der Mechaniker. »Ich habe versucht, die Speichen aus Amerika und Deutschland zu importieren, aber es ist unmöglich. Ich muß sie selber in Handarbeit herstellen.«
»Sind Sie sicher, daß Sie in Lampang der einzige sind, der das macht?« fragte Hasken.
»Der einzige. Es ist schwierig und sehr teuer.«
»Wie viele solcher Räder haben Sie bis jetzt hergestellt?«
»Vier Sätze in zehn Jahren«, sagte Muchizuki. »Einen Satz habe ich als Muster in meinem Büro. Die anderen drei habe ich auf Bestellung für Kunden angefertigt.«
»Nur drei?« warf Underwood dazwischen.
»Drei. Ich weiß es ganz genau, weil es so wenig waren.«
»Und die wurden von Männern bestellt?« fragte Hasken.
»Von Männern, die ein Interesse daran haben, ihre Autos so schön wie möglich herzurichten.«
Hasken trat einen Schritt vor. »Mr. Muchizuki, haben Sie die Namen und Adressen der drei Männer?«
»Natürlich.«
»Handelte es sich dabei immer um Limousinen?«
»Ja. Was wollen Sie denn über die drei Herren wissen?«
»Ihre Namen und Adressen.«
»Die habe ich. Wenn Sie mich entschuldigen wollen, ich werde in meinen Unterlagen im Büro nachsehen.«
»Wir warten gerne«, entgegnete Hasken.
Muchizuki verließ sie und ging zu einer Glasabtrennung in einer Ecke, hinter der er sein Büro hatte. Man sah, wie er die Ordner vom Regal nahm und sie auf den Tisch legte.
Underwood sah eine Weile zu und blickte dann Hasken an. »Was denken Sie, Hy?«
»Wenn er wirklich die drei Namen hat, könnte das die Spur sein, die wir brauchen.«

»Das war eine gute Idee, Dens Freunde zu befragen.«
Hasken grinste. »In den vielen Jahren als Enthüllungsjournalist habe ich die Erfahrung gemacht, daß Kinder oft bessere Beobachter sind als Erwachsene. Einige meiner besten Informanten waren Kinder.«
Nun beobachteten sie wieder Muchizuki in seinem Glasbüro und sahen, wie er sich etwas notierte.
Erst nach zehn Minuten kam er mit einem Blatt Papier wieder zurück.
Er gab Hasken das Papier. Zu Underwood sagte er: »Das sind die Namen. Mr. Suraphong, der bei der Tourismusbehörde von Lampang in der Khong Road arbeitet. Dann Mr. Prayoon, der einen Laden mit Schmuck aus Thailand an der Loei Mall betreibt. Und schließlich Mr. Ratanadilak. Seinen Beruf weiß ich nicht, aber er wohnt in den Mai-Sai-Apartments. In der Tassman Road. Die drei haben Speichenräder gekauft und benutzen sie an ihren Mercedes-Limousinen. Ich hoffe, das hilft Ihnen weiter.«
Während sie wieder auf den Parkplatz hinaustraten, fragte Underwood Hasken nach dem Stadtplan, den sie schon in Noys Büro benutzt hatten. Hasken zog den Plan aus seiner Jackentasche und gab ihn Marsop.
Marsop faltete den Plan auf, nahm einen Stift und markierte ihren augenblicklichen Standort. Dann suchte er die Gegenden, wo Suraphong, Prayoon und Ratanadilak vermutlich anzutreffen waren, und markierte sie ebenfalls.
Underwood nahm den Plan. »Marsop«, sagte er, »Sie liefern Toru in der Schule ab und fahren dann mit Den in den Palast zurück, für den Fall, daß Noy sich wieder meldet. Hy Hasken und ich werden diesen Spuren nachgehen.«
»Gut«, erwiderte Marsop und führte die Jungen zum Mercedes.
Nun wandte sich Underwood an Hasken. »Dann wollen wir uns einmal um diese drei Namen kümmern. Am besten beginnen wir bei diesem Suraphong von der Tourismusbehörde.«
Hasken öffnete die Tür des Volvo. »Also dann los«, sagte er, »und mögen die Götter mit uns sein.«

Bei ihren ersten zwei Besuchen waren die Götter nicht mit ihnen.
Sie brauchten dazu über eine Stunde. Mr. Suraphong, ein eher kleri-

kaler Typ, verließ extra sein Büro, um ihnen stolz die Speichenräder seines cremefarbenen Mercedes vorzuführen. Er besaß Unterlagen, die bewiesen, daß sein Auto immer schon cremefarben und nie schwarz gewesen war, und eine intensive Befragung machte deutlich, daß er von Politik keine Ahnung hatte und von Noy noch weniger.

Mr. Prayoon ließ sein Juweliergeschäft in den Händen seiner Frau, führte Hasken und Underwood auf seinen Parkplatz und zeigte ihnen seinen dunkelroten Mercedes mit den Speichenrädern. Er wußte noch weniger über Politik als Mr. Suraphong – er kannte zwar Noys Namen, wußte aber nicht, daß sie bei der Wahl kandidierte, und es war ihm auch ziemlich gleichgültig.

»Entmutigend«, sagte Underwood zu Hasken nach dem Gespräch. »Jetzt bleibt nur noch der mit dem verrückten Namen.«

»Ratanadilak«, murmelte Hasken und starrte das Papier mit den Namen an, das ihm der Mechaniker gegeben hatte. »Ich weiß nicht, warum mir der bekannt vorkommt.«

»Tut er das?«

»Ja. Wissen Sie, am liebsten würde ich jetzt im Chamadin-Palast anrufen. Ich möchte Marsop den Namen überprüfen lassen. Wir können gleich das Telefon in dem Juweliergeschäft benützen.«

Wenige Augenblicke später sprach Hasken bereits mit Marsop. Er mußte etwas warten, während Marsop am anderen Ende offensichtlich den Namen überprüfte. Als Marsop dann wieder an den Apparat zurückkehrte, hörte Hasken zu und grinste plötzlich breit.

Hasken nahm den Präsidenten am Arm und führte ihn nach draußen. »Ich glaube, ich hab's, Mr. President«, sagte er aufgeregt.

»Ratanadilak?«

»Ja. Ich dachte mir gleich, daß ich den Namen schon einmal auf einem Presseinfo gesehen habe. Er ist Major in der Armee von Lampang und Adjutant von Colonel Chavalit, der wiederum ein Assistent von General Nakorn ist.« Hasken wurde immer aufgeregter. »Ich glaube, wir haben jetzt den Entführer. Die Mai-Sai-Apartments in der Tassman Road. Ich wette, daß wir Noy dort finden. Und ich wette auch, daß eine schwarze Mercedes-Limousine mit Speichenrädern vor der Tür steht. Fahren wir.«

Doch Underwood rührte sich nicht. Er machte ein besorgtes Gesicht. »Moment mal«, sagte er. »Ich glaube nicht, daß es vernünftig ist,

wenn ich mich mit dem ganzen Trupp Geheimdienstleuten bei denen sehen lasse. Meine Männer könnten ihnen Angst einjagen, und wenn es zu einem Schußwechsel kommt, könnte Noy dabei getötet werden.«
»Na, was wollen Sie dann tun?«
»Erst einmal mit dem Direktor des Geheimdienstes, mit Frank Lucas, reden.«
Präsident Underwood winkte Lucas zu sich und nahm ihn beiseite.
»Frank«, sagte der Präsident, »ich will, daß Sie mir einen Gefallen tun.«
»Sie brauchen es nur zu sagen.«
»Sie wissen, daß es Probleme gibt wegen Noy . . .«
»Die Frau, mit der Sie in Washington zusammen waren.«
»Genau diese. Sie ist die Präsidentin von Lampang.«
»Das weiß ich natürlich.«
»Sie wurde entführt . . .«
»Das habe ich bereits vermutet, Sir«, unterbrach ihn Lucas. »Ich habe ja Augen und Ohren.«
»Hasken und ich glauben zu wissen, wo sie ist«, fuhr Underwood fort. »Wir wollen sie mit so wenig Gewalt wie möglich dort herausholen. Die Leute, die sie gefangenhalten, geben vielleicht auf, wenn sie hören, wer ich bin, und daß ich gekommen bin, um sie da herauszuholen.«
»Vielleicht aber auch nicht, Mr. President.«
»Auf jeden Fall kann ich Sie dabei nicht brauchen. Ihre Männer erschrecken die Entführer vielleicht, und sie tun Noy etwas an. Das müssen Hasken und ich alleine erledigen.«
»Ich kann nicht zulassen, daß Sie ein solches Risiko eingehen.«
»Sie müssen aber. Stellen Sie sich vor, ich sei Harry Truman. Das ist ein Befehl. Der bestand auch immer auf Alleingängen, und ich muß es ebenfalls – nur dieses eine Mal. Es geht hier um eine persönliche und keine Staatsangelegenheit. Sie brauchen ja nicht allzuweit zurückbleiben, nur außer Sichtweite. Ich glaube, Sie können vier oder fünf Blocks hinter Hasken und mir Stellung beziehen. Das wäre zumindest eine Vorsichtsmaßnahme.«
Aber Lucas blieb beharrlich. »Verzeihen Sie mir, Mr. President, aber der Finanzminister wird mir den Kopf abreißen, wenn er je davon erfährt.«

Underwood winkte ab. »Keine Angst. Ich feuere ihn, bevor er Sie feuern kann. Schließlich bin ich immer noch der Präsident.«
Lucas dachte darüber nach, was der Präsident eben gesagt hatte. »Na gut, wenn Sie es sagen.«
»Ich sage es.«
Lucas nickte. »Sie brauchen ein elektronisches Kommunikationsmittel, wie unsere Agenten es haben, damit Sie uns rufen können, wenn es Probleme gibt. Einen Augenblick.«
Der Direktor des Geheimdienstes ging zu einem seiner Agenten. Als er zu Underwood zurückkehrte, hatte er einen winzigen Radiosender in der Hand. »Das ist ein Piepser«, erklärte er. »Ein winziger Radiosender mit einer Miniaturbatterie. Sie können ihn sich an den Gürtel klemmen. Wenn Sie Hilfe brauchen, drücken Sie nur diesen Knopf. Er strahlt dann ein Signal zu diesem Empfänger in meinem Ohr aus. Sobald ich es höre, setze ich mich mit meinen Männern in Bewegung.«
»Danke, Frank«, sagte der Präsident und steckte sich den Piepser an den Gürtel.
Lucas bückte sich, hob ein Hosenbein und löste etwas von der Wade. Er hob es hoch. Es war ein Revolver mit Halfter. »Eine Smith & Wesson 66«, erklärte Lucas. »Jeder von uns hat zwei Waffen. Eine israelische halbautomatische Uzi unter der Jacke und noch etwas kleineres, normalerweise diese Smith & Wesson oder eine Sig Sauer P226, irgendwo anders, meistens am Bein.« Er gab Underwood die Waffe. »Wenn Sie schon etwas so Törichtes tun, dann sollten Sie noch etwas anderes machen, das ebenso töricht ist. Stecken Sie sich den Revolver in die Tasche. O Gott, ich hätte mir nie träumen lassen, daß ich eines Tages den Präsidenten der Vereinigten Staaten bewaffnen werde. Sind Sie sicher, daß Sie den Finanzminister feuern, bevor er mich hinauswirft?«
Underwood wog die Smith & Wesson in der Hand. »Machen Sie sich keine Sorgen. Sie werden nicht gefeuert. Zeigen Sie mir, wie der Revolver funktioniert.«
Lucas zeigte es ihm.
Präsident Underwood steckte die Waffe ein.
»Ich nehme an, ich bin jetzt soweit.«
»Nur noch einen Rat«, sagte Lucas. »In einer Situation wie dieser benutzt man eine Waffe nicht, um jemandem zu drohen.« Er hielt inne.

»Wenn Sie in Gefahr sind, benutzen Sie den Piepser an Ihrem Gürtel. Und nur wenn Sie unbedingt müssen – gezielt zurückschießen.«

Sie fuhren auf der Tassman Road und waren noch einen Block entfernt, als Hasken plötzlich durch die Windschutzscheibe des Volvo spähte und leise zu Underwood sagte: »Ich sehe es.«
Underwood beugte sich vor, folgte Haskens Blick und nickte dann. »Ich auch.«
Am entfernten Ende der Straße stand ein vierstöckiges weißes Stuckgebäude mit einem schwarzroten Schild mit der Aufschrift: MAI-SAI-APARTMENTS.
»Ich werde hier parken«, sagte Hasken. »Wir können den Rest zu Fuß gehen und uns umsehen.«
Sie stellten das Auto am Straßenrand ab, stiegen aus und gingen nebeneinander auf den Wohnblock zu.
»Und was tun wir jetzt?« fragte Underwood.
»Ich will zum Hauseingang und mir die Briefkästen ansehen«, antwortete Hasken. »Ich will ganz sicher sein, daß Ratanadilaks Wohnung wirklich die Eckwohnung im zweiten Stock ist.«
»Was ist, wenn er einen anderen Namen benutzt?«
»Warum sollte er? Es ist bestimmt seine eigene Wohnung.«
Sie näherten sich dem Haus.
»Ich habe nur vor einem Angst«, sagte Underwood. »Daß sie uns entdecken und mit Noy in ein anderes Versteck flüchten. Glauben Sie, daß sie uns sehen werden?«
»Da können Sie sicher sein. Sie sind auf der Hut vor jedem Fremden. Jemand wird vom Fenster oder von der Straße aus die Umgebung beobachten. Und sie werden auch wissen, wer wir sind. Mr. President, Sie haben ja nicht gerade ein unbekanntes Gesicht, auch in Lampang nicht.«
»Darauf zähle ich ja«, sagte Underwood. »Daß sie, wenn sie sehen, wer ich bin, das Risiko nicht eingehen, uns zu verletzen. Ich hoffe, sie sind so beeindruckt, daß sie Noy gehen lassen.«
»Vergessen Sie es«, erwiderte Hasken knapp. »Sie werden keine Gelegenheit bekommen, mit Ihnen zu reden. Das ist eine dumme Idee, das muß ich Ihnen sagen. Es sind verzweifelte Gangster, die nur Befehle ausführen. Es ist ihnen vollkommen gleichgültig, wer Sie sind. Sie wollen Noys Rücktrittsmeldung im Fernsehen. Sobald sie uns

sehen, werden sie möglicherweise auf uns schießen – aber ich halte es für wahrscheinlicher, daß sie, anstatt soviel Lärm zu machen und die Aufmerksamkeit auf sich zu ziehen, davonlaufen werden. Sie haben sicher einen Notfallplan.« Er sah den Präsidenten kurz an. »Vielleicht sollten auch wir jetzt unseren Notfallplan anwenden und den Geheimdienst dazurufen.«

Doch Underwood ließ sich nicht umstimmen. »Das würde mit Sicherheit einen Schußwechsel bedeuten. Noy könnte dabei verletzt oder sogar getötet werden. Und das will ich nicht riskieren.«

Sie waren inzwischen einen Block weitergegangen und wurden nun langsamer.

Hasken sah über die Schulter in eine Querstraße hinein, und Underwood machte es ihm nach. Sie bemerkten einen zerlumpten Straßenverkäufer mit reifem Obst. Eine Frau saß hinter dem Steuer eines geparkten Ford. Ein Teenager lehnte rauchend und zeitunglesend an einem Laternenpfosten.

»Einer von denen ist ein Beobachtungsposten«, flüsterte Hasken. »Wir müssen uns beeilen. Sie gehen besser zum Eingang und suchen die Wohnungsnummer auf den Briefkästen. Ich gehe um das Haus herum und sehe nach, ob es noch eine Hintertreppe oder eine Feuerleiter gibt. Warten Sie am Eingang auf mich. Wir müssen uns normal, aber zügig bewegen.«

Gemeinsam überquerten sie mit schnellen, aber nicht hektisch wirkenden Schritten die Straße. Underwood stieg die Stufen zu den Briefkästen hoch, während Hasken auf den hinteren Teil des Hauses zuging.

Underwood hatte die Briefkästen erreicht. Er überflog die Namensschilder und fand, was er suchte, im zweiten Stock: RATANADILAK – 204.

Um Zeit zu schinden, konzentrierte er sich weiterhin auf die Briefkästen, er fragte sich, was er nun tun sollte, und gleichzeitig, was Hasken hinter dem Haus entdeckt hatte. Plötzlich hörte er Schritte. Er wirbelte herum und sah Hasken auf ihn zulaufen.

»Hinten gibt's noch eine Feuerleiter, und ich bin mir sicher, daß zwischen der Leiter und ihrer Wohnung ein Verbindungsgang existiert«, sagte Hasken atemlos. »Einer hat eben den Kopf herausgestreckt, um nachzusehen, ob die Luft rein ist.«

Bevor Underwood etwas erwidern konnte, sah er eine ältere Frau mit

einem Bündel Wäsche zur Haustür herauskommen. »Wir müssen die Tür offenhalten«, sagte er zu Hasken. »Die Klingel können wir nicht benützen. Aber wir können hinter der Frau hineingehen.«
Die Frau stieß die Tür weit auf, Underwood hielt sie für sie, und Hasken schlüpfte sofort hinein. Underwood folgte. Während sie zur Treppe liefen, rief Hasken: »Wir werden die Wohnungstür aufbrechen, vielleicht schnappen wir noch ein paar von ihnen in der Wohnung. Jetzt ist es Zeit, um den Geheimdienst zu alarmieren. Jetzt – danach ist es vielleicht schon zu spät.«
Underwood griff an seinen Gürtel, drückte den Knopf, um Frank Lucas das Alarmsignal zu übermitteln, und zog mit der freien Hand die Smith & Wesson aus der Tasche.
Gemeinsam rannten sie nun, immer zwei Stufen auf einmal nehmend, die Treppen hinauf. Ein Schild im Gang wies auf die Wohnung 204.
Hasken lief wieder, Underwood folgte einen Schritt nach ihm.
»Wir wollen die Tür gemeinsam aufbrechen. Haben Sie eine Waffe?«
Underwood zeigte sie ihm.
»Gut!« rief Hasken. »Stellen Sie sich besser darauf ein, daß Sie sie benützen müssen!«
Wie mit einer einzigen Bewegung traten beide einen Schritt zurück und reckten die eine Schulter vor.
»Los!« rief Hasken.
Sie prallten gleichzeitig gegen die Tür. Es gab ein metallisches Krachen, als das Schloß zerbarst und aufbrach, dann schwang die Tür auf, und sie standen im Wohnzimmer,
Sie sahen zwei Soldaten durch eine zweite Tür auf den Gang laufen. Ein dritter stürzte ihnen nach, während ein kräftiger vierter, den Underwood für Major Ratanadilak hielt, die Waffe zog und sie Noy an den Kopf hielt.
Das Aufbrechen der Tür und das plötzliche Eindringen von Underwood und Hasken ließen den Major erstarren und lenkten ihn ab. Er nahm die Waffe von Noys Schläfe und richtete sie in dem Augenblick auf Underwood, als der sich auf ein Knie fallen ließ.
Ratanadilaks Kugel streifte den Präsidenten nur leicht, und in diesem Sekundenbruchteil fiel ihm der Rat des Geheimdienstdirektors wieder ein. *Nur wenn Sie unbedingt müssen – gezielt zurückschießen.*

Der Präsident hob die Waffe und war bereit, gezielt zurückzuschießen.
Er sah, daß Noy für den Augenblick frei war und sich gegen die Wand kauerte, und auch, daß der Major eben zu einem zweiten Schuß ansetzte.
Er hoffte inständig, daß er den Major nicht verfehlen und statt dessen Noy treffen würde, legte den Finger um den Abzug der Smith & Wesson und drückte durch.
Der Knall hallte wie Händeklatschen in seinen Ohren, und dann sah er, wie Ratanadilak seine Waffe fallen ließ, sich an die Brust griff und langsam in die Knie ging. Hasken kroch näher und schnappte sich mit einem Satz die Waffe des Offiziers, und Underwood sprang mit seinem Revolver vor und hielt ihn dem Major an die Stirn.
»Du Bastard«, schrie Underwood. »Du sagst mir, wer dich zu der Entführung angestiftet hat, oder ich blase dir das Hirn aus dem Schädel!«
Ratanadilak hustete, die Hände auf die Brustwunde gepreßt, und brachte gurgelnd ein einziges Wort heraus.
»N-N-Nakorn«, keuchte er.
Plötzlich gab es einen zweiten Schußwechsel, und dann kamen die anderen Entführer mit erhobenen Händen ins Wohnzimmer zurück. Hinter ihnen schoben sich, mit gezogenen Waffen, Direktor Frank Lucas und die Hälfte seiner Truppe herein.
Nun wußte Underwood, daß sie in Sicherheit waren, und erst jetzt wandte er sich der zitternden Noy zu, er nahm sie in die Arme, drückte sie fest an sich und küßte und küßte sie immer wieder.

13

Präsident Underwood und Hy Hasken brachten Noy Sang im Mietwagen des Reporters in den Chamadin-Palast zurück.

An der Tür nahm Noy Underwoods Hand. »Matt, komm heute abend zu uns zum Essen. Du kannst dein Gepäck vom Hotel herüberbringen und in einem Gästezimmer schlafen, damit du morgen in aller Frühe mit der Air Force One nach Washington zurückfliegen kannst.«

»Ich nehme gerne an«, sagte Underwood.

»Gegen acht«, sagte Noy und betrat den Palast.

Schweigend fuhren Underwood und Hasken zum Oriental Hotel zurück.

Vor dem Hotel schüttelte der Präsident Hasken die Hand. »Sie waren hervorragend, und ich möchte Ihnen danken.«

»War mir ein Vergnügen«, erwiderte Hasken. »Auf Wiedersehen in Washington.«

»Wir werden uns schon viel früher wiedersehen. Seien Sie morgen um zehn Uhr am Muang Airport. Ich werde um diese Zeit abfliegen und will, daß Sie mit mir kommen. Wir haben noch einiges zu besprechen.«

»Vielen Dank, Mr. President.«

Während Hasken losfuhr, um den Mietwagen zurückzubringen, kehrte Underwood in seine Suite zurück. Sein Butler half ihm dort beim Packen.

Als sie damit fertig waren, erwartete sie bereits eine Limousine, die Marsop geschickt hatte.

Es war sieben Uhr fünfundvierzig, als der Butler Underwoods Gepäck in das Gästezimmer brachte und sich anschließend selbst im Personalflügel ein Quartier suchte.

Underwood stand in Noys Büro, als sie, bereits in eleganter Abendgarderobe, eintrat. Sie ging zu ihm, umarmte und küßte ihn. »Der Arzt sagt, ich bin ganz gesund«, sagte sie. »Matt, würdest du dich einen Augenblick gedulden? Es gibt noch zwei Dinge, die ich vor dem Abendessen erledigen muß.«

Underwood setzte sich aufs Sofa und fragte sich, um was es wohl ginge.
Noy ging zu ihrem Drehstuhl, setzte sich und rief ihre Sekretärin an. »Sagen Sie Marsop, er kann hereinkommen.«
Marsop erschien mit einem Lächeln im Gesicht. »Ich habe mich um das Fernsehen gekümmert und meinen geplanten Auftritt abgesagt. Sie werden Ihre Kandidatur nicht zurückziehen. Sie stehen auch weiterhin zur Wahl.«
»Und wie«, sagte Noy. »Haben Sie unseren alten Freund mitgebracht?«
»General Samak Nakorn wartet schwer bewacht vor der Tür.«
»Gut. Versichern Sie sich, daß er unbewaffnet ist, und schicken Sie ihn herein. Die Wachen sollen draußen warten.«
Nachdem Marsop gegangen war, blieb Noy am Tisch sitzen, blinzelte Underwood zu und sagte: »Und jetzt zum Urteilsspruch über den General.«
Wenige Augenblicke später ging die Tür auf, und General Nakorn betrat allein das Büro. Er war in voller Uniform, auf seiner Brust funkelten die Orden. Er warf Underwood einen flüchtigen Blick zu und ging dann mit steifen Schritten zu Noys Schreibtisch.
Nakorn salutierte vor ihr und schien anzudeuten, daß er sich setzen wollte.
Aber Noy gestattete es ihm nicht. Sie ließ ihn so stehen, wie er war, militärisch steif und aufrecht.
Dann sagte sie: »Das ist Ihr Prozeß, General, und ich bin Ihr Richter. Es wird nicht lange dauern, Sie können also ruhig stehenbleiben.«
»Ich war nicht verantwortlich«, sagte Nakorn.
»Geben Sie mir Ihr Wort darauf?«
»Mein Wort ist gut genug.«
»Aber ich habe Aussagen von anderen, die gegen Sie sprechen, und Zeugen, die beweisen können, daß Sie verantwortlich waren«, erwiderte Noy. »Ich habe Ihren Major, der im Augenblick im Krankenhaus liegt, aber überleben wird, um gegen Sie auszusagen, wenn er es noch einmal tun muß. Ich habe ein Geständnis von Colonel Chavalit. Und ich habe die anderen drei Männer, die mich in der Wohnung festhielten. Sie haben keine Chance. Ich werde Sie persönlich verurteilen.«
Nakorn kniff die Lippen zusammen. »Wie lautet das Urteil?«

»Ich könnte Sie hinrichten lassen. Aber das werde ich nicht. Das wäre viel zu einfach. Ich könnte Sie lebenslänglich ins Gefängnis stecken. Wiederum zu einfach, und ich will Sie auch nicht in Lampang haben. Ich verbanne Sie ins Exil nach Thailand. Sie werden die Nacht im Gefängnis verbringen. Morgen früh werden Sie nach Bangkok geflogen und dort freigelassen. In Thailand können Sie so lange bleiben, wie Sie wollen, aber Sie dürfen nie mehr nach Lampang zurückkehren. Ich habe jedem Grenzposten Befehl gegeben, Sie ohne Warnung zu erschießen, wenn er Sie sieht.« Sie hielt inne. »Haben Sie verstanden, Nakorn?«

»Ich habe verstanden.«

Noy stand auf. »Sie können gehen. Ich erwarte Gäste.«

Nakorn drehte sich um. Als er zur Tür hinausging, packte ihn eine Wache und legte ihm Handschellen an.

Noy nahm Underwood beim Arm. »Das wär's«, sagte sie. »Jetzt ist es Zeit, mit Marsop und Den zu feiern.«

Eine Stunde nach dem Abendessen wurde Den ins Bett geschickt, und Marsop verabschiedete sich. Noy schlug Underwood vor, er solle sich doch besser schlafen legen, da er am nächsten Morgen früh aufstehen müsse und den ganzen Tag fliegen werde.

»Ich will dir dein Schlafzimmer zeigen«, sagte Noy. »Komm.«

Gehorsam ging Underwood hinter ihr her die Treppe hoch.

Als sie an einer Eichentür vorbeikamen, tippte Noy mit dem Finger darauf. »Mein Schlafzimmer«, sagte sie. Dann wandte sie sich der Tür daneben zu und drehte am Knauf. »Das Gästeschlafzimmer, es steht dir zur Verfügung. Gute Nacht, Matt.«

Ohne einen Kuß oder eine Umarmung drehte sie sich um und ging zu ihrem Schlafzimmer.

Underwood sah ihr nach, betrat dann sein Zimmer und sah, daß die seidene Decke des Himmelbetts zurückgeschlagen war und ein Daunenkissen für den Kopf ihn erwartete. Seine zwei Reisetaschen waren verschlossen, nur der Schrankkoffer war noch geöffnet, damit er den Anzug, den er eben trug, wegräumen konnte. Ein Reiseanzug, ein frisches Hemd mit Krawatte, frische Unterwäsche sowie weiche Reiseschuhe und Seidensocken lagen bereit.

Er löschte alle Lichter bis auf eine schwache Lampe neben dem Bett und begann, sich langsam auszuziehen.

Er fand seinen dunkelblauen Morgenmantel und wollte ihn eben aufs Bett werfen, als er eine Tür knarzen hörte.
Er drehte sich um und sah zu seiner Überraschung – nein, nicht zu seiner Überraschung, weil er seit langem davon träumte –, daß sich die Verbindungstür zwischen seinem und Noys Schlafzimmer langsam öffnete und Noy kurz darauf auf der Schwelle stand.
Sie trug nur ein durchsichtiges, rosafarbenes Negligé. Obwohl es ziemlich dunkel war im Zimmer, sah er die leicht wippenden Brüste und das dunkle Dreieck unter dem dünnen Stoff.
Noy kam langsam auf ihn zu und ließ den Blick von seinem Gesicht zu seinem Penis und wieder zu seinem Gesicht wandern.
Sie warf sich ihm in die ausgebreiteten Arme, und er drückte sie fest an sich.
Sein harter Penis preßte sich gegen sie.
Sie versuchte, sich von ihm zu lösen, um das Nachthemd auszuziehen, aber er schob es ihr einfach über den Kopf und warf es beiseite.
Sie stand nackt vor ihm.
Er konnte kaum atmen. »Noy, tust du das nur aus Dankbarkeit?«
Noy nahm seinen Kopf in die Hände. »Matt, ich tue es, weil ich dich sehr liebe.«
»O Gott, Darling, wie ich dich liebe!« Sein Herz raste, als er sie an sich drückte, sie immer fester drückte, und die Berührung ihrer Haut erregte seinen Körper. Er preßte seine Lippen gegen die ihren, und sie hing in seinen Armen.
Ihre Brüste waren größer, weicher und doch fester, als er es sich vorgestellt hatte. Er nahm sie in die Hände, bückte sich und küßte die Warzen, erst die eine, dann die andere. Der süße Duft ließ ihn noch steifer werden.
Er sank auf die Knie, küßte ihren Bauch, ihre Hüften, ihre Schenkel, tauchte zwischen ihre Beine und drang mit der Zunge in sie ein.
Er hörte sie stöhnen, spürte, wie sie schwankte, spürte, daß sie gleich ohnmächtig werden würde, und er stand schnell auf, nahm sie in die Arme und bedeckte ihr williges Fleisch mit Küssen.
»Matt – Matt – Matt – warte nicht länger . . .«
Er hob sie auf – sie war leicht wie eine Feder –, trug sie zum Bett und legte sie sanft darauf.
Sie legte sich auf den Rücken und öffnete ihm flehend Arme und Schenkel.

Er kniete vor ihr, er küßte ihre vollen Brüste, die spitzen Warzen, und dann küßte er die Lippen ihres Mundes, ihren Nabel, die Innenseite ihrer Schenkel und die feuchten Lippen dazwischen.
Er war fast rasend vor Leidenschaft, und sein Penis war hart und steif.
Als er in sie eindringen wollte, tastete sie nach ihm, zog ihn auf sich, und er glaubte, endlos in ihr zu versinken.
Sie schrie, er packte sie und drang noch tiefer in sie ein.
Die Leidenschaft der Vereinigung war beinahe unerträglich.
Und doch schien sie ewig zu währen.
Er liebte sie einmal, eine Stunde später ein zweites Mal, und schließlich, langsam und zärtlich, ein drittes Mal.
Danach schliefen sie in den Armen des anderen ein, befriedigt, erschöpft und unvorstellbar glücklich.

Früh am nächsten Morgen brachte Noy das Frühstück auf einem Tablett ins Zimmer und teilte es mit ihm. Underwood blieb unter der Decke und hatte das Tablett auf dem Schoß, während Noy auf der Bettkante saß und mit ihm aß.
Später zog sie dann ihr Nachthemd aus, ging in die Dusche und kam dann wieder herein, um sich vor ihm abzutrocknen.
Während er ihr zusah, fand er seine Stimme wieder, und er sagte, was ihm in dieser Stunde und diesen letzten Minuten durch den Kopf gegangen war. »Noy . . .«
»Ja, Matt?«
»Noy, ich möchte mich von meiner Frau scheiden lassen und dich heiraten.«
Sie sah über die Schulter und richtete dann den Blick starr auf den Spiegel hinter ihm.
»Vielen Dank, Matt, aber das ist unmöglich.«
»Es ist nicht unmöglich. Wir haben einander verdient.«
»Nein, Matt, das würde alles verderben. Du bist der Präsident der Vereinigten Staaten. Alice ist deine First Lady. Du kannst sie nicht verlassen. Der Skandal würde ewig auf dir, auf uns, lasten.«
»Das macht nichts.«
»Du mußt zu deiner Frau zurückkehren. Und wie ich noch einmal für das Amt kandidieren. Du kannst die Leute nicht im Stich lassen, die an dich glauben. Du mußt dich wieder zur Wahl stellen, um das

zu schützen, woran du glaubst. Und ich bin entschlossen, zu beschützen, woran ich glaube.«
»Hast du dazu sonst nichts zu sagen?«
»Doch.« Sie drehte sich zu ihm um. »Matt, wenn du nicht kandidierst, könnte ich dich nie wiedersehen. Ich wäre dann Präsidentin und du nur ein einfacher Bürger. Aber wenn du kandidierst und gewählt wirst, werden wir beide weiterhin Präsidenten sein, und wir können uns von Zeit zu Zeit ohne Probleme sehen. Denk darüber nach, Darling. Es ist für uns die einzige Möglichkeit, um weiterhin zusammenkommen zu können.«
»In Liebe«, erwiderte er leise.
»Immer in Liebe«, flüsterte sie.

Präsident Underwood stand in der Wartehalle des Muang Airport und sah zu, wie draußen auf dem Rollfeld die Air Force One ein letztes Mal vor dem Abflug überprüft wurde.
Er wandte sich Hasken zu, der neben ihm stand. »Hy«, sagte der Präsident, »für all das, was Sie für mich getan haben, verdienen Sie eine Exklusivnachricht. Und zwar sofort, jetzt und hier.«
»Ja?« meinte Hasken neugierig.
»Ich werde für eine zweite Amtszeit kandidieren. Ich werde mich der Wiederwahl stellen. Das weiß außer Ihnen noch niemand.«
Hasken sah den Präsidenten unverwandt an. Dann sagte er: »Noy ließ also nicht zu, daß Sie Ihre Frau verlassen.«
Der Präsident riß überrascht die Augen auf. Nach einer langen Pause schüttelte er den Kopf. »Nein.«
»Das ist die große Story, Matt.«
»Ich weiß, daß sie es ist. Aber wir wollen das ganz für uns behalten. Es ist eine Story, die nur Sie kennen. Die Story für die restliche Welt hat mit meiner Frau oder Noy nichts zu tun. Die Story für die restliche Welt lautet, daß ich mich der Wiederwahl stelle.«
»Und daß Sie Ihre First Lady behalten. Und vielleicht – Noy ab und zu wiedersehen?«
Ein feines Lächeln huschte über das Gesicht des Präsidenten. »Um über Staatsangelegenheiten zu sprechen, wie etwa einen größeren Luftwaffenstützpunkt für die Vereinigten Staaten in Lampang. Sie kann sich mit mir treffen und die Sache besprechen, sobald sie wiedergewählt ist.«

Hasken grinste. »Sie sind mir aber ein Prachtexemplar von einem Mann.«
Präsident Underwood lächelte zurück. »Nur weil ich ein Prachtexemplar von einer Frau kenne, Hy.«